AF155181

JÉRÔME LEROY

DER BLOCK

KRIMINALROMAN

AUS DEM FRANZÖSISCHEN
ÜBERSETZT VON CORNELIA WEND

MIT EINEM NACHWORT DES AUTORS
ZUR DEUTSCHEN AUSGABE

EDITION NAUTILUS

Die Originalausgabe des vorliegenden Buches
erschien unter dem Titel: Jérôme Leroy, *Le Bloc*
© Éditions Gallimard, Paris, 2011.

Zitate aus anderen fremdsprachigen Büchern
sind folgenden Ausgaben entnommen:
Charles Baudelaire, *Die Blumen des Bösen*,
übersetzt von Wolf von Kalckreuth, Leipzig 1907.
Arthur Rimbaud, *Die späten Verse*,
übersetzt von Michael Donhauser, Basel 1998.
André Breton, »Freie Liebe«, übersetzt von Max Hölzer,
in: Hans-Magnus Enzensberger (Hg.),
Museum der modernen Poesie, Frankfurt a. M., 1980.
Philip K. Dick, *Ubik*, übersetzt von Norbert Wölf
und Renate Laux, München 2009.
Louis Aragon, *Aurélien*, übersetzt von Lydia Babilas,
Frankfurt a. M., 1987
Alle anderen Zitate wurden von
Cornelia Wend übertragen.

Ein kleines Glossar von Namen und Organisationen
befindet sich am Ende des Buches.

Edition Nautilus GmbH
Schützenstraße 49 a · D-22761 Hamburg
www.edition-nautilus.de
Alle Rechte vorbehalten · © Edition Nautilus 2016
Deutsche Erstausgabe März 2017
Umschlaggestaltung: Maja Bechert, Hamburg
www.majabechert.de
Druck und Bindung: CPI – Clausen & Bosse, Leck
3. Auflage Juni 2017
ISBN 978-3-96054-037-3

Für meine Freunde,
und auch für meine Feinde.

»Ich glaube, einen Philosophen, einen der selbst denken kann, könnte es interessieren, meine Noten zu lesen. Denn wenn ich auch nur selten ins Schwarze getroffen habe, so würde er doch erkennen, nach welchen Zielen ich unablässig geschossen habe.«

Ludwig Wittgenstein, *Über Gewissheit*

Je vous dérange, fallait pas me provoquer
Je vous dérange, je suis pas venu vous chercher
Je vous dérange, fallait pas m'inviter
Je vous dérange, mais je n'ai rien demandé.

Eddy Mitchell, *Je vous dérange*

Ich störe euch, was provoziert ihr mich auch
Ich störe euch, dabei habe ich keinen Streit gesucht
Ich störe euch, warum fordert ihr mich heraus
Ich störe euch, dabei wollte ich gar nichts von euch.

Eddy Mitchell, *Je vous dérange*

1

Letztlich bist du also wegen der Möse einer Frau Faschist geworden.

Du musst über diesen Satz einen Moment lang lächeln, und er ist sicher das Einzige, über das du dich heute amüsieren wirst. Das klingt fast schon wie eine Grabinschrift: Antoine Maynard, wegen der Möse einer Frau Faschist geworden.

Dann lächelst du nicht mehr. Du weißt, dass genau in diesem Moment, irgendwo in der Stadt, ein paar Männer deinen Freund umbringen wollen. Deinen Bruder. Deinen Kleinen. Oder den, der den Kopf für dich hinhält, wie man früher in Romanen zu sagen pflegte.

Stanko.

Vielleicht wäre es überhaupt besser gewesen, auch du hättest weiter Romane geschrieben. Und noch während du das denkst, weißt du, dass das nicht stimmt und es dich unendlich gelangweilt hätte, im Literaturbetrieb Karriere zu machen, immer vorausgesetzt, dir wäre mehr als ein Achtungserfolg in Kreisen mit »einer bestimmten Orientierung« gelungen. Einer extrem rechten Orientierung, um genau zu sein.

So oder so, die vier Romane, die aus dir rausmussten, die hast du geschrieben. Sie wurden ziemlich kühl aufgenommen, abgesehen vom ersten. Man wusste, wer du warst, wessen Vasall du warst. Damals war moralische Wiederaufrüstung noch nicht so in Mode wie heute. Der Kampf gegen den inneren Feind, islamistisch und links, und manchmal sogar beides in einem. Damals war das hier noch kein Land von lauter Schissern. Aber diese Angst hat euch bis an die Türen der Macht befördert, nachdem ihr salonfähig geworden wart, dank Agnès vor allem.

Jetzt lächelst du doch wieder, dieses Mal ein wenig bitter. Wenn du nächste Woche, wie im Moment geplant, Staatssekretär wirst – Staatssekretär wofür, weißt du nicht und es ist dir auch komplett egal –, wirst du dir einen Spaß daraus machen, erneut einen Roman zu veröffentlichen, allein um zu sehen, wie es sich auswirkt, wenn man auf der Seite derer steht, die von den Medien umschwärmt und umschmeichelt werden. Und wenn du schon mal dabei bist, wirst du dafür sorgen, dass deine ersten vier Romane als Taschenbuch neu aufgelegt werden. Du bist nicht der Typ, der Beleidigungen verzeiht. Wenn sich die Gelegenheit bieten sollte, zwei bis drei kleine Möchtegern-Päpste der kulturgeilen Kaviar-Linken dazu zu bringen, vor dir in den Staub zu fallen, wirst du dir das nicht entgehen lassen.

Vorausgesetzt, alles läuft wie geplant, wirst du dir sogar das perverse Vergnügen gönnen, dich in zwei oder drei literarische Sendungen einladen zu lassen. Die Typen, die sie moderieren, werden wohl oder übel gezwungen sein, ihren Dünkel runterzuschlucken. Oh, du wirst ihnen ein Hintertürchen offen lassen, dich von deiner großzügigen Seite zeigen, ihnen erlauben, ein kleines bisschen frech zu sein, falls sie überhaupt noch den Mut dazu haben. Der Block hat auf jeden Fall eine klare Devise ausgegeben: Nicht unnötig auftrumpfen. Sich bedeckt halten. Wir holen uns unsere Ministerien. Wir üben unsere Ämter aus. Wir beweisen Kompetenz. Alles nach Recht und Gesetz. Agnès hat das in den letzten Monaten immer wieder betont. Keine Hexenjagd, keine persönlichen Racheakte.

Jedenfalls nicht gleich …

Trotzdem wird es anders sein als in den 90er Jahren: Damals wurdest du in diese Sendungen nur eingeladen, um als Punchingball für das gute Gewissen von ein paar Antifa-Arschgesichtern herzuhalten, Antirassisten, die ihre tamilische Hausangestellte schwarz beschäftigten, und Altachtundsechziger, die sich in den dreißig Jahren, die sie das Sagen hatten, ihre Pfründe gesichert haben, und die anschließend einen auf neoliberal machten, sich fortschrittlich gaben und das Wort »Arbeiter« nicht mehr in den Mund nahmen, seit sie von den Barrikaden gestiegen waren, um Zeitungsmagnat oder Europa-Abgeordneter zu werden. Und die jedes Jahr die gleiche autobiografisch-pseudofiktive Scheiße veröffentlichten, die immergleiche Biografie über einen unangreifbaren Helden der Résistance, hinter dem sie ihre ganze Nichtigkeit verbergen, oder den immergleichen neoliberalen Essay über Globalisierung als Chance.

Sie brauchten einen Halunken in diesen Sendungen, und du warst die perfekte Besetzung für diese Rolle. Dir war klar, dass das als Medienstrategie absolut selbstmörderisch war, aber du zogst die Sache durch.

Der schlimmste, hasserfüllteste Blick, der dich in deinem ganzen Leben je getroffen hat, und dich haben weiß Gott viele solcher Blicke getroffen, war der einer jungen Maskenbildnerin, einer Araberin. In ihren schwarzen Mandelaugen, die ihr makelloses Gesicht dominierten, umrahmt von einer Mähne lockiger Haare, stand der blanke Hass. Du sahst diesen Hass im Spiegel, während die junge Frau mit zugleich gereizten und hochmütigen Bewegungen deine Augenschatten wegpinselte, bevor du ins Studio gingst.

Hass und, sei ehrlich, auch Angst. Du machtest ihr Angst. Schon allein durch deine äußere Erscheinung, deine massige Gestalt, diese Aura von Brutalität, die offenbar von deiner Person ausgeht, und deretwegen sich so viele in deiner Nähe unbehaglich fühlen. Stanko hat eine ähnliche Wirkung. Dazu kam deine Zugehörigkeit zum inneren Führungskreis des Bloc Patriotique. Sie war überzeugt davon, dass du sie am liebsten auf der Stelle vergewaltigt und anschließend auf ein Boot verfrachtet hättest, um es im Mittelmeer zu versenken.

Konntest du ihr das verübeln? Du wusstest genau, dass es im Block Aktivisten gab, die so beschränkt waren. Und manche Parteikader auch. Stanko selbst ist manchmal grenzwertig, was Rassismus angeht.

Oder solltest du sagen, »Stanko war ...«?

Du schaust auf die Uhr, du schaust auf das iPhone auf dem Couchtisch. Ein Uhr morgens. Nein, so einfach wird Stanko es ihnen nicht machen. Es sei denn, sie hatten ihn überrumpelt. Aber man hätte dir Bescheid gesagt, wenn sie ihn schon erledigt hätten. Du weißt nur, dass die Jagd auf ihn seit dem frühen Morgen eröffnet ist.

Du überlegst, ob du dir eine schöne Linie Koks ziehst. Du zögerst. Wenn Agnès von ihrem geheimen Treffen mit dem Generalsekretär des Élyséepalasts und dem Innenminister im Pavillon de la Lanterne zurückkommt und sieht, dass du high bist, wird sie das schmerzen. Sie wird nichts sagen, aber es wird sie schmerzen. Also beschließt du, die Beutelchen dazulassen, wo sie sind, in der kleinen goldenen Mussolini-Büste, die genauso hohl ist wie ein Leitartikel eines dieser von den Medien gefeierten Wirtschaftswissenschaftler.

Du siehst dir, ohne wirklich hinzuschauen, die Nachrichten an, die ununterbrochen auf LCI laufen. Du hast den Ton abgestellt.

Die Unruhen dauern nun schon vier Monate an.

Wieder fünf Tote in der Banlieue von Orléans. Die überforderte Polizei hat in die Menge geschossen. Man kommt nicht umhin, diese Schießwütigkeit der Bullen in Zusammenhang mit dem Tod von drei Bereitschaftspolizisten zu bringen, die gestern bei einem Einsatz in Roubaix erschossen wurden. Mit dem Sturmgewehr vertrieben. Blut gegen Blut. Sind das die Vorboten eines Bürgerkriegs?

Ein rotes Rechteck oben in der linken Bildschirmecke zeigt nunmehr 752 Tote an. Die Zahl der Opfer seit Beginn der Unruhen.

Beim Block spricht man stattdessen von »Bürgerkrieg«. Beim Block achtet man auf die Wortwahl, seit Agnès die Nachfolge des Alten angetreten hat. Und der Block wirkt noch vergleichsweise gemäßigt. Rechts davon, bei der identitären weißen Bewegung, wo man gelegentlich auch zu Schusswaffen greift, spricht man vom »Krieg der Ethnien«, dem »Weißen Allerheiligen«. Immer noch genauso blöd, diese Zids, die dahin gehen, wo man sie hinbeordert. Die Zeiten, als man sie als willige Handlanger für niedere Händel des Blocks einspannen konnte, sind vorbei.

Du denkst erneut an die arabische Maskenbildnerin. Wann war das, '92, '93? Mann, das waren die großen Jahre von *Le Fou Français,* der Wochenzeitschrift von François Erwan Combourg. Von Angst und Hass also. Diese tödliche Mischung, die gemeinhin jeder Art von Blutbad vorausgeht, wie jenem, das sich fast unbemerkt gerade so gut wie überall in Frankreich vollzieht.

Genau das sahst du damals in den Augen der weißen Kleinbürger, die den harten Kern eurer Stammwählerschaft bildeten, wenn du Agnès oder einen anderen Kandidaten des Blocks bei einem Wahlkampfauftritt begleitetest. Sei es in Gemeindesälen der Banlieue, belagert von irgendwelchem linken Gesindel und antifaschistischen Gruppierungen, die gegen euer Kommen protestierten, oder bei Wahlveranstaltungen auf Dorfschulhöfen im Osten, wo man noch nie im Leben einen Araber oder einen Türken gesehen hatte, wo die Leute euch aber bei jeder Wahl dreißig oder vierzig Prozent der Stimmen bescherten. Denn bekanntlich hasst und fürchtet man das ganz besonders, was man nicht kennt, aber zu kennen glaubt.

Sie hatten ja alle Angst, die Franzosen: Die arabische Maskenbildnerin hatte Angst, die weißen Kleinbürger hatten Angst, die leitenden Angestellten hatten Angst, die mit der Verlagerung ihres Betriebs ins Ausland rechnen mussten, die Kids in den Vorstädten hatten Angst, die Bullen hatten Angst. Die Lehrer an Schulen in sozialen Brennpunkten hatten Angst, die Ärzte, wenn sie Hausbesuche bei Patienten in heruntergekommenen Sozialbauten machten, die Rentner in ihren Einfamilienhäuschen, die weißen Jugendlichen am Stadtrand, sie alle hatten Angst.

Die Chinesen hatten Angst vor den Arabern, die Araber vor den Schwarzen, die Schwarzen vor den Türken, die Türken vor den Roma. Alle hatten Angst, alle trugen diesen Hass in sich. Zuallererst hatten sie Angst voreinander und hassten einander.

Das hat sich seither in keiner Weise beruhigt, um es vorsichtig auszudrücken, und eben deshalb kann es dir passieren, dass du nächste Woche plötzlich Staatssekretär bist.

Die Sache ist explodiert.

Seltsam, aber abgesehen von der Regierung, die in Panik verfällt, hat man fast den Eindruck einer nahezu selbstmörderischen Erleichterung im Land. Der Abszess ist endlich geplatzt. Hasst einander, fürchtet euch ruhig.

Entgegen den Behauptungen der Medienmeute – sie hat sich in den letzten Wochen zurückgehalten, denn sie weiß nicht mehr so genau, wie ihre Zukunft aussieht, wenn ihr eure zehn Ministerien habt, die ihr einem Gerücht zufolge bekommen sollt, und euer Dementi fällt von Mal zu Mal schwächer aus – habt ihr, der Bloc Patriotique, diese Angst nicht in die Welt gesetzt.

Dass ihr diese hasserfüllte Panik weiter befeuert habt, ist das eine, aber andere vor euch hatten das Fundament des Hauses schon fleißig untergraben, bevor ihr beschlossen habt, es einzunehmen. Als der Chef nach Frankreich zurückkehrte, nachdem er hier und da in Afrika Söldner gespielt hatte, musste er nur noch sagen: Es ist soweit, die Frucht ist reif. Ab da wurde jede noch verbliebene Form von Solidarität systematisch zerstört, in der Gesellschaft herrschte von nun an das Gesetz des Stärkeren. Ihr musstet nur noch die Ernte einfahren.

François Erwan Combourg hat, wenn auch auf seine typisch exzentrische, provozierende Art, Anfang der 90er Jahre in seinem *Fou Français* genau das prophezeit. Seine Wochenzeitung bildete ein Sammelbecken für einige aus dem Block-Lager und einige Vertreter einer ganz linken Ecke; man war bereit, mit dem politischen Gegner ins Bett zu steigen, wenn man nur endlich ein System abschaffen konnte, das korrumpiert war, eben jenes, das heute unter Aufständen und Blutbädern zusammenbricht.

In diesen literarischen Sendungen hattest auch du Öl ins Feuer gegossen und provoziert. Du zitiertest Schriftsteller aus dem Lager der Kollaborateure, vor allem Drieu la Rochelle.

Aber auch Kommunisten, Surrealisten, Abweichler; Aragon, Vailland, Cravan, Rigaut. Du magst Cravan. Ein Boxer. Ein brutaler Kerl. So wie du.

»Schämen Sie sich nicht, Maynard? Sie werfen alles in einen Topf, Sie sind ein Rot-Brauner! Dazu noch Ihre Artikel im *Fou Français* …«

Man nannte dich nie Antoine Maynard und schon gar nicht Antoine. Das hätte als ein Zeichen des Entgegenkommens oder auch der Komplizenschaft seitens der Moderatoren gedeutet werden können. Man sprach auch nie über deine Bücher. Du warst in einer Sendung, in der es um Literatur ging, aber wurdest nicht als Schriftsteller betrachtet. Wie hätte ein Faschist auch gute Bücher schreiben können?

Du warst ein Feind, ein Halunke.

Da du schon damals hundertzehn Kilo wogst bei 1,95 Meter Körpergröße, und mit deinem Bürstenhaarschnitt aussahst wie ein New Yorker Cop, der zu viele *Giant*-Menüs gegessen hat, fügten deine Gesprächspartner, die sich schnell in Rage redeten, vorsichtig hinzu, »ein Halunke im Sartre'schen Sinne natürlich«.

Natürlich.

Man wies jedes Mal darauf hin, dass du Roland Dorgelles nahestandst. Also nahmst du Dorgelles über jedes vernünftige Maß hinaus in Schutz. Du verteidigtest seine berühmten Entgleisungen, seine Erklärungen zur Ungleichheit der Rassen, seine feigen Wortspiele, du zitiertest Lacan und André Breton, um ihn zu rehabilitieren. Die Gegenseite war empört, konnte kaum an sich halten.

»Sie haben keine Ahnung«, sagtest du, »Dorgelles ist ein echter Dadaist. Und der Bloc Patriotique ist nicht nur ein Ort politischer Bildung, sondern mindestens ebenso sehr eine neue Kunstschule. Der Beweis: Es ist die einzige Bewegung, die die Fronten aufbricht, die für eine Veränderung der eingefahrenen Wahrnehmung sorgt. Genau das tut Kunst, tut Poesie. Keine Sorge, dank des Bloc Patriotique werden Sie das Jahr 2000 lieben …«

Ganz instinktiv wusstest du, wie du sie treffen konntest,

und welche Haltung du in diesen Fernsehstudios, in denen der Hass auf deine Person geradezu mit Händen zu greifen war, am besten einnahmst. Du warst die Ruhe selbst, lächeltest still vor dich hin, kniffst die Augen zusammen. Du sahst wie ein Ami-Bulle aus, okay, aber wenn du dir ein wenig Mühe gabst, konntest du auch wie ein Buddha rüberkommen. Wie oft hattest du einen beliebten Schauspieler vor dir, der ganz offensichtlich kurz darüber nachsann, ob das nicht eine günstige Gelegenheit wäre, ins *Zapping* auf Canal Plus zu kommen, einfach indem er dir sein Wasserglas ins Gesicht schüttete! Ach, der mutige Held gegen das widerwärtige Tier! Dann wurde daran erinnert, dass er bis Ende des Monats in einem Sacha-Guitry-Stück im Théâtre de la Ville zu sehen war, jeden Sonntag auch als Matinee-Vorstellung. Du nahmst die Möchtegern-Ikone des antifaschistischen Putativwiderstands genau unter die Lupe, studiertest seine »spontane« Reaktion der Empörung bis ins letzte Detail:

Im Fernsehen den Widerständler geben, okay, aber Guitry mit einem dicken Veilchen oder ausgeschlagenen Zähnen spielen, das muss man sich gut überlegen. Und bei einem Typen wie diesem Maynard weiß man nie ... Er wirkt ruhig, wie er so dasitzt, aber er ist kräftig. Dann dieser durchdringende Blick. Wenn er mir gleich seine Faust in die Visage haut, schadet ihm das nicht weiter, diskreditiert wie er ist, aber für mich könnte das ganz schön schmerzhaft werden. Mal abgesehen von meinem Image. Man weiß nie, wie so etwas ausgeht. Meine blutverschmierte Fresse auf dem Bildschirm ... Nein, nein, ich lasse es lieber.

Und du sahst, wie er seine Fingerknöchel, die ganz weiß waren, weil er das Wasserglas so fest umklammert hielt, lockerte. Du sahst, wie der Körper des Schauspielers sich entspannte, wie er auf eine feige Art erleichtert war, selbst wenn er dich um der Show willen immer noch finster anblickte, und sich wahlweise angewidert zeigte, voller Verachtung, betroffen oder entschlossen. War er ein guter Schauspieler, schaffte er es, das alles gleichzeitig zum Ausdruck zu bringen.

Das letzte Mal, als man dich einlud, und sicher war es deshalb auch das letzte Mal gewesen, war dir ein kleines Kunststück gelungen, das dir eine gewisse Sympathie einbrachte über den Kreis der üblichen Claqueure und Opportunisten hinaus, diesen jungen Nationalisten mit Dackelblick, die ganze Seiten von dir auswendig zitieren konnten. Jemand, der deine Romane richtig gelesen hätte und nicht als Romane von jemandem, der Dorgelles nahestand, hätte in dir einen Schriftsteller erkannt, der voller Wehmut und Melancholie war, der den Ekel an seiner Zeit in die Reflexionen eines Einsiedlers von Port Royal des Champs fließen ließ oder in die eines gallischen Häuptlings, der am Vorabend der großen Invasionen aus Rom zurückgekehrt war.

Jedenfalls war an dem Abend unter den Gästen der Rotschopf. Das Idol der Linken seit '68, der ins Lager der Neoliberalen gewechselt war, der ideale Studiogast. Erst tat er so, als würde er dich ignorieren, dann kehrte er auf seine typisch demagogische Art den Netten raus, machte auf ungezwungen und begann, dich mit der größtmöglichen Herablassung zu duzen: »Wie alt bist du, so dreißig, fünfunddreißig? Das ist eine Jugendsünde … Ihr seid einfach furchtbar unreif, diese Generation nach '68 … Weißt du eigentlich, was der Bloc Patriotique wirklich ist? Weißt du, wer Dorgelles wirklich ist, dieser Folterknecht? Was du da ideologisch alles durcheinanderschmeißt, wenn du deine Artikel für den *Fou Français* schreibst, der ja noch schlimmer ist als das Kollaborateurs-Blatt *Je suis partout*. Du bist die SA dieser Leute, Maynard! Wenn die die Macht hätten, würdest du als Erster über die Klinge springen …«

Du startetest daraufhin sofort einen Gegenangriff zum Thema Faschismus. Dabei stelltest du klar, dass die einzigen Faschisten, die du kanntest, eben solche Leute waren wie er, die eine Menge Moos hatten, sich gerne wolkig ausdrückten und auf nachfolgende Generationen herabsahen, die ein Leben lang als Praktikanten arbeiten durften, weil die Babyboomer nicht abtreten wollten. Dass ihretwegen eine ganze Generation zu politischen Analphabeten geworden war und noch nicht einmal auf irgendeine Art von Revolution hoffen konnte, da ihre Väter die Idee der Revolution diskreditiert hatten, indem sie sich nach '68 fleißig ihre Pfründe sicherten und anschließend jede mögliche tiefergehende Veränderung blockierten, indem sie geradezu obsessiv wiederholten, dass man ihnen sei Dank in der besten aller Welten lebte.

Und dann ließest du ganz gezielt fallen: »Die Parole ›Bullen = SS‹ muss durch ›68 = SS‹ ersetzt werden!«

Der Rotschopf wurde puterrot, er stieß wiederholt aus: »Du bist ein echter Widerling, Maynard, ich polier dir gleich die Fresse!«

Dann wandte er sich hilfesuchend an den Moderator, der wie versteinert dasaß.

Schließlich verließ der Rotschopf unter großem, theatralischem Getöse das Studio. Das Publikum buhte, aber da das Fernsehen ein uneindeutiges Medium ist, war es unmöglich zu sagen, ob die Buhrufe dir galten oder dem 68er, der den Ring verließ. Vermutlich eine Mischung aus beidem. Du erkanntest trotz der Scheinwerfer in den Sitzreihen ein paar Köpfe mit ein wenig zu kurz geschnittenen Haaren, die dir entfernt bekannt vorkamen, vermutlich Mitglieder von Bloc-Jeunesse.

Du wolltest natürlich nicht, dass Agnès dich zu diesen Sendungen begleitete. Auch wenn sie damals noch nicht so bekannt war und im Block nur eine untergeordnete politische Rolle spielte. Aber man weiß ja nie. Du wolltest nicht, dass ihr irgendetwas zustieß. Das hättest du nicht ertragen. Du achtetest penibel darauf, dass bloß niemand mitbekam, in welchem Maß du damals von ihr abhängig warst und es bis heute bist. In welchem Maß du ohne sie ein Niemand bist. Was war der Block für dich am Anfang schon? Ein Mittel gegen die Langeweile, reine Provokation, eine bloße Dummheit, was auch immer ... Aber da war Agnès. Die einzige Person, die du wirklich liebst.

Sie und Stanko, vielleicht.

Warum »vielleicht«? Natürlich auch Stanko.

Agnès selbst, und das ist sicher auch besser so, ist vermutlich gar nicht klar, auf welche fast unreife Art und Weise du sie liebst, dass du wirklich abhängig von ihr bist. Psychisch.

Physisch. Deine einzige Abhängigkeit. Koksen tust du nur zum Spaß. Du hast es zuletzt vielleicht ein wenig übertrieben, aber du musstest schließlich ununterbrochen die Stellung halten, seit dem Beginn der Unruhen.

Faschist wegen der Möse einer Frau. Da kommt man nicht raus, da kommt man nie mehr raus, das kann man wohl sagen.

Im Übrigen war ihr Vater, den du damals allmählich besser kennenlerntest, nicht uneingeschränkt begeistert von deinen Fernsehauftritten. Er amüsierte sich, klar, aber er war schon so von seiner eigenen Medienwirkung besessen, dass es ihm nicht sonderlich gefiel, wenn ein anderer vom Bloc Patriotique ihm die Schau stahl. Auch wenn du, rein politisch betrachtet, in der Partei in Wirklichkeit kein großes Gewicht hattest. Du bist nicht mal sicher, ob du damals schon Mitglied warst. Aber du spürtest diese leichte Irritation beim Chef. Sehr leicht, aber sie war da.

Ansonsten ließ Roland Dorgelles dir alles durchgehen.

Aber einer begleitete dich immer, ohne dass du ihn je darum gebeten hättest, nämlich Stanko.

Weil er eben Stanko war.

Selbst wenn er für den Block gerade am anderen Ende des Landes eine Aktion leitete, kam er zurück und war rechtzeitig zur Stelle. Er holte dich im Verlag ab. Nie hatte eine dieser PR-Tussis Zeit, dich zu begleiten, so ein Zufall aber auch. Du gingst trotzdem dort vorbei, nur so aus Spaß, um dir anzuhören, welche peinlichen Ausflüchte sie wohl dieses Mal erfinden würden, diese großen Moralpredigerinnen. Und dabei warst du dir sicher: Unter diesen sich mondän gebenden, eleganten, geschwätzigen Frauen waren zwangsläufig ein oder zwei dabei, die mindestens einmal den Block gewählt hatten, auch wenn sie zwar über eine Besprechung in *Télérama* in Verzückung geraten konnten (die du natürlich nie hattest und nie haben würdest), sich aber einen Dreck um die Artikel scherten, die François Erwan Combourg über dich schrieb, ganz zu schweigen von den Einseitern, die du in *Maintenant* hattest, einer Tageszeitung, die dem Block nahestand, und die dir ein halbes Dutzend Artikel und genauso viele Interviews gewidmet hat. Sie wählten den Block, weil ihnen irgendwelches Gesindel das Handy geklaut hatte, weil der sozialistische Bürgermeister ihres Arrondissements eine Obdachlosenunterkunft in ihrer Nähe nicht schließen wollte. Rein statistisch gesehen musste es so sein. Trotzdem sagten sie mit ausgesuchter Höflichkeit: »Aber wir rufen Ihnen gerne ein Taxi, wenn Sie möchten, Antoine …«

Und du sagtest: »Vielen Dank, aber mein Taxi kommt gleich.«

Und dann tauchte Stanko auf, nicht gerade der Typ, der ins VI. Arrondissement passte oder gar in die Closerie des Lilas. Ein knapp 1,67 Meter großes Muskelpaket in einem schlecht geschnittenen Anzug. Rasierter Schädel.

Man sah ihm schon von weitem an, was er war. Ein ehemaliger Skinhead mit einer dünnen, aber wirklich sehr dünnen Firnis Zivilisation, welche die darunter lauernde Grausamkeit nur notdürftig verdeckte. Die PR-Tanten vermieden es, den Blick auf seine Tätowierungen zu richten, insbesondere die feuerrote auf seinem Nacken, eine Schwertspitze, die so aussah, als würde sie aus seinem Hemdkragen emporschießen, der immer zu eng war für seinen Stiernacken.

Besonders abgestoßen waren sie von den Flammen, die das Ganze krönten, Stankos gesamten Hinterkopf einnahmen und in einer rotglühenden Feuerzunge auf seiner Stirn endeten wie eine akkurate orangefarbene Schmachtlocke.

Du wusstest, dass das Schwert außerdem einen großen Teil von Stankos Rücken einnahm. Und dass links das Wort »Commando« und rechts das Wort »Excalibur« eintätowiert waren. Alles natürlich in Frakturschrift. Das Kunstwerk, so behauptete er, stammte von einem Tätowierer in Lens oder Liévin. Er hatte es stechen lassen, als er gerade mal fünfzehn war, aber älter aussah, nachdem er in diese Gruppe kahlrasierter Schädel aufgenommen worden war. »Commando Excalibur«. Das klang lächerlich und furchterregend zugleich. Eine Sache unter vielen anderen, die dich dazu brachten, Stanko wie einen kleinen Bruder zu lieben, der zwar dauernd Dummheiten machte, dem man aber alles durchgehen ließ.

Dein Kleiner.

Stanko, verflucht, wo ist er heute Nacht? Hat er Angst? Ist er wütend? Hat er verstanden, was sie mit ihm vorhaben, und warum? Mit Sicherheit, er ist ja kein Idiot, dieser Stanko. Und er war es auch damals nicht, zur Zeit deiner Literatursendungen…

»Ich will nicht, dass dir irgendwas Übles zustößt«, sagte er, während ihr in seine Schrottkiste von Golf einstiegt, den er in zweiter Reihe auf der Rue Notre-Dame-des-Champs geparkt hatte.

Das Gehupe hörte ziemlich schnell auf, wenn Stanko erschien. Aufmerksamen Beobachtern waren die Aufkleber der französischen Karate-Föderation und der Fallschirmspringerschule ETAP in Pau auf der hinteren Windschutzscheibe nicht entgangen. Das beruhigte die erhitzten Gemüter.

Stanko fing damals an zu lesen. Er las alles, was du ihm gabst. Du fühltest dich für seine Bildung verantwortlich. Da kam der Lehrer in dir durch. Diese eine Geschichte ließ ihm keine Ruhe: Dass ein anderer Schriftsteller dir nach einer *Apostrophes*-Sendung beim anschließenden Büffet aufgelauert war, fernab der Kameras. Das war Anfang der 80er Jahre passiert. Als es bei Stanko im Département Nord-Pas-de-Calais gerade ums nackte Überleben unter extrem rauen Bedingungen gegangen war und die grauenhafte Zeit mit dem Commando Excalibur und dem Doktor ihren Anfang genommen hatte.

Stanko fuhr fort: »Ich bezweifle nicht, dass du dich allein verteidigen kannst, Antoine, aber es könnten dich auch mal mehrere auf dem Parkplatz erwarten.«

Das kam nie vor. Nur einmal, als ihr spät am Abend aus einem Fernsehstudio in der Nähe der Avenue Montaigne kamt, hattet ihr ein komisches Gefühl.

»Man folgt uns«, sagte Stanko auf dem Weg zum Golf.

Tatsächlich liefen drei Typen, die noch ziemlich jung aussahen, dicht hinter euch. Lieft ihr langsamer, liefen auch sie langsamer, lieft ihr schneller, liefen auch sie schneller.

»Kleinganoven?«, fragtest du.

»In der Avenue Montaigne? Um ein Uhr morgens? Das würde mich wundern, Antoine...«

Auf einmal drehte Stanko um und ging auf sie zu. Die drei Figuren hielten überrascht an und wussten offenbar nicht, wie sie sich verhalten sollten. Du warst Stanko gefolgt, hieltest dich im Hintergrund. Er holte eine Zigarette hervor und bat sie um Feuer. Einer der Typen hielt ihm ein Feuerzeug hin, und Stanko legte seine Hände schützend um die Zigarette und forderte den anderen so auf, ihm Feuer zu geben. Der Lichtschein des Feuerzeugs fiel auf die Gesichter von drei Langhaarigen, sehr junge Gesichter mit Pickeln und nur leichtem Bartflaum.

»Danke, Jungs!«

Sie zögerten kurz, als ihr ihnen Platz machtet, Stanko und du, damit sie vorbeigehen konnten. So drehtet ihr den Spieß um und wurdet von Verfolgten zu Verfolgern. Sie verschwanden in einer Querstraße und ihr erreichtet ohne weitere Vorkommnisse den Golf.

»Kleine Linke«, sagte Stanko. »Sie hätten gerne zugeschlagen, aber dann haben sie Bammel bekommen. Wenn du jemandem eine reinhauen willst, und der bittet dich um Feuer, wird die Sache mit einem Mal viel schwieriger.«

»Kann schon sein, Stanko. Ich glaube allerdings, dass die Sache für sie schon ab dem Moment viel schwieriger wurde, als sie dich sahen. Im Übrigen, ganz allgemein, ich weiß nicht, ob dir aufgefallen ist, dass durch deine schlichte Anwesenheit die Sache für unsere Gegner sehr viel schwieriger wird. Waren das welche von der ASAB?«

Die Anarchistische Sektion der Anti-Blockisten. Durchtrainierte Redskins, die sich bei euren Kundgebungen regelrechte Schlachten mit der Polizei lieferten, die eure Anhänger beim Plakatekleben angriffen. Die ASAB, die gerne behauptete, sie wolle ihre Gegner das Fürchten lehren, was ihr teilweise sogar gelang.

»Und du, Antoine, denkst du etwa, du flößt anderen keine Angst ein? Glaube kaum, dass das welche von der ASAB waren. Hast du gesehen, wie die aussahen? Lange Haare ... Und dann habe ich gleich gemerkt, dass die nicht besonders durchtrainiert waren. Darum hatten sie auch solchen Schiss. Sich einen Fascho-Schriftsteller und seinen Freund vorknöpfen, warum nicht? Aber wenn du deshalb drei Monate ins Krankenhaus musst ...«

Stanko, guter alter Stanko, immer da, wenn man ihn brauchte ...

Über den Flachbildschirm flackern jetzt hellere Bilder, die deinen Blick auf sich ziehen.

Großbrände.

Ein Sozialbau-Häuserblock in Clichy-sous-Bois.

Das rote Rechteck in der linken Ecke ist von 752 auf 756 hochgeschnellt.

Die Feuerwehr, die Bullen.

Du liest den Laufband-Text. Zwei Todesopfer unter den Bewohnern und zwei Todesopfer unter den Brandstiftern. Offenbar eine Aktion der Zids. Dummköpfe vom Combat Blanc, Polizeiquellen zufolge. Wenn sie so weitermachen, schaffen diese Idioten es noch, die bisher erzielten Übereinkünfte zu torpedieren.

Der Chef hat sie nicht mehr unter Kontrolle. Dorgelles ist einfach zu alt. Und dann ist das eine neue Generation. Du weißt, dass Agnès einige ihrer Kontakte reaktiviert hat, zu ihren alten Freunden vom BE, dem Bloc-Étudiant, der Studenten-Gruppierung, die mit den Boulogne Boys, den Ultras von Paris Saint-Germain, unter einer Decke steckt und auch Verbindungen zur Skin-Szene hat, aber auch da ist jetzt eine andere Generation am Zug. Der Einzige, der da vielleicht noch etwas hätte machen können, war Stanko. Er kennt sie. Er war mal einer von ihnen, kommt zwar aus einer anderen Gegend, aber sonst ist es das Gleiche. Prolos, *white trash*, Bier, Fußball, Prügeleien und Nazismus als kleines Extra obendrauf. Er allein konnte dort noch verdeckt jemanden anwerben, wenn der Ordnerdienst Unterstützung brauchte.

Aber Stanko muss sterben. Stanko und ein paar andere, die zu tief drinstecken, die zu viel Hass gesät haben für eine zukünftige Regierungspartei. Also muss man jemand anderen finden, der den Krieg gegen die Zids führen kann, wenn sie dem Block bei seinen Plänen weiter in die Quere kommen. Ravenne vielleicht. Ja, Ravenne könnte …

Du siehst dich durch einen Spiegeleffekt auf einmal selbst für einen Moment auf dem Flachbildschirm, inmitten der Flammen.

Ein Mann in den späten 40ern, eigentlich fast 50, zwanzig Kilo zu viel, eine beträchtliche Wampe, der im Wohnzimmer einer 150-qm-Wohnung sitzt, in der obersten Etage eines Gebäudes, das 1970 mal modern war, in der Rue La Boétie. Nicht gerade das Viertel von Paris, von dem du geträumt hattest, als du ohne einen Heller in der Tasche, aber voll jugendlichem Elan in die Hauptstadt gekommen warst. Aber das ist nun bald fünfundzwanzig Jahre her.

Die Wohnung gehörte den Dorgelles', so etwas lehnt man nicht ab.

So oder so hast du nie irgendeine Wahl getroffen. Kannst du dich erinnern, auch nur ein einziges Mal etwas selbst entschieden zu haben? Auch nur ein einziges Mal wirklich ja oder wirklich nein gesagt zu haben? Je etwas anderes gewesen zu sein als der Odysseus deines eigenen Lebens? Doch das Bild passt nicht, denn du bist ein Odysseus ohne Ithaka, der die Irrungen und Wirrungen des Reisens nur aus der Ferne kennt. Als Fascho solltest du dich eigentlich mit *Triumph des Willens* von Leni Riefenstahl identifizieren, stattdessen fühlst du dich eher wie *Der kleine Soldat* von Godard. Das deutsche Kino, ob Nazi-Kino oder nicht, hat dich sowieso von jeher zutiefst gelangweilt. Du hast immer die Nouvelle Vague oder italienische Komödien bevorzugt.

Werden sie Stanko kriegen?

Vermutlich. Stanko hat die meisten von ihnen ausgebildet.

Wird sie das teuer zu stehen kommen, wird *euch* das teuer zu stehen kommen? Schließlich bist du in die Entscheidung involviert, da du kein Veto dagegen eingelegt hast.

Mit Sicherheit. Stanko ist ein Guter.

Eigentlich hoffst du fast, dass es euch teuer zu stehen kommt, dass ihr drei oder vier Leichen von irgendwelchen GPP-Idioten einsammeln müsst, die zur letzten Generation gehören, die Stanko ausgebildet hat.

Nützliche Idioten, Stanko hat sich den Arsch aufgerissen, um sie zu rekrutieren, damit sie nicht zu den Zids von Combat Blanc gehen, zu Europe et Peuples oder zu Nation-Révolution.

Kleine, bescheuerte Cyberautisten, die die virtuelle Welt ihrer Spielkonsolen oder ihrer Blogs voller herausgekotzter Naziparolen nur für die vier täglichen Stunden Training verlassen, nach dem Unterricht an der Fachoberschule für Marketing und Verkauf. Und natürlich für die Aktionen der GPP. GPP, Groupes de Protection du Parti, so heißt nun mal der Ordnerdienst der Partei. Aber sie fanden es unheimlich schlau, die GPP G2P zu nennen. G2P, sonst noch was?

Aber irgendwann haben alle in der Partei ihn so genannt. Sogar die alten Block-Anhänger, die Urgesteine, die, die beim sagenumwobenen Gründungskongress dabei waren, der 1970 in einer heruntergekommenen Festhalle in der Nähe von Sartrouville stattfand. Jedenfalls die, die noch am Leben sind. Damit will man auf jung machen. G2P, so heißt vielleicht ein Computer oder ein beknacktes Handy. So heißt doch keine Elitetruppe. Du trauerst der Zeit nach, als man noch schlicht »Gehpehpeh« sagte.

G2P ... wenn sie auf so etwas nicht mehr achten beim Block, dann sind sie verratzt. Wenn du Agnès darauf ansprichst, sagt sie, du übertreibst, und die GPP würde sowieso bald der Vergangenheit angehören. Eine Regierungspartei braucht einen Ordnerdienst, aber keine Privatarmee.

Auch dafür muss Stanko zahlen, dass er ein Mann der Vergangenheit ist. Womöglich haben sie sogar die Fanatiker der Delta-Gruppe auf ihn losgelassen oder ihm gar Ravenne höchstpersönlich geschickt ... Das Frankenstein-Syndrom des Stanko. Getötet von seiner eigenen Kreatur.

Auf einmal wünschst du dir, Agnès möge zurückkommen.

Es zerreißt dich innerlich, du bist regelrecht verzweifelt. So ein Gefühl in der Magengrube, Kribbeln in den Händen, als würde sich eine Panikattacke ankündigen. Agnès, Agnès, Agnès. Sie soll da sein. Sie soll dir ihr schönes Gesicht zuwenden, das mit den Jahren etwas fülliger geworden ist, ihren Kopf mit dem nachlässig gebundenen schwarzen Haarknoten, in dem schon hier und da ein erstes weißes Haar zu sehen ist.

Sie muss gar nicht erst duschen, wenn sie kommt. Du möchtest sie riechen, an ihr schnuppern, die mühsam zurückgehaltene Wut nach endlosen Verhandlungen erschnüffeln, auch das Verlangen, das sie nach dir gehabt haben wird, irgendwann an diesem Tag. Du willst sie nehmen, damit sie den Pavillon de la Lanterne vergisst.

Und damit du Stanko vergisst.

Sie nehmen, aber vorher ausgiebig ihre Muschi lecken, ihren Geschmack im Mund haben, den einer rassigen Dunkelhaarigen, an ihr knabbern, sie in dich einsaugen, dich mit ihr vollschmieren, dich in dem schäumenden Rosa verlieren. Für immer.

Letztlich bist du Faschist geworden wegen der Möse einer Frau.

2

Alles ist wieder so einfach. So wie dort. Wie damals dort. Alles ist wieder so einfach wie in Denain, vor dreißig Jahren.

Ich würde gerne schlafen, aber in diesem Neger-Hotel dürfte das schwierig werden. Bestimmt habe ich, weil ich dem Wirt vorhin fünfzig Euro hingeblättert habe, das schönste Zimmer bekommen, das dieses Loch zu bieten hat.

Alles ist relativ. Es ist groß, halbwegs sauber, aber die Möbel wirken alt, schäbig, als könnten sie jeden Moment auseinanderfallen. Wenn ich mich im Schrankspiegel sehe, der voller blinder Flecken ist, habe ich das Gefühl, nicht mehr ganz zu dieser Welt zu gehören.

Immerhin habe ich Dusche und Klo im Zimmer, so dass ich nicht auf den Treppenabsatz raus muss und dabei den Familien über den Weg laufe, die hier zusammengepfercht leben und ihr Fisch-Mafé kochen, das so furchtbar stinkt. Dabei hängen überall Zettel, dass das verboten ist. Der Mann an der Rezeption, ein fetter, schmieriger Kanake, schert sich scheinbar einen Dreck darum. Er wird sein Bakschisch einstreichen und dafür beide Augen zudrücken. Ein Kanake, Türke oder Georgier, der von Senegalesen und Maliern Geld erpresst. Nur als Linker kann man so bescheuert sein, an die Solidarität der Unterdrückten zu glauben. Mir ist das inzwischen so was von scheißegal. Sollen sie doch abkratzen. Alle.

Das Hotel liegt nur ein paar Meter von der Saint-Ambroise-Kirche entfernt. Gerade hat die Kirchturmuhr geschlagen, keine Ahnung wie oft. Ich habe jedes Zeitgefühl verloren. Das ist hier, glaube ich, die Rue Saint-Étienne.

Meine eigenen Männer sind mir auf den Fersen, die Besten, die von der Delta-Gruppe.

Fünfzehn Meister, fünfzehn Schwerter, fünfzehn Killer. Ich kann es ihnen nicht verübeln. Das sind echte Bluthunde, die ich gelehrt habe, dass sie nur einer Instanz Gehorsam schulden: dem Block. Dass ich nur der Treibriemen bin zwischen ihnen und dem Willen des Blocks. Nun bin ich das Tier, das erlegt werden muss. Sie tun nur ihre Arbeit, ohne jeden Hass, aber mit der gewohnten Effizienz.

Diese fünfzehn habe ich selber rekrutiert, so wie alle, die für die professionell organisierten Ordnerdienste der Partei tätig sind.

Auf der Suche nach einem Führer, einem für die Delta-Gruppe, waren meine Ansprüche allerdings deutlich höher.

Zuerst gab es immer ein Gespräch in meinem Büro im Bunker, dem Parteisitz bei La Défense. Es war ein echtes Vergnügen, diese hübschen, jungen Kerle vor sich zu haben, die sich in Schale geworfen hatten, nach Eau de Toilette dufteten und sich in ihren billigen Anzügen, die sie extra für diesen Anlass gekauft hatten, sichtlich unwohl fühlten. Ich konnte mich noch gut daran erinnern, wie es war, als ich an ihrer Stelle gesessen hatte, damals, vor einer halben Ewigkeit, als Antoine mich zur GPP geholt hatte. Das Büro hatte sich nicht verändert, es war immer noch genauso kahl, hatte die gleichen, einfachen Metallmöbel, Wahlplakate an den Wänden, auf denen die Dreizack-Tricolore prangte, und die üblichen Porträts vom Chef. Nur dass es jetzt einen Computer anstelle des Minitel gab. Das war der einzige Unterschied.

Ich liebte es, diese Jungs zu verunsichern, wenn ich das Gefühl hatte, sie kämen als Rekruten für die Delta-Gruppe in Betracht. Nachdem der Alte sein Einverständnis zur Gründung dieser geheimen Einsatztruppe gegeben hatte, musste ich mir für jeden Posten, den ich zu besetzen hatte, gut dreißig Bewerber ansehen, von denen ich am Ende dann einen aussuchte.

Schon Wahnsinn, wie viele Typen unter dreißig es gab, die durchtrainiert waren und bereit, in den Kampf gegen das linke Gesocks oder gegen den Musel zu ziehen. Antoine amüsierte sich, wenn ich ihm erzählte, wie groß der Andrang der Kandidaten war, und meinte, das wären sicherlich Typen, die in jeden Kampf ziehen würden, gleich welchen.

Und er fuhr fort: »Der beste Beweis dafür ist doch, dass sich bei dir selbst Musel bewerben, wie du sie nennst.«

Er hatte Recht. Nicht nur nervöse, algerische Harkis, sondern auch ein paar ganz Schlaue aus den Vorstädten. Massenweise. Das ging mir echt auf den Geist, aber das war nun einmal die neue Politik des Alten, der zog sie an wie die Scheiße die Fliegen: ›Die muslimischen Franzosen haben von uns nichts zu befürchten, da sie Franzosen sind. Der Bloc Patriotique ist sogar die Partei, die sie am besten vor jeder Art von Rassismus schützen wird, weil wir gegen Immigration sind, mit der man sie allzu oft in einen Topf wirft.‹

Manchmal verstand ich den Alten echt nicht mehr so richtig. Da spürte man den Einfluss von Agnès und ihren Partei-Kumpanen. Das Ergebnis war, dass ich Mohameds und Selims ohne Ende in meinem kleinen Büro hatte, die drauf und dran waren, dem Block beizutreten und sich auf die Gehaltsliste der GPP setzen zu lassen. Ich schaffte es irgendwie, halbwegs höflich zu bleiben, aber verdammt, ich hätte sie wirklich allzu gerne von der Tür des Bunkers aus mit einem Arschtritt in den nächsten Vorortzug befördert.

Ein Musel bleibt ein Musel, ob er einen Pass hat oder nicht. Der beste Beweis dafür ist, dass sie es sind, die gerade in den Vorstädten das totale Chaos anrichten und Bullen umbringen. So oder so, für die Delta-Gruppe wollte ich nur ehemalige Grünbaretts oder Rotbaretts – Fremdenlegion oder Fallschirmspringer.

Die, die das Gespräch erfolgreich absolviert hatten, mussten anschließend, einer nach dem anderen, zum Testverfahren in Vernery. Das war das Schloss eines Sympathisanten im Berry, in der Nähe von Saint-Armand-Montrond. Ein steinreicher Adliger, der dort selbst nicht wohnte, es aber dem Block zur Verfügung stellte, das heißt, vor allem dem Alten. Aus alter Freundschaft, die zurückreicht bis in die Zeit von

Bob Denard und den Schrecklichen, so erzählte es mir der Alte einmal.

Ach ja, wie oft bin ich nicht zwischen dem Bunker und Vernery hin- und hergefahren. Auf der Autobahn überließ ich dem Typen das Steuer. So konnte ich ihn beobachten. Ich sehe mir gerne das Profil der *warriors* an, es erinnert mich an die auf Medaillen oder römische oder griechische Münzen geprägten Köpfe, wie der Alte sie in Vitrinen in der Eingangshalle oder im roten Salon hat. Ich lasse meinen Blick auch gerne auf ihrer Halsvene ruhen, dieser weichen Stelle am Hals. Die einzige Stelle an diesen unter Hochspannung stehenden, muskulösen Körpern mit den vorspringenden Sehnen, an der man eine gewisse Wärme spürt, ein Pulsieren, eine Verwundbarkeit.

Wenn wir in Vernery ankamen, war es meist schon dunkel. Ich nahm den Kerl mit zum Pool im Haus. Ich schlug vor, ein paar Bahnen zu schwimmen, zur Entspannung. Und dann aßen wir.

Die Frau des Gutsverwalters wusste Bescheid und hatte genug aufgetischt, um ein ganzes Regiment satt zu kriegen: Pâtés, Terrinen, Salate, dicke Landbrote, Käseplatten und zwei, drei Flaschen Landwein, Châteaumeillant, einen leichten Roten, durchaus trinkbar. Dem Typen wurde leicht schwindlig. Das war normal, echte Krieger sind Asketen wie die Spartaner. Ach ja, auch so eines der großen Leseerlebnisse, die ich Antoine verdanke, *Der Peloponnesische Krieg* von Thukydides…

Ich dachte immer, dass wir, wenn der Block eines Tages die Macht ergreifen würde, aus Frankreich ein neues Sparta machen würden. Wir würden den Museln, den Negern und den Juden wieder ihre Heloten-Plätze zuweisen. Nach dem Essen, wenn ich merkte, dass der Kerl auch wollte, stiegen wir zusammen ins Bett.

Aber so oft nun auch wieder nicht. Nicht so oft, wie manche beim Block behaupten. Auf jeden Fall war das am nächsten Tag kein Thema mehr. Der Typ hatte es genauso verstanden, wie es gemeint war, als Mittel, um sich kennenzulernen, sich zu beweisen, so wie man sich im Kampf beweisen muss.

Wir begannen den Tag mit einem 15-km-Geländelauf mit einem Rucksack auf dem Rücken, der bis oben hin mit Milchkartons gefüllt war. Zwanzig Kilo. Dann ging es weiter mit einem Kämpfer-Parcours, der im Wald hinter dem Schloss angelegt war. Ich fand es immer schön, wenn das zufällig im Herbst stattfand. Die rötlich verfärbten Blätter natürlich, aber auch den Geruch der Erde. In Denain riecht die Erde nicht nach Erde, nicht mal im Herbst. Sie riecht nach Stahl- und Kohlenstaub, auch wenn es dort schon lange keinen Stahl und keine Kohle mehr gibt.

Wir aßen mittags auf die Schnelle eine Kämpfer-Ration und begannen mit einem neuen Geländelauf.

Manchmal brach der Typ dann zusammen. Ich nahm es ihm nicht übel. Ich brachte ihn zurück ins Schloss, oft trug ich ihn auf meinen Schultern. Ich verabreichte ihm ein Bad im Pool und fuhr ihn anschließend nach Bourges, von wo aus er den Zug nach Paris nahm, ausgestattet mit einem Brief an meinen Oberleutnant, in dem ich darum bat, ihn zurück in ein mobiles Einsatzkommando der GPP zu schicken. Der Typ hatte keinen Grund, enttäuscht zu sein, er wusste nicht wirklich, dass ich Mitglieder für eine Elite-Truppe suchte. Im Gegenteil, wenn ich ihn später im Bunker oder auf dem Gelände wiedersah, war er mir direkt dankbar, dass ich ihn nicht gefeuert hatte.

Für die, die das ausgehalten hatten, ging es im Keller des Schlosses weiter, da war ein Schießstand eingerichtet. Im hinteren Teil des Raumes war eine Waffenkammer, hinter einer Panzertür, zu der nur ich den Code hatte.

Da drin gab es alles, was das Herz begehrt: Sturmgewehre, vom Famas bis zum M16 über die AK-47 und das finnische RK 62, für das ich wegen seiner Schussfrequenz eine gewisse Schwäche habe. Dann PM, Scorpio, Uzi, Heckler und Koch, von den Faustfeuerwaffen die wichtigsten Modelle, die auf dem Markt waren, und sogar ein paar Antiquitäten, wie Sten, Mat 49, FR-F1 und Mac 50 »vintage«, die aber unbenutzt waren. Sie stammten aus der Zeit der postkolonialen Agententätigkeit und aus Waffenverstecken des Gladio-Netzwerks. Es war sogar eine Rarität darunter, ein Sturmgewehr 44, das erste Sturmgewehr, das die Deutschen in den letzten Monaten des Zweiten Weltkriegs entwickelt hatten und das kaum noch zum Einsatz gekommen war.

All das stammte von meinem Vorgänger, dem alten Molène, ehemaliger LVF-Mann, Légion Charlemagne und Brigade Frankreich, dem Verband der Waffen-SS, ehemaliger Indochina-Kämpfer, ehemaliger Algerien-Kämpfer, ehemaliges OAS-Mitglied, der sogar noch mit über fünfzig, nur der Ehre wegen, mit der christlichen Phalange '75 im Libanon Attentate verübt hatte.

Er war es, der mir die Verantwortung für die GPP übertrug, die er unter dem Namen OSM (Organisation Securité Meeting) nur wenige Monate nach der Gründung des Bloc Patriotique durch den Alten aus der Taufe gehoben hatte. Kurz vor seinem Tod hatte er mir das Zepter übergeben. Ich sehe ihn noch vor mir in seinem Büro im Bunker: »Ich gebe die Verantwortung ab, Stanko, und Dorgelles ist einverstanden, dass du übernimmst.«

Es sollte sich bald herausstellen, warum Molène es so eilig damit hatte. Zwei Tage später jagte er sich in seiner Villa in Hyères eine Kugel in den Kopf, einen Monat zuvor hatte er erfahren, dass er Alzheimer hatte.

Molène war mir beim Block einer der Liebsten gewesen, neben Antoine und Dorgelles.

In Vernery beendete ich den Tag mit meinen zukünftigen Rekruten der Delta-Gruppe mit Nahkampf, Karate, Krav Maga. Manchmal verlor ich, manchmal gewann ich. Das war nicht so entscheidend. Entscheidend war, wie der Typ sich schlug, wie er seine Niederlage oder seinen Sieg verdaute, wie er die Hand ergriff, die ich ihm entgegenstreckte, um ihn hochzuziehen, oder wie er mir seine Hand entgegenstreckte, wenn ich am Boden lag.

Eben darum bin ich hier in meinem Zimmer bei der Saint-Ambroise-Kirche ziemlich pessimistisch, was meine Chancen davonzukommen betrifft, weil ich weiß, dass die Delta-Gruppe mit meinem Fall beauftragt ist, und weil ich besser als jeder andere weiß, wozu ihre Mitglieder fähig sind.

Zumal die Delta-Gruppe seit zwei Jahren von diesem kleinen Luder von Ravenne befehligt wird, der immer schon gerne Kalif anstelle des Kalifen, also gerne an meiner Stelle Chef der GPP geworden wäre, oder, wie man mich offiziell im Organigramm des Blocks nennt, um einen seriösen Eindruck zu machen und zur Beruhigung der Öffentlichkeit, Sicherheitsbeauftragter.

Aber auf Ravenne zu verzichten, wäre trotz seiner offenkundigen Ambitionen ein Riesenfehler gewesen. Eine echte Fehlentscheidung. Ravenne ist ausgeglichen, intelligent. Ravenne war fünf Jahre bei den Fallschirmspringern, hat als Unteroffizier abgeschlossen, mit militärischer Auszeichnung. Die hat er sich in seinen zwei Jahren in Afghanistan und Pakistan als Mitglied der Eliteeinheiten inmitten der Stammesgebiete verdient.

Er kehrte von dort mit der Überzeugung zurück, dass wir uns in einem Kampf auf Leben und Tod mit dem Islam befinden und alle Museln rausschmeißen müssen, wenn wir nicht untergehen wollen. Das heißt, Ravenne ist auch in ideologischer Hinsicht vertrauenswürdig. Der beste Beweis dafür ist: Er ist dem Block und der GPP beigetreten, wo er weniger verdient als bei der Armee, weil er verstanden hat, dass die Taliban die Welt bedrohen und schon in unseren Vorstädten sind.

Ravenne ist ein echter politischer Soldat, wie die von der SS.

Wie Molène zu seiner Zeit.

Außerdem ist er schön wie ein Gott: 1,80 Meter groß, graue Augen, ein fein geschnittenes Gesicht, breite Schultern, kein Gramm Fett. Ein bisschen wie Antoine, bevor der so zugelegt hat. Antoine war es, der mir alles beigebracht hat in Coët, da war ich nur ein kleiner Soldat mit Mannschaftsgrad, ohne jede Perspektive, dafür mit einem Strafregister, das mir eine Sonderbehandlung seitens eines in Ansätzen sadistischen

Oberfeldwebels einbrachte. Dieses Schwein von Unteroffizier wusste genau, dass ich, gerade ich, mich nicht zur Wehr setzen konnte. Ich war auf Bewährung und würde bei der ersten Eskapade im Karzer landen, als Übergangsstation zum richtigen Knast.

Ich musste die Klos schrubben, nackt und auf allen Vieren. Mit einer Zahnbürste, ganz in der guten alten Tradition der frustrierten Militärs, die selber am Schreibtisch eine ruhige Kugel schieben. Und während ich mit einer Riesenwut im Bauch das Porzellan polierte, streichelte er mir den Arsch oder versetzte mir kleine Schläge mit der Nylonbürste, die normalerweise dazu diente, die Famas-Sturmgewehre zu reinigen. Er lachte sich kaputt, und ich versuchte, keinen Ständer zu kriegen.

Das war die größte Erniedrigung, dass ich aufpassen musste, keinen Ständer zu kriegen.

Zurück zu Ravenne: Es ist wichtig, dass die Krieger schön sind. Die Männer, die unter ihrem Kommando stehen, haben dann mehr Vertrauen und weniger Angst zu sterben. Kurzum, mit seinem pädagogischen Sachverstand und seinen Fähigkeiten war er der ideale Typ, um mir innerhalb der GPP bei der Ausbildung der zukünftigen Rekruten der Delta-Gruppe zu helfen. Denn so ist das leider, bei der Delta-Gruppe ist man schnell verbraucht. Es kommt auch vor, dass man es nicht überlebt.

Indem sie mir Ravenne und die Delta-Gruppe auf den Hals geschickt haben, haben sie beim Block die Lage schon richtig eingeschätzt. Denn diese Krieger kennen mich besser als ich mich selbst. Darum habe ich aufs Geratewohl dieses Hotel gewählt, das war eine ganz spontane Entscheidung. Und darum habe ich mein Handy ausgemacht, denn ich habe diesen kleinen Idioten beigebracht, wie man ein Gerät durch Triangulation ortet. Es liegt auf dem Nachttisch, neben meiner geladenen GP35.

Damit mir die Zeit bleibt, einen oder zwei niederzuknallen, sollten sie in meiner Bude auftauchen.

Offiziell gibt es die Delta-Gruppe natürlich gar nicht. Im

Übrigen wissen selbst beim Block nur wenige Bescheid. Selbst im Parteipräsidium sind nicht alle auf dem Laufenden. Es gibt zwar immer mal wieder Gerüchte, aber mehr auch nicht.

Wenn das Thema auf die GPP kommt, heißt es beim Block immer, wir setzten nur Freiwillige als Ordner ein. Das sind nette Opis, die gerne Bulle spielen, pensionierte Wachleute oder Militärs. Sie werden mit schönen blauen Blazern und grauen Hosen ausstaffiert. Sie haben auch ein Wappen auf ihrer Uniform, den Tricolore-Dreizack vom Bloc Patriotique und das Motto der GPP, das wir der Polizei von Los Angeles geklaut haben: »Schützen und dienen.«

Die stellen wir bei unseren Kundgebungen oder der jährlich stattfindenden Dreizack-Feier in der Messehalle von Villepinte brav an den Eingang. Da plaudern sie dann mit den alten Damen und verfügen über eine ausreichend einschüchternde Statur, um überneugierige Journalisten oder Gelegenheitsprovokateure abzuschrecken. Wenn es ein größeres Problem gibt, dann sprechen sie in ihr Headset. Denn der Verantwortliche vor Ort oder ich selbst haben dafür gesorgt, dass sie alle ein »Double« haben, Typen, die jünger und durchtrainierter sind, die sich in der Menge verteilen, aber beim ersten Alarm mit ihren Teleskop-Schlagstöcken und ihren Goliaths aufkreuzen, 50-cl-Tränengas-Dosen.

Der Block räumt auch die Existenz von mobilen Eingreifteams ein, bestreitet aber, dass es sich dabei um professionell und dauerhaft organisierte Strukturen handelt. Tatsächlich bezahlen wir sie pro Einsatz aus einer schwarzen Kasse. Nach außen geben wir diese Kerle auch als Ehrenamtliche aus, die sonst für befreundete Wachdienste arbeiten, untadelige Firmen, für die der Block ein ganz normaler Kunde wie jeder andere ist. Tatsächlich sind unsere mobilen Kommandos rund um die Uhr einsatzbereit und trainieren regelmäßig im Bunker, wo es Krafträume und einen Pool gibt. Schießen üben sie in Schießständen, die von der Polizeipräfektur zugelassen sind. Und dann organisiere ich auch für kleine Gruppen von maximal zwanzig Mann Trainingslager in Vernery, im Schloss.

So ein kleiner Schmierfink, freier Journalist für *Libération* und *Politis,* versuchte vor zwei Jahren, all das auseinanderzunehmen. Da war er nicht der Erste. Ravenne und ich beschlossen, die Delta-Gruppe aus dieser Sache rauszuhalten.

Ich informierte den Chef. Der sagte:»Gerade sind wir dabei, uns für die Europa-Wahl zu rüsten, und da müssen wir mit dieser Schlampe Louise Burgos konkurrieren. Ich will keinen Skandal. Sieh zu, wie du das regelst, Stanko.«

Dorgelles spricht immer in Rätseln, wenn er in der Klemme sitzt.

Keinen Skandal sollte heißen, keinen Skandal wegen der möglichen Enthüllungen eines Schmierfinks, aber auch keinen Skandal, falls ihr ihn außer Gefecht setzt, so dass er uns nicht mehr schaden kann. Oder vielmehr, *wenn* ihr ihn außer Gefecht gesetzt habt, so dass er uns nicht mehr schaden kann.

Also stellten Ravenne und ich unsererseits Nachforschungen über den Typen an. Ein Itzig, wie fast alle Schreiberlinge von der Presse. Ein Itzig, der in Montreuil lebte, wie alle diese Bobos. Schlimmer ging es nicht.

Wir bezogen unten vor seiner Tür Wachposten. Er wohnte ganz oben, im sechsten Stock eines Wohnhauses ganz in der Nähe des früheren Sitzes dieser Arschlöcher vom Gewerkschaftsbund CGT.

Ich dachte, ich werde wahnsinnig. Nicht wegen des endlosen Rumhockens in einem alten Peugeot 207, sondern weil ich Ravenne neben mir spürte, in diesem Auto, das für Männer unserer Statur viel zu klein war. Ich roch den Duft seiner Haut, den Duft seines Schweißes. Ich hatte einen Ständer wie ein Hirsch. Ich bin sicher, er merkte das, dieses Miststück. Mit voller Absicht legte er mir seine Hand auf den Oberschenkel, nur ein paar Zentimeter von meinen edlen Teilen entfernt, um mich darauf hinzuweisen, dass der Zeitungsfritze nach Hause gekommen war oder ins Bett ging, während er mit der anderen Hand auf das Fenster seiner Wohnung deutete, in der gerade das Licht an- oder ausging.

Tagelang schnüffelten wir ihm hinterher. Wir sahen, wie er Mädchen mit nach Hause brachte, manchmal ein halbes Dutzend. Nie dieselben. Oft Schwarze. So ein Zufall aber auch … Dieser Typ war offenbar ein leidenschaftlicher Anhänger der Rassenmischung.

Scheiß-Frankreich …

Aber wir hatten Pech. Wie die Amateure verloren wir ihn jedes Mal, wenn er sich mit neuen Neger-Muschis eindeckte oder, um es so auszudrücken, wie ich es in einem schriftlichen Bericht für den Chef formuliert hätte: ›Wenn er auf der Suche nach neuen Eroberungen unter farbigen Frauen war.‹ Mal hatte unser 207 einen Plattfuß, mal nahm er ein Taxi, dem wir hätten auffallen können. Diese Taxifahrer sind einfach verdammt gewieft darin zu merken, ob ihnen jemand folgt, man könnte meinen, sie hätten eingebaute Antennen.

Dafür sahen wir dann, wie er sich beim Bunker rumtrieb, die Typen ausfragte, die in unsere Geschäftsräume wollten, vor allem, wenn sie einen Trainingsanzug trugen oder eine Sporttasche dabeihatten. Eigentlich sollten die Jungs von der GPP alle vom PR-Chef des Blocks, von Frank Marie persönlich, eine Schulung erhalten haben. Aber man weiß ja nie, es sind immer ein paar dabei, die sich gerne aufspielen, oder die einem eins auswischen wollen, weil ein Ausbilder ihnen vor den anderen einen Arschtritt verpasst hat. Dann haben sie Schaum vorm Mund. Das kommt nicht oft vor, aber es passiert.

Und die Europa-Wahlen waren in drei Monaten. Wir mussten uns also ranhalten.

Aber wir wussten nicht, wie wir die Sache angehen sollten. Wir hatten das Gefühl, vom Pech verfolgt zu sein.

Antoine verhalf mir dann rein zufällig zu der rettenden Idee.

Wir aßen zusammen zu Mittag in einer Brasserie in seinem Viertel, dem 22, da gingen wir öfter hin, es lag in der Nähe der Metro-Station Saint-Philippe-du-Roule.

Ich war echt k.o., ich konnte einfach nicht mehr. Unsere

gescheiterten Schnüffel-Aktionen, die ständige sexuelle Erregung durch Ravennes Anwesenheit. Weil ich nicht mehr ein noch aus wusste, zeigte ich ihm ein Foto von unserem Problemfall. Antoine stellte sein Glas Brouilly ab, ließ die Gabel sinken, mit der er eben noch sein Steak Tartare in sich hineingeschaufelt hatte, und lächelte: »Den Typen kenne ich doch! Also ›kennen‹ ist vielleicht etwas übertrieben. Er treibt sich öfter in einem Nachtclub in meiner Straße rum ... Ja, in der Rue La Boétie. Weißt du wo? Der Laden heißt Maloya. Du weißt schon, da tanzen diese heißen Miezen aus La Réunion. In dem Club verkehren lauter Schwarze, aber es ist superschick. Schwarze Muschis in Hülle und Fülle, sie werden direkt aus der Banlieue über die Champs-Élysées eingeflogen, um den Diplomaten aus Zaire oder den Geschäftsmann von der Elfenbeinküste scharfzumachen. So ein Mittelding zwischen lockerflockiger Prostitution, zielgerichtetem Flirt und reiner Abzocke.«

»Und woher weißt du das?«

Fast hätte ich ihn gefragt, ob er nicht zufällig auch auf schwarze Muschis stand, aber nein, was für eine absurde Idee. Er hatte ja Agnès. Und wenn, dann sicher nicht in seiner eigenen Straße ... Obwohl, vielleicht gerade...

»Weil ich oft nicht schlafen kann und nur fünfzig Meter gehen muss, um zwei oder drei Rum-Punchs zu trinken, so dass ich, wenn ich nach Hause komme, kunterbunte Träume habe. Und beim Rumsitzen an der Bar ist mir auf dem *dance floor* unter den wenigen Weißen, die es dort gibt, dein Typ mit seinem ewigen Drei-Tage-Wichser-Bart aufgefallen, zumal er jedes Mal ein anderes Mädchen abschleppte. Okay, Stanko, ich muss los, ich habe es eilig. Ich muss noch einen Leitartikel für *Trident-Hebdo* zu Ende bringen und mir eine Rede von Roland noch mal ansehen.«

Ich blieb allein zurück.

Ich bestellte noch einen Kaffee. Ich dachte nach. Eine vage Idee nahm langsam Form an.

Und mit einem Mal sah ich klar vor mir, wie wir die Sache deichseln könnten. Ich rief sofort Ravenne an.

Ravenne hatte noch immer Kontakt zu einer Gang von Schwarzen in Trappes.

Dort deckte er sich mit Gras, Shit und Koks ein. Denn Ravenne war mit der Zeit der offizielle Dealer der Junkies vom Block geworden. Er selbst nahm keine Drogen, aber tat in gewisser Weise anderen einen Gefallen. Nebenbei strich er eine schöne Provision ein.

Er wusste, wer im Präsidium, in der Parteizentrale und sogar auf Landesebene was schnupfte oder rauchte. Auf die Art habe ich auch erfahren, dass Antoine sich seit einiger Zeit gelegentlich Linien zieht, aber ich habe nie gewagt, ihn darauf anzusprechen, auch wenn ich es etwas traurig finde, dass jemand wie er, dem ich alles verdanke, so etwas braucht.

Schlau, dieser Ravenne. So hatte er innerhalb weniger Monate ein echtes Druckmittel in der Hand. Kein Wunder, dass der Block und meine guten Freunde vom Präsidium nicht lange gezögert haben, ihn damit zu beauftragen, mich zu beseitigen. Der Alte und Agnès sind auch keine Kinder von Traurigkeit, sie trinken selber gerne mal einen über den Durst, aber sie hassen Junkies. Und wenn Ravenne mal auspacken sollte, dann könnte es in den Reihen der Führungsebene ein ganz schönes Stühlerücken geben. Es gibt so zwei, drei Sachen, bei denen der Alte echt keinen Spaß versteht: Kohle, Drogen und seine Autorität in der Partei.

Ansonsten kann jeder vögeln, wen er will, und es ist sogar egal, zu welchem Gott einer betet. Das ist ihm vollkommen schnurz. Solange man kein Aufsehen erregt und die Wahlergebnisse stimmen. Eben darum hat der Alte auch nie einen Spruch über meine Anwerbe-Methoden in Vernery gemacht.

Ich erklärte Ravenne meine Idee in einem Bistro neben dem Bunker, in das vor allem kleine Angestellte der Partei und der umliegenden Firmen gehen, um schnell einen Croque Monsieur zu essen und ein Bier zu trinken.

»Also«, sagte ich, »du spannst deine Trappes-Gang für uns ein und spinnst ihnen bei eurem nächsten Treffen schön was vor, nach dem Motto: ›Ihr wollt noch mehr Kohle? Da habe ich einen tollen Plan. Ihr könnt richtig ins Geschäft kommen und echte Bosse werden. Schickt eine heiße Schwester ins Maloya, in die Rue La Boétie. Da ist ein Itzig, der hat Kohle ohne Ende, wie alle Itzigs, der spielt da regelmäßig den Galan. Ihr entführt ihn und verlangt Lösegeld.‹ Das ist natürlich absoluter Blödsinn, wir beide wissen, dass er nur noch seine Mutter hat, in Sarcelles, eine pensionierte Grundschullehrerin. Mit etwas Glück legen sie ihn um. Im schlimmsten Fall lassen sie ihn wieder laufen, und er wird nur noch damit beschäftigt sein, seine Story zu erzählen und uns dafür in Ruhe lassen. Bis er dazu kommt, sich wieder mit der GPP zu beschäftigen, sind die Europa-Wahlen vorbei und der Alte wird zufrieden sein.«

Ravenne fuhr sich mit dem Handrücken übers Kinn. Das tut er immer, wenn er nachdenkt. Ich versuchte, ihm nicht zu lange in seine hellen Augen zu sehen und dabei wie eine Tussi anzuschmachten. Das Luder.

»Das ist machbar, Stanko, das ist machbar ...«

Ich hatte schon lange aufgegeben durchzusetzen, dass er mich »Chef« nennt, so wie alle anderen Mitglieder der GPP.

»Aber«, fuhr er fort, »mit dieser Aktion verliere ich natürlich meine Stoff-Lieferanten. Da werden bei der nächsten Präsidiumssitzung einige auf Entzug sein. Wenn dann einer von den katholischen Fundamentalisten, ein Typ wie Samain, sich alles auf einmal reinzieht und vor dem Alten in Tränen ausbricht, wird das für Aufsehen sorgen. Dazu kommt mein finanzieller Verlust ...«

»Verkauf mich nicht für dumm, Ravenne. In deinem halboffiziellen Freundeskreis der ehemaligen Eliteeinheiten in Afghanistan findest du sicher Mittel und Wege, an Stoff zu kommen, die du mir gegenüber nur noch nie erwähnt hast.«

Er lächelte. Er spielte den Geheimnisvollen, blieb aber cool. Er trank sein Bier aus.

»Okay, Stanko, die Sache läuft!«

Am nächsten Abend teilte er mir im selben Bistro mit, dass die Operation angelaufen war.

Die Trappes-Gang war voll darauf angesprungen, Ravenne war offenbar sehr überzeugend gewesen.

Die Jungs hatten leuchtende Augen bekommen.

Sie würden jeden Abend ein Mädchen ins Maloya schicken mit dem Auftrag, den Schmierfinken anzubaggern. Da wir wussten, dass er sie mit zu sich nach Hause nahm, hatte Ravenne seinen Schwarzen die Adresse in Montreuil gegeben. Da konnten sie sich ihn schnappen, sollte er ihnen unterwegs verloren gehen.

Wir mussten nicht lange warten.

Zwei Tage später, gegen Mitternacht, hielt ein Taxi vor dem Maloya und setzte unseren Schreiberling ab. Ich hatte Antoine vorgewarnt, dass er seine Schlaflosigkeit in nächster Zeit nicht mit einem Rum-Punch bekämpfen durfte, schließlich sollte kein Verantwortlicher des Blocks in diese Geschichte verwickelt werden, falls da aus irgendwelchen Gründen etwas schiefgehen sollte.

Um zwei Uhr morgens kam der Kerl mit einer Frau raus, die für meinen Geschmack etwas zu rundlich war, ein zu kurzes Kleid aus blauem Lamé trug und frisiert war wie ein Mitglied einer Girl Group aus den 60ern. Man hätte sie für eine Sängerin der Supremes oder der Marvelettes halten können. Diese Art Musik, die Antoine so liebt. Sie zitterte vor Kälte, aber sie presste sich an den Itzig, der war schließlich pures Gold wert.

»Das ist die Richtige«, sagte Ravenne nur.

Das Taxi, das der Schreiberling für die Rückfahrt nach Montreuil bestellt hatte, kam. Wir folgten ihm nicht, damit der Fahrer uns nicht bemerkte, sondern nahmen einen anderen Weg und fuhren wie die Irren nach Montreuil, durch das nächtliche Paris, das so verlassen wirkte, als hätten alle wegen des nahenden Weltuntergangs die Flucht ergriffen.

Wir waren gut fünf Minuten vor ihnen da. Wir sahen, wie das Taxi kam und sie vor dem Sitz der CGT absetzte. Das schwarz-weiße Turteltäubchenpaar lief in Richtung der Wohnung.

Ein alter Peugeot J7 scherte aus der am Straßenrand parkenden Autoreihe aus. Die hinteren Türen sprangen gleichzeitig auf.

Zwei Schwarze stiegen mit geschmeidigen Bewegungen aus.

In dem Moment verstand der Schmierfink, was los war, aber es war zu spät. Er versuchte abzuhauen und schaffte es, noch einmal laut aufzuschreien, bevor er geschnappt, gefesselt und geknebelt wurde. Bei der Gelegenheit schlugen sie ihn gleich mal ordentlich zusammen.

Keine zwei Minuten später war der Transporter davongefahren.

Das hatte wie am Schnürchen geklappt, Ravenne und ich konnten in aller Ruhe nach Hause fahren.

Als wir eine Woche später im Netz und in der Presse die vermischten Nachrichten durchgingen, erfuhren wir aus *Le Parisien*, dass eine Streife zwei Schwarze bei dem Versuch überrascht hatte, bei einer pensionierten Grundschullehrerin in Sarcelles einzubrechen.

Das konnte nur Eines bedeuten: Der Journalist musste aus lauter Verzweiflung und nachdem man ihm die Fresse poliert hatte, Namen und Adresse seiner Mutter verraten haben.

Die Alte erklärte ihrerseits der Polizei, als diese ihre Zeugenaussage aufnahm, dass sie seit mehreren Tagen nichts mehr von ihrem Sohn gehört hätte, und es da vielleicht einen Zusammenhang geben könnte. Die Bullen, ausnahmsweise mal nicht auf den Kopf gefallen, zählten eins und eins zusammen und quetschten die beiden Typen aus, die sie festgenommen hatten, und hatten die Trappes-Gang schnell aufgespürt.

Und sie fanden unseren Journalisten. Natürlich in einem Keller. Er war nicht tot, aber so gut wie.

Man hatte ihn geschlagen, mit dem Schweißbrenner verbrannt und entmannt. Er ist, glaube ich, heute noch in einer psychiatrischen Klinik und für immer erledigt.

Die Gang und das Mädchen gestanden auf der Stelle. Bis heute ist nicht klar, ob aus reinem Imponiergehabe, weil sie einfach zu doof waren oder um mildernde Umstände zu bekommen, so nach dem Motto, »hast du etwas zugegeben, ist der Fehler halb vergeben«. Sie gaben zu Protokoll, sie hätten ihn entführt, weil er Jude war und demnach steinreich sein müsse, wie alle seiner Rasse. Zwei oder drei Gang-Mitglieder erwähnten in ihren Zeugenaussagen einen Typen, einen Weißen, der ihnen den Tipp gegeben hätte, aber niemand verfolgte die Spur zurück bis zu Ravenne. Ravenne hatte es drauf, der war schlau: Wenn er bei den Schwarzen einkaufen ging, hielt er sich immer bedeckt, und da er für alle Fälle Perücke und farbige Kontaktlinsen trug, war die Gefahr nicht sonderlich groß, dass ein Phantombild ihm ähneln könnte. Aber so weit kamen die Bullen ja gar nicht. Sie glaubten nicht an die Spur mit dem Auftraggeber, sie dachten, die Schwarzen würden sie verschaukeln, um die Ermittlungen zu verschleppen.

Es gab einen riesigen Skandal. Es war von einem Wiederaufbrechen des Antisemitismus die Rede, das ganze Tamtam. Die Intellektuellen, die Stammgäste in den Talkshows waren, die Gutmenschen, wie Antoine sie nannte und die er so hasste, diskutierten auf allen Kanälen, was das Zeug hielt. Sie beklagten den Hass zwischen den Ethnien, der die Republik untergrabe. Einige, und das war neu, gaben sogar ausdrücklich den Museln und den Schwarzen die Schuld, das wäre vor einigen Jahren noch unvorstellbar gewesen.

Antoine war eine Zeit lang nicht gut auf mich zu sprechen, nachdem er die Fotos gesehen hatte, die in einem Skandalmagazin erschienen waren.

Darauf sah man den in eine Folterkammer verwandelten Keller.

Man sah, in welchem Zustand der Typ war, als er auf einer Trage rausgetragen wurde.

Und die Polaroids, die die Schwarzen selber gemacht hatten, in den Pausen zwischen zwei Behandlungen.

Stimmt, das war kein schöner Anblick. Gar nicht schön.

Der Chef dagegen zeigte sich mir gegenüber erfreut. Er gab mir andeutungsweise zu verstehen, dass das eine gelungene Aktion war. Wir hatten zwei Fliegen mit einer Klappe geschlagen. Ein Schmierfink weniger und drei Punkte in den Umfragen zugelegt: Das Misstrauen gegenüber den Vorstädten, den Negern und den Museln, hatte dem Bloc Patriotique noch immer genützt. Er hatte sich außerdem noch eine feierliche Pressemitteilung gegönnt, in der er die Nation zur Wachsamkeit gegenüber Rassismus und Antisemitismus aufrief.

So bin ich also.

Und so ist Ravenne, der mich jagt.

So sind unsere Meister.

Das Schlimmste ist, dass ich nichts bereue. *Je ne regrette rien. Ni le bien ni le mal ...*

Zugleich wird mir in diesem schäbigen Zimmer bewusst, dass es jetzt mit Sicherheit allerhöchste Zeit wäre, um Verzeihung zu bitten.

Ich weiß nur nicht recht, wen.

3

Du warst vielleicht fünf oder sechs Minuten weggetreten, länger nicht, das sagt dir zumindest der Blick auf deine Uhr. Du sitzt immer noch in unveränderter Haltung auf dem Clubsofa vor dem Fernseher, der momentan nicht mehr diese angsteinflößenden Bilder von Rassenunruhen zeigt, sondern stattdessen Sport-Kurznachrichten bringt. Gerade läuft ein Basketballspiel zwischen Süd-Koreanerinnen. Sie pressen vor Anspannung die Lippen zusammen und ihre schwarzen, schweißnassen Haare kleben an ihren Schläfen, wie in diesen asiatischen Porno-Filmen, die leicht in die Sado-Maso-Bondage-Richtung gehen, und die dir, wenn du ehrlich bist, in einer bestimmten Phase deines Lebens einmal gefallen haben.

Du tust so, als würdest du rätseln, was dich geweckt hat, dabei bist du nicht durch etwas Bestimmtes wach geworden, das weißt du nur zu gut. Du leidest schon seit langem unter Schlafproblemen, fährst plötzlich hoch, weil du dich verfolgt fühlst, wachst schlagartig auf, voller Panik, wie ein Wachposten, dem bewusst wird, dass er gerade kurz davor war einzunicken. Oder noch schlimmer, du fühlst dich wie ein Autofahrer, der während einer Nachtfahrt seine Kräfte überschätzt hat und obwohl er gegen den Schlaf ankämpft, für einen Moment eingedöst ist. Als er die Augen wieder öffnet, wird ihm klar, dass er gerade von der Straße abkommt und auf den Graben zurast oder dabei ist, die Leitplanke der linken Spur zu durchbrechen, oder er sieht den Kühlergrill eines hupenden und blinkenden Lasters auf sich zukommen, egal wie, es ist klar, dass er das nicht überleben kann.

Und du weißt, dass es wie gewöhnlich keine objektive Erklärung für dieses plötzliche Erwachen gibt, das von irrem Herzklopfen begleitet ist: Es hat nicht geklingelt – zum Beispiel fünf Mal kurz mit einer Pause nach dem dritten Klingeln (*Al-gé-rie fran-çaise, Algerien bleibt französisch!*), womit Loux, der Fahrer und Leibwächter von Agnès, meldet, dass er den C6 in die Tiefgarage des Gebäudes gefahren hat und sie gleich den Fahrstuhl nehmen werden, der, für den man einen Code braucht und der direkt in der Diele endet, während man mit dem anderen ganz normal im Treppenhaus landet.

Auch dein iPhone auf dem Couchtisch, das auf Vibrieren gestellt ist, zeigt nichts Neues an, keinen Anruf, den du knapp verpasst hast, weil du einen Moment zu spät aufgewacht bist.

Nein, komm schon, du weißt doch, was los ist, du hast schon immer unter Schlaflosigkeit gelitten, und wenn es dir dann zufällig doch mal gelingt einzuschlafen, oder du wie jetzt vor Erschöpfung einfach einnickst, wirst du garantiert zwei oder drei Mal die Nacht auf diese abrupte Art aus dem Schlaf gerissen, du hast panische Angst, bist schweißgebadet, deine Schläfen klopfen und dein Atem geht stoßweise. Es heißt, Leute, die so aus dem Schlaf hochschrecken, wären einem Albtraum entronnen. Das ist bei dir nicht so, oder aber der Albtraum müsste dermaßen furchterregend gewesen sein, dass du in dem Moment, in dem du wieder zu dir kommst, alles verdrängt hättest.

Du sprichst nie mit irgendjemandem über irgendetwas Persönliches, außer mit Agnès und Stanko. Und selbst Stanko erzählst du nicht alles. Aber du weißt, wenn du es tätest, wenn du dich einem Psychotherapeuten anvertrautest, würde der garantiert versuchen, dir das Eingeständnis abzutrotzen, dass all die Schandtaten, die kleinen und großen Sauereien, die dein Leben besudeln, seit du dich für den Bloc Patriotique entschieden hast, dafür verantwortlich sind, dass du so oft mit einem Gefühl tiefsten Entsetzens aus dem Schlaf hochfährst. Dieses ständige Hochfahren, das dich, je älter du wirst, immer mehr Kraft kostet.

Aber da läge dieser Psychotherapeut voll daneben.

Denn wenn du dich überhaupt für etwas entschieden hast, dann für Agnès und nicht für den Bloc Patriotique, und selbst das ist noch fraglich, vielleicht war es auch Agnès, die sich für dich entschieden hat und nicht umgekehrt.

Du würdest ihm antworten, dass er gewaltig auf dem Holzweg sei, dass das schon viel früher angefangen hätte, nämlich in deiner Kindheit, und es damals schon so schlimm gewesen sei, dass dein Vater, seines Zeichens Augenarzt, dich im zarten Alter von fünf oder sechs Jahren zu sämtlichen befreundeten Neuropsychiatern und anderen Psychotherapeuten geschickt habe, die er Ende der 60er, Anfang der 70er Jahre in der schönen Stadt Rouen gekannt habe.

Die Spezialisten fanden keinerlei Erklärung dafür, warum deine Mutter dich immer wieder in deinem Zimmer in eurer Haussmann-Wohnung in der Avenue Jeanne d'Arc um drei Uhr morgens aufrecht im Bett sitzend vorfand, starr vor Schreck, mit weit aufgerissenen Augen, um dich herum, auf deiner Überdecke, deine Airfix-Soldaten, *Lucky-Luke*-Alben und zerlesene *Spirou*-Ausgaben.

Meistens wurde sie durch den Lichtschein deiner Nachttischlampe auf dich aufmerksam, die du angeknipst hattest, um die Dämonen zu verscheuchen, an die du dich schon im selben Moment nicht mehr erinnern konntest. Dazu muss man wissen, dass du selbst als Kind in diesen Situationen nie aufschriest, im Gegensatz zu anderen Kindern, denen es gelang, durch einen lauten Schrei den Albtraum hinter sich zu lassen und in die Realität zurückzukehren. Diese Art von Reaktion zeigten beispielsweise deine beiden jüngeren Brüder.

Wenn deine Mutter dich auch nicht jede Nacht so vorfand, so kam es doch recht häufig vor, und es gab Nächte, in denen sie sogar mehrmals aufstehen musste, um dich zu beruhigen, Soldaten und Comics beiseite zu räumen und das Licht zu löschen.

Aber wenn man unbedingt etwas Krankhaftes bei jemandem finden will, so wie deine Eltern bei dir, findet man auch etwas, selbst wenn es nicht das ist, was man erwartet hat, selbst wenn es keinerlei Zusammenhang mit dem eigentlichen Problem gibt, selbst wenn man es lieber nicht gefunden hätte.

So ging aus den zahlreichen Gesprächen und medizinischen Untersuchungen, die du über dich ergehen lassen musstest, als de Gaulle gerade abgetreten war – da musst du ungefähr acht Jahre alt gewesen sein –, mit Frauen und Männern in weißen Kitteln, die dir wohlwollend begegneten und dich freundlich anlächelten, mit gedämpfter Stimme zu dir sprachen, in ihren Praxen, an deren Wänden Diplome hingen, Gemälde kleiner, normannischer Meister, Querschnitte erkrankter Gehirne und manchmal ein Porträt von Freud, ein einmütiges Urteil hervor: Man wusste nicht, was der Grund für dein panikartiges Erwachen war.

Dafür kam bei den Tests aber etwas anderes heraus, das ein wenig unschön war: Es stellte sich heraus, dass du eine manifeste Neigung zur Gewalttätigkeit hattest, die sich sowohl gegen andere als auch gegen dich selbst richten könnte. Das hatten sie offenbar in den Bildern erkannt, die du ein ums andere Mal anfertigen musstest, dabei hast du Zeichnen schon immer gehasst. Einige Spezialisten ergänzten sogar, dass du möglicherweise in Extremsituationen keinerlei Empathie gegenüber anderen Lebewesen empfinden würdest, seien es Tiere oder Menschen. Und dass du bei Erreichen der Pubertät unbedingt noch einmal bei ihnen vorstellig werden solltest.

Es fällt dir aber gar nicht schwer nachzufühlen, wie diese Enthüllung deine Eltern getroffen haben muss, brave und ehrenwerte Christdemokraten – ehrenwerte Christdemokraten war in Rouen zu der Zeit ein Pleonasmus. Mit einem Mal waren deine Schlafstörungen zweitrangig. Man beobachtete dich heimlich aus dem Augenwinkel. Man untersuchte regelmäßig euren Kater Julius auf Spuren möglicher Misshandlungen.

Du warst der Feind in den eigenen vier Wänden, das zukünftige Monster, die Schlange, die man am Busen genährt hatte.

Du hattest obendrein das Pech, dass dies zu einem äußerst ungünstigen Zeitpunkt passierte.

Damals waren *Rosemary's Baby*, *Der Exorzist* und andere satanische Film-Phantasien in Mode und sorgten für volle Kinosäle. Polanski und Friedkin hatten sicher einen beträchtlichen Anteil daran, dass euer altes Kindermädchen dir verbot, in der Küche die Schubladen mit den Messern anzurühren, und es vorzog, dir mit besorgter Miene eigenhändig deinen Nachmittagsimbiss zuzubereiten, wenn du aus der Grundschule und dann später dem Collège kamst.

Auch wenn du am Anfang nicht wirklich verstandest, was um dich herum los war, so schwante dir doch, dass irgendetwas nicht stimmte. Wenn deine Großmutter mit dir in den Solferino-Park ging, der in unmittelbarer Nähe zur Praxis deines Vaters lag, hattest du das Gefühl, unter strenger Bewachung zu stehen. Sobald du mit deinen Freunden anfingst, Kämpfe und Schießereien nachzuspielen, die ihr in Western oder der Serie *Die Unbestechlichen* gesehen hattet, rief sie dich zur Ordnung. Vor allem, wenn du dabei warst, die Oberhand über einen deiner Spielkameraden zu gewinnen, zum Beispiel den Sohn des Apothekers aus der Rue du Général Leclerc, und damit drohtest, ihn zu skalpieren.

Dabei spieltest du gar nicht so sehr die Fernsehserien nach, sondern vielmehr Szenen aus Romanen von Gustave Le Rouge und Fenimore Cooper, die in der Bibliothek deines Großvaters François Maynard standen, der Lehrer für Latein und Altgriechisch am Corneille-Gymnasium gewesen und unmittelbar nach seiner Pensionierung gestorben war, kurz vor deinem sechsten Geburtstag.

Wer weiß, was geworden wäre, wenn du ihn besser gekannt hättest …

Er, der während der Besatzungszeit der christlichen Résistance angehört hatte, war nach dem Krieg Kommunist geworden, wie eine nummerierte Ausgabe von *La Diane Française* mit einer Widmung von Aragon in seiner Bibliothek bewies, die dir erst Jahre später aufgefallen ist.

Je älter du wurdest, desto mehr hattest du das Gefühl, dass er, François Maynard, der Einzige gewesen wäre, mit dem du wirklich hättest reden können in dieser Familie von Frömmlern und ewigen Zentristen, die vor jeder etwas stärkeren Ideologie zurückschreckten, Gaullismus, Kommunismus und natürlich Faschismus, genauso wie sie eine Abneigung gegen alle Nahrungsmittel mit einem ausgeprägten Eigengeschmack hatten – man aß nie Wild oder trank Weine, die zu sehr nach Wein schmeckten, am Tisch des Augenarztes wurde nur Bordeaux getrunken –, sie mieden weiter entfernte Reiseziele und zogen es vor, die Ferien immer in Frankreich, im Sommerhaus der Familie in Pontaillac bei Royan, zu verbringen.

Dein Großvater François Maynard muss aus anderem Holz geschnitzt gewesen sein. Denn wenn du mit zwölf, dreizehn Jahren sonntags bei Tisch auf ihn zu sprechen kamst, gab man dir deutlich zu verstehen, das gehöre der Vergangenheit an und du würdest deiner Großmutter damit nur unnötige Pein bereiten; besagte Großmutter tupfte sich derweil mit leicht übertrieben wirkendem Ernst und betont melancholisch mit ihrer sorgfältig gestärkten Serviette die Augenwinkel ab.

Das heißt, alles was du über diesen François Maynard wusstest, hatten dir andere erzählt. Das erste Mal in der neunten Klasse, als einer seiner ehemaligen Schüler dein Französischlehrer war. Er äußerte dir gegenüber jedoch nur Allgemeinheiten: »Sehr mutig, Ihr Großvater, und was für ein Lehrer!« Und dann vor allem im ersten Jahr der Vorbereitungsklasse für die École Nationale d'Administration dank Denis Cicriac, genannt »Cricri«, der als Schwerpunkt Geschichte hatte und der kommunistischen Jugendorganisation angehörte. Er sagte dir ins Gesicht und sah dir dabei in die Augen: »Maynard, wenn man so einen Großvater hatte wie du, sollte man sich schämen, sich derart aufzuführen.«

Mit »sich derart aufzuführen«, war gemeint, ein Kolloquium von S.O.S.-Racisme mit der Frage zu stören, warum dieses an eurem Gymnasium stattfände, in den Räumen des Filmclubs, und nicht in einem Gemeindesaal auf der anderen Seite der Seine, wo, wie du es formuliertest, »die Antirassisten aus der Innenstadt mit ihren gelben ›Mach meinen Kumpel nicht an‹-Buttons sich hätten nützlich machen und beweisen können, dass sie Eier in der Hose haben, statt den Schülern der Vorbereitungsklasse und ihren gebildeten Lehrern, allesamt überzeugte Humanisten, Moralpredigten zu halten«.

Man buhte dich aus, sogar heftig, und der Geschichtslehrer, ein gewisser Letreuil, forderte dich auf, den Raum zu verlassen, was du tatest, aber nicht ohne den Beteiligten den Stinkefinger zu zeigen und im Rausgehen sangst du: *C'est nous les africains, Qui revenons de loin!*

Du tratest auf den leeren Schulhof des Jeanne-d'Arc-Gymnasiums. Es war bereits sieben Uhr abends, und das Licht der untergehenden Sonne ergoss sich über den gesamten Hof. Du warst überrascht, dass es schon so spät war.

Die Antirassisten waren schon immer große Schwätzer, denkst du jetzt in dieser Nacht, viele Jahre später, während du auf Agnès wartest. Und hätten sie sich nicht immer so gerne vor allem selbst zugehört, dann hätten sie uns kommen hören, uns, die Blockisten, die Faschisten, den Bodensatz des einfachen Volkes. Aber während sie nur große Reden über Moral schwangen, bescherte uns die Realität bei jeder Wahl ein paar Stimmen mehr und gewannen unsere Ideen zunehmend an Akzeptanz, erschienen immer folgerichtiger. Das ging so weit, dass jetzt, nur ein knappes Jahr vor den Präsidentschaftswahlen, die »ehrbare« Rechte, hart aber »ehrbar«, uns klammheimlich zu Hilfe gerufen hat.

Und eben darum kannst du nicht schlafengehen und musst so lange wach bleiben, bis Agnès von diesen verfluchten Verhandlungen im Pavillon de la Lanterne zurückgekehrt ist.

Cricri war dir auf den Hof gefolgt und hatte beschwichtigend die Hände gehoben.

»Du kannst mich echt mal, Cicriac, verstanden?«

»Maynard, ich wollte dir nur sagen, dass ich mich für die Résistance-Bewegung dieser Gegend interessiere. Und da ich meinen Magister machen will, werde ich meine Arbeit sicherlich über deinen Großvater schreiben. Ich hatte insgeheim gehofft, du könntest mir dabei ein wenig weiterhelfen, aber angesichts deiner verkommenen Ansichten und der Art, wie du dich hier aufführst ...«

Und dabei deutete er auf den Raum des Filmclubs hinter sich, wo das moralisierende Geschwätz der »aufrechten Bürger und Antirassisten« weiterging.

»Hör zu, Cricri, halt mir bloß keine Moralpredigt, ich habe keine Lust, mit dir zu diskutieren. Und da ich Faschist bin und stärker als du, haue ich dir logischerweise gleich eine rein, ich warne dich, das kann wehtun.«

Was dann passierte, wunderte dich, Cricri hatte offenbar keine Angst vor dir. Er holte seine Zigaretten raus, hielt sie dir hin. Aber nicht als Geste der Unterwerfung oder um seinen guten Willen zu zeigen. Nein, er tat das wie selbstverständlich, weil er Lust hatte zu rauchen und währenddessen weiter mit dir zu reden, und weil er nicht unhöflich sein wollte, bot er dir auch eine an. Und obwohl du eigentlich so gut wie nie rauchtest, nahmst du sie an, ohne lange zu überlegen ...

»Lass die Pitbull-Nummer bitte, ja? Da glaubst du doch selber nicht dran. Es geht mir nicht darum, dir eine Moralpredigt zu halten, es geht schlicht um Tatsachen. Und Tatsachen ...«

»... sind ein hartnäckig Ding. Ich weiß, Cicriac, das ist von Lenin. Oh, sieh mich nicht so erstaunt an! Nicht nur die Roten lesen Lenin. Ich finde es immer spannend, wenn sich jemand damit beschäftigt, wie man mit einer kleinen Gruppe die Macht übernehmen und dabei möglichst viele Leute bescheißen kann, das interessiert mich.«

Cricri stieß den Rauch aus. Ihr saßt im Schatten einer der wenigen Bäume, die es auf dem Schulhof gab, direkt auf dem warmen Asphalt. Der Himmel war fahl, ab und zu blitzte das

Licht der untergehenden Sonne in einem der umliegenden Fenster auf, entfernt hörte man das Geräusch eines Hubschraubers, der auf dem Dach des nahegelegenen Universitätsklinikums landete.

»Auch an deinen Faschismus glaube ich nicht, Maynard. Du nimmst das nicht wirklich ernst, provozierst gerne, dafür hast du vielleicht eine gewisse Begabung … Aber bevor du weiter ideologisch Harakiri begehst, solltest du wissen, dass du nicht der erste Außenseiter der Familie bist. Ich habe schon angefangen zu recherchieren, Zeugenaussagen zu sammeln, das Archiv der Kommunistischen Partei zu durchforsten. Dein Großvater, der Lehrer vom Corneille-Gymnasium, war vor dem Krieg eher katholisch eingestellt, aber schon ein Anhänger der sozialen Richtung, wie sie von Sillon und Marc Sangnier vertreten wurde. Während der Besatzungszeit protestierte er gegen den Ausschluss von drei Kollegen vom Gymnasium, die Juden und Freimaurer waren. Er machte eine schriftliche Eingabe beim Oberschulamt. Man suspendierte ihn ohne weitere Umschweife. Er musste sich fortan mit Privatstunden über Wasser halten. Einige Monate später nahm die Résistance Kontakt zu ihm auf. Eine Gruppe, die zu den Freischärlern und Partisanen gehörte. Sie brauchten einen Unterschlupf für eine ihrer Führungsfiguren. Ich bin nicht sicher, ich muss noch ein paar Informationen abgleichen, aber möglicherweise war es Charles Tillon persönlich, der Chef der bewaffneten kommunistischen Résistance. Die Genossen wussten offenbar nicht mehr ein noch aus, sonst wären sie nicht so bei ihm aufgekreuzt. Dein Großvater wohnte damals in der Rue Saint-Nicolas …«

»Ich weiß, ich habe viele Stunden in seiner Bibliothek zugebracht.«

»Was du nicht weißt, ist, dass François Maynard '44 verhaftet wurde, nur wenige Tage vor der Befreiung von Rouen, und dass er gefoltert wurde.«

Während du Cricri zuhörtest, kamen Erinnerungen an deine Ferien in Pontaillac in dir hoch, im Sommerhaus der Familie. Daran, dass dein Großvater Maynard am Strand immer

sein Poloshirt anbehalten hatte und erst dann ins Wasser gegangen war, wenn ihr anderen wieder ins Haus zurückgekehrt
wart, allein, wenn es dämmerte. ›Warum badet Opa nie mit
uns?‹, fragtest du manchmal, und dein Vater sagte, dass es
Opa so lieber wäre, weil dann weniger Leute im Wasser wären,
das wäre einfach so. Indessen stiegen deiner Großmutter die
Tränen in die Augen, und sie blickte durch die unterhalb der
Villa gelegene verglaste Promenade auf die Figur im Wasser,
ihren Mann, der dort um diese Zeit ganz allein im Meer
badete.

»Dann ist François Maynard der Partei beigetreten, '45. Das
hat ihn von der örtlichen Bourgeoisie komplett isoliert, und
von seinen Kollegen auf dem Gymnasium, in der Mehrzahl
Christdemokraten, die sich während des Krieges abwartend
verhalten hatten, wurde er deshalb eher scheel angesehen.
Aber er ging noch weiter. Nach Chruschtschows Geheimrede
von '56 gab er sein Parteibuch zurück, und nun wurde er auch
von dieser Seite geschnitten, wo man ihn als Verräter betrachtete. Du siehst, er war ein echter Einzelgänger, ein
Mann, der immer einer Minderheit angehörte, im Namen der
Vorstellung, die er von … wie soll ich sagen, das ist eher ein
rechter Begriff, aber es stimmt schon: der Vorstellung, die er
von Ehre hatte. Ich würde mir wünschen, dass die Partei ihn
rehabilitiert. Darum interessiere ich mich so für ihn. Dich
sollte er interessieren als Beweis dafür, dass man den Zeit-
geist ablehnen kann, ohne deshalb gleich ins Lager der Arschlöcher zu wechseln, dass nein zu sagen mehr bedeutet, als nur
ein klein wenig den Bürgerschreck spielen zu wollen. Du bist
Faschist, so wie andere Jungs und Mädchen, die an der Place
du Vieux-Marché herumhängen, Punks sind. So wie sie
glaubst du, dass du damit aneckst, aber tatsächlich schert es
überhaupt niemanden. Oder nein, es ist nicht mal so, dass
es niemanden schert. Im Gegenteil, es beruhigt sie, denn
wenn junge Leute so extreme Außenseiterpositionen einnehmen, kann man sicher sein, dass sie sich früher oder später
in die Gesellschaft einfügen werden.«

Du drücktest deine Zigarette aus. Du warst auf einmal traurig und wusstest nicht, ob du dich bei Cicriac bedanken oder ihm eine scheuern solltest.

Du standst einfach nur auf und ließest Cricri den Roten unter dem Baum auf dem Hof allein zurück.

Als du das Schulgelände verließest und auf die Straße tratst, kam dir ein Mädchen entgegen. Kecker Blick, verführerisches Lächeln. Offenbar hatte sie eine Schwäche für Großformate.

Denn als hätten deine Eltern mit dir nicht schon genug Kummer, hattest du, wie zur Bestätigung deines wirklich angsteinflößenden Wesens, ein im Vergleich zu deiner Familie und auch zur entfernteren Verwandtschaft geradezu furchterregendes Äußeres. Keiner bei euch war größer als 1,65 Meter, dein Vater wurde schon als wahrer Riese angesehen, weil er diese sagenhafte Größe erreicht hatte. Außerdem hatten alle schwarze Haare und dunkle Augen, einen dunklen Teint, waren dürr und kantig, sahen irgendwie spanisch aus. Du dagegen entpupptest dich sehr schnell als der Einzige in der Familie, der aussah wie ein Normanne. Deine Haare blieben so blond, wie sie seit deiner frühesten Kindheit waren, deine Haut war so blass wie die der Engländer, deine Augen sehr hell. Aber vor allem begannst du in einem Maße zu wachsen und zuzunehmen, das den Hausarzt der Familie perplex machte.

»Er ist Pantagruel, Ihr Antoine, Madame Maynard …«

Dadurch, dass du äußerlich so aus dem Rahmen fielst, wurdest du endgültig zu einem Fremden im eigenen Heim, und als dein Vater bei deinem Eintritt in die Oberstufe erfuhr, dass du lauthals und ohne jede Hemmungen erklärt hattest, du wärst »Faschist und Surrealist«, und man dich deshalb, was bei einem guten Schüler auf dem Gymnasium höchst selten vorkam, zwei Tage vom Unterricht hatte ausschließen müssen, nahm er das mit einer gewissen Traurigkeit auf, war aber nicht wirklich überrascht.

Du hattest einer Aufsicht im Studiensaal den Arm verdreht, als diese sich erlaubt hatte, eine Bemerkung zu machen, während du laut *Les Poèmes de Fresnes* von Brasillach vortrugst, zur Empörung der Schüler der Haute École de Commerce, die sich auf die Aufnahmeprüfungen vorbereiteten und lernen wollten.

»Maynard, hören Sie auf mit diesem Spielchen, oder ich konfisziere dieses Machwerk.«

Da machtest du natürlich erst recht weiter, erhobst noch die Stimme und deklamiertest in einem übertrieben klagenden Ton. Eigentlich fandest du diese Verse gar nicht so gelungen, das war ähnlich schwülstig wie das, was Aragon zur selben Zeit geschrieben hatte:

> *Welch ein Schmerz für mein Land,*
> *Die Straßen so voll,*
> *Von Kindern, dem Blutaar zum Fraß vorgeworfen,*
> *Von Soldaten, die schießen auf verzweifelter Flucht,*
> *Und verbrannt von der Sonne im Juli.*
>
> *Welch ein Schmerz für mein Land,*
> *In den Jahren so düster,*
> *Von Schwüren, gegeben und immer gebrochen*
> *Von Qualen, dem Schicksal und so schwerer Bürde,*
> *Die lastet auf all seinen Schritten.*

Zugleich lächeltest du einer hübschen, brav aussehenden Dunkelhaarigen zu. Sie hatte Ähnlichkeit mit einer Tanagra-Figur, war rumänischer Abstammung, so glaubtest du, und in der Vorbereitungsklasse für Agrarwissenschaft. Wie die anderen auch seufzte sie zunächst auf, spielte die Empörte, dann, als wäre ihr klar, dass das Ganze letztlich auch ein Spiel war, sah sie dich halb überrascht, halb verführerisch an, was den Möchtegern-Casanova, der du warst, elektrisierte. Der Aufsichtsknilch, der mit seiner Cordsamthose und seinem blau-rot karierten Hemd aussah wie ein Statist aus *Pause-Café*, beschloss schließlich, hart durchzugreifen.

Er kam zum Tisch und riss dir den Brasillach-Band aus den Händen, wobei er versehentlich den Buchdeckel zerriss. Das Buch, eine Originalausgabe von Stock, die du bei einem Bouquinisten in der Nähe des Aître-Saint-Maclou gefunden hattest, war ziemlich teuer gewesen.

»Sie können sich diesen Schund beim Direktor abholen, Maynard!«

Du standest auf und warfst dabei absichtlich deinen Stuhl um. Du überragtest ihn um mindestens 25 Zentimeter und brachtest sicher 25 Kilo mehr auf die Waage als er. Alle verstummten, ein wenig überrascht von dieser Szene, die eher an eine der Schulen auf der anderen Seine-Seite gepasst hätte, die man im allgemeinen Sprachgebrauch inzwischen als »Problemschulen« bezeichnete, und nicht an eine piekfeine Institution wie das Corneille-Gymnasium.

»Ich glaube kaum…«, sagtest du.

»Ich glaube kaum *was*?«, schrie der Aufpasser, der versuchte, Haltung zu bewahren, was gar nicht so einfach war, da er gezwungen war, sich den Hals zu verrenken und nach oben zu schauen, um seinem Gesprächspartner in die Augen blicken zu können.

»Ich glaube nicht, dass *Les poèmes de Fresnes* Schund sind, und ich glaube nicht, dass ich das Buch beim Direktor abhole. Ich glaube vielmehr, dass Sie es mir auf der Stelle wiedergeben, und wir beide es damit gut sein lassen.«

»Für wen halten Sie sich eigentlich, Maynard? Ihr Benehmen ist inakzeptabel.«

Du packtest ihn und drehtest ihm den Arm auf den Rücken. Er stieß einen überraschten Schrei aus, der in ein Wimmern überging.

»Ich will meinen Brasillach … Und zwar jetzt. Wenn es sein muss mit Gewalt, verstanden?«

Und du erhöhtest den Druck.

Der Knilch antwortete nicht, aber versuchte sich loszumachen, was dazu führte, dass es noch mehr wehtat, und am Ende ging er in die Knie, gedemütigt, den Arm verdreht. Es sah so aus, als würdest du ein seltsames Insekt an einem seiner Beinchen festhalten.

»Wird's gleich? Oder soll ich ihn brechen?«

Ein empörtes Raunen ging durch den Raum, man erwog, den Ober-Aufseher zu holen. Der Aufseher stöhnte und ließ den *Poèmes de Fresnes*-Band schließlich fallen, du hobst ihn auf und stecktest ihn in deine Tasche.

Bevor du gingst, vergaßest du nicht, der Rumänin kurz zuzuwinken, die an ihrem Stift kaute und dir nachdenklich und amüsiert zugleich hinterherblickte.

Sie war es dann auch, die keine halbe Stunde später zu dir auf die Terrasse vom Château d'Ô kam, einer Café-Bar in der Nähe der Schule. Da es nachmittags war und noch Unterricht, war fast niemand da.

»Du bist ein brutaler Typ, stimmt's?«, sagte sie ohne große Vorrede.

»So heißt es.«

»Weil du Faschist bist?«

»Trinkst du was?«

»Einen frisch gepressten Orangensaft. Ich komme aus Rumänien, aber ich bin auch Jüdin, wusstest du das?«

»Ja und? Ist mir vollkommen egal, ich sehe auch nicht, was deine Vorliebe für frisch gepressten Orangensaft mit der Tatsache zu tun hat, dass du Jüdin bist.«

Sie lachte.

Don't Play That Song von Adriano Celentano lief in der Juke-Box. Es war September, und wie oft um diese Zeit in Rouen war es sehr warm. Die Rumänin trug eine Sonnenbrille, die ihre unruhig hin und her wandernden Augen verbarg, so dass sie nicht mehr wie eine hyperintelligente Spitzmaus aussah, sondern eher wie eine Femme fatale aus einem dieser Noir-Filme, die du dir exzessiv im Ariel ansahst, dem Kino für Kunst- und Experimentalfilme gegenüber der Uni in Mont-Saint-Aignan.

»Willst du mit mir schlafen? Ich habe ein Zimmer in der Rue des Minimes, gleich um die Ecke.«

Du warst ein wenig überrascht. Ein wenig, aber zugleich wusstest du, dass so etwas in der Art früher oder später passieren musste. Du warst noch Jungfrau, um ehrlich zu sein. Du warst versucht, noch einen draufzusetzen, den Schlauberger zu spielen, zu zeigen, dass du es draufhattest, und sie zu fragen, ob das etwa ihre masochistische Seite wäre, so wie in *Nachtportier*, dass sie gleich zur Sache käme. Aber die Aussicht, diese unverzichtbare Etappe endlich hinter dich zu bringen, mit dieser kleinen Dunkelhaarigen, brachte dich dazu, brav den Mund zu halten.

Sie hatte in der Tat einen Körper, der sich sehen lassen konnte, der, wie sich zeigte, überraschend straff und beweglich war. Du konntest, als du sie nackt sahst, die Vorliebe der Rumäninnen für Gymnastik nur preisen – schön gewölbte Lende und straffer Hintern.

Es war ein sehr gutes erstes Mal, ein voller Erfolg und nicht, wie gemeinhin gerne behauptet, eher mittelmäßig. Du warst schon damals ein echter Fan von widerlegten Klischees. Sie zeigte gymnastisches Talent und die perfekte Beherrschung ihrer Muskeln, noch der verborgensten, und eine andere rumänische Spezialität, die sich in diesem Fall jedoch als äußerst angenehm erwies: einen Hang zum Vampirismus.

Und dir wurde darüber hinaus etwas ganz Entscheidendes klar.

Nicht nur, dass dir der weibliche Körper gefiel, sondern du fandest dort mehr als bloßes Vergnügen: Er hatte eine beruhigende Wirkung auf dich, etwas daran dämpfte deinen Hang zur Aggression, die du allzu oft verspürtest, etwas daran besänftigte das Tier in dir und brachte es dazu, endlich Ruhe zu geben.

Dir wurde klar, dass der weibliche Körper dich möglicherweise erlösen könnte, und dass die Frau, die in der Lage wäre, jedes Mal, wenn ihr miteinander schlieft, diesen inneren Frieden in dir zu erzeugen, dass diese Frau für immer die deine wäre. Und tatsächlich passierte genau das, als du später Agnès Dorgelles kennenlerntest.

Das sollte noch dauern, doch auch Irina Vibescu, so lautete der Name der Schülerin aus der Vorbereitungsklasse für Agrarwissenschaft, schien mit deiner Darbietung nicht vollkommen unzufrieden zu sein, erklärte dir aber, dass sie bereits einen Freund hätte, den sie am Wochenende in Paris besuchen würde. Und dass es mit Sicherheit kein nächstes Mal geben würde.

Zum Trost, auch wenn du den nicht wirklich brauchtest, schenkte sie dir einen Gedichtband von Eminescu auf Rumänisch, mit einem gelben Einband, Verlag Bukarest, 1978. Sie hielt dir das Buch hin, als du gerade aus der Tür gehen wolltest.

»Für dich und als Erinnerung an diesen schönen Moment, *scump meu*, da du die Poesie liebst.«

Letzten Endes, so dachtest du, waren zwei Tage Unterrichtsausschluss kein so hoher Preis, wenn man bedachte, dass du in der Zeit deine Entjungferung erlebt und dir den Ruf eines Wilden zugelegt hattest, und das an einem Gymnasium, das so dermaßen zivilisiert war.

Vor ein paar Jahren, als Google begann, Big Brother zu werden, auf den alle insgeheim gewartet hatten und den alle liebten, so wie man in der Antike die bösen Götter liebte, erinnertest du dich wieder an Irina Vibescu. Du fandst weder ein Foto, noch ein Facebook-Profil. Nur eine Irina Bulard-Vibescu, Agraringenieurin und Beraterin einer NGO, die in einem dezidiert globalisierungskritischen Projekt engagiert war.

Wenn sie das war, dürfte sie wohl heute kaum damit hausieren gehen, mit zwanzig mit einem der zukünftigen Führungsfiguren des Bloc Patriotique geschlafen zu haben. Oder vielleicht doch. Irina Vibescu hatte durchaus Sinn für Humor.

4

Ich habe Hose, Jacke und Hemd ausgezogen. Und nun liege ich seit Stunden auf dem Bett mit der durchgelegenen Matratze, die Arme hinter dem Kopf verschränkt. Wir haben November, und es ist immer noch warm. Es ist schon mitten in der Nacht, aber die Neger, Männer, Frauen und Kinder, reden weiterhin ununterbrochen.

Ich würde gerne auf den Flur rausgehen, um ein paar Backpfeifen zu verteilen und einige dieser platten Nasen mit den abstoßend großen Nasenlöchern zu brechen, aber damit würde ich Aufmerksamkeit auf mich ziehen. Schon dem dicken Mistkerl an der Rezeption traue ich nicht über den Weg. Die Typen, die im Hotel am Empfang sitzen, sind genau wie Nutten, Dealer und Taxifahrer in der Regel durch die Bank Spitzel. Und so einer wie dieser schmierige Levantiner da unten, der im Schnitt zehn Illegale in jedem dieser versifften Zimmer unterbringt, muss gute Verbindungen zu den Bullen des XI. Arrondissements haben. Sie lassen ihn in aller Ruhe seinen Geschäften als Mietwucherer nachgehen, wenn er ihnen im Gegenzug ab und zu einen Tipp gibt, zum Beispiel meldet, wenn mit einer größeren Menge Heroin oder Crack gedealt wird, oder ein ungewöhnlicher Gast auftaucht, man weiß ja nie…

Und ich bin ein ungewöhnlicher Gast inmitten dieser ganzen Elendsgestalten, die hier zusammengepfercht sind. Ein Gast, der sich schon durch ein simples Detail von den anderen abhebt: Ich bin weiß. So einfach ist das. Eins ist klar, wenn der Block sich nicht ranhält, dann ist es bald in ganz Frankreich ungewöhnlich, weiß zu sein. Und ein Risiko.

Ich hätte den Mann an der Rezeption schmieren sollen, damit er die Klappe hält. Aber das hätte auch nichts geändert. Im Gegenteil, vielleicht wäre er dadurch erst recht auf mich aufmerksam geworden. Und bei der Vorstellung, diesem Mistkerl meine Kohle rüberzuschieben, bekomme ich so oder so das kalte Kotzen.

Und wie wär's, wenn ich mich nach Vernery verdrücke?

Da könnte ich in der Waffenkammer einen auf Chabrol machen. Meine schönen Krieger von der Delta-Gruppe mit dem Sturmgewehr auslöschen. Ich bin der Einzige, der den Code kennt. Aber erst mal müsste ich nach Vernery kommen. Bestimmt hat Ravenne schon einen oder zwei Typen im Park postiert. Wenn es nur ein oder zwei sind, könnte ich es schaffen.

Mal sehen.

Aber jetzt habe ich einen Durchhänger. Alles widert mich an. Am liebsten würde ich heulen, wie ein kleines Kind, so wie damals in Usinor, als Papa…

Nein, daran will ich nicht denken.

Ich blicke auf meine Beine, die leicht gespreizten Schenkel, auf der Tagesdecke mit Zigaretten-Brandmalen.

Sie sind muskulös und behaart. Schade, dass mir 35 Zentimeter fehlen und ich klein und stämmig geblieben bin, ich wäre gerne genauso groß und schlank wie Ravenne oder Antoine. Das heißt, Antoine ist nicht wirklich schlank, er hat inzwischen ganz schön zugelegt und diese Bezeichnung passt schon gar nicht mehr auf ihn, aber immerhin kann er die Welt von etwas weiter oben betrachten.

An meiner rechten Wade das Etui mit dem Kommandomesser und an meinem linken Knöchel, in einem hübschen Holster aus königsblauem Nubukleder, mein kleines Spezialwerkzeug. Ein Velo-Dog-Hammerless-Revolver mit 6mm-Kaliber. Ein Sammlerstück, voll funktionstüchtig. Ein echtes Schmuckstück. Der Velo-Dog passt in jede Kinderhand. Mit diesem Revolver wurden Ende des 19. Jahrhunderts die Postboten ausgestattet, zum Schutz gegen bissige Hunde.

Ich bin zwar kein Briefträger, aber habe trotzdem ein Rudel bissiger Hunde an den Hacken.

Ich habe ihn vor zwei Jahren übers Internet einem flämischen Sammler abgekauft. Dabei dachte ich an Mama, die mir erzählt hat, dass ihr Großvater Briefträger in Belgien war. Wer weiß, vielleicht hatte er einen Velo-Dog-Revolver und schoss damit in der Gegend von Comines oder Warneton hin und wieder auf Bulldoggen.

Jedenfalls funktioniert er gut, und das sage ich nicht nur deshalb, weil ich ihn in meinem schalldichten Keller in der Rue Brézin ausprobiert und mich an dem Knallen erfreut habe, das wie kleine Furzer klang, und an seiner desaströsen Ungenauigkeit bei jedem Ziel, das weiter als zwei Meter entfernt ist, nein, ich hatte die Gelegenheit, ihn zu benutzen, *in vivo*, wenn ich das so sagen kann.

Und er hat mir heute Morgen das Leben gerettet.

In aller Frühe hatte mein Festnetz-Telefon geklingelt. Ich war überrascht, ich hatte fast vergessen, wie sich das Klingeln anhört. Es klingelt nicht gerade häufig. Nur Mama ruft mich ab und an noch auf dem Anschluss an, aber auch das immer seltener, muss man sagen. Und sie ruft so oder so nie am Morgen an.

Ich nahm ab. Es war Loux, ein ehemaliger Kader der GPP, der mal mein Mentor war, zur gleichen Zeit wie Antoine, als ich Mitglied beim Block wurde. Er war immer anständig zu mir. Immer geradeheraus. Ich frage mich sogar, ob er nicht ein wenig … also so wie in Vernery, meine ich. Aber es ist nie irgendetwas vorgefallen. Es gab keinerlei verräterische Gesten oder zweideutige Anspielungen. Er muss geahnt haben, dass ich bei ihm diesbezüglich kein Interesse hatte. Er hat es mir nicht verübelt, im Gegenteil, und war immer gut zu mir. Eine Art Ersatzvater.

Auch ihm habe ich irgendwann von Usinor, Denain, erzählt, vom Commando Excalibur im Pas-de-Calais. Das heißt, nicht alles. Es gibt Dinge, die ich niemals erzählen könnte vom Commando Excalibur. Niemals. Dinge, für die ich bis heute mit Albträumen bezahle, die ein- bis zweimal im Monat wiederkehren, und das, wo ich doch nie träume … Albträume, die mich den ganzen nächsten Tag verfolgen, wie ein übler Kater, eine Mischung aus Deprimiertsein und einer diffusen Angst, vor was auch immer. Nur Antoine weiß Bescheid, und ich weiß, dass mich das manches Mal vor dem Wahnsinn gerettet hat, dass zumindest eine Person auf dieser Erde das alles weiß …

Loux ist jetzt der persönliche Fahrer von Agnès. Und ihr Leibwächter. Ich bin mir zwar nicht sicher, ob das so eine geniale Idee ist, er fährt zwar gut Auto, aber physisch ist er nicht mehr wirklich auf der Höhe. Er hat mindestens 65 Jahre auf dem Buckel. Er war schon vor '70 dabei, war Söldner mit dem Alten zusammen, lange vor Gründung des Blocks und der GPP. Er war für Dorgelles' Schutz verantwortlich und fuhr auch die beiden Mädchen und den Jungen zur Schule, also auch Agnès, die ältere der beiden. Ich sehe Loux direkt vor mir, in einem blasslilafarbenen Anzug, einem Hemd mit breitem Kragen in knallorange, einer gepunkteten Krawatte, Schuhen mit Plateausohlen und mit Koteletten, wie er C. Jérôme im Autoradio eines R16 hört. Agnès und Emma, die beiden Töchter des Chefs, auf der Rückbank, in gesmokten Kleidern und mit Lackschuhen, und in der Mitte Éric, der Junge, in blauen Bermuda-Shorts, alle dunkelhaarig und ordentlich gekämmt.

Das war nicht gerade die Art von Kindheit, die man in Denain erlebte.

Loux am Telefon sagte: »Nimm dich in Acht, Stanko …«

»Schieß los, was gibt's?«

»Marlin ist bei dem Team des Innenministers dabei, das mit Agnès verhandelt.«

»Etwa der Verfassungsschutz-Marlin?«

»Du meinst den Präfekten für besondere Angelegenheiten-Marlin.«

»Schweinehunde steigen immer am schnellsten die Karriereleiter hoch.«

»Da ist was dran.«

»Ja und …«

»Dämmert dir da nichts?«

»Scheiße, die alte Geschichte mit der Abspaltung von Louise Burgos...«

»Auch wenn das lange her ist, er will dir jetzt ans Leder, er meint es ernst ... Und ein paar anderen auch. Und wenn ich sage ›ans Leder‹, meine ich das nicht im übertragenen Sinn, Stanko. Er hat beim Block angerufen und gesagt, er will einen Verantwortlichen treffen. Agnès dachte erst, es ginge um eine Parallelverhandlung zu der im Pavillon de la Lanterne, um einen bestimmten Punkt, irgendetwas, das nicht in einer möglichen, offiziellen Vereinbarung auftauchen darf. Letztendlich lag sie da gar nicht so falsch. Sie schickte Ströbel und Ravenne hin. Sie trafen Marlin in der Bar eines Novotels in Orléans. Marlin erklärte, dass das zuständige Ministerium nicht über alles informiert wäre, was du in der Zeit der Abspaltung mit der GPP im Verborgenen getrieben hast. Das bewaffnete Kommando, das du den Anhängern von Louise Burgos auf den Hals geschickt hast. Der Krieg, den du gegen sie geführt hast. Die Säuberungsaktion im Bunker. Und die Kollateralopfer, die es dabei gab. Von denen es eines besser nicht gegeben hätte ... Aber was erzähl ich dir das, du kennst die Geschichte ja besser als ich ... Marlin sagte, die Sache wäre für ihn nicht verjährt, er könnte die Geschichte jederzeit erzählen, und wenn er es täte, hätte der Minister ein Druckmittel gegen den Block in der Hand, damit wir nicht zu gierig werden. Dann könnten wir das mit den zehn Ministerien vergessen. Dann könnten wir froh sein, wenn wir zwei oder drei bekämen. Und Agnès möchte nun mal zehn. Mal abgesehen davon, dass ihre Strategie der Öffnung nach hinten losgehen könnte, am Ende schmieren wir ab, weil uns die breite Masse fehlt. Dann können wir die Präsidentschaftswahlen in die Tonne treten. Verstehst du?«

»Ja. Also lässt der Block mich fallen ... Ihr liefert mich diesem Mistkerl aus, dabei wisst ihr genau, dass das ein Psychopath ist, und dass es, wenn er mich erst einmal in die Finger bekommt, nicht nur keinen Prozess geben wird, weil das allen zupass kommt, euch eingeschlossen, sondern Marlin mich, sollte ich dann noch am Leben sein, in aller Ruhe zu Tode quälen wird.«

»Es ist fast noch schlimmer, Stanko...«

»Spuck es schon aus, Loux, Scheiße!«

»Marlin spielt in gewisser Weise den Großzügigen und zwingt uns zugleich dazu, uns selber die Hände schmutzig zu machen. Er hat versprochen, dass er weder dem Geheimdienst noch seinem Minister was sagt. Aber er will auch nicht seine eigenen Schnüffler mit deiner Suche beauftragen. Wie gesagt, er will uns da mit reinziehen und hat uns aufgefordert, das Problem selber zu lösen. Das intern zu regeln, wenn man so will. Er beschränkt sich darauf, uns logistisch zu unterstützen, wenn das nötig sein sollte...«

»Das heißt...«

»Das heißt, dass die Delta-Gruppe den Auftrag bekommen hat, dich kaltzumachen, und dass Ravenne, als man ihm die Nachricht überbrachte, nicht so wirkte, als würde ihn das in einen Gewissenskonflikt Corneille'schen Ausmaßes stürzen.«

»Wer hat diesem Deal zugestimmt? Wer hat den Auftrag erteilt? Ströbel? Agnès? Antoine? Du?«

»Stanko, du machst es damit doch nur schlimmer, es ist ... wie soll ich sagen ... es wurde gemeinsam entschieden. Die GPP muss so oder so aufgelöst werden, wenn wir uns an einer Koalition beteiligen. Und wir stehen ja kurz davor...«

»Und wenn ich der Presse oder im Internet alles ausplaudere, was ich weiß? Ich könnte Marlin da außerdem mit hineinziehen. Ich habe auch noch eine Rechnung mit diesem Arschloch offen. Was er während der Abspaltung getan hat, war genauso wenig legal wie das, was ich getan habe.«

»Erstens würdest du das dem Block nicht antun, das wissen wir alle, Antoine, Agnès, ich, der Alte. Du bist Stanko, der Verschwiegene. Stanko, der Treue. *Perinde ac cadaver.* Zweitens, wenn du es tätest, ist nicht gesagt, dass die Regierung, und damit Marlin, das nicht durchgehen lassen würde, denn die haben überhaupt kein Interesse daran, dass das mit dem Block am Ende schiefläuft und die Koalition nicht zustande kommt. Sie brauchen uns, mit all dem Schlamassel, der dazugehört, aber sie werden alles tun, um das Kräfteverhältnis zu ihren Gunsten zu wenden. Wir hoffen, wir können sie über den Tisch ziehen, und sie sind überzeugt, dass wir ihnen dabei helfen, ihren Hintern zu retten und für sie die Drecksarbeit machen. Was Marlin betrifft und das, was er getan hat, so hast du dafür keinen Beweis. Wir haben allein deine Aussage über seine üblen Machenschaften. Weder du, noch die GPP, noch der Block, noch Marlin und seine Boys waren so blöd, Spesenabrechnungen zu hinterlassen, die man im Archiv des Blocks oder des Verfassungsschutzes finden könnte, der, wenn ich dich erinnern darf, nicht mehr existiert … Marlin hat bei der Zusammenlegung der Spionageabwehr mit dem Verfassungsschutz offenbar gründlich aufgeräumt. Er war in Nullkommanichts unbefleckt wie ein junges Mädchen. Die Gründung des Inlandsgeheimdienstes hat bei ihm wahre Wunder bewirkt, das hätte ein Marabout von Barbès nicht besser hinkriegen können. Anschließend war er rein wie eine Jungfrau vor der Hochzeit.«

»*Perinde ac cadaver*, verschon mich mit diesem Scheiß! Versuch bloß nicht, mich mit deinem Latein zu beeindrucken, Loux. Antoine hat mir schon vor geraumer Zeit erklärt, wie nützlich die rosa Seiten im Larousse-Wörterbuch sind, um in Gesellschaft Eindruck mit seinem Latein zu schinden. ›Kadavergehorsam‹, das ist nur ein Bild, und wenn es nach mir geht, bleibt es auch dabei …«

»Genau deshalb rufe ich dich an. Mach die Biege, Stanko. Du hast nicht viel Vorsprung, aber du kannst es schaffen. Ich habe einen Kumpel bei Blackwater. Die Privatarmeen suchen im Moment Leute. Irak, Afghanistan, Birma, und bald die Maßnahmen zur Destabilisierung im Iran und in Venezuela. Du hast gute Referenzen, deine Zeit bei den Fallschirmspringern, dann die Leitung der GPP über viele Jahre. Du könntest dort sogar eine Menge Kohle scheffeln, ein neues Leben anfangen …«

»Aber … Und Antoine? … Und Agnès? … Ich kann sie nicht …«

»Scheiße, Stanko, wach auf! Der gesamte Block lässt dich

fallen. Wir stehen kurz davor, an die Regierung zu kommen, mein Junge. Ist dir das klar? Darauf warten wir seit fast fünfundvierzig Jahren. Alle. Und wenn wir, um die letzte Stufe zu erklimmen, einen der Unsrigen opfern müssen, selbst wenn du das bist, Stanko, wird keiner lange zögern. Ich kann nur sagen, hau ab, so schnell es geht. Ich gebe dir die Nummer von meinem Kumpel bei Blackwater. Er ist in England, hat sein Büro in Acton. Wenn du willst, gebe ich sie dir jetzt gleich. Ich kann sogar für dich anrufen und ihm sagen, dass er heute Abend mit dir rechnen kann.«

»Danke, Loux, aber du kannst mich mal kreuzweise.«

»Sag nicht, dass ich dich nicht gewarnt hätte, Stanko. Scheiße, das ist einfach ... Das ist einfach zu dumm!«

Und er legte auf.

Genau in dem Moment klingelte es an der Wohnungstür.

Ich war nackt. Ich wollte zurück ins Schlafzimmer und eine Boxershorts und einen Morgenmantel überziehen, um zu öffnen.

Zu spät.

Die Türpfosten brachen an zwei Stellen gleichzeitig, da wo die Riegel sind. Einer schlitterte sogar übers Parkett mir vor die Füße.

Während mein Keller extra gut gesichert ist, mit Panzertüren und allen Schikanen, weil ich dort die Waffen und das Bargeld für die »zwielichtigen Operationen« der GPP aufbewahre, habe ich in der Wohnung nur eine Standardtür.

Ich hörte noch einen dumpfen Schlag, dann gab die Tür nach und sie kamen zu zweit herein, jeder einen Kuhfuß in der Hand. »Sie«, das waren Gros Luc und Vingadassamy, genannt Vinga, der von La Réunion stammte, ursprünglich Hindu oder Tamile war, das habe ich nie so richtig herausgefunden, und im Übrigen ist es mir scheißegal.

Ich war direkt erleichtert. Das waren nicht die Leute von der Delta-Gruppe, die Loux mir angekündigt hatte. Zumindest noch nicht.

Das war nur das Fußvolk der GPP. Hilfspolizisten. Letzte Woche hatte man sie mit dem Schutz einer Geschäftsstelle eines Départements-Vertreters des Blocks in Saint-Denis beauftragt. Er war von drei oder vier dreckigen Arabern angegriffen worden, natürlich Bärtige. Es war noch mal glimpflich für ihn ausgegangen, er hatte nur ein Veilchen davongetragen, aber die Musel hatten zwei brandneue Computer zerstört und der Départements-Vertreter hatte Muffensausen.

Da hatte ich an die beiden Trottel gedacht, die jetzt vor mir standen.

Gros Luc und Vinga, das war echt das Lumpenproletariat der Security-Branche. Sie hatten einen Zeitvertrag nach dem anderen bei irgendwelchen Sicherheitsdiensten oder Firmen, die Geldtransporte begleiteten. Sie waren dem Block beigetreten, weil sie ihren Mitgliedsausweis fälschlicherweise für einen Freibrief hielten, Neger und Araber zu vertrimmen, so wie ich am Anfang auch. Die Art Typen, die Agnès seit einigen Monaten loszuwerden versuchte, um den Block vorzeigbar zu machen, aber auf die sie dann doch gerne zurückgriff, wenn es darum ging, die Drecksarbeit zu erledigen. Ich war dennoch ziemlich überrascht, dass diese beiden Idioten bei mir aufkreuzten, noch vor Ravenne und der Delta-Gruppe.

»Habt ihr sie noch alle, Jungs? Habt ihr eure Tage, oder was ist los? Was habt ihr hier verloren? Und wieso haut ihr meine Tür kurz und klein?«

Vinga versuchte ein hinterlistiges Grinsen und entblößte dabei einen schwer kariösen Eckzahn.

»Gros Luc und ich haben gehört, dass du beim Block abgemeldet bist und die Jagd auf dich eröffnet ist. Da dachten wir uns, wir könnten uns vielleicht bei der Partei eine Zulage sichern, wenn wir die Ersten wären, die deinen Skalp bringen ...«

»Das ist Quatsch, Jungs, totaler Quatsch. Kann ich mir wenigstens eine Boxershorts anziehen? Irgendwie redet es sich schlecht mit dem Schwanz im Freien.«

»Nicht bewegen!«, schrie Gros Luc. »Nicht bewegen oder ich polier dir die Fresse. Außerdem bist du echt niedlich so.«

»Wer hat euch das mit dem Block und mir denn erzählt?

Nachher habt ihr was falsch verstanden und dann bekommt ihr richtig Ärger.«

Zeit gewinnen. Das ist das Einzige, was man bei solchen Amateuren in so einer Situation tun kann. Hätte ich es mit Profis zu tun, läge ich längst am Boden, das Gehirn würde mir zu beiden Seiten aus den Ohren laufen, und sie hätten sich schon aus dem Staub gemacht mit einem hübschen Handy-Foto von meinem mit dem Kuhfuß zertrümmerten Schädel als Beweis. Aber Gros Luc und Vinga waren keine Profis. Und sie, die sonst nichts zu melden hatten und nie zu Wort kamen, wollten sich die Gelegenheit, mal richtig zu punkten, nicht entgehen lassen.

Gros Luc, der Intellektuelle des Duos, übernahm die Führung und fiel aus alter Gewohnheit ins Sie zurück, wie es sich für einen Untergebenen geziemte, der zum Rapport erschien.

»In der Geschäftsstelle, in die Sie uns geschickt haben, Chef … kam gestern Abend Agnès Dorgelles vorbei. Sie klapperte alle ab, die an vorderster Front stehen, das hat sie dem Départements-Vertreter gesagt, der einen Verband über dem Auge hatte und immer noch ganz blass war. Sie sprach ihm Mut zu, sagte, bald würde alles anders, der Block wäre in einer starken Position und sie würde sich zu gegebener Zeit all derer erinnern, die wie er als Abgeordneter im Feindesgebiet die Stellung hielten.

Und dann hat ihr Handy geklingelt. Sie sah auf das Display, machte große Augen und sagte zum Départements-Vertreter, sie ginge mal fünf Minuten vor die Tür, er solle sie bitte entschuldigen. Und draußen vor dem Parteibüro, wer stand da? Richtig geraten: Vinga. Als Wachposten. Keiner beachtete ihn. Und weil er ja ein bisschen negermäßig aussieht, sieht man ihn auch nicht so gut im Dunkeln. Sie ging zum C6, und da wartete Loux auf sie, er saß auf der Kühlerhaube und rauchte einen Zigarillo. Erzähl du weiter, Vinga, denn du hast den Rest ja schließlich live mitgehört …«

Der Junge von La Réunion mit den verfaulten Zähnen übernahm: »Na, Agnès sah echt voll angenervt aus, falls Sie das interessiert, Chef. Sie war regelrecht wütend. Sie antwortete fast die ganze Zeit nur mit ja oder nein. Irgendwann sagte sie dann, ein Typ wäre ein echtes Schwein. Ein Typ namens Malin oder Marlin. Und dann sagte sie, das hat mich umgehauen: ›Ob du es glaubst oder nicht, wir müssen ihm den Kopf von Stéphane Stankowiak auf dem Silbertablett servieren. Unser Stanko. Ich weiß, dass ich keine Wahl habe. Das ist mir klar.‹ Dann sagte sie irgendetwas von einer Delta-Gruppe und davon, dass es nun einmal sein müsse, dass das immer noch die beste Lösung wäre, um Sie sauber und schnell zu eliminieren. Kennen Sie die Delta-Gruppe, Chef? Was ist das?«

»Klappe, erzähl weiter …«

»Na, Agnès Dorgelles wurde immer wütender. Ich kann es nicht beschwören, aber ich glaube, sie war kurz davor loszuheulen. Der alte Loux merkte wohl, dass es ein echtes Problem gab. Er ging zur ihr hin und sie sagte ihm etwas ins Ohr, was ich nicht verstanden habe, aber Loux bekam auf einmal ein komisches Gesicht, er sah noch älter aus als sonst, tätschelte Agnès Dorgelles den Rücken, wie einem kleinen Kind. Also dachten Gros Luc und ich, dass es keinen Grund gab, diese Arbeit von was weiß ich was für einer Delta-Gruppe erledigen zu lassen, und da wir nun schon mal die Info hatten, wir uns die Chance nicht entgehen lassen würden, den Chefs vom Block mal zu zeigen, was wir draufhaben.«

»Sehr gut, Jungs, sehr gut. Ich hätte nicht gedacht, dass ihr so gewitzt seid, selber die Initiative zu ergreifen. Ich habe euch vielleicht wirklich unterschätzt.«

Sie lächelten dümmlich und zufrieden.

»Ihr bringt mich also um, richtig?«

»Ja, schon«, sagte Gros Luc.

»Mit dem Kuhfuß?«

»Es sei denn, das ist Ihnen lieber, Chef?«, sagte Vinga und zog ein Klappmesser unter seiner Jacke hervor. »Ich mache keine große Sauerei, versprochen.«

»Zu gütig von dir, Vinga. Du bist wirklich sehr feinfühlig. Und wie wäre es, wenn wir uns irgendwie einigen? Ich habe einen Batzen Geld in der Wohnung. Es gehört euch, und ihr lasst mich verduften…«

»Wir können Sie auch auf der Stelle erledigen, Chef, und danach die Wohnung durchsuchen. Da haben wir zwei Fliegen mit einer Klappe geschlagen.«

»Stimmt, könntet ihr, Jungs. Aber ich bin fieser als ihr. Zwei Kuhfüße, ein Klappmesser, ihr könnt ja euer Glück versuchen. Aber wie ihr vielleicht wisst, bin ich kein Feigling, das hat euch bei der GPP sicher schon mal jemand gesagt. Kann also gut sein, dass am Ende nur einer mit dem Geld abzieht. Den anderen kann ich vorher mit bloßen Händen töten, so viel Zeit habe ich wohl. Und dabei werde ich dafür sorgen, dass es weh tut, sehr weh.«

Vinga und Gros Luc warfen sich einen Blick zu. Man konnte ihnen förmlich ansehen, wie ihr von zu viel schlechtem Bier, miesem Shit und dem jahrelangen Verzehr von zu viel Junkfood in Mitleidenschaft gezogenes Hirn knirschte.

»Wie viel Bargeld haben Sie denn da?«, fragte Gros Luc.

»Hier habe ich 15 000 Euro.«

»Das ist nicht gerade viel.«

»Wie ihr wollt. Ich bin schließlich nicht Liliane Bettencourt. 7500 für jeden für eine Info, die ihr eigentlich nie hättet hören sollen. Niemand wird je erfahren, dass ihr sie gehört habt. Denn, wisst ihr, ich habe beim Block noch so einige Freunde, die mir die Treue halten. Selbst wenn die derzeitige Linie beim Block ist, dass ich weg soll, werden sie nicht vergessen, wer das in die Tat umgesetzt hat. Und in zwei oder drei Monaten, wenn die Parteilinie sich geändert hat und mein Fall nicht mehr auf der Tagesordnung steht, erinnern sie sich möglicherweise an euch, und erst in dem Moment wird euch klar werden, was ihr für einen schweren Fehler begangen habt.«

»Gut, wo ist die Kohle?«

»In meinem Schreibtisch.«

Gros Luc trat hinter mich und hielt mir den Kuhfuß gegen die Luftröhre. Dabei drückte er kräftig zu.

»Wir folgen Ihnen, Chef…«

Ich ging mit kleinen Schritten auf eine Nische in meinem Wohnzimmer zu, die höchstwahrscheinlich durch einen besonders weit hervorspringenden Schornstein entstanden war, bei der Aufteilung in mehrere Wohnungen. Dort stand ein Paravent, der meine kleine Arbeitsecke abgrenzte.

»Vinga, rück das Ding zur Seite!«, sagte Gros Luc und erhöhte dabei den Druck des Kuhfußes auf meinen Adamsapfel.

Vinga stieß den Paravent mit einem Fußtritt zur Seite. Er fiel um und gab den Blick auf die Nische frei.

Mein Arbeitsplatz war zu sehen, mit dem Voltaire-Sessel, dem MacBook, einigen Akten, die ich gerade bearbeitete, und an der Wand dahinter ein Foto vom Chef und mir, das kurz nach der Abspaltung von Louise Burgos entstanden war. Und noch ein anderes, auf dem ich sehr viel jünger aussehe, zusammen mit Antoine, wie wir aus der Militärakademie kommen.

»Wo ist die Kohle?«

»Oberste Schublade links, die mit dem Vorhängeschloss.«

»Hast du die Schlüssel?«

»In dem Stiftbehälter.«

Vinga setzte sich in den Voltaire-Sessel und kippte den Behälter auf dem Schreibtisch aus. Münzen, Büroklammern, die Schlüssel vom Vorhängeschloss und der Velo-Dog.

»Was ist das für ein Teil? Eine Knarre?«

»Nein, das heißt ja, aber das ist nur ein altes Spielzeug für Jungs. Ein Geburtstagsgeschenk für meinen Neffen.«

Vinga wendete ihn hin und her.

»Sieht aus wie ein echter. Ist aber zu klein, oder? Hier, Gros Luc, sieh dir das an.«

Automatisch verringerte Luc den Druck des Kuhfußes auf meinen Hals.

Das war der Moment. Ich knickte in den Beinen ein, er verlor das Gleichgewicht und ich wuchtete seinen schweren Körper mit Hilfe des Kuhfußes, den ich als Stütze einsetzte, über meine Schulter. Er krachte schwer auf den Schreibtisch, der mit einem lauten Krachen unter ihm zusammenbrach, Holzsplitter flogen durch die Gegend.

Vinga, überrumpelt, hielt sich reflexhaft die Hände vors Gesicht und ließ dabei den Velo-Dog los.

Ich stürzte mich auf die kleine Waffe, löste die Sicherung und spannte den Abzug, der unter dem Lauf eingebaut war.

Zerzaust und hochrot versuchte Gros Luc, sich in den Trümmern meines Schreibtischs wieder aufzurichten. Unsere Blicke trafen sich. Ich war keine vier Meter von ihm entfernt. Ich zielte aufs Auge.

Die Kugel traf seinen Backenknochen.

»Scheiße«, sagte Gros Luc und hielt sich die Hand ans Gesicht, »für ein Spielzeug tut das verdammt weh.«

Ein dünner Blutfaden zog sich von unterhalb seines Auges, das in seinem feisten Gesicht fast verschwand, bis hinunter zu seinen fleischigen Lippen.

»Das ist kein Spielzeug, das ist ein Velo-Dog«, sagte ich und näherte mich ihm, während er versuchte, sich aufzurappeln.

Dabei präsentierte er mir seinen Schädel mit dem schon etwas schütteren roten Haar. Ich setzte meine Waffe an und drückte zwei Mal ab.

»Aua, aua, aua«, rief Gros Luc, mit einer seltsam weinerlichen Kinderstimme.

Er hielt sich mit beiden Händen den Kopf, sein Gesicht war blutüberströmt und er torkelte durchs Wohnzimmer.

Vinga saß immer noch hinter meinem Schreibtisch, wie erstarrt, und betrachtete das Schauspiel mit offenem Mund. Auch wenn das nicht besonders professionell war, nahm ich seinen kariösen Zahn ins Visier, korrigierte die Höhe und zielte zwei Mal auf diesen grünlichen Zahnstumpf, der mich dermaßen faszinierte. Vinga sah erstaunt aus, wie jemand, der aus Versehen etwas verschluckt hat, dann blieb er einfach sitzen auf dem Voltaire-Sessel, rührte sich nicht, kerzengerade, mit offenen Augen, während sich in seinem Mund rötlicher Schleim sammelte.

Indessen stöhnte Gros Luc auf, während ihm das Blut übers Gesicht lief, und wiederholte immer wieder: »Ich bin

74

blind, ich bin blind«, dabei haute er mit dem Kuhfuß wie wild um sich. Der musste verdammt dicke Knochen haben, dieser Idiot, wenn drei 6mm-Kugeln sie nicht durchschlagen konnten.

Ich war immer noch nackt und barfuß, da sie mir nicht die Zeit gelassen hatten, mir etwas überzuziehen. Das hinderte mich jedoch nicht daran, mich wie einer makabren Choreographie folgend zu drehen und zu wenden, um den Schlägen mit dem Kuhfuß auszuweichen, den er mal hierhin und mal dorthin hieb.

»Ich kriege dich, Stanko, ich kriege dich!«, stöhnte Gros Luc und schüttelte dabei den Kopf, wohl um den roten Schleier vor seinen Augen zu vertreiben.

Aber er hatte seine Bewegungen immer weniger unter Kontrolle und schließlich gelang es mir, mich hinter ihn zu stellen, den Lauf des Velo-Dog genau auf sein Gehirn zu richten und die letzten beiden Patronen abzufeuern.

Ich verharrte einen Moment so, leicht benommen, neben mir, mitten in meiner Wohnung, die Leichen dieser beiden Idioten.

Es war acht Uhr morgens. Mein kleines Gerangel mit Gros Luc und Vinga schien niemanden großartig aufgeschreckt zu haben.

In meinem Haus in der Rue Brézin leben viele junge Paare mit kleinen Kindern. Und morgens geht es bei diesen linken Snobs rund: Da wird das Fläschchen gegeben, es wird gebadet, geduscht, dazwischen heißt es dann: »Wo habe ich nur mein Handy, Schatz?«, und: »Es ist nicht meine Aufgabe, bei dir aufzuräumen!«, dann: »Du ziehst jetzt den Schal an, oder es setzt was«, daneben das Blabla von France Culture oder France Musique ... Das alles wird mühelos den Auftritt dieser beiden Stümper übertönt haben, die ich gezwungenermaßen mit einer lächerlich kleinkalibrigen Waffe erledigen musste, die eher in einen Antiquitätenladen gehört als in einen Nahkampf ...

Trotz allem blieb mir nicht mehr wirklich viel Zeit. Loux' Geschichte ließ keine Zweifel offen. Vielleicht wollte die

Delta-Gruppe mich vor meinem Büro im Bunker abfangen? Nein, das wäre viel zu auffällig.

Ich setzte die Tür, die die beiden Irren kaputt gemacht hatten, wieder an ihren Platz. Es war ja nicht unbedingt nötig, die Aufmerksamkeit des jungen karrieregeilen Bankers zu erregen, der in einer Viertelstunde zu seiner Filiale am Boulevard des Italiens aufbrechen würde, bevor seine Alte, eine linke Lehrerin, die regelmäßig Flugblätter von der Gewerkschaft in die Briefkästen warf, den Knirps in die Krippe bringen würde, um anschließend irgendwelchen Kanaken an einem Collège in Malakoff Französischunterricht zu erteilen.

Ich habe immer gewusst, dass das eines Tages passieren würde. Dass irgendwann alles in die Binsen gehen würde: Die Freundschaft mit Antoine, die Jahre beim Bloc Patriotique, die Brüderlichkeit bei der GPP. Ja, das war mir von Anfang an klar.

Ich habe schon als Kind eine ganze Welt zusammenbrechen sehen.

Denain, Ende der 70er Jahre.

So etwas steht in keinem Geschichtsbuch. Wenn tausend Neger oder tausend Schlitzaugen in der hinterletzten Ecke draufgehen, dann gibt es haufenweise Reportagen, jedes Jahr Sondersendungen, internationale Tribunale, ellenlange Artikel von Philosophen in sämtlichen Blättern, Bücher von Experten zum Thema, aber wenn eine Region in Frankreich dem Tode geweiht wird, eine Region des eigenen Landes, weil sie nicht mehr wettbewerbsfähig ist, dann ist das allen scheißegal. Sicher, weil die Arbeiter dort alle, oder fast alle, nur blöde Weiße waren. So wie Papa.

Für mich war das also nicht neu, alles hinter mir lassen zu müssen. Ich ging ins Badezimmer, sah mir die blasslila Spur an, die dieses Miststück von Gros Luc mit seinem Kuhfuß hinterlassen hatte. Ich würde leichte Schmerzen beim Schlucken haben.

Schwer zu schlucken hatte ich allerdings noch aus einem ganz anderen Grund: Der Block hatte mich fallenlassen und Antoine und Agnès hatten nicht mal aufgemuckt dagegen.

Antoine hat mir oft gesagt, er wäre ein Schriftsteller, kein Politiker. Ich glaube kaum, dass ihm die Vorstellung gefällt, dass man mich umlegt, um die Rachegelüste eines Marlin zu befriedigen. Nein, das gefällt ihm sicher nicht, aber er meldet sich nicht bei mir. Aber wie sollte er das auch tun, mal vorausgesetzt, er würde gerne. Gerade jetzt fehlt er mir so, der Kerl.

Ich stellte das Radio an und rasierte mich, dabei achtete ich darauf, die Stelle mit der Quetschung nicht zusätzlich zu reizen. Ich begebe mich nicht auf die Flucht, ohne mich zumindest ein wenig frisch gemacht zu haben. Schmutz deprimiert mich, ich bin kein Intellektueller. Bei uns zieht man sich am Sonntag ordentlich an.

Die Kommentatoren kommentierten fleißig. Sie sprachen über die katastrophale Lage in den Vorstädten, den Notstand, der im gesamten Land ausgerufen ist, die Sperrstunde, die in dreißig Ballungsgebieten ab zwanzig Uhr gilt. Ein Départements-Vertreter vom Block leugnete, dass es Kontakt zur Regierung gebe, ein Sprecher des Innenministeriums dementierte, dass man Kontakt zum Block aufgenommen habe. Wenn alle dementierten, hieß das, es stimme, schrie ein Vertreter der Sozialisten. Wir würden am Ende noch eine kryptofaschistische Regierung bekommen, so der Sozialist.

Dann warf ein anderer Kommentator die Frage auf, ob die Vorgehensweise der Regierung in den Vorstädten nicht zur zusätzlichen Eskalation der Lage beigetragen habe. Die Antwort hörte ich nicht mehr, weil ich da unter der Dusche war, aber es war letztlich egal, ob ich das hörte oder nicht. Die Sache war doch klar: Das waren alles entweder Idioten oder Drecksäcke, die nur die Sprache der Gewalt verstanden. Das Einzige, was mich echt ärgerte, so dachte ich, war, dass ich nicht davon profitieren würde, dass der Block an die Macht kam.

Ich meine nicht »materiell profitieren«, ich denke an so kleine Freuden wie zum Beispiel mitzuerleben, wie die Journaille und andere große Bedenkenträger, die ständig in den Medien präsent sind, mal kurz ihre Klappe halten würden, wenn unsere Regierungsmitglieder in die Sendungen kämen, wie man sie mit Monsieur oder Madame Ministre anreden würde, unterwürfig wäre, wie allen anderen gegenüber auch, während sie uns jahrelang wie Scheiße behandelt haben, sich als empörte Demokraten aufgespielt haben dank ihres Presseausweises und gut abgepolstert durch ihr vier- oder fünfstelliges Monatsgehalt, gut abgeschirmt durch ihre Security-Leute und ihre hochgesicherten Wohnungen in den wohlhabenden Vierteln.

Da imponieren mir die Typen von der ASAB deutlich mehr, die unsere Wahlkampfveranstaltungen angriffen, einer gegen zehn, die Typen von der ASAB, die noch die Kraft hatten, uns ins Gesicht zu spucken, wenn sie nur noch zu zweit oder dritt waren, mit blutüberströmtem Gesicht, am Ende ihrer Kräfte, mit dem Rücken zur Wand standen und wussten, dass die letzte Attacke bevorstand und sie am Ende im Koma liegen würden oder noch schlimmer. Ja, der hasserfüllte Blick dieser Jungs, wenn ich ihnen den Gnadenstoß gab, war mir sehr viel lieber als die herablassende Arroganz dieser Vollidioten in den Fernsehstudios, wenn ich Antoine, den Alten, Ströbel oder Agnès mal zu einer dieser Talkshows begleitete, in denen man immer versuchte, uns lächerlich zu machen, kleinzureden, wo wir doch, verdammt noch mal, ein Fünftel der Franzosen repräsentierten und der Alte es in die zweite Runde der vorletzten Präsidentschaftswahlen geschafft hatte.

Ich stieg aus der Dusche.

Ich zog einen meiner schwarzen Agnès-B-Anzüge an, die stehen mir einfach gut, das kann man längst nicht von allen Anzügen behaupten, weil ich fast genauso breit wie hoch bin. Sie sitzen wie angegossen und engen mich nicht in meiner Bewegungsfreiheit ein. Das hat etwas für sich in meinem Beruf, schließlich muss ich oft innerhalb eines Tages zwischen elegantem und knallhartem Auftreten wechseln können, brauche ein Outift, das sich sowohl für ein feines Dîner eignet als auch für eine primitive Prügelei.

Ich hatte mich gerade fertig angezogen, da klingelte mein iPhone. Private Nummer stand dort. Es ruft mich nie jemand mit einer unterdrückten Nummer an. Nicht auf diesem Handy. Damit war alles klar. Die Delta-Gruppe hatte die Jagd eröffnet.

Sie wollten mich per Triangulation orten. Ravenne dürfte gerade jubilieren.

Das Luder.

Ich nahm einen Regenmantel mit, auch wenn dieser November ungewöhnlich warm ist, als ob diese Aufstände, noch mehr als die Klimaerwärmung, direkten Einfluss auf die Veränderungen der Atmosphäre hätten. Ich warf einen letzten Blick in meine Wohnung. Ich habe das XIV. Arrondissement immer gerne gemocht. Es war auch das Lieblings-Arrondissement von Audiard gewesen, das hatte Antoine mir erzählt. »Ein Arrondissement von rechten Anarchisten«, wie er sagte.

Auch Antoine, das weiß ich, selbst wenn er es mir nie explizit gesagt hat, hätte lieber dort gelebt als in seiner Ecke, wo die Straßen endlos lang und ruhig sind und man sich vorkommt wie auf dem Friedhof. Ein Gläschen bei Perret in der Rue Daguerre trinken, einen Roten, dazu Rillettes auf Poilâne-Brot, mit ihm und dem alten Molène. Ich glaube, das waren die einzig wirklich glücklichen Momente in meinem ganzen Leben, Momente, in denen ich vollkommen entspannt war, wie nie seit meiner Kindheit, das heißt vor '78, vor Usinor natürlich.

Ich ging in den Keller. Im Keller hatte ich genug gebunkert, um der Delta-Gruppe ein wenig Paroli bieten zu können. Ich tippte den Code und trat ein. Ich nahm mir 20 000 Euro in bar, die ich mir in sämtliche Taschen stopfte. Ich befestigte ein Etui an meiner Wade für das Kommandomesser und ein anderes am Knöchel, für den Velo-Dog, von dem ich nie gedacht hätte, dass er mir einmal das Leben retten würde.

Dann schwankte ich zwischen einer Heckler und Koch, einer Mac 50 und einer Browning Herstal GP35. Auch wenn ich einen Waffenschein habe, die Herstal war nicht so ganz koscher, ich hatte sie einem libanesischen Kriminellen abgekauft. Aber ich mochte sie, das war wirklich eine gute Waffe.

Und ob sie nun koscher war oder nicht, spielte jetzt eigentlich auch keine Rolle mehr...

Auf der Straße bemerkte ich sofort den 1er BMW in Marroni-Braun mit Allradantrieb.

Der Wagentyp, mit dem Ravenne und ich kürzlich die Delta-Gruppe ausgestattet hatten.

Sie wollten gerade aussteigen und waren überrascht, mich zu sehen. Ich auch, aber etwas weniger als sie.

Ravennes und mein Blick kreuzten sich.

Ich holte die GP35 aus meinem Schulter-Holster und feuerte alle fünfzehn Patronen des Magazins ab, dabei achtete ich darauf, dass das gesamte Auto und alle Gestalten drumherum etwas abbekamen. Da das Grüppchen gut trainiert war, verschanzten sie sich hinter den offenen Wagentüren oder verschwanden im Wageninneren und riefen da vermutlich nach ihrer Mama. So wurde die Rue Brézin an diesem verschlafenen Novembermorgen auf einmal zum Kriegsgebiet.

Über allem lag ein Schleier aus zersplittertem Sicherheitsglas, und die Motorhaube des BMW sprang auf. Ravennes Stimme war zu hören.

»Stanko, du Hurensohn!«

Aber da lief ich schon zur Avenue Général-Leclerc und weiter zur Metro-Station Alésia anstatt zur nächstgelegenen Station Mouton-Duvernet, in der Ravenne sicher ein oder zwei Typen zur Absicherung postiert hatte.

Ich warf das leere Magazin weg, es fiel in den Rinnstein, ich schob ein neues rein und feuerte noch ein paar Mal hinter mich, ohne zu gucken.

Der Stierkampf war eröffnet.

Und der Stier war ich.

5

Du streckst deinen großen Körper. Du gähnst. Das hat den Effekt, dass du mit einem Mal wieder alle Geräusche um dich herum wahrnimmst und ein Auto durch die Rue La Boétie fahren hörst und weiter weg, bei den Champs-Élysées, Einsatzwagen, die mit heulenden Sirenen zu den Krawallen fahren, an die Front, von der Paris inzwischen eingekreist ist.

Auf dem Bildschirm haben die koreanischen Basketballspielerinnen erneut den Nachrichten Platz gemacht. Der rote Balken oben links im Bild hat sich nicht verändert. Er steht weiterhin bei 756.

Du zappst weiter zu anderen Nachrichtensendern, inklusive ausländischer Sender. Wenn sie keinen roten Balken haben, dann haben sie ein schwarzes Rechteck, und wenn es sich nicht oben links befindet, dann unten rechts. Und es verwandelt sich in ein orangefarbenes Dreieck oder ein kleines Logo, das einen Brand darstellt, darüber wird die Zahl eingeblendet.

756.

Du weißt nicht, wer zuerst auf die Idee verfallen ist, derart die Toten aufzulisten. Es muss nach dem zwanzigsten oder fünfundzwanzigsten angefangen haben, während dieses ungewöhnlich heißen Monats August.

Du weißt es nicht, aber dieser Journalist oder Chefredakteur sollte mit dem Dreizack erster Klasse ausgezeichnet werden, wenn ihr erst mal an der Macht seid. Mit seinem Leichenzähler illustriert er besser als jede Rede oder alle Bilder das je könnten, dass es sich hier nicht mehr um einfache, wenn auch wiederholt auftretende Krawalle handelt.

Damit wurde eine Grenze überschritten.

Zu was? Schwer zu sagen. Der Erste, der sich entschieden hat, diesen Zähler einzublenden, hat damit zugleich, ob er sich dessen nun bewusst war oder nicht, gesagt: Es ist soweit, dieses Mal ist es wie im Krieg, ein schleichender Krieg, aber ein Krieg.

Vor einigen Jahren, zur gleichen Jahreszeit, gab es schon einmal solche Unruhen. Sie waren so spektakulär und hielten so lange an, dass sie damals in Europa die Schlagzeilen beherrschten. Als sie begannen und sowohl in den Fernsehnachrichten als auch in der Presse das große Thema waren, hatte man auch so einen Zähler ausprobiert. Er zählte die Zahl der abgefackelten Autos. Einige Medien brachten sogar lokale Zähler, unterteilt nach Regionen oder Städten. Die Behörden stellten fest, dass das einen verheerenden Effekt hatte und zur weiteren Anstachelung führte. Fortan ging es für die Randalierer in der Stadt oder Vorstadt darum, welches Viertel den Rekord schlug. Es entstand eine Art wahnwitziger Wettbewerb. Daraufhin wurde hier und da ein wenig Druck ausgeübt, damit diese Katastrophenzähler wieder verschwanden, die wie eine Reality-TV-Inszenierung oder wie ein Spiel auf einem Teleshoppingsender wirkten.

Aber dieses Mal werden nicht ein paar Autos gezählt, sondern Tote.

Indem man das für jeden sichtbar macht, sendet man eine klare Botschaft aus an alle, die es hören wollen: Wir setzen nicht auf Deeskalation, wie beim letzten Mal, wir warten nicht darauf, dass ihr in eure Viertel zurückkehrt und unsere Bereitschaftspolizisten in ihre Einsatzstellen, bis zum nächsten Aufflammen der Gewalt.

Nein, dieses Mal kämpfen wir auf Leben und Tod.

Wir wollen der Öffentlichkeit zeigen, wie gefährlich ihr seid und wie mutig es von uns ist, euch Paroli zu bieten. Ihr müsst uns verstehen. Wir wollen an der Macht bleiben, und damit wir an der Macht bleiben, müsst ihr diesen Blutzoll zahlen. Und ihr, Franzosen französischer Abstammung, vergesst im Anschluss nicht, wer euch gerettet hat, vergesst nicht, wen ihr nächstes Jahr wählen müsst.

Du bist zynisch genug, das hatte schon Cicriac verstanden, um zu wissen, dass es hier nie um einen ethnischen Konflikt ging, bei dem die Zids an die Kandare genommen werden sollen, und auch nicht um einen Bürgerkrieg, wie es in der offiziellen Terminologie des Bloc Patriotique heißt.

Du weißt, dass die Einzigen, die mit ihrer Analyse richtig liegen, die Roten sind – ob dieser Cicriac wohl immer noch in der Kommunistischen Partei ist, oder ob er, wie so viele andere, seine Koffer gepackt hat?

Die Kommunisten, aber keiner hört ihnen mehr zu, sprechen von Unruhen, die auf soziale Verelendung zurückzuführen sind, Hungerrevolten. Sie sprechen darüber, wie die Regierung den Krieg jeder gegen jeden angezettelt hat, damit in Vergessenheit gerät, dass sie die Kaste der Großunternehmer, die sie an die Macht gebracht hat, immer reicher gemacht hat, und zugleich den Rest der Bevölkerung mit ungekannter Brutalität immer ärmer.

Was die extreme Linke anging, so hatte sie in der ihr eigenen autistischen Weise für die Randalierer Partei ergriffen und erklärt, das neue Proletariat, das es zu befreien gelte, finde man nun bei den Moslems, den Schwarzen und den sozialen Absteigern der Vorstädte. Und diese Vollidioten organisierten, ohne sich des Widerspruchs bewusst zu sein, Demonstrationen, bei denen verschleierte Frauen mitliefen.

Befreiung, wer's glaubt! Das Gute war, immer wenn sie das Maul aufrissen, legte der Block in den Umfragen stetig weiter zu. Wie in den 80er, 90er Jahren zu Zeiten der Anti-Rassismus-Bewegungen. Es heißt ja, Engel haben kein Geschlecht, offenbar haben sie auch kein Gehirn.

Wenn du Lust hattest, mal wieder die Fäuste fliegen zu lassen – was du Agnès lieber verschwiegst –, wenn du spürtest, dass selbst stundenlanger Sex mit ihr das Tier in dir nicht zur Ruhe kommen ließ, riefst du manchmal Stanko an.

Dann fragtest du ihn, ob zufällig irgendeine Sache gegen die Linken geplant wäre, gegen Trotzkisten, Alternative …

Das Gespräch verlief immer nach dem gleichen Muster.

»Ich kann dir eine propalästinensische Kundgebung nach Belleville-Art anbieten.«

»Wer organisiert die?«

»Die Kommunisten.«

»Nein, Stanko.«

»Ach ja, ich vergaß. Dein Großvater. Aber die sind auch nicht mehr das, was sie mal waren, weißt du …«

»Schnauze, Stanko, darüber diskutiere ich nicht mit dir. Hast du nun was Ultrabrutales im Angebot oder nicht?«

»Arbeiterwohnheim in Pré-Saint-Gervais. Die haben sogar eine Moschee im Keller eingerichtet.«

»Scheiße noch mal, nennst du das etwa eine sportliche Herausforderung, Stanko? Alte malische Arbeiter zusammenschlagen … Überlass das mal dem Combat Blanc, da mache ich nicht mit …«

»Ich weiß, was du willst, Antoine, du willst dich mit den ASAB-Leuten zoffen. Mann, dafür bist du echt nicht mehr trainiert genug. Du bist nicht mehr der Jüngste, genau wie ich. Lass meine Jungspunde von der GPP-Bloc-Jeunesse sich dort ihre Sporen verdienen. Teils erledigen das auch die Skins für uns, outgesourced. Männer unseres Alters, Antoine, und Sturm laufen gegen Rote und Anarchos, die fünf Stunden Karate am Tag machen …«

»Erzähl keinen Stuss, Stanko, ich weiß, dass du immer noch bei allen Strafaktionen gegen die ASAB mit dabei bist.«

»Du nervst echt, Antoine. Wenn dir was zustößt, machst du Agnès damit nur unglücklich und reitest den Block in die Scheiße. So wie dieser zweite Bürgermeister von Lancrezanne nach unserem Sieg bei den Kommunalwahlen …«

»Das ist eine ganz andere Geschichte. Hol mich um 18.30 Uhr ab, Stanko. Und hör auf, mir was vorzuheulen.«

Und er holte dich ab. Nicht in deiner Wohnung in der Rue La Boétie, da hätte Agnès Lunte gerochen. Agnès wusste auch von diesem Monster in dir, das nur vorgab zu schlafen. Das immer Hunger hatte. Nein, ihr traft euch in einem Bistro, das lange aufhatte, gegenüber vom Maloya. Ach ja, das Maloya, bei der Sache hatte Stanko dich echt übel reingelegt.

Stanko parkte seinen Mercedes, einen CLK-Coupé, auf dem Bürgersteig und steckte seinen Abgeordneten-Ausweis hinter den Scheibenwischer, um keinen Ärger mit den Bullen zu bekommen. Stanko war mal kurzzeitig Mitglied der Opposition in einer Kommune des roten Gürtels gewesen, um irgendjemandem einen Gefallen zu tun. Wie so oft. Es ging darum zu verhindern, dass die Vorsitzende der Ratsgruppe der Blockisten, die bei der Präfektur arbeitete und allein lebte, überfallen und vergewaltigt würde, durch die Banden, die es dort gab. Ihr hattet gehört, dass sie schon vor Beginn der Kampagne telefonische Morddrohungen erhalten und man sie bei der Verteilung von Flugblättern auf dem sonntäglichen Markt angerempelt hatte.

Also mietete der Block in der Gemeinde auf Stankos Namen eine Garage an und setzte ihn auf einen aussichtsreichen Listenplatz. Er sorgte für den ungestörten Ablauf des Wahlkampfs und stellte sich darüber hinaus als allgemeiner Kummerkasten zur Verfügung. Das hieß, dass er sich bis zwei Uhr morgens mit Gemeinderäten über so spannende Themen wie die Verbesserung der Trinkwasserqualität unterhielt und mit ihnen erörterte, welcher Anbieter den Zuschlag für die neuen Mülltonnen zur Mülltrennung bekommen sollte, eine Leistung, die man an externe Dienstleister vergeben wollte.

Ja, er hatte sich schon immer abgestrampelt beim Block, war immer bereit, totlangweilige oder gefährliche Aufgaben zu übernehmen, aber seit der Zeit, als er diese Schrottkiste von Golf fuhr, hatte er sich deutlich verbessert. Auch seine Anzüge waren besser geworden. Maßanzüge oder Luxus-Konfektion. Mal abgesehen davon, dass er sich die Haare wieder hatte wachsen lassen und mehrere plastische Operationen hinter sich hatte wegen seiner Tätowierungen. Er war immerhin der Sicherheitsbeauftragte des Bloc Patriotique seit Molènes Tod. Wenn man ihn von vorne betrachtete, konnte man nur noch einen leichten Abdruck auf der Stirn erkennen, ein Überbleibsel der Flamme, die vom Großbrand des

»Commando Excalibur« bis in sein Gesicht hinein gezüngelt war.

Ihr trankt ein Bier am Tresen. Stanko erklärte dir leise die Örtlichkeiten.

»Ein Raum in der Rue Doudeauville. Ein informelles Treffen einer ASAB-Gruppe. So um die zwanzig. Vielleicht ein paar mehr oder ein paar weniger. Sie wollen eine Zeitung fürs Viertel herausbringen und das bequatschen.«

»Hat dir einer unserer Spitzel bei den Bullen den Tipp gegeben?«

Das war in den ersten Jahren die Regel. Später kamen dann noch die Blogs und die sozialen Netzwerke hinzu. Da wurde es fast zu einfach. Alle machten Propaganda für sich, aber alle ließen auch, allein für ihr Ego – »Bloglein, Bloglein an der Wand, wer ist der Schönste im Bloggerland?« –, Informationen durchsickern, die mal mehr, mal weniger vertraulich waren, was unter taktischen Gesichtspunkten ziemlich verheerend war, für Gruppen, die sich am Rande des Systems bewegten.

»Hast du dein Bier ausgetrunken, Antoine? Wenn wir sie uns schnappen wollen, sobald ihr nettes kleines Fest zu Ende ist, müssen wir rechtzeitig am Treffpunkt sein.«

Dann standet ihr wenig später in einer dieser Wohnungen herum, die Stanko hier und da in Paris für die Spezialoperationen der GPP gemietet hatte. Mit Ausrüstung vollgestopfte Einzimmerwohnungen, die manchmal auch als Unterschlupf für Kumpels dienten, die in Schwierigkeiten waren und für eine Weile abtauchen mussten.

Wenn du dort erschienst, hochgewachsen wie du bist, wenn auch deutlich in die Jahre gekommen, und trotz deines offenkundigen Übergewichts immer noch eine imposante Erscheinung, waren die fünf oder sechs Freiwilligen, die durchweg sehr jung waren, praktisch nur aus Muskeln bestanden und sich wie Wildkatzen bewegten, immer ziemlich überrascht. Die, die Parteimitglieder waren und zur GPP-Truppe gehörten, erkannten dich zwar, aber sahen dich oft das erste Mal leibhaftig vor sich.

Sie konnten es einfach nicht fassen, wussten nicht, wie sie sich dir gegenüber verhalten sollten. Sich verschwörerisch geben, respektvoll zeigen, höflich Fragen stellen oder lieber den Mund halten, unter der Gefahr, als schlecht erzogen zu gelten. Die anderen, oft Skins, die Stanko und Ravenne bei den Boulogne Boys aufgegabelt hatten, waren sehr viel misstrauischer. Sie hatten keine Ahnung, wer dieser Typ sein sollte.

»Ist das auch kein Bulle, Chef?«, fragten sie manchmal Stanko.

»Sag mal, du Nervensäge, glaubst du, ich bin bescheuert?«

Ihr rüstetet euch aus. Die Skins blieben wie sie waren und begnügten sich mit einer Sturmhaube. Stanko und du, ihr zogt euch schwarze Kampfanzüge an, ohne besondere Kennzeichen. Stanko, der immer einen Hang zu Lügengeschichten hatte, erzählte, sie wären aus Serbien und stammten aus Beständen der Tiger von Arkan, benannt nach dem serbischen Kriegsherrn, den das UN-Kriegsverbrecher-Tribunal gesucht hatte und der beim Verlassen eines Luxushotels in Belgrad erschossen worden war, man wusste nicht genau von wem. Proserbische Kameraden des Blocks, die gegen die Bosniaken gekämpft hatten, hätten sie bei der Belagerung von Sarajevo zum Andenken mitgenommen.

Dann auch Sturmhauben für euch. Schlagstöcke, Schlagringe, Nunchakus, eine große Dose Pfefferspray, die Stanko an sich nahm. Die Nunchs setztest du wenn möglich nicht ein, da du mit den Dingern einfach nicht umgehen konntest, obwohl Stanko versucht hatte, es dir im Fitnessraum des Bunkers beizubringen. Du brachtest es jedes Mal fertig, dir fast ein Auge damit auszuschlagen. Stanko, der wirklich sehr geduldig war, gab es schließlich auf.

Du liebtest das Testosteron, das förmlich in der Luft lag, sich auf so engem Raum konzentrierte, und in das sich Adrenalinstöße mischten. Manchmal stieß einer der jungen Typen einen kurzen Schrei aus, einfach so, grundlos. Eine Art Bellen. Da spürte man, wie sie darauf brannten zu kämpfen, ihre Sehnsucht nach Gewalt.

Es war nicht schwer zu erahnen, was sich im Innersten dieser jungen Kerle abspielte: Diese Generation war in einer virtuellen Welt groß geworden, mit der Angst vor Aids, vor Fremden, vor Arbeitslosigkeit, vor sozialer Unsicherheit, inmitten der skandalösen Verarmung in den Einfamilienhausgebieten. Sie vergeudeten ihre Zeit vor Videospielen, mit kollektiven Wichseinlagen in irgendwelchen Bruchbuden oder, wer Glück hatte, mit den Mädchen von nebenan, die nicht mehr wussten, wie »Liebe« machen geht, ohne zu imitieren, was sie in zu vielen Porno-Filmen gesehen hatten.

Aber in diesen Momenten, wenn ihr euch auf den Kampf vorbereitetet, auf die Risiken, die Ungewissheit, die damit einhergingen, und unter Stankos Befehl jeder genau wusste, was er zu tun hatte, fanden sie erneut Geschmack an der Wirklichkeit. Endlich konnten sie sich an etwas reiben, an Gefühlen, an Wesen, die ganz real existierten, an einer Kraft, einer Realität.

Dennoch achtete Stanko darauf, dass niemand, vor allem von den Skins, verbotene Waffen mitnahm. Denn wenn es schiefging, konnte einen das teuer zu stehen kommen.

Ihr fuhrt in einem oder zwei Autos, die ihr unter falschem Namen gemietet hattet. Französischer Rechts-Rock schallte in voller Lautstärke aus den Boxen, *Hotel Stella, Fraction Hexagone, Celtic Bastos*.

Und ihr rastet los wie die Helikopter in *Apocalypse Now*, eure hasserfüllte Musik kündigte euch schon von weitem an.

An die Rue Doudeauville erinnerst du dich noch sehr gut, weil du da zum ersten Mal direkt Schiss bekommen hast, dabei war dir normalerweise ziemlich egal, was dir oder anderen zustieß, du spartest dir all deinen Vorrat an Sorge und Liebe für Agnès auf.

Es waren keine zwanzig, sondern eher dreißig da von der ASAB, die gerne Citizen Kane der Ultralinken spielen wollten. Sie standen auf dem Bürgersteig vor dem Raum. Ihr Treffen war gerade zu Ende gegangen, und sie unterhielten sich in kleinen Grüppchen.

»Machen wir es trotzdem?«

Die Frage war rhetorisch. Die Frustration wäre zu groß gewesen. Und die Risiken erschienen geradezu harmlos, gemessen an dem Vergnügen, das einem entgehen würde. Genau die Denkweise, die einen dazu bringt, ohne Kondom mit einer oder einem Unbekannten zu schlafen.

Stanko stieg zuerst aus, und als er sah, was los war, hielt er erst einmal mit der Reizgas-Dose drauf, dabei brüllte er wie ein Wahnsinniger und befahl euch, dalli dalli, aus dem Auto rauszukommen.

Innerhalb weniger Sekunden machte er ein Dutzend Redskins unschädlich, aber die anderen umringten ihn und waren kurz davor, ihn unter sich zu begraben.

Du standst einem ASAB-Kerl gegenüber, der maximal siebzehn war und ziemlich begriffsstutzig und den du mit einem gezielten Kopfstoß zu Fall brachtest. Angesichts seines jugendlichen Alters und seiner Statur, sagtest du dir, hattest du echt Glück, das Überraschungsmoment auf deiner Seite gehabt zu haben. Dann nahmst du einen von hinten in den Schwitzkasten und benutztest ihn als Schild, bevor du ihm den Schädel zwei Mal gegen die Ecke eines Fensterladens knalltest. Er sackte in sich zusammen, und du ließest von ihm ab.

Einer von euren Skins lag zwischen zwei Autos am Boden und wimmerte. Sein Arm stand in einem unnatürlichen Winkel ab. Das hinderte einen von der ASAB, dessen Augen vom Pfefferspray gerötet waren, nicht daran, mit seinen Doc Martens auf ihn einzutreten.

Ihr hörtet eine Sirene.

Stanko wich mit kleinen, angesichts seiner Korpulenz fast graziös wirkenden Hüpfern einem Baseballschläger aus, den ein ASAB-Typ schwang. Dann befand er, das Spielchen hätte lange genug gedauert, zertrümmerte seinem Gegner das Gesicht mit einem Schlag seines Schlagrings und sagte ganz ruhig: »Wir setzen uns ab.«

Die ASAB-Leute liefen schon auseinander, ihr gingt zu euren beiden Autos und fuhrt mit aufheulendem Motor und in verkehrter Richtung durch die Einbahnstraßen zurück zur Rue Doudeauville.

Die Bilanz des Abends fiel durchwachsen aus. Einen Skin hattet ihr zurücklassen müssen, und ein GPP-Typ hatte was abbekommen. Gebrochene Nase, eingeschlagener Kiefer. Er bekam schlecht Luft. Knochensplitter, Zahnfragmente.

Ihr kehrtet in die Einzimmerwohnung zurück. Ihr stankt alle nach Pfefferspray, Blut, Schweiß. Einer der Skins hatte sich offenbar sogar aus Angst in die Hose geschissen.

»Du duschst zuletzt«, sagte Stanko zu ihm, während er den verletzten Typ verarztete. »Wir wollen uns nicht in deiner Scheiße waschen.«

Dich durchströmte ein Wohlgefühl, als hättest du gerade mit Agnès einen Orgasmus gehabt. Zum Glück hattest du öfter das Bedürfnis nach Agnès, nach ihrem Körper, als danach, in einer Wohnung zu hocken, in der es nach Blut und Scheiße stank.

An diesem Abend, nachdem die Skins weg waren und die von der GPP ihren Kumpel in die Notaufnahme gebracht hatten, hattet ihr, Stanko und du, wie jedes Mal einen Bärenhunger.

Er brachte dich nach Hause, aber ihr machtet vorher einen Abstecher zum Hippopotamus-Steakhouse auf den Champs-Élysées, und die Kellnerinnen von den Antillen sahen euch regelrecht angewidert dabei zu, wie ihr jeder ein T-Bone-Steak verzehrtet, das eigentlich für zwei Personen gedacht war, und dabei mehrmals Sauce Béarnaise und Pommes nachbestelltet. Gar nicht zu reden von den drei oder vier Flaschen Chinon, den ihr eisgekühlt trankt wie die Amerikaner, weil ihr das Gefühl so gerne mochtet, wie der Kiefer sich unter der Kälte schmerzhaft zusammenzog, eine Kälte, die sich aber sehr schnell in Wärme verwandelte, wenn der Wein den Magen erreichte.

Stanko würde dir auch deshalb fehlen. Der Todestrieb. Der Todestrieb, den man immer wieder überwunden hatte.

Bis jetzt zumindest.

Auf dem Bildschirm vor dir erregt etwas deine Aufmerksamkeit. Da blinkt etwas.

757.

Siehe da, einer mehr.

Die meisten Todesopfer gibt es natürlich bei den Kids: Tränengasgranaten, die horizontal aufs Gesicht gerichtet werden und die Hälfte davon wegreißen, Hartgummigeschosse aus nächster Nähe, 9mm-Kugeln, die von den Einheiten abgefeuert werden, die versuchen, sich aus ihrer Einkesselung zu befreien, oder auch, in ein paar Fällen, wie in La Courneuve, standrechtliche Erschießungen im Fond eines Einsatzfahrzeugs.

Im Netz kursierten Handy-Aufnahmen.

Das waren noch keine Beweise, aber die schlichte Tatsache, dass man nicht einmal versuchte, sie zu zensieren, und sich nicht einmal mehr die Mühe machte, das zu dementieren, auch das war für die Staatsgewalt eine Art zu sagen, dass sie bereit war, die Sache durchzuziehen, auf Teufel komm raus. Die Scharfmacher unter den Journalisten ermutigten sie noch dazu, in Talkshows, in denen immer hemmungsloser über Möglichkeiten der Niederschlagung zur Wiederherstellung der Sicherheit geredet wurde.

Aber, und das ist neu, unter den Opfern sind auch zweiundachtzig Polizisten, die seit August ihr Leben verloren haben. Dazu wiederholt die Regierung, die mit solchen Verlusten nicht gerechnet hatte, unablässig auf allen Kanälen, über die sie verfügt, dass alle Beamten, die ihr Leben verloren haben, erschossen worden seien.

Alle.

Und dass es nochmals doppelt so viele Verletzte in ihren Reihen gäbe.

Ebenfalls durch Schüsse.

Ihr vom Block wisst, dass das nicht stimmt.

Von den getöteten Polizisten, so letzten Zahlen von gestern Abend um neunzehn Uhr zufolge, wurden einundzwanzig tatsächlich durch Schüsse getötet. Diese Zahlen sind inoffiziell, entsprechen jedoch der Wahrheit. Ein Berater des

Innenministers, ein Maulwurf von den Blockisten, hat sie euch mitgeteilt.

Das sind auch viel zu viele, aber wenn man das Land in dem Glauben lässt, alle Bullen wären erschossen worden, vermittelt man dem Volk den Eindruck, wir befänden uns im Krieg und würden angegriffen. Das ist ein zweischneidiges Schwert. Die Leute sollen Angst haben, aber auch nicht zu sehr.

Tatsächlich, so denkst du dir, ist es für die Gegenseite fast noch schlimmer. Die Rebellen. Die Randalierer. Das ist ihre Blutige Maiwoche, aber sie kriegen noch nicht einmal ihre Kommune.

Nur ein paar von ihnen haben Waffen. Und auch wenn in der Propaganda der Regierung und des Blocks, wenn auch in unterschiedlicher Formulierung, von Ausrüstung aus Afghanistan die Rede ist, die über Bosnien und speziell dafür trainierte Mudschaheddin hierher gekommen sei, so ist das natürlich der allerletzte Blödsinn.

Die Aufständischen haben nur die paar Waffen, die Kriminelle ihnen zu überhöhten Preisen verkauft haben, Pumpguns, Schrotflinten mit abgesägtem Lauf, einige automatische Pistolen mit ausgeleierter Feder, die schon bei bewaffneten Überfällen in den 80er Jahren benutzt wurden, ein oder zwei MR 73, die Bullen beim Weglaufen verloren haben.

Du denkst in deinem tiefsten Innern, dass die Verzweiflung dieser Kids schon ans Selbstmörderische grenzen muss, wenn es ihnen gelingt, mit so bescheidenen Mitteln so viele Polizisten zu töten.

Vor einer Woche ungefähr hätte ein Bild die öffentliche Meinung noch kippen können.

Das war in der Nähe von Neuhof, einem Viertel, das sie am Rand von Straßburg hochgezogen haben. Ein Journalist mit seinem Knopf im Ohr und seinem Plastikgesicht, das allen gemein ist, die für die Herrschenden arbeiten (morgen wird er euch gehorchen, so wie er jetzt seinen regierungsfreundlichen Chefs gehorcht), kommentierte einen laufenden Einsatz.

Hinter ihm sah man die üblichen Reihen der Bereitschaftspolizisten. Im Hintergrund Flammen, die in der Dunkelheit rötlich aufflackerten, und noch ein Stück weiter weg die massiven, schwarzen Gebäuderiegel der Sozialbauten.

Und auf einmal sah man links im Bild einen großen Typen auftauchen, der drohend ein Bidet schwenkte.

Ein echtes Bidet, über seinem Kopf.

Der Journalist drehte sich um, man sah, wie er sich schützend die Arme vors Gesicht hielt, während der Typ drei, vier, fünf Bereitschaftspolizisten anrempelte, sie mit seinem Bidet auseinandertrieb, das sich als weißer Fleck deutlich von dem vorherrschenden Nachtblau und dem roten Lichtschein im Hintergrund abhob.

Man starrte unweigerlich nur noch auf dieses Bidet. Trotz des allgemeinen Geschreis und der Warnrufe hatte der Kerl in seiner Kapuzenjacke ausreichend Zeit, einem Beamten, der ohne Helm an einem Einsatzfahrzeug lehnte und aus einer Flasche Wasser trank, mit voller Wucht das Bidet auf den Kopf zu schmettern.

Und dann geriet die Kamera, wie von Panik ergriffen, ins Trudeln. Das Bild wurde zu einem Kaleidoskop zerlegt, man hörte es aus dem Off zwei oder drei Mal knallen.

Der Bildschirm wurde für einen Moment schwarz, dann sah man wieder die Visage des Journalisten. Er wurde in Großaufnahme gezeigt. Sein Gesicht hatte die Farbe gewechselt.

Du musstest an Louis-Ferdinand Céline denken, der irgendwo gesagt hatte, Grauen wäre auch eine Form der Entjungferung, und du sagtest dir, dass dieses junge, angepasste Exemplar von der Journalistenschule gerade seine erste echte Erfahrung gesammelt hatte.

Er stammelte irgendetwas, erklärte, der Angreifer hätte sicherlich das Polizeiaufgebot umgangen, sich durchs Gebüsch geschlagen und wäre ohne Vorwarnung aufgetaucht. »Was für ein Einfaltspinsel!«, war dein Gedanke dazu. Als wenn der Typ vorher rufen würde: »Achtung, ich komme!« Was bewies, nicht wahr, so fuhr der Journalist fort, wie stark der Gegner sei, mit dem die Ordnungskräfte es hier zu tun hätten, wie dieser die direkte Konfrontation suche, wie groß das Risiko sei, hinterrücks von ihm angegriffen zu werden. Der Polizist, der mit dem Bidet angegriffen worden war, wurde noch vor Ort notärztlich versorgt, sein Zustand war ernst.

Aber dann machte der Kameramann den Fehler, eine Großaufnahme zu zeigen.

Ganz Frankreich sah die Leiche des Typen mit dem Bidet.

Der Stoff seiner Kapuze war nicht mehr von seinem zerschossenen Schädel zu unterscheiden. Sein Körper war von Schussverletzungen übersät. Am schlimmsten aber war der Zivilbulle, der mit einem breiten Lächeln im Gesicht dem Körper des Jungen Fußtritte verpasste, um sicherzugehen, dass er auch wirklich tot war.

Am nächsten Morgen veröffentlichten die wenigen Zeitungen und Internetseiten, die keine Regierungsorgane waren, die Bilder, die großen Sender zeigten sie natürlich kein zweites Mal. Aber die Letzten, die sich ein Minimum an kritischer Distanz bewahrt hatten, erklärten, dass trotz der offenkundigen Verrohung auf beiden Seiten die Polizei immer noch die Pflicht habe, ihrer Ausbildung und Ausrüstung entsprechend maßvoll zu reagieren. Und dass man eine solch maßvolle Reaktion in diesem Fall, der kurzzeitig als der »Bidet-Fall« durch die Presse ging, nicht habe feststellen können.

Der Innenminister, der, mit dem Agnès im Moment verhandelte, hatte eine fast surrealistisch anmutende Verteidigungsstrategie. »Stellen Sie sich vor«, sagte er, »dieses Bidet wäre eine Bombe gewesen, wie die islamistischen Selbstmordattentäter sie bei sich tragen. Stellen Sie sich mal vor, wie viele Opfer das gegeben hätte.«

Den Karikaturisten und letzten Satire-Sendungen, die noch erlaubt waren, hatte er mit dem explosiven Bidet eine wunderbare Vorlage geliefert. Natürlich war das lächerlich und dumm, und du hoffst, dass Agnès und die Delegation vom Block diesen Idioten schön vor euren Karren spannen, auch wenn er vom Generalsekretär des Élysée begleitet wird, der deutlich schlauer ist.

Dennoch war es die nackte Verzweiflung, die diesen jungen Kerl, der gerade mal achtzehn war, wie man später erfuhr, und als Zeitarbeiter auf einer öffentlichen Baustelle schuftete, zu seiner Tat getrieben hatte, und das war das wirklich Beunruhigende.

Die Regierung, die vor den Wahlen noch die Muskeln spielen lassen wollte, indem sie mit extremer Brutalität gegen die Krawalle vorging, war von der Entwicklung überrollt worden. Sie hatte das Maß der Verzweiflung, aber auch den Stolz einer Bevölkerung unterschätzt, die nicht bereit war, die Zeche für die Niederschlagung zu zahlen, und die sich mit aller Macht dagegen zur Wehr setzte. Und das hatte zu der jetzigen Situation geführt: vollkommen außer Kontrolle.

Darum umschmeichelte die Regierungsmehrheit neuerdings den Block und führte seit einer Woche mehr oder weniger heimlich Verhandlungen mit ihm.

Seltsamerweise hatte der Alte als Erster genau das Szenario vorausgesehen, das sich heute abspielte. Warum eigentlich seltsamerweise? Der Alte war Politiker durch und durch, verfügte über eine faszinierende Intelligenz und einen Instinkt, der ihn nur selten im Stich ließ. Er hatte zwanzig Jahre im Gefecht mit den »Schrecklichen« überlebt, den Söldnern von Bob Denard, und sich zugleich in der ganz eigenen Welt der Splittergruppen der extremen Rechten getummelt, die er schließlich vereinen konnte. Man fragt sich bis heute, wie er das geschafft hat, wenn man bedenkt, wie sehr sie sich untereinander hassten, bevor es den Block gab, danach im Übrigen wieder, aber das war von außen weniger sichtbar. Aber natürlich war ihm sein Ruf als Söldner, der seinen Antikommunismus mit der Waffe in der Hand verteidigt hatte, dabei hilfreich gewesen und hatte beträchtlich zu seinem Renommee beigetragen. Ja, bezüglich der aktuellen Ereignisse wusste Dorgelles sofort, was los war, als im August alles anfing.

Schon beim ersten Krawall.

Schon als es zu den nur allzu bekannten Szenen gekommen war, die in ihrer Banalität wirklich nicht zu überbieten waren.

Irgendwelche Kids fuhren mit ihren Mofas auf den Straßen einer Hochhaussiedlung in Saint-Étienne umher. Es war warm und selbst die hereinbrechende Nacht brachte keinerlei Abkühlung. Irgendjemand rief die Bullen. Da kreuzte die Polizei-Sondereinheit BAC auf. Es kam zu einer Verfolgungsjagd. Die BAC drängte einen der Mofafahrer ab. Zwei Jugendliche waren auf der Stelle tot. Innerhalb von achtundvierzig Stunden brachen einem Flächenbrand gleich überall Krawalle aus. In Saint-Étienne, in Lyon, aber auch in Paris, Marseille, Lille, Straßburg. Er griff sogar auf kleinere Städte über.

Am Morgen nach der zweiten Nacht lautete die Bilanz zur allgemeinen Verblüffung einundzwanzig Tote. Zwei Polizisten, neunzehn Randalierer. Es war auf beiden Seiten scharf geschossen worden.

Der Alte sagte zu Agnès: »Du solltest dich in Paris sehen lassen, mein Schatz. Sprich mit Frank Marie darüber. Antoine, du schreibst mir eine Pressemitteilung für die AFP. Unsere Linie ist vorerst klar. Wir verurteilen die Unfähigkeit der Regierung, die Probleme in den Vorstädten und mit der Einwanderung zu regeln, da ja schon der kleinste Polizeieinsatz zu Krawallen führt. Wir beklagen die Opfer, vor allem bei der Polizei, das versteht sich von selbst. Aber ehrlich gesagt bin ich ziemlich überrascht über die Zahl der Opfer. Der Versager vom Élysée will die Muskeln spielen lassen und das Blutvergießen als Ordal einsetzen, mit dessen Hilfe er sich einen Ruf als unbeugsamer Staatsmann schaffen kann. Aber es ist leider nicht sicher, ob er seinen Krieg gegen die Vorstädte auch gewinnt. Das kommt davon, wenn man Dorgelles spielt, aber nicht Dorgelles ist, er unterschätzt sie extrem, diese islamisierten Ganoven, er unterschätzt ihren Stolz. Er vergisst, dass sie nichts zu verlieren haben, genau wie die Palästinenser im Grunde. So löst er eine Spirale der Gewalt aus, aus der er nicht mehr rauskommt. Es würde mich nicht wundern, wenn er sich demnächst bei uns meldet. Schon ziemlich bald sogar. In zwei oder drei Monaten, wenn das in diesem Tempo weitergeht. Unter dem Vorwand, dass die Nation in diesen Zeiten zusammenstehen müsse. In Wirklichkeit will er natürlich, dass wir ihn aus dem Schlamassel wieder rausholen, in den er sich gerade ohne fremdes Zutun reinreitet. Und wenn er sich bei uns meldet, dann haben wir ihn an den Eiern. Dann müssen wir nur noch zudrücken.«

Du hast an dem Alten immer seinen Sinn für Politik geschätzt, seinen Raubtierinstinkt. Aber noch viel mehr schätzt du seine Fähigkeit, in ein und derselben Rede von »Ordal« und »Eiern« zu sprechen, als wäre es das Natürlichste von der Welt.

Als er diese Vorahnung hatte, wart ihr, der gesamte Dorgelles-Clan und du, in dem normannischen Reetdachhaus in Sainte-Croix-Jugan, in der Nähe von Omaha Beach. Sainte-Croix-Jugan ist der Geburtsort des Chefs. Ein kleiner Hafen, Austernbänke. Sainte-Croix-Jugan ist eine Legende, an der man nicht rütteln darf. Kinderreiche Familie, Vater Landarbeiter, wurde '41 von den Deutschen erschossen. So lautet die eine Version. Einer anderen Version zufolge hat er sich aus dem Staub gemacht, weil ihm seine kinderreiche Familie in Zeiten der Lebensmittelrationierung dann doch ein wenig über den Kopf gewachsen war. Nicht einmal Agnès wusste das so genau, und sie hatte nie mehr darüber herausfinden können. Genau wie der Rest der Familie hatte sie sich allerdings auch nicht übermäßig darum bemüht. Ein Tabuthema. Und da die meisten lokalen Archive bei der Landung der Alliierten verbrannt waren, konnten nicht einmal die Schmierfink-Journalisten irgendetwas nachweisen.

Fest steht nur, dass Dorgelles bei der Landung der Alliierten zwölf Jahre alt war, und es wird erzählt, er hätte das Jagdgewehr seines Vaters genommen, um sich den Amerikanern anzuschließen. Man kann das Gewehr in der Diele im Erdgeschoss des Reetdachhauses bewundern. Die wenigen Besucher, die nicht zum inneren Kreis gehören, sind mehr oder weniger gezwungen, andächtig vor der Reliquie zu verharren. In Sainte-Croix-Jugan kommt Dorgelles bei den 334 eingeschriebenen Wählern regelmäßig auf fünfzig bis sechzig Prozent der Stimmen. Selbst bei den Wahlen zum Europaparlament, die auf die Abspaltung von Louise Burgos folgten, als ihr überall tiefe Verluste zu verzeichnen hattet, erzielte der Block dort noch zweiundvierzig Prozent, und Louise Burgos kam auf gerade mal drei oder vier Stimmen.

Im August also.

Das Mittagessen war gerade beendet. Ihr hattet mehrere Körbe Austern vom Utah Beach verdrückt und dazu jede Menge mineralisch schmeckenden Muscadet von Landron getrunken. Und dann gab es die Tarte Tatin. Sie schwamm in Crème fraîche, die man von einem benachbarten Bauernhof holte. Suzanne, die Frau des Chefs, verzog das Gesicht. Die Lageeinschätzung des Alten verhieß nichts Gutes. Ihr trankt den Kaffee, während sich der Himmel über euch im Wechsel der Gezeiten permanent veränderte. Das Meer, in der Ferne, schwankte zwischen einer ganzen Palette von Grau- und Blautönen und hatte diesen kaum wahrnehmbaren metallischen Ton, der manchmal Regen ankündigt.

Seit du Dorgelles kanntest, verband ihn eine aufrichtige Liebe zu dieser Ecke des Cotentin. Das Reetdachhaus hatte der Person gehört, bei der seine Mutter als Haushaltshilfe gearbeitet hatte, einem Fischereiunternehmer aus Sainte-Croix-Jugan. Es ging also um soziale Revanche. Aber er hatte auch eine echte Vorliebe für das Spiel des Lichts, die jodhaltige Luft, die Gischt der ganz in der Nähe liegenden Strände, an denen einst die Alliierten gelandet waren.

Er versucht, dort im Sommer mindestens vierzehn Tage am Stück zu verbringen und verlangt dabei, seine Sippe um sich zu haben. Suzanne, seine zweite Frau, ist natürlich immer da, auch wenn sie dir einmal im Vertrauen gesagt hat, dass ihr die Feuchtigkeit in dem Reetdachhaus zu schaffen mache. Aber auch sein Sohn Éric, Anwalt einer ganzen Reihe von Françafrique-Regierungschefs, und seine Frau, Gwenaëlle Lefranc-Dorgelles, Anwältin des Blocks, eine blonde, rundliche Großbürgerliche, die sich gerne betont locker gibt, was bei ihr immer sehr aufgesetzt wirkt. Éric war so klug, von seinem Vater nie irgendeinen Posten eingefordert zu haben, nicht einmal einen Abgeordnetensitz. Das einzige Angebot, das er angenommen hat, war, als Externer dem wissenschaftlichen Beirat des Blocks anzugehören, der das Parteiprogramm zur Justiz ausarbeitete. »Du wirst Justizminister, mein Junge, so Gott will«, sagte der Alte oft zu ihm. Éric sagte daraufhin immer, das glaube er kaum, man würde sie ja jetzt schon innerhalb der Partei des Nepotismus beschuldigen. »Dann mache ich dich eben zum Botschafter!«, fuhr Dorgelles fort.

Éric lächelte, als wäre das ein Witz. Éric ist so ein Typ, den man nicht durchschauen kann. Du hast nie herausgefunden, was er eigentlich von deiner Heirat mit seiner älteren Schwester hielt, und um ehrlich zu sein, ist es dir auch vollkommen schnuppe. Immerhin besaß er genug Feingefühl, euch nie auf eure Kinderlosigkeit anzusprechen.

Ganz im Gegensatz zu seiner Frau Gwenaëlle. Sie konnte es nicht lassen, ihre Schwägerin über Jahre damit zu nerven: »Habt ihr euch denn untersuchen lassen? Liegt es an dir oder an Antoine? Habt ihr mal an IVF gedacht? An eine Adoption?« Gwenaëlle ist Vorsitzende mehrerer ultrakatholischer *pro-life*-Vereinigungen und vergöttert ihre fünf Kinder. Sie ist eine echte Blondine, so wie Agnès eine echte Brünette ist. Außerdem kümmert sie sich seit deren Tod um den Sohn von Emma, Eudes, ein fünfzehnjähriger Teenie, der immer kreuzunglücklich ist und seine Eltern kaum kennengelernt hat. Éric ist Gwenaëlles zweiter Mann. Bei einer Vertreterin der katholischen Fundamentalisten macht das keinen guten Eindruck, zumal es ihr bisher nicht gelungen ist, ihre kirchliche Heirat beim Vatikan annullieren zu lassen. Gwenaëlle war, vor Éric Dorgelles, einige Jahre die Ehefrau einer großen Persönlichkeit des Blocks. Mit Éric hat sie vier Mädchen zwischen sechs und zwölf Jahren, Vater ihres Ältesten ist jedoch ihr erster Mann, Lefranc, der deutlich älter ist als sie und zwei hübsche Anwesen im Médoc sein Eigen nennt. Er ist steinreich. Er gehörte mal dem Präsidium an und war sogar Mitglied des Exekutivbüros. Er war Abgeordneter, als das Verhältniswahlrecht eingeführt wurde. Auch Europaabgeordneter zu Zeiten der ersten Wahlerfolge. Ein Geldgeber, der immer zur Stelle war, wenn Rechnungen der Partei beglichen werden mussten.

Aber Lefranc, stets wie aus dem Ei gepellt in seinen englischen Anzügen und mit seinem Zwirbelbart, um den du ihn immer beneidet hast, beging einen kapitalen Fehler: Während des Abspaltungsversuchs schlug er sich auf die Seite von Louise Burgos. Du warst Zeuge, wie der Alte, fuchsteufelswild, damals Gwenaëlle empfing, zu dem Zeitpunkt noch nicht seine Schwiegertochter, die ins große Büro des Chefs im Bunker gekommen war, in dem du und die Leibwächter wie im Belagerungszustand lebten, um zwischen beiden Seiten zu vermitteln: »Entweder er oder ich! Und ich kann dir nur raten, dich bald zu entscheiden! Wenn du bei Lefranc bleibst, brauchst du dich nicht mehr in Saint-Germain-en-Laye oder anderswo zur Wahl zu stellen. Niemals. Betrachte dich auch nicht mehr als Anwältin des Blocks oder meiner Familie. Dein Mann verdankt mir alles. Alles, hörst du!«

Er war ziegelrot. Er schlug mit seiner Hand-Prothese so heftig auf den Tisch, dass einer von Stankos Typen, die vor der Bürotür postiert waren, mit der Waffe im Anschlag hereinstürmte, weil er meinte, einen Schuss gehört zu haben.

Gwenaëlle fügte sich dem Alten, sogar mehr als das. Sie ließ sich von Lefranc scheiden, ihren Namen konnte sie behalten, was in Geschäftskreisen immer von Vorteil ist, und praktisch direkt im Anschluss heiratete sie Éric, den Sohn des Chefs.

Im Grunde fasziniert Gwenaëlle dich schon sehr, diese Mischung aus Zynismus und Unerbittlichkeit, aus Ehrgeiz und moralischer Unnachgiebigkeit. Und auch wenn sie nicht so schöne Brüste hat wie Agnès, für eine Mutter von fünf Kindern sind sie nicht schlecht.

Der Sohn, den sie mit Lefranc hat, heißt Jason. Er hat keinen Kontakt mehr zu seinem Vater und versteht sich sehr gut mit seinem Stiefvater Éric und mit dem Alten. Der Name Lefranc ist letzten Endes alles, was ihm von seinem Erzeuger geblieben ist, der zu seinen Weinbergen und seinen Anzügen aus der Savile Row zurückgekehrt ist.

Jason ist jetzt einundzwanzig. Er wurde gerade zur Aufnahmeprüfung des Auswärtigen Amtes für den diplomatischen Dienst zugelassen. Trotz seiner Familie, die immer mal wieder aneckt, auf die er aber stolz ist, und seines Postens bei Bloc-Jeunesse. Er war mit seiner Verlobten gekommen, ein Mädchen mit kohlschwarzen Haaren namens Solange, sehr sexy, wie alle diese Mädchen aus der alten Bourgeoisie. Ihre Familie hatte Frankreich seit zweihundert Jahren mit unterschiedlichem Erfolg, aber schöner Regelmäßigkeit große Staatsdiener geschenkt, vor allem Staatsräte, Militärs und Diplomaten.

Du hast Jason gern. Dieser junge Mann spricht nicht nur Russisch, Japanisch und ein wenig Chinesisch, er mag auch deine Romane und die Romane aller Hussards. Er dürfte der Einzige beim Block sein, mit dem du dich über die Moralisten des 17. Jahrhunderts unterhalten kannst, der Einzige, der ein wenig Reue in dir aufkommen lässt, dass du dich nicht länger der Literatur gewidmet hast.

Ein Mal, es ist ein paar Jahre her, in den Osterferien, erinnerte sich jemand daran, dass du früher für kurze Zeit Lehrer gewesen warst, in einem anderen Leben, und Gwenaëlle bat dich, mit Jason fürs Französisch-Abi zu lernen. Ihr fuhrt drei Tage nach Sainte-Croix-Jugan, Handys aus.

So gut hattest du dich seit Jahren nicht mehr gefühlt wie bei der Beschäftigung mit all diesen Texten. Du hattest sie zwar nicht vergessen, wusstest aber schon gar nicht mehr, wie grandios sie waren und welch tiefe Wahrheit in ihnen steckte. Und du schworst dir, mal wieder Rimbaud zu lesen, natürlich bist du dann doch nicht dazu gekommen. Du fragtest dich und fragst dich das noch immer, ob das nicht die eigentliche Strafe dafür ist, dass du deine Seele an den Block verkauft hast.

Dass du nicht mehr Rimbaud lesen kannst, nicht mehr weißt, wie das ist, an einem Morgen in der Normandie nichts Dringenderes zu tun zu haben:

Wiedergefunden
Ist sie – die Ewigkeit!
Ist das Meer versunken
Mit dem letzten Schein …

Eine aus der Sippe fehlt, die Schwester von Éric und Agnès. Emma. Aber Emma ist eine Geschichte für sich, und du möchtest jetzt nicht an Emma denken.

Du hättest jetzt viel eher Lust, während die Verhandlungen im Pavillon de la Lanterne andauern und Stanko vermutlich gerade versucht, sein Leben zu retten, du hättest jetzt viel eher Lust auf Agnès' Körper, ihre weiße Haut auf dem weißen Laken, im Halbdunkel eines Schlafzimmers in Sainte-Croix-Jugan.

Und der salzige Geschmack, von dem du nicht wusstest, ob er aus Agnès' Möse stammte, oder vom Meer, versunken mit dem letzten Schein.

6

Ich empfinde in dieser Nacht nichts als Hass. Klaren und reinen Hass auf eine Welt, die mir erneut ans Leder will, so wie sie dem kleinen Jungen ans Leder wollte, als Usinor dichtmachte. Jetzt kommen mir wieder Bilder in den Kopf: Regen, Industriebrachen. Ich hatte das alles vergessen. Oder vielmehr hatte ich geglaubt, ich hätte das alles irgendwann vergessen. Dabei bin ich danach noch oft in der Gegend gewesen, aber Denain, Lourches, Douchy habe ich immer gemieden. Und dann auch Lens, Liévin, Aire-sur-la-Lys. Da kommt einfach zu viel Traurigkeit hoch, die mit meinem früheren Leben zu tun hat. Zu viel Scham. Zu viel Schrecken.

Immerhin habe ich dort meinen ersten Mord begangen.

Und Antoine hat mir genug Krimis zum Lesen gegeben, dass ich nicht so blöd bin wie alle diese Hohlköpfe, die an den Schauplatz ihres Verbrechens zurückkehren.

Aber ich versuche zum Beispiel trotzdem, zwei oder drei Mal im Jahr in Valenciennes vorbeizufahren. Ich habe Mama in einer Zweizimmerwohnung im Zentrum untergebracht, direkt hinter dem Rathaus, in der Rue de la Nouvelle-Hollande.

Antoine hat mir Geld gegeben für das nötige Eigenkapital. Einfach so. Ohne irgendeine Gegenleistung zu erwarten. Da war ich noch ein kleiner Fisch bei der GPP, war gerade von den Fallschirmspringern weg und hatte keinen Heller in der Tasche, abgesehen von den paar Scheinen, die mir die Buchhalterin des Blocks hin und wieder zusteckte, und selbst da mussten Antoine und Molène regelmäßig nachhaken.

Das war ein echter Glücksfall für mich, denn mit meiner

Skin-Visage und meinen »Commando Excalibur«-Tätowierungen war es nicht so einfach, einen Job zu finden. Und da ich weder ein Kameltreiber noch ein Neger bin, konnte ich jede Art von staatlicher Unterstützung total abhaken. Außerdem war Krise angesagt und die Leute rannten den Zeitarbeitsfirmen die Bude ein und winselten regelrecht um einen Job...

Das heißt, die Krise musste ja für alles herhalten. Schuld war schon immer die Krise. Seit ich auf der Welt bin, seit Usinor.

Die Krise, die Krise, die Krise.

Wenn ich nicht Antoine kennengelernt hätte und zum Block gekommen wäre, hätte ich, wie alle Männer meiner Generation, zusehen können, wo ich bleibe: Die dreckigen Araber reißen sich die Sozialwohnungen unter den Nagel, und in den Firmen haben die Juden das Sagen, oder in fast allen.

Da kann Antoine noch so oft behaupten, so einfach wäre das nicht, ich weiß jedenfalls, wenn es die Kameltreiber nicht gäbe, wären die Chefs gezwungen, uns einzustellen. Die Immigranten kommen denen wie gerufen, um die Löhne zu drücken, und Bleichgesichter wie unsereins gucken in die Röhre. Ich bin mir sicher, dass wir schon längst an der Macht wären, wenn der Block sich die Chefs genauso vorgeknöpft hätte wie die Kanaken.

Und Agnès wäre nicht gezwungen, vor der Regierungsmehrheit zu kriechen, um ein paar Ministerien zu ergattern, was darüber hinaus an Bedingungen geknüpft ist, die alles andere als schön sind, etwa die, dass es mir und ein paar anderen ans Leder gehen soll. Meinen Kumpeln von der Anti-Burgos-Gruppe. Ehemalige aus meiner Einheit, die man extra für diesen Zweck rekrutiert hatte, weil der Alte niemandem mehr vertraute, oder fast niemandem. Und dann noch die serbischen Söldner.

Außerdem ist es eine politische Dummheit. Ich bin mir sicher, dass der Alte, der sich das von seinem Art-déco-Haus in Saint-Germain-en-Laye aus ansieht, inmitten des großen Parks mit seinen Rosenrabatten, Gewächshäusern, Baumgruppen, Gartenpavillons im Stile des 18. Jahrhunderts, kleinen, griechischen Tempeln mit den dazugehörigen Bassins, genauso denkt wie ich. Aber er hat keine wirkliche Handhabe mehr. Ich habe kurz überlegt, ob ich ihn anrufe, als mir klarwurde, dass meine Beseitigung Teil des Deals war, um an die Macht zu kommen.

Ich weiß, dass der Alte mich gern hat. Er hat nur den einen Sohn, und ich bin mehr oder weniger ohne Vater aufgewachsen. Außerdem waren wir beide früher Soldaten. Er hat mir mal erzählt, dass er als Fallschirmspringer irgendwo im Kongo war. Da hat er gegen die kommunistischen Rebellen und ihre Diplomneger gekämpft.

Darum haben Dorgelles und ich trotz des Altersunterschieds eine ganz ähnliche Wahrnehmung von Menschen und Dingen. Wenn man ohne zwingenden Grund aus einem Flugzeug ins Nichts springt, bewegt man sich einfach in einer anderen Dimension. Alle, die das mal gemacht haben, wissen genau, was ich meine. Das schweißt die Leute zusammen. Ich bin mir sicher, dass er, wenn es mir gelänge, bis zu ihm vorzudringen und ihn unter vier Augen zu sprechen, alles stoppen würde.

Und dieses Luder von Ravenne wäre gezwungen, sich zu fügen.

Dorgelles hat sicherlich nicht vergessen, wie ich ihm einmal während des Putschversuchs von Louise Burgos das Leben gerettet habe. Und Leben retten meine ich nicht im übertragenen Sinn. Aber er wirkte in letzter Zeit wirklich müde, der Alte. Als wenn er durch die Abgabe der Verantwortung an Agnès allen Biss verloren hätte.

Das letzte Mal habe ich ihn vor ungefähr zwei Monaten gesehen, Anfang September. Da waren die Krawalle im vollen Gange, es gab täglich Todesopfer. Er war gerade mit seiner Sippe aus Sainte-Croix-Jugan zurückgekehrt.

Da er offiziell noch Ehrenpräsident des Blocks ist, kann er das Exekutivbüro einberufen, wenn er es für nötig hält. Die höchste Parteiinstanz. Unter dem EB habe ich mir immer wer weiß was vorgestellt, als ich Mitglied beim Block wurde. Ein erlauchter Kreis von Eingeweihten. Dort werden alle wichtigen Entscheidungen getroffen, an das Nationale Büro weitergegeben, und von dort wiederum an das Zentralkomitee. Tatsächlich war das EB nichts anderes als ein Treffen unter Freunden. Es waren nicht mehr als fünf oder sechs Leute anwesend.

Und es fand immer in Saint-Germain-en-Laye statt, im roten Salon, zwanglos, es gab Champagner, irischen Whisky und Mezze, zubereitet von Suzanne, der libanesischen Frau des Chefs, der Mutter der Partei.

Bei diesem letzten Exekutivbüro, bei dem ich als Verantwortlicher der GPP dabei war, waren außer dem Alten natürlich Agnès und Antoine vertreten, die, obwohl sie schon lange zusammen sind und obwohl sie keine Kinder haben, immer noch wie frisch verliebt wirken.

Bernhard Ströbel war selbstverständlich anwesend. Ströbel ist die ewige Nummer zwei, ein Uni-Prof und China-Experte, der, je älter er wird, selbst immer mehr wie ein Chinese aussieht mit seinen Schlitzaugen und seinem starren Lächeln. Kein Wunder, nach all den Kröten, die er schlucken musste, inklusive der, dass Agnès ihn beim außerordentlichen Parteitag letztes Jahr haushoch geschlagen hat. Der Alte bat mich daraufhin, unauffällig ein Auge auf die Ströbel-Anhänger und ihre Delegierten beim Parteitag zu haben. Er fürchtete – das nahm schon panikartige Züge an –, Ströbel könnte irgendeine Sauerei geplant haben, so wie Louise Burgos damals. Der Abspaltungsversuch dieser Schlampe hat Spuren hinterlassen.

Das hat der Alte bis heute nicht verdaut. Weil er Angst gehabt hat. Er hat es mir nie explizit gesagt, aber ich spürte es.

Die meisten seiner sagenumwobenen Taten hat er mit den Glücksrittern von Bob Denard und ein paar anderen begangen. Er hat mit allem, was die vierte und fünfte Republik an Geheimzirkeln zu bieten hatte, nach Lust und Laune Komplotte ausgeheckt. Mit seinem Charisma des letzten Mohikaners des Abendlandes gelang es ihm, die extreme Rechte an einen Tisch zu bringen, um den Block zu gründen, während alle diese Splittergruppen bis dahin nichts Besseres im Sinn gehabt hatten, als sich gegenseitig zu bekriegen, indem sie sich mit dem Auto von der Fahrbahn abdrängten oder Anschläge aufeinander verübten. Er selbst entging mehreren Attentaten nur knapp, geriet in seinem Auto vier oder fünf Mal unter Beschuss, drei Mal deponierte man eine Bombe auf seiner Türschwelle, die zweite verletzte seine Lieblingstochter Agnès, die Älteste, sogar leicht. Trotzdem, das weiß ich, hatte er nie wirklich Angst.

Weil er mutig ist, der Alte, aber vor allem, weil er selbst in einer ungünstigen Lage noch nie das Gefühl hatte, die Oberhand zu verlieren. Bei der Sache mit Louise Burgos beim Parteitag im Zénith dagegen hatte er den Schlag nicht kommen sehen. Zum ersten Mal in seinem Leben.

Nun, jedenfalls, bei diesem EB vor zwei Monaten war auch Frank Marie dabei, der PR-Chef der Partei, und Christophe Delsalle, ein ehemaliger Zid, der seine wilden Zeiten hinter sich hat und inzwischen ein Wirtschaftsfachmann ist. Wie auch immer, der Alte wirkte ganz schön alt. Stockend, fast hilflos, wiederholte er pausenlos: »Was willst du denn nun tun, Agnès, was willst du denn nun tun?«

Und Agnès erklärte ruhig ihre Strategie der Öffnung, dass man der Regierung, die nichts mehr oder fast nichts mehr unter Kontrolle habe, ein diskretes Hilfsangebot machen würde. Und hätten wir erst die Ministerien, würden wir unsere ganze Sachkenntnis einbringen und bei den nächsten Präsidentschaftswahlen das Rennen machen. Sie wagte nicht, ihm zu sagen, dass er selbst, so hat Antoine es mir erzählt, diese Strategie nur wenige Wochen zuvor ausgetüftelt hatte, als die Sippe im August in Sainte-Croix-Jugan war. Aber die Tatsache, dass er diese Situation lange vorausgesehen hatte, schien ihn nicht zu beflügeln, sondern ihm im Gegenteil den Rest zu geben. Die anderen pflichteten Agnès in ihrer Lageeinschätzung bei, außer mein Antoine, der in solchen Fällen immer so wirkte, als wäre er nicht richtig bei der Sache, dieser große Kerl mit den hellen Augen. Aber ich beobachtete vor allem Dorgelles. Er rührte seinen Champagner-Kelch nicht an, sein Kinn zitterte leicht, und er unterbrach Agnès nur ein einziges Mal, um zu sagen: »Wollt ihr denn gar nichts von dem Hummus essen, das Suzanne extra für euch gemacht hat? Na los, bedient euch schon, sonst ist sie am Ende noch traurig.«

Und wir fühlten uns alle verpflichtet, uns Hummus auf das libanesische Fladenbrot zu streichen. Als alle am Kauen waren, nutzte der Alte die Gelegenheit, um aufzustehen und zu sagen: »So, Kinder, ich bin heute Abend ein wenig müde, ich ziehe mich zurück, aber bleibt bitte noch, ich will euch nicht verjagen …«

Wir blickten ihm perplex hinterher und wussten nicht, wie wir reagieren sollten.

Zwei Minuten lang kauten alle peinlich berührt vor sich hin und schwiegen, bis Antoine schließlich sagte: »Vielleicht sollten wir Suzanne Bescheid sagen.«

Gleich darauf kam Suzanne von allein in Begleitung eines Hausangestellten, der die Mezze abräumte, während sie sich im Stehen ein Glas Champagner einschenkte.

Agnès war verstimmt. Durch die Heirat des Alten mit der gutbetuchten Suzanne, seiner zweiten Frau, konnte die Dorgelles-Familie die prekäre finanzielle Lage, in der sie in den 60er und 70er Jahren steckte, hinter sich lassen. Als Söldner verdient man kein Vermögen. Aber Suzanne ist nun einmal nicht die Mutter der drei Kinder.

»Roland wirkt müde, findest du nicht, Agnès?«

»Suzanne, wir halten hier gerade ein Exekutivbüro ab. Ich denke nicht, dass diese Art von Bemerkung Stanko, Bernard, Christophe oder Frank interessieren wird.«

»Da hast du Recht, mein Schatz, entschuldige. Gut, dann macht mal weiter.«

Das ist mein letztes Bild von dem Mann, dem ich alles zu verdanken habe, nach Antoine Maynard und Molène.

Ein alter Mann, der aufsteht, uns einfach ohne Vorankündigung sitzenlässt, und wie sein müder gebeugter Rücken durch die Tür verschwindet …

Nein, selbst wenn es mir gelingen würde, bis zu ihm vorzustoßen, so bezweifle ich, dass er irgendetwas für mich tun könnte.

Ich höre auf dem Flur eine senegalesische Mutter, die auf Wolof ihre plärrenden Gören anschreit, und auf einmal muss ich an Mama denken.

Rue de la Nouvelle-Hollande klingt hübsch, finde ich. Hübscher als Cité Werth zum Beispiel oder Cité Martin, wo es nur geduckte Häuser aus rußgeschwärzten Ziegeln gab. Da habe ich damals zwischen den Salatköpfen im Gemüsegarten mit meinen Schwestern und meinen Kumpels Krieg gespielt. Ich frage mich, was wohl aus meinen Schwestern geworden ist.

Sie wollen mich seit meiner Zeit mit dem Commando Excalibur nicht mehr sehen. Scheiße noch mal, da war ich gerade mal fünfzehn. Ich bin sicher, dass Mama es ihnen nicht erzählt hat. Ihnen nicht *alles* erzählt hat. Ganz sicher. Wenn sie es getan hätte, hätten meine Schwestern allen Grund dazu, nicht mehr mit mir zu reden. Aber ihr Grund ist der Block. Der Fascho ist für sie gestorben. Sie können ganz beruhigt sein, die Chancen stehen gut, dass das schon bald nicht mehr nur eine bloße Redensart gewesen sein wird.

Ravenne wird alle seine Kontakte ins Milieu und bei den Bullen aktivieren, Marlin hat ihm sicher die nötigen Instruktionen gegeben, so dass er sich sämtliche Spitzel vorknöpfen kann.

Einmal habe ich tatsächlich noch etwas von einer meiner Schwestern gehört. Nicht von der ältesten, Hélène, sondern von der jüngsten, Natacha. Nicht von Mama. Mit Mama spreche ich grundsätzlich nicht über Papa oder meine Schwestern, das ist tabu. Und damit ich ihnen nicht über den Weg laufe, wenn ich sie in Valenciennes besuche, warnt Mama sie vermutlich immer telefonisch vor.

Nein, ich hörte nur auf Umwegen etwas von Natacha: Ich sah ihren Kopf auf einem Flyer bei den letzten Regionalwahlen, als ich vor Ort die Arbeit der GPP beaufsichtigte. Sie war eine der vierundsiebzig Kandidaten und Kandidatinnen, die die Kommunistische Partei im Département Nord aufgestellt hatte.

Das ist für uns eine Schlüsselregion, das Nord-Pas-de-Calais, da hatten wir immer gute Wahlergebnisse, und Agnès baut sich dort gerade eine Hochburg in Loudrincourt-les-Mines aus, im Pas-de-Calais. Bald wird es ihr gelingen, dort das Rathaus zu erobern und das Abgeordneten-Mandat in der Nationalversammlung gleich mit. Dass ausgerechnet ich nun regelmäßig dorthin muss, um ihr Personenschutz zu geben, wo mir das Pas-de-Calais Albträume verursacht, die noch schlimmer sind als die von Denain, das ist wirklich eine Ironie der Geschichte. Im Pas-de-Calais habe ich meine Seele verloren, dort habe ich Dinge getan, für die ich in die Hölle kommen würde, wüsste ich nicht, dass die Hölle im Hier und Jetzt ist, vor allem seit ich in diesem Zimmer hier darauf warte, dass Ravenne oder einer von der Delta-Gruppe kommt, um mich zu erledigen.

Aber warum sage ich eigentlich noch wir, wenn ich vom Block spreche? »Wir« versucht von nun an, mich umzulegen. Und Agnès hat sich dem offenbar nicht widersetzt. Antoine im Übrigen auch nicht.

Was Natacha angeht, so ist das eine alte Gewohnheit von mir, ich sehe mir die Broschüren immer genau an, wenn ich dienstlich bei einem Wahlkampf zu tun habe. Da ergeben sich manchmal interessante Zufälle, man kann Vergleiche vornehmen und sich dadurch manche Situation eventuell erleichtern.

Schon witzig, dass mir das jetzt alles wieder einfällt.

Gerade muss ich an den Herlin-Fall denken. Eine Kommunalwahl im Oise. Herlin, eine Gemeinde mit zwölftausend Einwohnern. Wahlkampf mit harten Bandagen. Gegen den rechten Bürgermeister wurde ein Gerichtsverfahren eingeleitet, ein Teil seiner Unterstützer ließ ihn daraufhin fallen und trat zurück. Der Chef sagte: »Da können wir das Rathaus einnehmen. Wir haben einen guten Kandidaten, ich habe ihm gesagt, er soll die Abtrünnigen von dem Korrupten aufnehmen.«

Dumm war nur, dass der Korrupte nicht so einfach aufgab. Er wollte sein Rathaus zurückhaben. Und wir, der Bloc Patriotique, waren sein Hauptfeind. Die Linke war längst in der Bedeutungslosigkeit versunken in dieser Départements-

Hauptstadt, die inzwischen zur Pariser Banlieue gehört, und deren einzige Fabrik, eine Schuh-Fabrik, schon vor ewigen Zeiten zu den Schlitzaugen ausgelagert worden war.

Was tat also dieser schlaue Fuchs von Bürgermeister? Er stellte heimlich eine andere Liste mit Kandidaten der extremen Rechten auf, total bescheuert. Total bescheuert, aber dafür ganz schön brutal: Die Mitglieder dieser Liste griffen mit Hilfe von ein paar Muskelpaketen eine Wahlkampfveranstaltung des Blocks in einer Festhalle an. Sie gingen auf das Publikum, Alte und Familien, mit Pfefferspray los, und ein Typ stieg sogar auf die Tribüne und ohrfeigte einen unserer Kandidaten.

Der *Courrier picard* berichtete darüber. Der ehemalige Bürgermeister sagte, er hätte damit nichts zu tun, es wäre eine Schande, wie die Rechtsextremen in seiner schönen Kommune Herlin ihre Fehden austrügen.

Der Alte bestellte Molène – der lebte zu dem Zeitpunkt noch – und mich in sein Büro im Bunker ein. Er tobte.

Er sagte: »Was ist das für eine Sache mit dieser Liste?«

Er sagte: »Sind das etwa Ehemalige von dieser Schlampe Louise Burgos?«

Molène sagte: »Ja, aber nicht nur. Ein paar kennen wir gar nicht.«

Der Alte sagte: »Schick doch Stanko mit ein paar Männern hin, damit sie sich die Sache anschauen und unsere Kandidaten schützen. In Ordnung, Stanko?«

Molène sah mich an. Der Alte sah mich an. Ich sagte: » Ja, gerne.«

Ich suchte mir drei Kraftprotze aus, die im Fitnessraum herumlungerten.

Ich sagte: »Packt eure Sachen. Wir fahren ins Département Oise.«

Wir kamen nachmittags an, nahmen uns Zimmer in einem Formule-1-Hotel an dem Autobahnzubringer, der nach Herlin führte. Wir hörten einem Paar Ehebrecher beim Ficken zu. Es war ein Scheißwetter. Ich rief unseren Kandidaten an. Er sagte: »Kommt doch zum Essen.«

Unser Kandidat war Tierarzt. Er hatte ein schönes Haus und auch eine schöne Frau. Sie war nicht gerade begeistert, die drei Catcher-Typen von der GPP und mich an ihrem Esstisch sitzen zu sehen. Dabei gaben meine Jungs sich wirklich Mühe, sie hielten sich zurück und schenkten sich nicht von dem Single Malt des Tierarztes nach und versuchten, beim Essen ihrer Suppe nicht allzu sehr zu schlürfen, aber so sehr sie sich auch bemühten, sie passten nun einmal nicht hierher, trotz ihrer Blazer. Sie sahen aus wie Orang-Utans, die sich in Schale geworfen hatten. In dem Moment empfand ich auf einmal ein tiefes Gefühl der Zärtlichkeit für sie, die von dieser spießigen Zicke mit stummer Verachtung gestraft wurden. Vermutlich hatte sie ihre Töchter vorher versteckt, dabei waren wir hier, um ihrem Alten den Arsch zu retten. Wer weiß, am Ende betrog sie ihn noch mit dem Notar oder dem Landrat, diese dumme Kuh.

Der Tierarzt selber war nett. Er bedankte sich bei uns und dankte dem Block dafür, dass wir so schnell gekommen waren. Er sagte, er würde den Spitzenkandidaten der Liste, die uns auf den Sack ging, kennen. Er sagte natürlich nicht »die uns auf den Sack ging«. Es war ein Holzhändler. Er hatte einen Berg Schulden beim ehemaligen Bürgermeister. Also hatte der ehemalige Bürgermeister ihn aufgefordert, eine Liste mit Kandidaten der extremen Rechten aufzustellen, um ihn, den Tierarzt, und den Block zu ärgern. Die Nummer drei auf der Liste dieser Splittergruppe war, nebenbei gesagt, ein ehemaliges Block-Mitglied, ein Louise-Burgos-Anhänger.

Und was sagte der Tierarzt zu dem Angriff auf seine Wahlkampfveranstaltung?

Er sagte, noch zwei oder drei Vorfälle dieser Art, und er würde alle potenziellen Wähler verlieren, die vom ehemaligen Bürgermeister in sein Lager herüberwechseln wollten. Er sagte, er wäre nicht einmal sicher, ob er den Wahlkampf zu Ende machen würde, wenn das so weiterginge. Da fragte ich ihn, während die Frau des Tierarztes den Kaffee servierte und uns dabei weiterhin mit Missachtung strafte, ob er mir diese Liste mal zeigen könnte.

Er sagte, natürlich, kommen Sie mit in mein Büro.

Ich sah mir die Liste an. Der Name des Holzhändlers. Dann der Name des Burgos-Anhängers. Ich erinnerte mich an ihn, er war bei dem berühmten Parteitag im Hotel Nikko dabeigewesen, der, bei dem Louise Burgos und ihre Bande versucht hatten, gegen den Alten zu putschen.

Aber nicht er weckte meine Aufmerksamkeit. Vielmehr ein Name, der an neunter Stelle auftauchte. Dort stand geschrieben: »Régis Paskovski, Automechaniker, 32 Jahre, ein Kind.«

Sieh an, sieh an.

Ich fragte den Tierarzt: »Wissen Sie, wo dieser Paskovski wohnt?«

Er sagte: »Ja, nicht weit von hier, über seiner Werkstatt, Rue Clemenceau. Warum? Kennen Sie ihn?«

Ich sagte: »Könnte schon sein.«

Ich sagte: »Wir gehen dann mal.«

Ich sagte: »Wir halten Sie auf dem Laufenden.«

Ich sagte: »Vielen Dank, Madame, für das ausgezeichnete Essen.«

Dann gab ich meinen drei Jungs einen Wink und wir gingen.

Draußen war es stockfinster. Wir stiegen in unseren Mitsubishi-Geländewagen, sahen uns einen Stadtplan von dem Nest an, die Rue Clemenceau war vielleicht einen Kilometer entfernt. Ich erklärte den Jungs, was Sache war.

Sie grinsten ein bisschen streberhaft: »Gut, dass Sie die Liste unter die Lupe genommen haben, Chef.«

Wir kamen zu der Werkstatt, sie war geschlossen. Ich klingelte an der Tür an der Seite, auf dem Klingelschild stand Régis Paskovski. Keine Reaktion. Ich klingelte noch einmal.

Lange passierte nichts.

Dann ging ein Fenster über der Werkstatt auf. Eine Tussi quäkte: »Was wollen Sie denn? Wissen Sie, wie spät es ist?«

Einer meiner Jungs sagte: »Tut uns leid, wir haben eine Panne und haben es eilig.«

Da grummelte die Tussi: »Dann kommen Sie gefälligst morgen wieder.«

Mein Mann ließ nicht locker: »Aber es ist echt dringend, Madame, wir zahlen auch extra viel dafür, wenn wir bald weiterfahren können. Sehr viel.«

Und er schwenkte ein Bündel Geldscheine.

Da drehte die Alte sich offensichtlich zu ihrem Mann um.

Man hörte ihn sagen: »Schon gut, ich komme runter.«

Ich stand währenddessen immer noch vor der Tür. Ich hörte Schritte auf der Treppe, sah, wie das Licht anging, sah durch die Milchglasscheibe, wie jemand auf die Tür zukam, um sie zu öffnen.

Ich sagte: »Guten Abend, Régis, erinnerst du dich noch an mich?«

Und dann haute ich ihm meinen Schädel voll in die Fresse.

Wir gingen rein, stiegen die Treppe hoch in den ersten Stock, wo Régis und sein Schrapnell sich gerade eine amerikanische Serie angesehen hatten. Als die Alte uns mit ihrem Mann auftauchen sah, mit seiner blutverschmierten Fresse, wusste sie nicht, ob sie schreien oder sich aufs Telefon stürzen sollte. Wir ließen ihr nicht viel Zeit zum Überlegen, schon hatte einer meiner Schränke ihr eine solche Ohrfeige verpasst, dass ihr der Kopf fast wegflog, und sagte: »Halt die Fresse. Wo ist dein Gör?«

Sie heulte: »Was wollen Sie?«

Wir sagten: »Schnauze. Wo ist dein Gör? Wir wollen nur sichergehen, dass es gut schläft, während wir uns hier in aller Ruhe unterhalten.«

Und er verpasste ihr eine zweite Ohrfeige und verschwand mit ihr im Flur.

Ich blieb mit den beiden anderen und Régis zurück, der immer noch blutete und vor Schmerzen stöhnte.

»Tut's weh, Régis?«, fragte ich.

Er sah mich an, sagte: »Stanko, was soll der Scheiß, du Arsch?«

Einer meiner Jungs wollte ihm schon eine neue Ohrfeige verpassen, aber ich gab ihm ein Zeichen, dass er es lassen sollte. Ich sagte: »Ich erkläre es dir, Régis, da du dich ja offenbar an mich erinnerst. Pass auf, du wirst zum *Courrier picard* gehen und sagen, dass die Liste des Holzhändlers heimlich vom Bürgermeister gesteuert wird, weil der Bürgermeister den Holzhändler an den Eiern hat wegen der Schulden, die er beim ihm hat. Ja, ich weiß, dass das alle wissen. Aber es sagt nur keiner. Wenn ein angesehener Bürger wie du, Régis, das an die Presse gibt, bekommt das ein ganz anderes Gewicht, vor allem wenn du ankündigst, dass du die Liste verlässt, weil dir klargeworden ist, dass sie unter diesen Bedingungen nicht würdig die Interessen der Kommune vertreten kann. Kapierst du das, Régis? Sag mir, dass du es kapiert hast. Ich weiß, echtes Pech, dass es gerade dich erwischt, Régis, die Chance stand eins zu tausend. Aber warum musstest du dich auch in die Politik einmischen, Régis? Warum bist du nicht bei deinen Ölwechseln, Vergasern und Batterien geblieben, Régis? Ich bin ein echter Albtraum für dich, ein Albtraum, der aus deiner Vergangenheit kommt. Wäre doch schade, wenn du das alles verlieren würdest, Régis, dein schönes, sauberes Leben, in dem alles so klar zu sein scheint, mit deiner Frau, deinem Gör, deiner Werkstatt …«

Ich gab den Jungs ein Zeichen, dass sie draußen eine rauchen gehen sollten. Ich wollte nicht, dass sie die Fortsetzung mitbekamen.

Ich wartete, bis sie die Treppe runtergegangen waren, die Tür hinter ihnen zugeschlagen war und ich hörte, wie sie draußen darüber redeten, dass es kühl geworden war.

Ich fuhr fort, während ich Régis' blutüberströmtes Kinn anhob: »Ich weiß, du warst damals noch minderjährig, Régis, aber du könntest trotzdem auf einen Schlag alles verlieren. Denkst du vielleicht, ich könnte die Filme des Doktors nicht wiederfinden, willst du das Risiko wirklich eingehen, Régis? Willst du riskieren, dass man sieht, wie du mit siebzehn, tätowiert und vollkommen stoned vom Bier und vom Crack, diese Kleine am Ufer der Lys vergewaltigst und quälst, dieses

Arabermädchen, das du abgestochen und zerstückelt hast, um die einzelnen Teile anschließend eines nach dem anderen ins Wasser zu schmeißen? Sogar der Doktor, der hinter seiner Kamera anfangs noch lachte, musste am Ende kotzen. Ich soll wohl nicht so laut reden, Régis, was? Du möchtest nicht, dass deine Frau das hört? Verstehe ich, Régis, verstehe ich nur zu gut, du schämst dich. Jetzt heulst du, aber damals hast du gelacht. Régis, du hast Crack geraucht wie der letzte Neger, wie der letzte Junkie, und man kann sich heute noch ansehen, wie du damals in den Filmen vom Doktor gelacht hast. Und erzähl mir nicht, wir säßen in einem Boot, weil wir beide in den Snuff-Filmen vom Doktor mitgespielt haben. Denn wir waren alle maskiert, außer dir, Régis, und der Doktor ist tot. Ihm ist das scheißegal. Aber wer hat wohl die Filme, Régis? Vielleicht ich ... Vielleicht ein Sammler, den ich kenne und den ich zum Singen bringen kann, so wie ich dich jetzt zum Singen bringe, Régis. Also, du hast das verstanden, *Courrier picard*, plötzliche moralische Skrupel. Du sagst dich los und du wirst sehr überzeugend sein, Régis. Wir wollen nicht, dass du dem Tierarzt weiter Scherereien machst ... Ansonsten werden wir hier noch ein bisschen länger bleiben.«

Dann bin ich mit den Jungs zurück ins Formule-1-Hotel. Als wir aus dem Mitsubishi stiegen, musste ich das gesamte Abendessen vom Tierarzt wieder auskotzen. Meine drei Jungs wirkten besorgt.

»Geht's Ihnen nicht gut, Chef?«

Ich sagte: »Doch, doch.«

Nein, tatsächlich ging es mir gar nicht gut. Ich sah wieder die Ufer der Lys vor mir, die Kamera des Doktors, die Filme, vor allem den mit Régis, wie er mit irrem Blick, nackt, mit so einem Ständer, unter Lachen die Leber der Kleinen schwenkte.

Ich hatte die ganze Nacht Albträume.

Ich bedauerte, dass ich keine Beruhigungsmittel dabeihatte, und das, wo ich doch nie welche nehme. Ich dachte mir, das müsste gut sein, so eine traumlose, tiefschwarze Nacht.

Am nächsten Morgen rief ich den Tierarzt an.

Ich sagte, die Sache würde sicher in Ordnung kommen, aber dass wir noch ein wenig bleiben würden, um sicherzugehen. Er seufzte am anderen Ende der Leitung. Er murmelte: »Danke« und legte schnell wieder auf. Vermutlich untersuchte er gerade das Arschloch von einem Köter und wollte sich vor dem Herrchen oder Frauchen nicht weiter dazu äußern.

Ich hing mit den Jungs den ganzen Tag im Formule-1 rum, wir tranken Bier und Wodka, aßen Hamburger vom Fastfood-Restaurant nebenan und zogen uns das Nachmittagsprogramm im Fernsehen rein, vor dem die Alten in aller Seelenruhe langsam abnippeln und die Hausfrauen zu Alkoholikerinnen werden.

Nach vier Tagen gab Régis Paskovski dem *Courrier picard* sein Interview.

Die Jungs und ich verteilten uns in der Stadt, in den Geschäften und den Bistros. Alle redeten nur über eins, allein der Tierarzt und der Block schienen in diesem Haifischbecken noch ehrlich zu sein.

Wir warteten noch zwei Tage ab, dann gab es eine Wahlveranstaltung des Tierarztes. Einer von den Jungs ging hin. Als er zurückkam, sagte er, es wäre brechend voll gewesen und hätte nicht die kleinste Provokation gegeben. Am nächsten Morgen rief der Tierarzt mich auf meinem Handy an und sagte mir, der Holzhändler hätte das Handtuch geschmissen.

Wir fuhren zurück nach Paris, und als wir im Mitsubishi saßen, fragte einer der drei GPPler mich, was ich Régis Paskovski eigentlich wirklich erzählt hätte. Da musste ich an die Excalibur-Zeit denken, die Bruchbuden in Lens, in denen wir hausten, und vor allem an die Filme des Doktors, und sagte: »Das geht dich einen feuchten Kehricht an, oder? Stimmt doch, was schert dich das?«

Ich biss mir auf die Wange, um nicht loszuheulen, und als wir kurz vor der Pariser Ringautobahn hielten, um zu tanken, ging ich zur Toilette und musste erneut kotzen, so lange, bis ich nichts mehr im Magen hatte, außer der Galle, die mir den Gaumen verätzte.

Am Ende wurde der Tierarzt mit 30,23 Prozent der Stimmen gewählt. Das Arschloch kündigte zwei Monate später seine Mitgliedschaft beim Block, um ein »Unabhängiger« zu werden und damit für jedermann akzeptabel.

Ja, man sollte sich die Listen mit den Kandidaten wirklich immer ganz genau ansehen.

Immer. Und auch das Foto daneben, wenn es eins gibt.

Nur so habe ich Natacha erkannt. Sie hieß nicht mehr Stankowiak, sondern Mazowiek. Einmal Polakland, immer Polakland. *Pirogi, bigos, barszcz,* Ball bei Kubiak und Fotos von Johannes II. neben der Lenin-Büste. Natacha Mazowiek, verheiratet, ein Kind, neunundzwanzig Jahre. Das Kind kenne ich natürlich nicht, es ist ein kleines Mädchen, glaube ich. Den Mann kenne ich auch nicht. Das ist vielleicht auch besser so.

In der Cité Martin gab es auch Mazowieks, aber ich kann mir kaum vorstellen, dass sie ihn dort kennengelernt hat. Interkulturelle Mediatorin stand da auf der Liste bei Beruf. Sie muss ihren Mann bei diesen kleinen Schwuletten an der Universität Lille III kennengelernt haben. Vermutlich hing sie da mit den Kulturbeflissenen rum, in all diesen Gremien, die aus Steuerknete bezahlt werden. Mit denen, die von der Linken nach Loudrincourt-les-Mines geschickt wurden mit dem Ziel, dort den Faschismus, in Person von Agnès, zurückzudrängen, und die immer noch nicht kapiert hatten, warum ihre Laien-Darbietungen auf dem Marktplatz nichts daran änderten, dass der Block bei jeder Wahl auf über 45 Prozent kam und sie mit ihrem Straßentheater bei den 28 Prozent Arbeitslosen, den 30 Prozent Sozialhilfe-Empfängern kein neues Klassenbewusstsein wecken konnten, warum die Brecht-Zitate, die von irgendwelchen »bildenden Künstlern, die sich als Bürger einmischen«, auf die Mauern der Bergarbeitersiedlung gepinselt wurden, das Krebsgeschwür nicht daran hinderten, weiter zu wachsen, während sie am Abend in ihre Lofts in Alt-Lille zurückkehrten.

Zumindest war Natacha nicht auf der Liste der Trotzkisten oder der Ökos. Sie war Papa treu geblieben.

Ganz der Papa.

Ganz der gleiche heldenhafte Schwachsinn, wie Papa.

Den sie kaum gekannt hatte. Wie alt war sie, als Papa beschloss, auf die falsche Brücke zu fahren, nicht auf die, die nach Lourches führte, sondern auf die, die zur Schleuse am Kanal führte, so dass sein Auto ins Wasser stürzte?

Ja, wie alt warst du da wohl, Natacha, zwei, drei Monate?

Die kleine Nachzüglerin, die man trotz jahrelanger Arbeitslosigkeit gezeugt hatte, um den Glauben an die Zukunft nicht zu verlieren, die man gezeugt hatte trotz der Lügen der Linken, die an der Macht war und versprochen hatte, die Hütte zu retten, die geschworen hatte, die Stahlproduktion in Denain ginge weiter. Es waren sogar kommunistische Minister in der Regierung, als du geboren wurdest, Natacha, du siehst ja, was aus den schönen Versprechungen geworden ist.

Ich kann nicht mehr genau sagen, was in welchem Jahr passiert ist, ich bin müde, aber in diesem Fall bin ich mir sicher, dass es Dienstag, der 12. Dezember war.

Ich werde dir sagen warum, Natacha, weil ich mich noch genau erinnere, wie es war, als ich ein kleiner Junge war und am 12. Dezember 1978 die Nachricht kam und Usinor den Abbau von fünftausend Stellen in Denain ankündigte, und von fünfhundert in Trith-Saint-Léger.

Es schlug ein wie eine Bombe, Natacha, es war ein regelrechter Bombenteppich. Nicht zuletzt wegen dieser Arschlöcher aus Brüssel. Damals sagte man noch EWG, aber für mich waren das einfach nur Arschlöcher, und daran hat sich bis heute nichts geändert, Natacha.

Und wie auf den Tag genau drei Jahre später am 12. Dezember die Gendarmen zu uns nach Hause kamen, und Mama ihnen natürlich Kaffee anbot, du weißt schon, Natacha, diese viel zu helle Plörre, die man im Norden trinkt, dieses bessere Spülwasser, das den ganzen Tag rumsteht und in allen Häusern so einen faden Geruch hinterlässt. Hélène war nicht da. Sie war gerade in die Zehnte gekommen. Sie lernte bei einer Freundin, wahrscheinlich bei den Borowieks, drei Häuser weiter.

Sie war der Stolz der ganzen Straße, Hélène.

Die Gendarmen, Natacha, die Gendarmen ...

Vielleicht waren sie auch unter denen gewesen, die die Streikenden eingekesselt und Denain über Monate hinweg in eine Festung verwandelt hatten, indem man die Ausfallstraßen nach Lille oder Valenciennes blockierte.

Vielleicht waren sie unter denen, die bei einer Demonstration, die aus dem Ruder gelaufen war, Papa zusammenschlugen, nachdem sie bei ihm eine Schleuder und Schraubenbolzen gefunden hatten. Vielleicht waren sie auch dabei, als er fast ein Auge verlor, als sie zu fünft oder sechst auf ihn einschlugen, während er schon am Boden lag.

Vielleicht waren sie auch dabei, als man ihn zum Einsatzwagen zerren wollte, was ihnen fast gelungen wäre. Aber seine Kumpels aus der Werkstatt, alle in der Partei oder der CGT, die mit ihm in der Gießerei schufteten, weshalb sie den gleichen ziegelroten Teint hatten wie er, dermaßen wurden sie von der Hitze des Hochofens verbrannt – das ganze Jahr braungebrannt, sagte man gerne spaßeshalber –, und die auf die gleiche Art husteten, wegen ihrer kavernösen Lungentuberkulose, wovon wir jede Nacht wach wurden, diese Kumpels gingen unter lautem Gebrüll zu zehnt mit ihren Helmen und Schutzbrillen mit dem Mut der Verzweiflung und dem Strahlstock in der Hand auf die Polizisten los. Das war eine verdammt heldenhafte Tat, und so gelang es ihnen, Papa, der halb ohnmächtig war, unter lautem Applaus in die Reihen der Demonstranten zurückzuholen.

Hat man dir all das erzählt, Natacha? Hat Hélène es dir erzählt, oder Mama, oder deine älteren Freunde aus der Kommunistischen Partei, die ihn gekannt haben?

Ja, vielleicht waren das dieselben Gendarmen, die die kalte Luft von draußen mit hereinbrachten und nach abgestandenem Rauch stanken, und die zu Mama sagten, die gerade eine goldene Girlande in der Hand hielt, denn trotz alledem war ja schließlich bald Weihnachten: »Es war einfach Pech, Madame Stankowiak. Es war dunkel. Es war neblig. Und vielleicht hat er mit seinen Kumpels von der CGT im Soldaten-

Bistro auch ein Glas zu viel getrunken. Dort war er seit einigen Monaten doch recht häufig, oder? Aber nein, Madame Stankowiak, wir sagen nicht, dass Ihr Mann getrunken hat. Alle wissen, dass er ein ehrlicher Arbeiter war, auch wenn einer unserer Kollegen von der Gendarmerie in Saint-Armand ihn vor zwei Wochen wegen zu schnellen Fahrens angehalten hat und er da nach Alkohol gerochen hat. Er hat ihm keinen Strafzettel verpasst, weil wir ja wissen, wie schwer es die Ehemaligen von Usinor im Moment haben. Nein, Sie können ihn nicht sehen, er wurde inzwischen in die … das heißt, Sie können ihn morgen identifizieren, wenn Sie möchten. Ein Selbstmord? Aber warum denn ein Selbstmord, Madame Stankowiak? Das wollen wir mal nicht hoffen. Vielleicht hat er ja eine Lebensversicherung abgeschlossen, zumindest eine kleine? Und in solchen Fällen, wissen Sie, da stellen die sich an. Genau wie die Entschädigungsfonds. Also wir können Ihnen nur raten, Madame Stankowiak…«

Und du, Natacha, was sagst du dazu, wenn du deine Schreibworkshops machst mit den Arbeitslosen, die aus der Textilfabrik von Roubaix geflogen sind, aus der Kristallfabrik in Arques, oder die, deren Arbeitsplatz bei Toyota gefährdet ist, denn an sozialem Elend besteht im Nord-Pas-de-Calais nun wirklich kein Mangel, was sagst du dazu?

War Papa betrunken?

Oder hat er sich eiskalt das Leben genommen?

Oder hat er sich betrunken das Leben genommen?

Sag es, Natacha, sag es, denn ich weiß nur eins mit Gewissheit, nämlich dass die Gendarmen an diesem 12. Dezember einen kleinen Jungen endgültig getötet haben.

Ich weiß immer noch nicht, wer danach das Licht der Welt erblickte, ich weiß nur, dass es jemand ist, der nur noch starken Kaffee trinken kann, der es hasst, wenn die Weihnachtszeit anbricht, mit Girlanden und all diesem fröhlichen Leuchtkram. Ich weiß, ihr beide, Hélène und du, ihr denkt, danach hätte ein Monster das Licht der Welt erblickt, ein extrem gewalttätiger Skin, eine Faschistensau, und vielleicht habt ihr damit ja Recht, aber ich, Natacha, weiß nur eins mit absoluter Sicherheit, in diesem schäbigen Zimmer zwischen meiner GP35 und meinem iPhone, dass an diesem 12. Dezember ein kleiner Junge gestorben ist, und dieser kleine Junge, Natacha, das war ich.

7

Du stehst auf, die Nacht schreitet voran, du drehst dich im Kreis, du möchtest Agnès auf ihrem Notfall-Handy anrufen, aber du weißt, sie würde wütend, wenn du nur anriefst, um ihr zu sagen, dass sie dir fehlt, während der Generalsekretär des Élysée sie gerade durch seine wolkige Art zu reden einwickelte – wie so ein Technokrat redet, der die graue Eminenz des Präsidenten ist, manche behaupten sogar, eigentlich habe er das Sagen im Land, während der Präsident nur noch mit seinen Neurosen beschäftigt sei: »Aber Madame, der Präsident hat mir keine Vollmacht gegeben, die Eckpunkte eines wie auch immer gearteten gemeinsamen Programmes festzulegen, demzufolge kann ich auch nicht den genauen Zuschnitt eines möglicherweise zu schaffenden Ministeriums für Öffentliche Sicherheit bestimmen, das einem Mitglied Ihrer politischen Gruppierung anvertraut werden könnte.«

Nein, das kannst du nicht, und dennoch würdest du ihr gerne sagen, dass du so eine wahnsinnige Lust auf sie hast, dass du es kaum noch aushältst, dass du ihren schmalen, hochgewachsenen, sonnengebräunten Körper, der mit den Jahren kaum an Gewicht zugelegt hat, an deinem spüren möchtest, dass du sie von unten betrachten willst, sehen willst, wie ihre schwarzen Haare hin- und herschwingen, die sich aus dem schwarzen Haarknoten gelöst haben, wodurch ihr Gesicht noch jünger wirkt, im Halbdunkel des Zimmers, wie ihre Schenkel dein Becken umklammern, was du im Spiegel des Schlafzimmers sehen kannst, das eingerichtet ist wie ein Liebesnest für Callgirls aus der Zeit, als Pompidou noch am Ruder war, wie in *Creezy* von Félicien Marceau: ein dicker

Teppich aus reiner Schurwolle, orangefarbene Hocker und diese birnenförmigen Sessel, auf denen ihr so gerne vögelt, weil eure ineinander verschlungenen Körper sich dort so schön eindrücken.

Jedes Mal, wenn ihr die Renovierung eures Schlafzimmers in Angriff genommen habt, schwort ihr euch, diese Einrichtung zu ersetzen, die noch aus den späten 80er Jahren stammte, als ihr hier eingezogen wart, und die damals schon extrem kitschig war.

Und dennoch hieltet ihr daran fest, teils aus Aberglauben, teils weil ihr ein perverses Vergnügen darin fandet, zu dem ihr auch standet, es wieder genau so einzurichten, wie es vorher war. Mit der Zeit wurde es allerdings immer schwieriger und kostspieliger, Nachttischlämpchen in Pilzform zu finden, runde, weiße Nachttische mit ausgestellten Beinen, eine Tapete mit psychedelischen Motiven, goldene Vorhänge und ein rundes Bett mit einer Satin-Tagesdecke. Aber dieses Schlafzimmer war der Schauplatz einer solch sexuellen Eintracht und einer so intensiv gelebten Lust – beides hatte mit den Jahren nie nachgelassen –, dass es euch undenkbar erschien und die Idee euch sogar ein wenig Angst machte, daran irgendetwas Grundlegendes zu verändern. Alte Liebespaare sind nun einmal verdammt abergläubisch.

Du verlässt das Wohnzimmer, gehst aber nicht ins Schlafzimmer, weil du dein Leid nicht noch schlimmer machen willst, und denkst, dass du nach all den Jahren immer noch verrückt genug bist, im Wäschesack des Badezimmers zu kramen und an einem ihrer Slips zu schnuppern. Du würdest, wenn es drauf ankommt, immer noch lieber eine Linie Sex schniefen als eine Linie von Ravennes Koks, das in der hohlen Büste vom Duce versteckt ist.

Nein, du wirst das nicht tun.

Also durchmisst du das überdimensionierte Vestibül, in dem die Gäste empfangen werden, und gehst in den Anrichteraum. Seit mittlerweile zwanzig Jahren sagst du nicht mehr Küche. Nicht einmal in Rouen, nicht einmal, als ihr noch das alte Kindermädchen hattet, das dich anstarrte, als wärst du eine seltene, etwas unheimliche Spezies, womöglich ein gefährlicher Irrer, wäre die Familie Maynard so weit gegangen, von Anrichteraum zu sprechen. Der Anrichteraum …

Im Grunde hast du dich über dieses Reichsmarschall-Gehabe bei den Dorgelles' innerlich immer lustig gemacht. Diese Protzerei, die typisch für Neureiche ist. Protzen im Stil einer napoleonischen Neo-Aristokratie. In Saint-Germain-en-Laye passte die Inneneinrichtung so gar nicht zu den klaren und ausgewogenen Linien des großen, raffinierten Art-déco-Hauses. Sie bildete einen deutlichen Kontrast dazu: Rokoko, Stuck, Säulen, Gold, wohin das Auge sah, Gemälde von Gros und Jean-Hilaire Belloc, so in der Art von *Die Pestkranken von Naxos*, Dienstboten in Livree. Was in Saint-Germain-en-Laye auf die Spitze getrieben wird, findet man bei euch auch, aber zum Glück in abgeschwächter Form. So abgeschwächt, dass der Alte, wenn er mit Suzanne zum Essen kommt, es merkwürdig findet, nur von Aushilfskellnern bedient zu werden, zwar in gestreiften Westen, aber eben nur von Aushilfskellnern.

»Nun sag bloß nicht, dass du dich nicht selber um deinen Haushalt kümmerst, meine Kleine?«, witzelt Suzanne gerne.

Agnès mag es nicht, wenn Suzanne sie meine Kleine nennt. Zunächst einmal, weil Suzanne sie nie als Kind erlebt hat, und dann, weil Suzanne, ob sie will oder nicht, sie an ihre Mutter erinnert, an die Zeit, als ihre Mutter noch lebte. Agnès verübelt es ihrem Vater nach wie vor ein wenig, dass er wieder geheiratet hat, auch wenn er sich damit viel Zeit gelassen hat.

Schon seltsam, dass der Alte Marion Dorgelles, die Mutter seiner Kinder, ausgerechnet durch Suzanne ersetzt hat. Es heißt doch immer, Männer bevorzugten einen bestimmten Frauentyp und die Frau, die sie als Witwer oder nach einer Scheidung kennenlernten, erinnere immer, wenn auch vielleicht nur entfernt, an die vorherige. Du selbst stellst manchmal mit Überraschung fest, dass Agnès und Irina Vibescu, die dich auf dem Gymnasium entjungfert hat, eine gewisse

Ähnlichkeit verbindet. Der Archetyp der geschmeidigen Dunkelhaarigen.

Bei Roland Dorgelles hingegen liegt der Fall vollkommen anders. Er hat sich offensichtlich für den genau gegenteiligen Typ entschieden, als würde das den Kummer über den Verlust erträglicher machen: Marion war dunkelhaarig, groß und sehr zurückhaltend, Agnès' Beschreibung nach. Suzanne dagegen ist klein, hat platinblonde Haare, üppige Formen und ist unglaublich geschwätzig. Und auch unglaublich reich. Sie besitzt sogar eines der größten Vermögen der maronitischen Diaspora.

Suzannes Familie war von jeher der größte Geldgeber der christlichen Phalange während des Bürgerkrieges und sogar noch danach. Sie waren alte Verbündete von Gemyael, Eddé, Chamoun. Wiederholt stellten sie ihr großes Verhandlungsgeschick unter Beweis, wenn die mächtigen Feudalherren mal wieder kurz davor standen, aufeinander loszugehen, und dabei vergaßen, dass sie nur eine Handvoll Christen in einem Meer von Museln waren, wie Stanko sagen würde. Die Familie spielte eine entscheidende Rolle bei General Aouns Ehrengefecht 1990 im Präsidentenpalast von Baabda gegen die syrischen Besatzer.

Man munkelt beim Bloc Patriotique, dass Suzanne, bevor sie Roland Dorgelles kennenlernte und heiratete, in den 70ern eine Liaison mit dem alten Molène hatte, dem ehemaligen Untersturmführer der Division Charlemagne und jüngstem Mitglied der französischen SS, das je mit dem Eisernen Kreuz ausgezeichnet worden war, und der in einem Alter, in dem andere ihr Sitzungsgeld in Verwaltungsratstagungen absitzen, mit seinen Phalangisten ins Gefecht zog.

Er zog es vor, im Viertel rund um den Hafen und den Schlachthof von Beirut draufloszuballern, im Kampf gegen die Amal-Milizen und die Truppen von der PLO. Man billigte ihm einen Phantasie-Rang als Oberst zu, und natürlich trug er auf seinem Kampfanzug seine sämtlichen Auszeichnungen: Seine Orden aus dem Indochina-Krieg, seine Orden aus dem Algerien-Krieg und selbstverständlich sein Eisernes

Kreuz. Zweiter Klasse zwar, aber trotz alledem ein Eisernes Kreuz.

Abends, nachdem er den ganzen Tag im Staub und im Schutt gekämpft hatte, kehrte er in den christlichen Berg zurück, wohnte der Abendmesse im Kloster von Elisha im Qadisha-Tal bei, schlüpfte anschließend in seinen Smoking und führte ein intensives gesellschaftliches Leben. Und dabei lernte er dann Suzanne kennen, in einer der prunkvollen Villen, die auf der Anhöhe lagen. Der Krieger, der sich ausruhte, in der Frische des Abends und der Fontänen, auf einer dieser Terrassen, die von Bougainvillea und Jasmin umgeben waren. Diese Terrassen, von denen man, wo man auch stand, eine sagenhafte Aussicht genießen konnte, auf das Meer, auf den Litani, der im Mond glitzerte, und weiter entfernt auf die in der Dunkelheit verschwindende Ebene von Baalbek, die von den Schiiten gehalten wurde. Diese Villen, so schien es, waren extra für sentimentale Zwiegespräche erfunden worden, und ihr Liebreiz wurde nur noch verstärkt durch die Tatsache, dass man sich nur wenige Kilometer entfernt in einem Bürgerkrieg, der an Rohheit nicht zu überbieten war, einen Kampf auf Leben und Tod lieferte.

Fest stand, dass Molène Suzanne dort begegnet war und sie bis zu Molènes Tod eine enge Freundschaft verband. So lernte sie dann auch nach ihrer Rückkehr nach Paris bei Abendgesellschaften, die sie im Stadtpalais ihrer Familie in der Rue Barbet-de-Jouy gab, Dorgelles und viele Mitglieder des Bloc Patriotique kennen. Dass Molène ihr Liebhaber gewesen war, das konnte niemand beweisen. Und auch wenn Suzanne den Block während der desaströsen Wahlperiode, die auf die Abspaltung von Louise Burgos folgte, ohne Zweifel vor dem finanziellen Ruin gerettet hat, änderte das nichts an der Tatsache, dass die beiden Dorgelles-Schwestern und insbesondere Agnès sich schwer mit ihr taten. Für Éric war das kein so großes Thema. Wie immer. Agnès meint, das läge daran, dass er damals noch zu klein war, um zu verstehen, was mit Marion Dorgelles passierte, die an einer so banalen wie gnadenlosen Leukämie erkrankt war, ohne jede Chance auf Heilung.

Du bist also im Anrichteraum. In einem der drei chromblitzenden amerikanischen Kühlschränke entdeckst du eine Flasche Absolut-Wodka mit Zitrone. Du musst einen trinken. Du willst dir nicht gestatten, Koks zu schnupfen oder an einem Slip von Agnès zu schnuppern. Also, dann wenigstens einen Drink. Aber du wirst nicht so viel trinken, dass du betrunken bist. Du darfst nicht einschlafen. Dich betäuben, ja, aber nicht einschlafen.

Du stellst mit Erstaunen fest, dass der Alkohol seit einigen Jahren bei dir sowieso einen paradoxalen Effekt hat, und das, wo du immer viel getrunken hast: Er ermöglicht dir, das Wesentliche herauszufiltern und das Nebensächliche nur verschwommen wahrzunehmen. Du siehst so mit geradezu beängstigender Schärfe, was Wein, irischer Whiskey oder Wodka, der seit einigen Monaten dein Lieblingsgift ist, am Grunde deines sonst eher siebartigen Bewusstseins zurückgelassen haben.

Das wird Agnès nicht gefallen. Agnès findet, du trinkst zu viel. Agnès schimpft, weil du deine Blutwerte nicht überprüfen lässt und dir einbildest, du wärst immer noch fünfundzwanzig. Agnès verzieht das Gesicht, wenn du zwei oder drei Mal im Jahr zum Tour de Montlhéry in der Rue Prouvaires gehst, um mit den Mitgliedern der Vereinigung der Freunde von TNT zu speisen, einem Schriftsteller, der dem Block nahestand und der vor einigen Jahren gestorben ist. Intern heißt es »das Bankett der Leoparden«. Zu diesem Anlass kommen regelmäßig zehn Gäste zusammen, darunter Blockisten, Journalisten, die der Partei nahestehen, und schlichte Bewunderer von TNT. Sogar ein kommunistischer Schriftsteller ist beim Bankett der Leoparden vertreten, das will was heißen. Es geht bis in den Abend hinein, und am Ende schweift man auf den Spuren von Debord in Paris umher und spricht dabei wie Marcel Aymé in einer von Audiard überarbeiteten Fassung. Die einzige, sehr schwache Entschuldigung, die du hast, um diesen Festschmaus zu rechtfertigen, lässt sich in einem Satz zusammenfassen, der immer gleich lautet: »Aber TNT war immerhin dein Patenonkel, Agnès, er hat dich darauf gebracht, Jacques Perret und Blondin zu lesen, oder?«

In der Regel seufzt Agnès dann, lächelt traurig, und du gibst ihr einen Kuss. Einen Kuss, wie ihn sich frisch Verliebte geben. Einen Kuss wie aus der strahlenden Anfangszeit. Ihr küsst euch nie anders, Agnès und du. Ihr liebt eure Zungen, eure Spucke.

Wie lange dauert es, bis Paare sich nicht mehr so küssen, sogar beim Vorspiel oder wenn sie miteinander schlafen? Ihr seid immer überrascht, wenn ihr seht, dass andere Paare sich damit begnügen, sich flüchtig auf den Mund zu küssen, oder sich womöglich nur Wangenküsse zu geben, was ihr unglaublich lächerlich findet. Paradoxerweise, da ihr solche konventionellen Begrüßungsrituale ablehnt und euch aber auch nicht vor aller Augen abknutschen wollt, geltet ihr in der Öffentlichkeit als ein eher unterkühltes Paar.

Da im Nationalen Büro des Bloc Patriotique und seinem Zentralkomitee eine nicht unerhebliche Zahl an ehrgeizigen Lästermäulern vertreten ist, spekuliert man gerne über mögliche Eheprobleme. Viele wünschen sie gar herbei.

Vor allem in der Fraktion der katholischen Hardcore-Fundamentalisten. Die Betbrüder glauben, du wärst Agnés' geheimer politischer Berater, würdest die Parteilinie aufweichen, zumal du den Slogan geprägt hast: »Weder Kapitalist noch Sozialist: Patriot!«

Die Blockologen in der Presse oder auch der Partei meinen, du kämst aus der neospartakistischen oder nationalrevolutionären Ecke. Damit spielen sie auf eine Strömung an, die sich auf Mussolini berief und die Anfang der 80er Jahre von der Bildfläche verschwand, zusammen mit ihrem Anführer, Sallivert. Sallivert war mal ein aufsteigender Stern beim Block, er kam bei einem Autounfall ums Leben, einem dieser Unfälle, die sich in der Partei seltsam häufen. Du hast Sallivert nur flüchtig gekannt. Er war nicht unsympathisch, aber ziemlich doktrinär. Antikapitalistischer als ein Globalisierungskritiker, aber vor allem ein Hypernationalist und Antikommunist durch und durch.

Man überschätzt ganz offenbar deinen Einfluss auf Agnès, die im Übrigen der eigentliche politische Kopf von euch beiden ist. Der Anführer der katholischen Fraktion, Samain, verabscheut dich ganz offen, er lässt keine Gelegenheit aus zu sagen, gerne auch in der Presse, die dem Block nahesteht, ihm jedoch nicht hörig ist, dass du dafür verantwortlich bist, dass Agnès ihre Positionen gegenüber Abtreibung, französischen Moslems, Juden und Schwulen abgeschwächt habe, um nur einige Beispiele zu nennen.

Samain ist unglaublich dürr, hat ein hohlwangiges Gesicht und einen schlecht gestutzten Bart. Er sieht aus wie die Karikatur eines päderastischen Pfadfinderführers, vermutlich ist er wirklich ein Päderast. Das genaue Gegenteil des Typus gutaussehender Faschist wie Molène, Sallivert oder auch Dorgelles selbst, die alle etwas von einem verträumten Wikinger haben, einem melancholischen Mohikaner. Du kannst dir nur schwer vorstellen, dass Samain zusammen mit der ultrakatholischen kroatischen Miliz im Bürgerkrieg in Ex-Jugoslawien gekämpft hat. Obwohl, um serbische Familien zu jagen, die aus der Krajina fliehen, und einem hübschen, jungen Ding, einer Schwangeren, eine Kugel in den Kopf zu jagen, braucht man kein besonderes Aussehen. Nur aus Haut und Knochen zu bestehen, nie zu lächeln und immer die gleichen schwarzen Rollkragenpullover zu tragen, genügt schon. Er zeigt seinen Freunden manchmal, so heißt es, du hast es nie gesehen, ein Foto, auf dem eine äußerst geschmackvolle Szene zu sehen ist: Er, wie er mit einem Ranger-Stiefel auf dem zertrümmerten Gesicht einer »kleinen orthodoxen neokommunistischen Nutte« steht.

Du warst immer eher für die Serben. Ein Urgroßvater von dir war mit den Truppen von Franchet d'Espèrey im Juni '18 nach Saloniki aufgebrochen. Anfang der 90er spaltete der Jugoslawienkrieg den Block in Proserben und Prokroaten. Du schriebst flammende Artikel zur Unterstützung von Karadžić im *Fou Français* von François Erwan Combourg. Innerhalb des Blocks verdächtigte man dich, dich auf die nationalbolschewistische Seite geschlagen zu haben. Zur gleichen

Zeit löste Samain bei den jungen katholischen Fundamentalisten Begeisterungsstürme aus, indem er behauptete, die hei-
lige Jungfrau Maria sei in Medjugorje in Bosnien erschienen
und habe befohlen, ein für alle Mal Schluss zu machen mit
dem orthodoxen Abschaum.

Samain ließ Messen in Saint-Nicolas-du-Chardonnet ab-
halten, bei den Ultra-Traditionalisten. Und wenn dir auf den
Gängen des Bunkers diese jungen Partei-Aktivisten über den
Weg liefen, die ihr Haar auf einer Seite in die Stirn gekämmt
hatten, den Nacken ausrasiert, und die offen ein Kruzifix aus
Holz trugen, begegneten sie dir mit kaum verhohlenem Hass.
Sie hätten dir gerne die Fresse poliert, aber du warst immer
noch ein Vertrauter des Chefs. Und dann bist du für einen
Rotbraunen auch noch verdammt breitschultrig.

Stanko berichtete dir außerdem von Spannungen innerhalb der GPP. Molène und Loux hatten Mühe, ihre Leute zu
disziplinieren. Während eines Trainingslagers, das Stanko im
Schloss von Vernery geleitet hatte, war eine Schlägerei zwischen Katholiken und GPPlern mit serbischen Wurzeln eska-
liert. Um ein Haar hätte es ein Blutbad gegeben. Einer der
Serben hatte im Schlafsaal ein Messer rausgeholt und es einem kleinen Idioten aus Neuilly direkt unters Auge gedrückt.
Dabei erklärte der Serbe in einem Mischmasch aus Französisch und den paar Brocken seiner Muttersprache, die er noch
im Kopf hatte, er wolle mit dem Katholikenkerl das Gleiche
machen, was Ante Paveli, der pronazistische Diktator des
Unabhängigen Staates Kroatien, und seine Ustaschas den
serbischen Widerständlern angetan hatten: Er würde ihm die
Augen aushebeln und in einen Korb legen.

Stanko war es nicht gelungen, die beiden voneinander zu
trennen. Er hatte Molène holen lassen. Erst die Stimme des
alten Chefs brachte den Serben wieder zur Vernunft. Am Ende
hatte der gesamte Schlafsaal fünfzig Liegestütze machen müssen und einen Nachtmarsch, den Molène selbst anführte, der
bis zum Morgengrauen dauerte und bei dem die Gruppe bis
in Sichtweite der ersten Häuser von Saint-Armand-Montrond
gekommen war. Erst dort hatte Molène die Rückkehr zum

Schloss befohlen. Stanko musste lachen, als er zum Ende der Geschichte kam, denn als ein Bäcker in seinem Lieferwagen gesehen hatte, wie diese zwanzig Kerle in Kampfanzügen die Landstraße überquerten und im Wald verschwanden, hatte er eine Vollbremsung gemacht und panikartig den Rückwärtsgang eingelegt.

Samain und Molène waren sich, als die Gruppe nach Paris zurückkehrte, wegen dieser Sache natürlich in die Haare gekommen. Samain drohte damit, seinen eigenen Ordnerdienst zu gründen. Dorgelles musste erst laut werden, damit der Katholik sich abregte.

Samain…

Du erinnerst dich an eine Präsidiumssitzung, bei der es hoch herging und bei der du kurz davor warst, einen nicht wiedergutzumachenden Fehler zu begehen. Während der Zusammenkunft im Raum Bastien-Thiry im Bunker, in der es eben gerade um die Stichhaltigkeit der Kampagne »Weder rechts noch links: Franzose!« ging, war es laut geworden wegen der geplanten Plakate, auf denen Alte, Frauen und Arbeiter abgebildet waren, aber eben auch Araberinnen, und allen hatte man diesen Slogan in den Mund gelegt. Samain buhte laut, als der Overheadprojektor das Bild der Araberinnen an die Wand projizierte. Er stimmte wieder mal seine fanatische Leier an, dass Frankreichs Wurzeln christlich und weiß seien und dem Land demographische Gefahr durch »islamische Gebärmaschinen« drohe.

Besonders hässlich verhielt er sich Agnès gegenüber, als er andeutete, er würde den Block verlassen, wenn sie an ihren Positionen zur Scheidung und zur Geburtenkontrolle festhielte. Dabei ließ er einen Satz fallen, bei dem Agnès nur mühsam ihre Tränen zurückhalten konnte: »Aber Agnès Dorgelles fehlt es womöglich am nötigen Feingefühl für dieses Thema, da sie ja selber keine Kinder hat.« In dem Moment fragtest du dich, ob die Psychiater aus Rouen, wenn auch mit drei oder vier Jahrzehnten Verspätung, nicht am Ende doch Recht behalten sollten, und ob du ihm nicht an Ort und Stelle die Fresse polieren und so lange auf ihn eindreschen solltest, bis er sich nicht mehr rührte. Du stürztest dich auf ihn, kaum dass Dorgelles die Sitzung beendet hatte, und drängtest ihn beiseite zu einem Gespräch unter vier Augen.

Doch Ströbel hatte das bemerkt und eilte zu dir, ohne dass ihm deshalb sein braves Taoisten-Lächeln vergangen wäre.

»Antoine, mach keinen Quatsch, gerade sind die Journalisten zur Pressekonferenz reingekommen.«

Er legte dir die Hand auf die Schulter und erst da merktest du, dass du Samain schon am Revers seiner Jacke gepackt hattest. Der war leichenblass. Das war nicht so einfach wie mit einem serbischen jungen Mädchen, was, du kleines Arschloch? Du atmetest schwer, und mit einem Mal kam dir eine glänzende Idee, wie du ihm das Leben vergällen könntest: »Hör zu, Samain, du wirst für das bezahlen, was du Agnès gesagt hast, auf die eine oder andere Art. Sallivert, dessen Erbe ich angeblich bin, wie du immer behauptest, der ist schon lange tot, richtig? Aber ich finde schon, er ist auf sehr dubiose Weise zu Tode gekommen. Du hattest ihn nicht so richtig ins Herz geschlossen, stimmt's? Und nach seinem Tod hast du mit deinen Betbrüdern freie Bahn gehabt. Ich denke, ich werde die GPP auffordern, die Untersuchung zu dem Fall wieder aufzunehmen. Oder, um Klartext zu reden, du kannst davon ausgehen, dass du ab heute Stanko am Arsch hast ...«

Du ließest Samains Jacke los, der schluckte mehrmals schwer und stammelte: »Maynard, Sie dürfen den Ordnerdienst des Bloc Patriotique nicht instrumentalisieren. Und mir erst recht nicht mit dem Zorn dieses Homophilen drohen, den Sie an die Spitze der Organisation manövriert haben.«

»Homophiler, das wird Stanko sicher gefallen ...«

Und du batest Stanko tatsächlich, den Fall neu aufzurollen. Dorgelles bekam davon Wind. Er ließ es geschehen. Nicht, weil ihm das Angedenken an Sallivert und seine Neospartakisten besonders am Herzen gelegen hätte, sondern weil ihm als gewieftem Politiker nicht entgangen war, dass die katholischen Fundamentalisten innerhalb des Blocks zunehmend an Einfluss gewannen. Indem er so tat, als wüsste er nichts von Stankos Nachforschungen oder würde ihnen keinerlei Bedeutung beimessen, sie jedoch auch nicht unterband, konnte er die Katholiken in die Schranken weisen und ihnen zu verstehen geben, dass er immer noch da war und er und sonst niemand den Kurs bestimmte.

Durch Suzanne, diese Klatschbase, erfuhrst du, dass Samain sich über diesen Vorfall und darüber, wie Stanko ihm zusetzte, bei einer Privataudienz in Saint-Germain-en-Laye beschwert hatte. Und sie plauderte auch aus, dass Dorgelles ihm mit breitem Lächeln, während er gemütlich im Sessel in seinem roten Salon saß, entgegnet hatte:

»Aber Samain, was kann diese alte Geschichte Ihnen schon anhaben! Schließlich haben Sie nicht die Bremsleitungen von Salliverts Citroën durchgesägt, oder? Es ist ja noch nicht mal gesagt, dass Salliverts Bremsschläuche überhaupt durchgesägt wurden. Na los, vergessen Sie nicht, dass wir beim Block eine große Familie sind.«

Und als der Alte ihn zur Tür begleitete, hatte er zum Abschluss noch sibyllinisch gesagt: »So oder so, Samain, wem die Nase läuft, der muss sich schnäuzen. Sie haben aber keinen Schnupfen, richtig? Dann ist ja alles in Ordnung.«

Stanko nahm diesen Auftrag sehr ernst. Weil er dich gern hatte. Weil er dich immer noch gern hat, da bist du dir sicher, trotz deines Verrats, wo er auch sein mag, in dieser Nacht. Und darum mochte er auch Agnès. Genau wie damals nach dem Unfall, da hatte er die Jagd auf Emma Dorgelles' Ehemann mit dem gleichen Ernst betrieben.

Aber die Sache mit Sallivert lag lange zurück. Sehr lange, sogar für einen Jagdhund wie Stanko. Manchmal fragtest du dich, ob Stanko die Sache nicht längst vergessen oder aufgegeben hatte, und immer, wenn du ihn, ohne es böse zu meinen, darauf ansprechen wolltest, kam er dir zuvor, als ahnte er es, und ließ im Laufe eures Gesprächs fallen: »Ich vergesse das mit Samain und Sallivert nicht. Es ist lange her, aber wenn da irgendwas war, dann finde ich das.«

Ja, ja, Samain, der dürfte hochzufrieden sein, wenn er erfuhr, dass Stanko mit Sicherheit über die Klinge springen würde. Noch so einer, der den Präfekten für besondere Aufgaben und seine Rachegelüste preisen dürfte.

Du gehst wieder ins Wohnzimmer. Du schenkst dir in ein bauchiges Weinglas eine großzügig bemessene Menge Wodka ein. Im Fernsehen laufen die Nachrichten in einer Endlosschleife, auch die koreanischen Basketballspielerinnen sind wieder da.

Du trinkst deinen Wodka mit Zitrone in einem Zug aus. Verdammt, ist das gut. In deinen Muskeln löst sich etwas, dein Körper wird von warmen Wellen durchlaufen, ausgehend vom Solarplexus.

Und wie wäre es, wenn du Loux anriefest, um zu hören, wie weit die Verhandlungen im Pavillon de la Lanterne gediehen sind? Und um nebenbei zu erfahren, ob es etwas Neues von Stanko gibt?

Loux sitzt jetzt vermutlich mit einem gewissen Abstand hinter Agnès und den Verhandlungsführern. Sicher sitzt er regungslos da und wartet, so wie immer. Sein Handy hat er natürlich auf Vibrieren eingestellt. Er wird, so wie du auch, an Stanko denken. Der war sein Schützling, als du ihn zum Block und zur GPP geholt hast. Du denkst, wenn alle beim Block, die Stanko gernhaben, sich zusammengetan und rechtzeitig etwas unternommen hätten, hätte man auf Marlins Erpressung scheißen können.

Vielleicht. Du redest nicht mal von denen, die ihm etwas schuldig sind, man darf nie auf Schuldner zählen, die einem zu Dank verpflichtet sind; nein, du meinst die, die ihn einfach nur gern haben. Aber was weißt du schon. Die Jungs von der Delta-Gruppe mögen Stanko, dazu haben sie auch allen Grund … Aber wenn sie den Auftrag dazu haben, werden sie nicht zögern, ihn umzulegen.

Ihn umlegen aus Liebe.

Du stehst auf, schenkst dir noch ein Glas ein, setzt dich wieder hin. Du kannst einfach nicht still sitzen bleiben.

Du zappst mechanisch von einem Programm zum nächsten. Auf einem Kino-Kabelsender läuft gerade *Masculin-Féminin* von Godard. Das bedeutet ein Wiedersehen mit

Catherine-Isabelle Duport. Das erscheint dir wie ein gutes Omen in dieser Nacht, in der alles so unwägbar ist.

Du erinnerst dich, wie du Stanko einmal mit ins Kino in Rennes genommen hast, um diesen Film zu sehen, zu der Zeit, als ihr in Coëtquidan wart. Die Freunde, mit denen du dir diesen alten Streifen ansahst, schüchterten ihn mindestens genauso ein wie der Filmemacher selbst und sein Ruf eines »Intelligenzlers«. Stanko zog sich normalerweise nur Blockbuster oder billigste Horrorserien rein. Im Übrigen lief im Saal nebenan ein Romero, vielleicht *Die Nacht der lebenden Toten 2*. Du hattest das Gefühl, dass dieser Junge, der nicht nur ein paar Jahre jünger war als du, sondern auch nicht annähernd so viele Diplome besaß wie du, mit einem gewissen Bedauern in den dunklen Kinosaal ging, unter den Augen von Chantal Goya, Jean-Pierre Léaud und vor allem dieser Schauspielerin, die man danach nie wieder auf der Leinwand gesehen hat, Catherine-Isabelle Duport.

Catherine-Isabelle Duport, ihretwegen hattest du diesen Godard-Film sicher sechs Mal angeschaut. Ihr Anblick versetzte dich in einen Zustand der Verzückung: Einerseits warst du glücklich, dass es solche Mädchen wie sie tatsächlich gegeben hat, und andererseits verzweifelt, dass du sie niemals würdest kennenlernen können, da die Zeit über sie hinweggegangen war und sie niemals wieder so jung wären wie in diesem Film. Es war, als wärst du verliebt, das kam aus deinem tiefsten Inneren, und du hättest nicht sagen können, warum deine Gefühle eine solche Intensität hatten, die auch mit den Jahren nicht abnahm, bis zu jenem Moment – der zu dem Zeitpunkt nicht mehr in allzu weiter Ferne lag –, in dem du Agnès kennenlernen solltest.

So dass alles ganz klar wurde, endlich.

Bis heute hast du auf deinem iPod die Chansons von Chantal Goya aus dem Film, diese Chansons, die der Inbegriff der Yéyé-Zeit sind und die sie auf eine so berührend linkische Art vorträgt. Du kennst sie alle in- und auswendig, weil diese Chansons dir im Nachhinein wie Hymnen erscheinen, die ein großes Ereignis ankündigen sollten, von einer Pythia mit Hammond-Orgel, ein Epithalmiou in schmalziger Twist-Version, das auf ergreifende Weise voraussagte, dass du dich in Agnès Dorgelles verknallen würdest.

Und du summst, schon etwas angeschickert durch den Wodka, während der Godard-Vorspann über den Bildschirm läuft:

Oh, meine Freunde, lacht mich nicht aus
Erinnert euch an diesen Abend
Denn ich brauche eure Hilfe
Schweren Herzens bitte ich euch darum
Wie kann ich ihn wiedersehen? Wie kann ich ihn wiedersehen?
Und wie soll ich wissen? Und wie soll ich wissen
Hat er mich vergessen? Erinnert er sich an mich?
Hat er gehofft, mich wiederzusehen?
Wie kann ich ihn wiedersehen? Wie kann ich ihn wiedersehen?

Du musst diese Nacht deine Grabinschrift ergänzen: Du bist Faschist geworden wegen der Möse einer Frau, einer vergessenen Schauspielerin der Nouvelle Vague, Catherine-Isabelle Duport, und der Chansons der am Anfang ihrer Karriere stehenden Chantal Goya.

Nach dem Film seid ihr in einem Pub einen trinken gegangen. Er lag auf halber Höhe einer Straße, die zum Parlement de Bretagne führt, in der Nähe eines Antiquars, bei dem du Originalausgaben von Michel Mohrt gefunden hast, insbesondere seinen Essay *Die französischen Intellektuellen und die Niederlage von 1870*, ein Text von 1943, der dir überaus aktuell erschien in diesem verdorbenen Jahrzehnt. Außer Stanko war an dem Abend noch ein Typ dabei, der schon sein zweites Staatsexamen absolviert hatte, ein fertiger Politikwissenschaftler, der sich gerade auf das Abschlussexamen seines Aufbaustudiengangs als zukünftiger Headhunter vorbereitete, und ein angehender Anwalt, der in Coët in der dort sogenannten Juristen-Abteilung diente.

Alle soffen, was das Zeug hielt, außer Stanko, der stumm vor seiner Cola saß. Es war nicht so, dass Stanko, der sich sichtlich unwohl fühlte, nicht auch gerne etwas getrunken hätte, aber du hattest gehört, dass ein sadistischer Adjutant ihm zusetzte, der nach seiner Rückkehr im Schlafsaal seinen Atem kontrollieren würde. Um ihn in den Karzer zu werfen.

Weil er den Oberschlauen spielen wollte, fragte der zukünftige Headhunter: »Und, Stankowiak? Wie hat dir der Film gefallen? Spielt sich das bei den Schtis auch so ab zwischen Mädchen und Jungs?«

Dabei verschluckte er das »u« von »Jungs«, offenbar in der Meinung, damit den Akzent des Nordens erfolgreich imitiert zu haben. Die anderen lachten. Noch heute weißt du nicht, ob das Boshaftigkeit war oder nur Spaß. Nichtsdestotrotz bereitete dir die Vorstellung, wie Stanko das empfinden musste, fast körperliche Schmerzen.

Ihr wart in Zivil, so gekleidet, wie man damals gekleidet war, ihr trugt Cordhosen, die unten enger wurden und die so kurz waren, dass man die Socken und die Mokassins mit Troddeln sehen konnte. Sakkos mit schmalem Revers und Krawatten, die noch schmaler waren. Der Jurist hatte sogar ganz kühn das Modell aus bordeauxrotem Leder gewählt. Es war lächerlich, aber ihr wart nach damaligem Maßstab modisch gekleidet. Stanko trug eine Polyester-Hose in einem undefinierbaren Rostbraun mit weitem Schlag, ein grünes Hemd und einen stark abgewetzten Kunstlederblouson. Mit seinen Tätowierungen sah er eher wie ein ehemaliger Knastbruder aus als wie ein Soldat, der Ausgang hatte.

Ihr wartetet darauf, dass er etwas sagte. Es entstand eine peinliche Stille. Du wolltest dich schon einschalten und das Thema wechseln, indem du eine neue Runde Getränke bestelltest, als Stanko, der starr in Richtung Ausgang blickte, einer Saloon-Schwingtür, plötzlich mit klarer Stimme sagte: »Ich finde, damals redeten die Jungs und Mädchen besser miteinander. Sie gingen zwar nicht netter miteinander um, aber sie redeten besser miteinander.«

Wieder herrschte Stille. Du warst stolz auf Stanko und wusstest selbst nicht genau, wieso. Der angehende Studienrat sagte schließlich: »Da ist was dran, da ist wirklich was dran.

Na, was haltet ihr von einer neuen Runde Guinness für alle? Du bleibst bei Cola, Stankowiak? Okay …«

Als ihr in die Tiefgarage gingt, um zurück nach Coëtquidan zu fahren, übernahm Stanko das Steuer. Die anderen waren zu betrunken. Der Studienrat setzte sich nach vorne, und du hieltest dem Juristen und dann dem Headhunter die hintere Autotür auf. Der Headhunter stieg nicht gleich ein. Er starrte dich an. Er konnte kaum noch die Augen offen halten, so besoffen war er, sein Mund war leicht verzogen und in seinen Mundwinkeln sammelte sich Speichel.

»Sag mal, Maynard, warum schleppst du uns eigentlich immer diesen kleinen Prolo an, wenn wir zusammen ausgehen? Seid ihr schwul, oder was?«

Du lächeltest ihn an und legtest die Hand an seinen Hinterkopf, als wolltest du ihn zu dir heranziehen und abknutschen.

Und dann zertrümmertest du ihm die Nase am Türrahmen.

»Was ist los?«, fragte einer aus dem Auto heraus.

»Oh, der Idiot!«, sagtest du, »Der Idiot! Er ist dermaßen sternhagelvoll, dass er sich die Visage an der Tür demoliert hat. Hat jemand von euch Taschentücher? Der blutet wie ein Schwein, der Arme …«

Der Headhunter ging nie wieder mit euch aus. Du warst, wie hieß das damals noch, ein sogenannter »wehrpflichtiger Wissenschaftler«. So nannte man diesen Jahrgang, der achtzig Leute umfasste, die zur Zeit ihrer Einberufung seit mindestens einem Jahr ihr Grundstudium beendet hatten. Die meisten studierten Politikwissenschaft oder kamen von beliebten Elite-Hochschulen für Ingenieurswissenschaft oder Wirtschaft. Es waren auch viele Lehrer vertreten, so wie du, die gerade ihre Zulassung für das Auswahlverfahren erhalten hatten.

Das Heer setzte euch in seiner Militärakademie à la WestPoint in Ille-et-Vilaine ein. Das war ein hübsches Örtchen, lauter weiße Gebäude, die verstreut im Wald lagen oder entlang von elegant geschwungenen Alleen. Wären da nicht die

Feierlichkeit des Appellplatzes und des Cour Rivoli gewesen und die Militärfahrzeuge, die mit geringer Geschwindigkeit umherfuhren, hätte man meinen können, man sei in einem amerikanischen Vorort der Upper Middle Class, in einer dieser im Grünen liegenden pennsylvanischen Kleinstädte für die New Yorker.

Ihr gabt der zukünftigen Elite der Armee Unterricht in Mathe, Physik, Recht, Ballistik und in »Methodik«, je nachdem, was euer Fachgebiet im Zivilleben war. Und ihr tatet das für den Sold eines einfachen Soldaten, man könnte genauso gut sagen, ihr wart Hilfskräfte zum Selbstkostenpreis, konkurrenzlos billig.

Im Gegenzug erhieltet ihr Offiziersstatus, ihr aßt in der Offiziersmesse, wo Kanaken und Antiller euch Kaisergranat und Reh servierten, ihr hattet öfter mit Majoren, Obersten und Generälen zu tun als mit einfachen Soldaten, wie in einer mexikanischen Armee. Ihr hattet außerdem traumhafte Arbeitszeiten, musstet nur ein paar Stunden die Woche unterrichten, hattet am Wochenende frei, konntet gratis das Schwimmbad und den Schießstand benutzen, Fechtunterricht nehmen und in die Reithalle gehen oder in die Bibliothek. Darüber hinaus konntet ihr euer Gehalt aufbessern, indem ihr den Kindern des Stützpunkts Nachhilfeunterricht gabt. Immerhin lebten dort fünftausend Personen, und für jene unter euch, die halbwegs gut mit anderen Menschen umgehen konnten, war es relativ einfach, Kontakte zu knüpfen und sich ein ganzes Netzwerk von Beziehungen aufzubauen. Schließlich fand sich hier für die Dauer von zwölf Monaten die Crème de la Crème aus den unterschiedlichsten Milieus ein, um der Republik zu dienen, was blieb ihnen anderes übrig.

So hattest du in Coët zum Beispiel jemanden zum Zimmernachbarn, der deinen ersten Roman direkt, ohne die üblichen Zwischenstationen, seinem Onkel zum Lesen gab, der in einem Verlag eine Reihe herausgab.

Wie viele andere auch hattest du einen Abschluss als Reserveoffizier, der dir nichts brachte, da du keine Einheit unter dir hattest, die du befehligen konntest. Du konntest höchstens ein paar Saint-Cyr-Erstsemester morgens zur Begrüßung strammstehen lassen, das erste Bataillon, das vor allem aus Sprösslingen der alten Pariser Bourgeoisie oder des Landadels bestand. Diese Jungs mit den raspelkurzen Haaren und die wenigen Mädchen mit den etwas zu kräftigen Hüften hatten Pech: Sie kamen in der Geschwisterhierarchie an dritter Stelle und würden also nicht Papas Firma weiterführen, wie der Älteste, und auch nicht nach einem Abschluss an der Elitehochschule für Betriebswirtschaft bei der Bank anfangen, in der schon Mama war, wie der Zweitgeborene. Sie würden also, genau wie ihre Onkel vor ihnen, die Tradition fortführen. Sie würden zu den Söhnen gehören, die man der Armee schenkte, brave Aufziehkaninchen, wie man die Saint-Cyr-Schüler auch gerne nannte.

Und genau wie ihre Onkel würden sie tapfer und loyal ihrem Land dienen, auch wenn dieses gerade dabei war, von innen heraus zu verfaulen, durch den allgemeinen Ausverkauf aller Werte, der in den 80er Jahren, die gerade begannen, ihre hässliche Fratze zu zeigen, seinen Anfang nahm, in einer Zeit, die im Geld ertrank, die in der pseudo-moralischen Linken, in Koks und New Wave unterging. Und vielleicht um für das Land zu sterben, an den Grenzen des ehemaligen Reichs, wobei sie nicht mehr wussten, ob sie Frankreich oder die Börse verteidigten, während Bernard Tapie im Fernsehen auftrat und man einander in irgendwelchen Hinterzimmern im Marais-Viertel in den Arsch fickte und dabei Klaus Nomi hörte.

Aber dieser Abschluss verschaffte dir das Wohlwollen von ein paar Offizieren. Typen, die ihre militärische Karriere aufgegeben hatten, wie der, der Unterricht in ABC-Waffenkunde gab, ein Oberstleutnant mit ziegelrotem Teint, der dich eines Abends, wohl weil er den Blues hatte und du noch da warst, um Fotokopien zu machen, einlud, mit ihm in seinem Büro eine Zigarette zu rauchen. Er bedeutete dir, das Salutieren zu lassen, und machte eine Flasche Raki auf, als ihr zu beiden Seiten seines Schreibtisches Platz genommen hattet.

»Und, Maynard, nicht enttäuscht, hier Ihre Kopien zu machen, statt draußen auf dem Gelände zu sein und eine Einheit der in Deutschland stationierten Truppe zu befehligen?«

Sein Blick erschien dir leicht ironisch, aber wohlwollend. Er machte sich offensichtlich keine Illusionen, und dennoch war dies der Blick von einem, der sich entschieden hatte, im Beruf seinen Mann zu stehen. Und dieser Blick erinnerte dich an den deines Großvaters Maynard auf einem Foto, das du in der Bibliothek der Wohnung in der Rue Saint-Nicolas gesehen hattest. Das Foto war Anfang der 50er Jahre entstanden, beim Verlassen der Geschäftsstelle der Kommunistischen Partei in Rouen, die man im Hintergrund erkennen konnte, ein schönes Fachwerkhaus, direkt gegenüber vom Rathaus. Du hättest auch gerne so einen Blick gehabt. Klar, scharf und wohlwollend zugleich.

Erst später wurde dir klar, dass dies der Blick von Männern ist, die furchtbare Dinge mit angesehen haben, womöglich selber an ihnen beteiligt waren, und die so gut wie überzeugt sind, sie hätten es für eine gute Sache getan, und denen es trotz alledem gelungen ist, nicht nur im Vollbesitz ihrer geistigen Kräfte zu bleiben, was keineswegs selbstverständlich war, sondern sich darüber hinaus eine paradoxe Form des Humanismus zu bewahren: Sie lassen den Menschen um sich herum alles durchgehen, wie begabten und launischen Kindern, denn *trotz alledem* sind es ja schließlich Menschen.

»Nein, nein, Oberstleutnant. Nicht allzu sehr. Und ich glaube kaum, dass die Sowjets drauf und dran sind, uns nächste Woche anzugreifen. Außerdem beginne ich bald ein Forschungsvorhaben zu Drieu la Rochelle und schreibe an einem Roman.«

Du fragtest dich, warum dieser etwas traurig wirkende Oberstleutnant der erste Mensch war, dem du von deinen literarischen Ambitionen erzähltest. Du fragtest dich, warum du ausgerechnet ihm das alles sagtest. Er musste dich für einen Idioten oder einen eingebildeten Lackaffen halten. In zwei Sätzen hattest du ihm mehr über dich erzählt, darüber, was dein Leben im Wesentlichen ausmachte, als du deinem Vater in den letzten fünf Jahren erzählt hattest.

»Einen Roman ... warum nicht? Ich mag Romane. Das heißt, ich lese selber nie welche, aber ich denke, es könnte mir gefallen. Noch einen Raki? Ich habe mir Ihre Akte angesehen, Maynard. Sie wissen, dass wir gezögert haben, ob wir Sie als ›Bücherwurm‹ nehmen sollen.«

So nannte man in Coët die wehrpflichtigen Wissenschaftler.

»Wir haben gezögert, denn, na ja. Jetzt sagen Sie mir: ›Ich bin Französischlehrer, und ich schreibe einen Roman.‹ Das klingt so, als wären Sie ein netter Junge, ausgeglichen. Aber in Rouen – von dort kommen Sie doch, oder, Maynard? – haben Sie eher ziemlich viel Chaos angerichtet, oder? Und der General, der der Generaldirektion für Studien und Forschung des Nachrichtendienstes vorsteht, wurde von Hernu ernannt. Und die Sozen, da kann man sagen, was man will, sind seit '81 einfach nervös, wenn es um Militärangehörige geht. Sie denken, wir hätten immer noch Zustände wie in Chile '73. Als die Rekrutierungskommission Ihr Profil gesehen hat, Maynard, ein Subversiver aus der rechten Ecke, so intelligent wie boshaft, haben sie sich gefragt, ob ...«

Er streckte den Arm aus und schenkte dir quer über den Tisch Raki nach, obwohl du dein Glas gerade erst geleert hattest, und fragte unvermittelt: »Und, habt ihr euren Spaß beim Bloc Patriotique?«

Dir war klar, dass sie über dein politisches Engagement Bescheid wussten, aber bisher hatte dich noch niemand so unverblümt darauf angesprochen, und die Frage erwischte dich kalt.

Tatsächlich erwartete der Oberstleutnant gar keine Antwort von dir. Sein Blick schweifte in die Ferne. Er trank seinen Raki, zündete sich eine rote Peter Stuyvesant nach der anderen an und begann zu reden, während sein Blick weiterhin ins Leere ging: »Es ist inzwischen verjährt, darum kann ich es Ihnen jetzt erzählen. Ich wurde zusammen mit ein paar anderen zwischen '75 und '80 als Beobachter in den Libanon geschickt, als alles so langsam im Chaos versank. Wir hatten unsere Büros in der Résidence des Pins. Ich habe Delamare gut gekannt, den Botschafter, den sie damals da unten ermordet haben. Eines Tages geriet unser Jeep in der Nähe vom Château de Beaufort in einen Konvoi christlicher Phalangisten, die das Feuer eröffneten. Palästinensische Mörsergranaten nahmen uns unter Beschuss. Es war das erste Mal, dass jemand auf mich schoss, Maynard. Ja, wissen Sie, manche Militärs erleben das nie. Aber erst wenn es passiert, dann weiß man, ob man wirklich für diesen Beruf gemacht ist. Einer der Beobachter, ein Oberstleutnant der Gebirgsjäger, fing auch an zu heulen wie ein Baby. Wir suchten Schutz unter einem Lastwagen. Und plötzlich hörten wir eine Stimme, die sagte: Sieh an, französische Soldaten! Hat die Armee jetzt endlich wieder Eier, oder macht ihr nur eine Reportage für *TerreAirMer*? Das war einer Ihrer Parteikameraden, Maynard. Die Granaten der PLO schienen ihn nicht weiter zu beunruhigen. Ein gewisser Molène ... Der ist vielleicht 'ne Marke, was? Kennen Sie ihn? Er ließ uns wieder in unseren Jeep einsteigen, und zwei Lastwagen der Phalangisten an den Rand fahren, damit wir den Konvoi verlassen und das nächste Dorf erreichen konnten, mit meinem Oberstleutnant von den Gebirgsjägern, der immer noch vor sich hin wimmerte. Und, geht's ihm gut, diesem Molène?«

Ehrlich gesagt hattest du keinen blassen Schimmer. Das sagtest du dem Oberstleutnant auch, der sichtlich enttäuscht war und dir sagte, du könntest jetzt gehen. Du warst noch nicht einmal offiziell Parteimitglied beim Block zu der Zeit. Du unterhieltest in Rouen nur einen sehr eingeschränkten und zugleich sehr speziellen Kontakt zu führenden Blockisten: Du hattest seit ein paar Jahren gelegentlich kurze Affären mit der Halbschwester eines Blockisten, Charles Versini, der in atemberaubendem Tempo an die Spitze der Partei aufgestiegen war und sich im Dunstkreis von besagtem Sallivert bewegte.

Das Mädchen hieß Paola Versini, sie war eines Tages mit ihren großen Brüsten, ihrem phänomenalen Arsch und ihrem besonderen Talent für Fellatio, das alles verbunden mit einer wahnsinnigen erotischen Anziehungskraft, im literaturwissenschaftlichen Seminar aufgetaucht. Über Molène wusstest du damals nur, dass er für die Super-Faschos von Bloc-Jeunesse der alte SS-Held war, der sich um den Ordnerdienst der Partei kümmerte und paramilitärische Übungen in einem Nest im Berry abhielt, in Vernery, da, wo Jahre später Stanko das Ruder übernehmen sollte.

Du kanntest von ihm nur *Die behelmten Herzen*, den romanhaft ausgeschmückten Bericht über seine Zeit in der LVF, der Brigade Frankreich und der Division Charlemagne. Damals war das noch als Taschenbuch erhältlich. Einige Jahre später musste man in Online-Antiquariaten oder in revisionistischen Kreisen ein Vermögen dafür ausgeben. In deinen Augen ist das nicht mehr als ein ganz passabel geschriebenes Buch eines Mannes, der sich für das falsche Lager entschieden hat, und der weder verdiente, derart hofiert noch derart verteufelt zu werden.

Ehrlich gesagt hätte man sich für diese Bücher, die bis in die 80er Jahre hinein frei erhältlich waren, keine schönere Werbung ausdenken können, als sie im Namen der Political Correctness von der Bildfläche verschwinden zu lassen, beziehungsweise noch die kleinste Neuauflage zu stigmatisieren.

Jedes Mal, wenn Jason Lefranc, dein Quasi-Neffe, dir auf seinem Laptop die Druckvorlage der nächsten Ausgabe von *BJ-Résistance* zeigt, dem ganz ordentlich verfassten Monatsblatt von Bloc-Jeunesse, dessen Chefredakteur er ist, schaut er sich in deiner Bibliothek um. Du spürst förmlich, wie scharf er auf diese Sachen ist, der Junge.

»Was du hier alles hast, ist echt ein Vermögen wert, Antoine…«, sagt er dann, und deutet dabei auf die Regale.

Wie sollst du ihm erklären, dass du das Ende der 70er Jahre fast alles für 'n Appel und 'n Ei in Antiquariaten in Rouen gekauft hast? Klar sind auch die *Poèmes de Fresnes* von Brasillach darunter, in der Büttenpapier-Ausgabe, der Band, der immer noch an einer Stelle eingerissen ist, was du diesem

Idioten von Schulaufseher zu verdanken hast. Das ist schon eine Menge wert, weil es eben auf Büttenpapier gedruckt und Brasillach schon allein wegen der zwölf Kugeln, mit denen man ihn erschossen hat, eine Legende ist.

Aber die ganzen Morand-Ausgaben, die Jason jedes Mal durchblättert, sogar *Das Konzentrationslager des lieben Gottes*, die bekam man damals halb geschenkt: *Chronique privée de l'an 40* von Chardonne hattest du für zwei Francs gekauft, mit einer Widmung für einen Typen, der damals noch Stadtrat in Rouen war: »Für meinen lieben X ... der um die Notwendigkeit der nationalen Erhebung weiß, in Freundschaft, Chardonne.«

Du siehst, als wäre es heute, diesen grauen November-Samstag vor dir, da musst du in der zehnten Klasse gewesen sein. Nach der letzten Stunde, bis 12 Uhr, bei einer debilen Maoistin, die Zeichenlehrerin, die euch auf riesige Canson-Zeichenblätter mit Pastellstiften zeichnen ließ, mit der einzigen Vorgabe, mit dem Stift der Melodie des Walgesangs zu folgen, den sie auf einem riesigen Tonbandgerät dazu abspielte, konntest du endlich in die Stadt abhauen.

Ganz allein.

Die anderen gingen nach Hause zu Mama, sahen sich im Fernsehen *Mondbasis Alpha 1* an und *La Une est à vous* von Bernard Golay, mit Zuschauerbeteiligung. Du gingst dich im Saint-Marc-Viertel umschauen. Damals gab es dort noch die Salle Lionel-Terray, die man Ende der 60er Jahre gebaut hatte und die für Basketballspiele, Handballturniere, Konzerte und öffentliche Versammlungen genutzt wurde. Es war ein hässlicher Klotz, der auf Betonpfeilern stand, zwischen denen Trödler und Floristen ihre Läden hatten, die eher an Garagen erinnerten. Dort verbrachtest du Stunden. Du hattest nur bedingt Interesse an Nippes, Uhren, Zinnsoldaten oder Orden, Überresten aus der glorreichen militärischen Vergangenheit wie durchlöcherten Helmen oder Granatenhülsen aus Kupfer, aus denen deine Mutter gerne Vasen fertigte, oder alten Postkarten aus Rouen und der Normandie, die dein Vater, der Augenarzt, mit einer schon senil wirkenden Manie sammelte und von denen er einige in seiner Praxis eingerahmt hatte. Nein, bei dir waren es die Bücher.

Stundenlang standst du gebückt über diesen Kisten, diesen Kartons, die gar nicht richtig ausgepackt waren, in denen der schlimmste Schund neben echten Schätzen lagerte, weder du noch die Verkäufer wussten, was genau sich darin befand. Zwei Francs von 1978 für *Chronique privée de l'an 40* von Chardonne, und dann noch über Japan, Jason konnte es einfach nicht fassen, als er den mit grauem Stift geschriebenen Preis sah, der nach und nach verblasste.

Er gestand dir, dass er bei eBay ausgestiegen war, als dieses Buch bei 300 Euro angelangt war. Seine Freundin Solange, seine »Verlobte«, Verzeihung, hätte das nicht verstanden. Du spartest dir die Bemerkung, dass es sinnlos wäre zu glauben, er könne sein Leben mit einer Frau teilen, die seine für ihn so wesentliche Leidenschaft für Bücher nicht teilte. Mochte sie auch noch so einen schönen Namen haben, gut vögeln, auch kochen können wie eine Göttin und sogar steinreich sein.

Wie hättest du Jason davon erzählen sollen, wie du dich mit Agnès einfach mal nach Brüssel absetztest, ihm von euren Wochenenden in Brabant in der Wallonie im Juni und Juli berichten, wo sich an den Straßen irgendwelcher hinterletzter Dörfer Kilometer über Kilometer die Trödelstände entlangzogen und ihr für ein paar Cents die Originalausgabe von *Contrerimes* von Toulet fandet, so frisch, als wäre sie gerade aus der Druckerei gekommen, versteckt zwischen verblichenen Ausgaben von *Suske und Wiske* und Taschenbüchern von Rosamond Lehmann, Han Suyin oder Louis Bromfield.

Und wie Agnès anschließend immer Hunger bekam, sich aber vorher noch mehrere Stangen Zigaretten in einem kleinen Tabakladen in Orp-le-Grand kaufte, und wie du Angst um sie hattest, weil sie so viel rauchte, mindestens ein Päckchen am Tag, was sie vor ihrem Vater verheimlichte. Das ging so weit, dass sie sogar extra zur Toilette verschwand, um dort eine zu schmöken, als er noch das Nationale Büro oder das Zentralkomitee leitete.

Wie solltest du erklären, wie ihr dann nach Brüssel zurückgefahren seid, wie sie in einem Restaurant auf der Îlot Sacré Aal in grüner Sauce und Crêpe Suzette verschlang, wie ihr zwei Flaschen Condrieu trankt, und wie ihr es anschließend den ganzen Nachmittag im Hilton getrieben habt, in einem Zimmer, das nach Saint-Gilles rausging. Wie ihr zwei, drei, fünf Mal miteinander schlieft, wie in euren ersten Nächten, und dass ihr das beschwert von der Völlerei tatet, nachdem ihr viel gegessen und getrunken hattet und inmitten eurer Fundstücke, die nach staubigem Speicher rochen, in dem klimatisierten Zimmer, und dass all das eure Lust nur noch steigerte, und dass ihr so lange weitermachtet, bis es euch wehtat.

Wie solltest du ihm erklären, wie es war, wenn ihr im Dunkeln zurück nach Paris fuhrt, wie schnell das ging. Schon wart ihr in Gent, schon in Lille, Arras, Roye, und dann auf einmal um drei Uhr morgens fandet ihr euch in eurem 70er-Jahre-Zimmer in der Rue la Boétie wieder, der Geruch nach Sex haftete noch an euren Körpern, und wie ihr erneut anfingt, euch zu lieben, während eure Handys, die ihr ganz automatisch wieder eingeschaltet hattet, vibrierten und Dutzende Nachrichten eingingen, teils besorgte, teils erstaunte, teils wütende.

Nein, du wirst das Jason Lefranc nicht erklären, weil du ihn gern hast, weil er Literatur mag und weil seine Verlobte sich ja vielleicht doch noch ändert, weil du das nicht wissen kannst, weil dein eigenes Leben nicht gerade als Vorbild dienen kann.

Also ziehst du es vor, ihm weiter von deinen Samstagen im Clos Saint-Marc zu erzählen, wo die großen reaktionären oder faschistischen Klassiker damals fast nichts kosteten, und weil ihr unter Männern seid, auch, dass du beim Durchblättern der dreckigen Bücher mit echtem Bedauern an den Arsch der Lehrerin denken musstest, die von der Maobibel und Walgesängen besessen war, und dass du dir sagtest: »Schade eigentlich, diese linke Schlampe verdient es nicht, so sexy zu sein.«

Irgendwann fiel dir dann auf, dass Jason sich absichtlich viel Zeit ließ, nachdem ihr euch die Druckvorlage für *BJ-Résistance* zusammen angesehen hattet. Er hatte offenbar gar keine Eile, sah sich Bücher an, blätterte sie durch.

Schließlich sagtest du: »Was blätterst du denn da durch?«

»*Rapport sur le paquet gris* von Jacques Perret. Diese Ausgabe findet man nicht häufig.«

»Das stammt aus dem Keller der Action française, limitierte Auflage. Du kannst es haben, wenn du möchtest.«

»Nein, Antoine, das kann ich nicht annehmen.«

»Hör zu, Jason, du machst mir eine Freude damit.«

Und es stimmt, dass es dir Freude machte. Das hättest du nicht für möglich gehalten. Deine Bücher. Dich davon zu trennen, sie verschenken. Das muss wohl mit dem Alter zu tun haben. Dass man nicht mehr so an Dingen hängt, an Ideen, an Menschen. Außer an Agnès, natürlich.

Sogar Stanko …

Hättest du vor fünf, sechs Jahren hingenommen, dass man dir einfach so ankündigte, der Block hätte seine Exekution beschlossen, um sich die Regierungsbeteiligung zu sichern? Du hättest rumgebrüllt, versucht, ihn zu erreichen, du hättest dich mit ihm gemeinsam töten lassen.

Also deine Bücher … Du hast keine Kinder, und für die Maynard-Familie bist du so gut wie gestorben. Dir geht auf, dass du es in dieser Hinsicht nicht besser getroffen hast als Stanko. Und dass letztendlich diese Bücher, diese Hunderte von kostbaren Ausgaben, zwischen deren Seiten alle deine Träume stecken, wie die anderer Leser, die schon lange tot sind, in den Händen von Jason Lefranc gut aufgehoben sind, dem die Literatur scheinbar genauso wichtig ist wie die Politik, wie die Macht. Das macht ihn zu einem würdigen Erben, findest du …

Die Flasche Wodka ist verdammt schnell zur Neige gegangen. Um ehrlich zu sein, ist sie fast alle.

8

Ein Schrei, gefolgt von einem langgezogenen Klagegeheul – ich fahre hoch und bin schlagartig wach. Demnach bin ich eingeschlafen. Ich bin eingeschlafen, um nicht mehr an Natacha zu denken, an Mama, an Hélène, an Papa, an Usinor, an die Gendarmen, an den 12. Dezember.

Ich bin eingeschlafen, obwohl ich Ravenne und die Delta-Gruppe an den Hacken habe. Man könnte auch sagen, damit bin ich so gut wie tot.

Das Heulen im Flur geht weiter. Das Wehklagen einer Frau. Das Wehklagen einer Negerin, ein unablässiges Schreien, das sich immer wieder zu einer schrillen Tonlage steigert. Ich lausche. Ich hoffe, dass das endlich aufhört. Ich stehe auf, um pinkeln zu gehen. Ich strecke mich, betrachte mein Gesicht im Spiegel über dem Waschbecken.

Augenringe, tief eingegrabene Falten, die Geheimratsecken fressen sich immer weiter voran, wie bei der unaufhaltsamen Versteppung eines einst waldreichen Gebietes. Zwei Jahre lang habe ich einen auf Skin gemacht, und nun jammere ich, weil ich meine Haare verliere. Ich sehe mir auch den Bluterguss an meinem Hals an, in Höhe des Adamsapfels.

Dieser Idiot Gros Luc und sein Kuhfuß.

Ich habe Probleme beim Schlucken. Was soll's, Hunger habe ich eh keinen. Erst jetzt wird mir bewusst, dass ich seit heute früh nichts mehr gegessen habe und es mir nicht einmal fehlt. Als Toter auf Bewährung hat man zweifellos andere Sorgen.

Das Heulen der Frau geht weiter. Und dann hört man erneut einen Schrei, genauso laut wie den, der mich geweckt hat. Ein Mann. Auch ein Neger. Eine andere Stimme, die sie unterbricht. Ich meine, die Stimme des schmierigen Kanaken von der Rezeption wiederzuerkennen, dieses schlitzäugigen Mongolen mit dem fetten Gesicht eines Junkfood fressenden Ausbeuters.

Ich umklammere das Waschbecken.

Ja, ich verliere meine Haare. Diese Nacht verliere ich alles. Den Block. Antoine. Den Alten. Loux. Agnès. Die GPP. Und im Morgengrauen werde ich auch noch mein Leben verlieren. Und damit hat alles ein Ende. Umso besser.

Ich nehme das Etui mit dem Kommandomesser von meiner Wade ab und das Nubuk-Holster mit dem Velo-Dog von meinem Knöchel.

Saint-Ambroise läutet zwei Mal. Im Badezimmer hört man das noch deutlicher als im Zimmer selbst. Ich fühle mich unendlich müde. Ich lege die beiden Etuis auf dem Bord über dem Waschbecken ab.

Hübsche Kulturbeutel, was?

Im Flur geht der Streit weiter, nur dass das Heulen der Frau etwas leiser geworden ist, aber es reißt nicht ab, wie eine Tonspur im Hintergrund.

Dieses ganze Gesindel geht mir auf den Sack, die Kameltreiber, die Kanaken, die Itzigs, die Fidschis, dieses Pack, das in Frankreich gestrandet ist und sich einbildet, hier bleiben zu können. Als ich in einer von den Roten beherrschten Kommune im Umland im Gemeinderat war und den Aufpasser für die offizielle Vertreterin des Blocks dort gespielt habe, die man eingeschüchtert hatte, hatte ich eines Abends genug von dem Gequatsche über Subventionen für irgendwelche Vereine, bin am Ende einer Gemeinderatssitzung ausgerastet und habe ein paar rassistische Sprüche abgelassen. Der Bürgermeister zeigte mich daraufhin an. Das Verfahren wurde eingestellt. Wir haben gute Anwälte beim Block, zum Beispiel Gwenaëlle, Éric Dorgelles' Frau.

Rassist ist für mich kein Schimpfwort. Es gibt nun einmal Rassen, das weiß doch jeder. Das ist dermaßen offensichtlich, und doch wollen die Leute es einfach nicht wahrhaben.

Der Alte hat das vor ein paar Jahren auch mal in der Glotze gesagt. Da hat er vielleicht eins aufs Maul bekommen, das glaubt man nicht.

Dabei habe ich seit Beginn der Unruhen, das heißt, das fing schon vorher an, von einigen von den Konservativen und sogar von Journalisten noch viel schlimmere Sprüche gehört als vom Alten. Trotzdem bin ich mir sicher, wenn er oder Agnès etwas Derartiges sagten, würde man sie dafür kreuzigen. Es ist alles eine einzige Heuchelei. Ich finde das einfach nur ungerecht, das ist echt zum Kotzen. Als ich das mal zu Ströbel oder Antoine gesagt habe, bei einem Exekutivbüro in Saint-Germain-en-Laye, im roten Salon, als der Alte gerade pinkeln war, lachten sie nur. Sie sagten, das wäre nicht ungerecht, es würde nur zeigen, dass Roland Dorgelles' Ideen sich durchgesetzt hätten, das wäre eigentlich ein eher gutes Zeichen: Bald würde den Franzosen klar werden, dass der jetzige Präsident uns unsere Ideen geklaut hatte und das Original, Dorgelles, mehr taugte als die Kopie, die von diesem Clown im Élysée verkörpert wurde. Die Sorge, er würde uns das Wasser abgraben und uns Wählerstimmen abziehen, wäre insofern unbegründet, er würde sich nicht mehr lange halten.

Ströbel und Antoine sollten Recht behalten, sie sollten tatsächlich Recht behalten. Der beste Beweis dafür ist, dass wir in dieser Nacht inzwischen bei über siebenhundertfünfzig Toten gelandet sind und die Regierung nicht in der Lage ist, aus dem ganzen Schlamassel, den sie mit ihrem unangemessen harten Durchgreifen selbst angerichtet hat, auch nur den geringsten Vorteil zu ziehen.

Dabei habe ich das schon in Pau gelernt und dann in meinen fünf Jahren als Unteroffizier beim achten Regiment der Fallschirmspringer in Castres: Der Gegenschlag muss immer verhältnismäßig sein. Angst bekommt der Feind dann, wenn du ihm nach einer Ohrfeige zwei gibst, aber nicht, wenn du ihm das Gesicht zu Brei haust. Denn ist sein Gesicht erst mal zertrümmert, dann sagen sich seine Mitkämpfer, sie haben nichts mehr zu verlieren, und alles geht wieder los.

Ist der Gegenschlag jedoch verhältnismäßig und zeigst du ihm, was du noch in Petto hast, ist der andere unsicher, ob er dir dankbar sein soll, weil du ihn nicht zu Kleinholz verarbeitet hast, oder ob er Angst vor dem haben soll, dessen du fähig wärst.

In einer Pause bei einem Trainingslager im Fort de Penthièvre hat ein Hauptmann von der Militärschule Saint-Cyr, so eine Intelligenzbestie mit Diplom von der Führungsakademie und allem Pipapo, uns erklärt, dass Massu und Bigeard genau so den Kampf um Algier gewonnen haben. Indem sie den Eindruck vermittelten, nur einen Bruchteil ihrer eigentlichen Stärke einzusetzen, und deutlich machten, es werde sehr viel schlimmer werden, wenn sie nur ein kleines bisschen mehr Dampf machen würden.

Und da der Hauptmann uns das erzählte, als gerade die erste Intifada im Gange war, meinte er, der große Fehler der Israelis wäre, mit Panzern gegen jugendliche Steinewerfer vorzugehen. Das hätte auf internationaler Ebene allgemein Empörung hervorgerufen, die Soldaten demoralisiert und zu einer Verhärtung der palästinensischen Position geführt. In dem Moment dachte ich mir, wenn die Itzigs und die Musels sich gegenseitig die Köpfe einschlügen, wäre das nur von Vorteil für uns.

Aber als ich das sagte, während wir so ums Feuer saßen und man in der Dunkelheit die Wellen gegen die Felsen der Steilküste und die Befestigungsmauern des Forts krachen hörte, erwiderte der Hauptmann: »Unteroffizier Stankowiak, Sie ziehen vollkommen falsche Schlüsse. Lassen wir Ihren latenten Antisemitismus mal beiseite, der vermutlich auf Ihre polnischen Wurzeln zurückzuführen ist, so verwerflich er auch ist, aber Sie sollten wissen, dass die israelische Armee im Nahen Osten genau wie die weißen Südafrikaner den letzten Vorposten bildet, der unsere westlichen Werte und unseren Lebensstil, den wir an unsere Kinder weitergeben wollen, verteidigt.«

Da musste ich dem Offizier letztlich Recht geben. Damals hatten die Musel noch nicht die Skyline von New York mit zwei Linienflugzeugen und einem Teppichmesser mal eben radikal umgestaltet, und es war noch nicht die Hälfte der weißen europäischen Städte von Vierteln umzingelt, in denen die Frauen Burkas tragen, die Scharia regiert und zugleich der Drogenhandel geduldet wird, der diese Schattenwirtschaft am Laufen hält. Genau das, was die Taliban in Afghanistan machen.

Und ausgerechnet jetzt erklärt diese Regierung aus lauter Weicheiern den Vorstädten den Krieg, den sie unmöglich gewinnen kann. Den in Afghanistan werden wir im Übrigen auch nicht gewinnen, meint Ravenne.

Nun stehe ich vollkommen nackt im Badezimmer. Ich habe Boxershorts, Socken und Hemd an einen Haken an der Tür gehängt. Die Sachen riechen mittlerweile nicht mehr ganz so frisch. Ich trage sie seit gestern Vormittag und war den ganzen Tag auf der Flucht vor der Delta-Gruppe. Denn nach der Schießerei in der Rue Brézin, als ich in die Metrostation Alésia gestürzt bin, war Ravenne gezwungen, mit seinem von 9mm-Kugeln durchsiebten BMW mit Allradantrieb das Weite zu suchen, aber vorher gab er noch einem der Deltas den Befehl, die Verfolgung aufzunehmen. Hätte ich genauso gemacht. Er ahnte sicher, dass ich nicht die Station nehmen würde, die am nächsten dran lag.

Und in der Bahn sah ich den Jungen dann auch gleich.

Das war einer von den Kerlen, die in Vernery bereit gewesen waren, sich auf ein bisschen mehr einzulassen. Er war vielleicht seit drei Jahren in der Delta-Gruppe. Er sprach in sein Handy und beobachtete mich dabei aus dem Augenwinkel.

Ich versuchte, Blickkontakt herzustellen. Nicht, um ihm zu zeigen, dass ich ihn bemerkt hatte. Das wusste er natürlich. Nein, ich wollte sehen, was in ihm vorging. Was er dabei empfand, den Mann zu jagen, der ihm alles beigebracht hatte. Ich wollte sehen, ob er Scham empfand, Angst, ob er unglücklich war oder einfach nur entschlossen, den Auftrag, den er bekommen hatte, bestmöglich auszuführen. Mich zu töten.

Ich spielte Katz und Maus mit ihm, indem ich an fast jeder Metrostation so tat, als wollte ich aussteigen, und dann im letzten Moment wieder einstieg. In Raspail, in Vavin, in Montparnasse, in Odéon. Er zeigte keinerlei Anzeichen von Genervtheit, beging keinerlei Fehler. Die Kaltblütigkeit des Tormanns beim Elfmeter. Er wusste jedes Mal, allein indem er mich beobachtete, zu welcher Seite er sich werfen musste.

Das war eine echte Leistung, denn ich wusste selbst bis zum letzten Moment nicht, ob ich aussteigen würde oder nicht. Aber ich habe ihnen auch beigebracht, wie man die Bewegungen von jemandem zu deuten lernt, wie man allein anhand der Körpersprache erkennen kann, was jemand vorhat, noch bevor derjenige selbst eine bewusste Entscheidung getroffen hat.

Ich war stolz auf ihn. Er suchte die bestmögliche Ausgangsposition, um mich umzulegen, indem er mich nicht eine Sekunde aus den Augen ließ. Aber ich war stolz auf ihn, wie man auf einen Schüler stolz ist, der sich alles gemerkt hat, was man ihm beibringen wollte.

In Châtelet stiegen noch zwei andere Deltas zu. Jetzt wurde es eng für mich. Auch bei denen wusste ich noch genau, wie ich sie in Vernery trainiert hatte. Einer von den beiden, ein pickliger Kerl, der eine Schott-Bomberjacke und eine Jogginghose trug, sah wirklich wie die Karikatur eines *white-trash*-Teenies aus. Aber ich wusste, dass er selbst mit verbundenen Augen in weniger als dreißig Sekunden eine automatische Waffe zusammenbauen und ohne zu zögern einen rein instinktgeleiteten Schuss abgeben konnte, der von einer Präzision war, die sogar bei den Mitgliedern der 8. Fallschirmdivision ihresgleichen suchte.

Und dann der Rotschopf, der berüchtigt war für seine Stärke im Faustkampf, einerseits schwer genug, um sein Gewicht auszuspielen, indem er den Gegner, der ihm in die Hände fiel, schier erdrückte, und andererseits beweglich genug, um Attacken auszuweichen. Er war ein ähnlicher Typ wie ich vor zwanzig Jahren.

In Strasbourg-Saint-Denis nutzte ich die Tatsache, dass viele raus wollten, um auszusteigen und die Fahrgäste hinter mir aussteigen zu lassen, wie ein höflicher und zivilisierter Mitfahrer das so macht.

Einer der drei Deltas, der mit der Akne, tat es mir nach, da er nicht wusste, ob ich wieder einsteigen oder im letzten Moment abhauen würde. Ich ging auf ihn zu, als wenn nichts wäre, rempelte dabei die Leute leicht an, als hätte ich gerade einen Freund gesehen, und rammte ihm mein Knie in die Eier. Er krümmte sich.

Mit demselben Knie zielte ich auf seine hübschen Zähne.

Er blieb zusammengerollt auf dem Bahnsteig liegen, mit blutverschmiertem Gesicht.

Bis man verstanden hatte, was passiert war und einige auf dem Bahnsteig aufschrien, war ich längst wieder in die Bahn eingestiegen und zeigte den anderen beiden Deltas, die im Wagen geblieben waren, verstohlen den Stinkefinger.

Da mussten sie mich zwangsläufig ansehen. Das Einzige, was ich in ihrem Blick lesen konnte, war Entschlossenheit, sonst gar nichts.

Ravenne wusste, wie man mit ihnen reden musste, wie er sie abrichtete. Stanko existierte nicht mehr. Der Chef der GPP, der allein dem Alten Rechenschaft schuldig war, existierte nicht mehr. Ich war für den Block nur noch eine Gefahrenquelle, die beseitigt werden musste.

Und dabei mochte ich den Rotschopf, der etwas älter war als die anderen beiden, wirklich gerne. Er gehörte zu den Allereroten, die ich ausgebildet hatte. Er war einer der letzten sechs, die von der ursprünglichen Delta-Gruppe noch übrig waren.

Und vor allem hatte er zur wilden Horde gehört, der Rotschopf.

Die wilde Horde...

Das ist ein paar Jahre her, da ging es bei einer Kundgebung des Blocks während der ersten Runde der vorletzten Präsidentschaftswahlen besonders hoch her. Der Alte hatte beschlossen, zur Wahlkampfveranstaltung nach Lancrezanne zu gehen. In Lancrezanne hatte man uns nicht gerade in allerbester Erinnerung. Wir hatten dort das Rathaus erobert und waren wirklich unter aller Kanone gewesen. Und dann war auch noch eine Tochter des Chefs, Emma, bei dieser Geschichte ums Leben gekommen.

Die Block-Kundgebungen wurden schon seit ein paar Jahren kaum noch nennenswert gestört. Ein paar kleinere Demonstrationen von Menschenrechtlern, Herz-Jesu-Marxisten und den zehn Figuren von den üblichen linken und linksextremen Parteien. Antifaschisten im Ruhestand, bei denen man sich fragte, was sie wohl ohne uns anfangen würden.

Nein, die Kundgebungen waren echt nicht mehr das, was sie in den 80er und vor allem 90er Jahren gewesen waren, als die von der ASAB uns systematisch angriffen und man zwei Hundertschaften Bereitschaftspolizei benötigte, um ein Festzelt zu verteidigen, in dem am Ende trotzdem der Geruch nach Tränengas hing und einige gut gekleidete Damen in der ersten Reihe sich die Augen abtupften, was nicht allein auf die, wenn auch legendäre, Eloquenz Roland Dorgelles' zurückzuführen war.

Wo am Ende draußen die *Internationale* und *Bella Ciao* erklangen – ein Versuch, die Marseillaise zu übertönen. Und wo wir gezwungen waren – der Chef, seine Entourage und die GPP-Ortsgruppe –, mindestens zwei oder drei Stunden am Getränkeausschank zu warten, bevor wir wieder ins Auto steigen und zum nächstgelegenen Flughafen fahren konnten, an dem es dann erneut Ärger gab.

Aber Molène hatte sich eine Generation unvergleichlicher Chauffeure herangezogen. Sie waren echte Asse am Steuer und lenkten die Autos im Zickzackkurs über den Asphalt, um Steinen auszuweichen, oder in der Deckung der Wagen der Bereitschaftspolizei zu bleiben, die uns mehr oder weniger fast bis zur Gangway eskortierten.

Trotzdem erhielt ich zwei Tage vor der geplanten Kundgebung in Lancrezanne während einer Kampagne für die Präsidentschaftswahlen im Bunker einen Anruf von dem

Verfassungsschutz-Beamten, der für den Süden Frankreichs zuständig war.

»Muss diese Kundgebung in Lancrezanne wirklich unbedingt sein?«

»Ich fürchte, ich verstehe Ihre Frage nicht ganz, Monsieur ...«

»Nach allem, was meine Jungs vor Ort berichten, hat die ASAB beschlossen, dort für Chaos zu sorgen, wenn Dorgelles kommt.«

»Ach, gibt es die noch?«

»Die ASAB? Ja, das ist eine neue Generation. Sie haben den Stab übernommen. Außerdem sind sie gut trainiert. In Lancrezanne umfasst der harte Kern an die sechzig Leute. Wenn sie noch Leute aus den größeren Städten von der Küste holen, alles, was in einem Umkreis von weniger als hundert Kilometern liegt, können sie auf zweihundert kommen, zweihundertfünfzig, oder sogar mehr. Man sieht sie oft an der Seite des Schwarzen Blocks bei den Anti-G8-Demonstrationen. Diese gewalttätigen Anarchos sind der Albtraum jeder europäischen Polizei, das dürfte sich vielleicht auch bis zu Ihnen herumgesprochen haben ... Die ASAB aus Lancrezanne ist die mediterrane Ausgabe dieser Unruhestifter. Mediterran steht in diesem Fall aber nicht für Anisette, Lavendel, dolce far niente und Grillengezirpe. Sie haben letztes Jahr ein großes Kontingent nach Genua geschickt, das sich dort ganz besonders hervorgetan hat. Von Lancrezanne nach Genua dauert es, wenn man an der Küste entlangfährt und die Autobahn nimmt, nicht länger als sechs Stunden. Auf den Fotos, die unsere italienischen Kollegen gemacht haben, als der Mannschaftswagen mit den Carabinieri in Genua eingekreist wurde und einer von den Jungs durchgedreht ist und diesen Carlo Giuliani getötet hat, kann man unter den Randalierern, die versuchen, das Auto umzuwerfen, trotz der Sturmhauben und Helme zweifelsfrei zwei aus Lancrezanne identifizieren, darunter den Sohn eines Lehrers vom Léon-Gambetta-Gymnasium.«

»Warum erzählen Sie mir das alles?«

»Ich will ganz ehrlich sein, Herr Sicherheitsbeauftragter. Ich stecke knietief in der Scheiße. Überall in der Stadt wird gestreikt: Bei Arsenal, bei Corsica Ferries, im öffentlichen Nahverkehr und bei der Müllabfuhr, die halten diverse Räumlichkeiten und Standorte besetzt. Die bevorstehenden Präsidentschaftswahlen, Sie verstehen schon, um die Kandidaten unter Druck zu setzen … Die Stadt stinkt, überall sind Ratten, und die Leute sind auf 180. Ich fürchte, eine Kundgebung des Bloc Patriotique würde nur Öl ins Feuer gießen. Und ich wiederhole, unsere ASAB ist entschlossen, für Chaos zu sorgen. Einer meiner Informanten, ein junger Typ, der uns nach einer Drogengeschichte was schuldet, hat mir erzählt, dass sie die Streikposten in der Stadt aufgesucht haben, um eine Anti-Dorgelles-Demo auf die Beine zu stellen. Alle Gewerkschaften sind dabei, die Lehrer, die Privaten, die alten Syndikalisten, nur die gemäßigten aus dem öffentlichen Dienst wollen sich lieber raushalten. Aber sie sind in der Minderheit. Und wenn es ihnen gelingt, die Gewerkschaften zu mobilisieren, dann wissen die von der ASAB sehr gut, dass die linken Parteien gezwungen sein werden, ebenfalls zur Demonstrationsteilnahme aufzurufen, vor allem, weil der Block hier … wie soll ich sagen …. Ihre sechs Jahre im Rathaus von Lancrezanne, das war schon eine recht bewegte und eigenartige Zeit …«

»War das Ihre Idee, mich anzurufen, Monsieur?«

Am anderen Ende herrschte Stille.

»Sagen wir, ich habe dem Präfekten in einem Bericht meine Sorgen geschildert. Und der Präfekt hat ihn zur Kenntnis genommen und mich gefragt, ob ich es für richtig hielte, Ihnen diese Sorgen mitzuteilen. Er möchte selbstverständlich nicht das politische Risiko auf sich nehmen, Ihre Kundgebung zu verbieten, selbst wenn es darum geht, eine eventuelle Störung der öffentlichen Ordnung zu verhindern. Nicht zwei Monate vor der Wahl und nicht bei dem Stühlerücken, das in der Präfektur zwangsläufig folgen wird. Also ›teile ich Ihnen meine Besorgnis mit‹, wie er es formuliert, nicht wahr? Mehr kann ich nicht tun. Aber ich möchte hinzufügen, dass mir das angesichts der sozialen Unruhen in der Stadt und der

Tatsache, dass die Bereitschaftspolizei am Ende ihrer Kräfte ist, Bauchschmerzen bereitet.«

»Ihnen dürfte klar sein, Monsieur, dass ich Ihnen nicht aus dem Stand heraus eine Antwort geben kann.«

Nach diesem Anruf setzte ich mich mit unseren politischen Verantwortlichen und der GPP-Gruppe vor Ort in Verbindung, lauter Ehrenamtliche, totale Nieten, einer wie der andere. Das nahm unglaublich viel Zeit in Anspruch, weil ich in einer Versicherungsgesellschaft, einer Bank, zwei Bistros, bei einem Sicherheitsdienst und einer Firma für die Begleitung von Geldtransporten anrufen musste.

Sie bestätigten mehr oder weniger die Analyse des Verfassungsschützers, aber meinten, sie hätten gegen eine kleine Prügelei nichts einzuwenden. Von wegen!

Ich kenne die Typen vom Block und von der GPP in Lancrezanne. Übergewichtige Nichtstuer, Trunkenbolde, die gerne das Maul aufreißen, wenn sie mal wieder zu tief in ihr Casanis-Glas geblickt haben.

Dazu kam, dass alle in Lancrezanne, sogar die Wähler der äußersten Rechten, sie mehr oder weniger für Idioten hielten. Als wir die Kommune regiert und sie einen mehr oder minder wichtigen Posten bekleidet hatten, hatten wir ja gesehen, wie weit es bei den meisten mit ihrer Kompetenz her war. Martinez zum Beispiel, der heute die Racing-Bar führte, die Stammkneipe des Rugby Club Lancrezanne, in der Nähe des Jean-Giono-Stadions, musste das Telefon mit der linken Hand halten, als er mit mir telefonierte.

Ich wusste das, auch ohne ihn zu sehen. Dieser ständig besoffene Idiot von Martinez war trotz seiner hundertvierzig Kilo zum Sportbeauftragten ernannt worden. Er war ein echter Paranoiker und fest davon überzeugt, dass die Linken und die Kanaken das Rathaus angreifen wollten, dementsprechend hatte er immer zwei Handgranaten dabei. Dazu noch defensive Granaten, der Blödmann. Die nahm er natürlich auch ins Rathaus mit.

Und da er nichts Besseres zu tun hatte, außer dem weiblichen Verwaltungspersonal an den Arsch zu grapschen, woraufhin ihn eine der Frauen wegen sexueller Belästigung anzeigte, spielte Martinez ein wenig mit seinen Granaten. Er tätschelte sie, er herzte sie, er knutschte sie ab. Bestimmt spielte er auch Angriffe nach und gab dabei Explosionsgeräusche von sich, das würde jedenfalls zu ihm passen. Dabei muss er an dem Sicherungsstift herumgefummelt haben. Nur so aus Spaß.

Es passierte, was passieren musste. Der Block war keine zwei Monate in Lancrezanne im Amt. Wir standen unter Dauerbeobachtung der Medien, die warteten nur darauf, dass irgendein Problem auftauchte.

Und sie mussten nicht lange warten.

Eines Dienstags gegen zehn Uhr morgens verwüstete eine Explosion Martinez' Büro, die Tür wurde weggepustet und die Hälfte der Fenster im zweiten Stock des Rathauses.

Es war ein echtes Wunder, wenn man es so bezeichnen will: Als die anwesenden Personen, völlig benommen, mit Glassplittern im Gesicht, in sein Büro stürzten, saß Martinez immer noch in seinem Sessel. Sein Gesicht war voller Blut und Staub vom herabfallenden Schutt, ein Arm hing in der Luft, ein Arm, an dem die Hand fehlte und aus dem stoßweise Blut hervorschoss – jeder Stoß dürfte seine zwei Gramm Anisette enthalten haben.

Als Martinez nach seiner Operation im Uni-Klinikum im Aufwachraum wieder zu sich kam und sah, dass ihm die Hand fehlte, soll er als Erstes gesagt haben: »Jetzt habe ich die gleiche Versehrung wie der Chef! Das ist doch gut, oder?«

Und das war nur die erste Heldentat, die sich der Bloc Patriotique in seiner Zeit im Rathaus von Lancrezanne geleistet hat …

Meiner Ansicht nach wären wir, wenn wir bei diesen verdammten Kommunalwahlen Städte wie Roubaix oder Tourcoing erobert hätten – und es fehlte uns nicht viel dazu –, echte Arbeiterstädte mit ernsthaften Leuten aus dem Norden und nicht diese Stümper mit ihrem beschissenen Akzent, die genauso faul sind wie die Araber, über die sie herziehen, dann also wären wir in den Kommunen immer noch am Ruder. Und wir wären dort geachtet.

Ich werde das nicht mehr erleben, aber ich hoffe, dass Agnès am Ende noch Loudrincourt-les-Mines gewinnt. Das Kohlebecken ist vielleicht nicht so sexy wie der tiefe Süden, aber dafür ehrlicher.

Nun ja, immerhin kannten diese Idioten sich in Lancrezanne aus.

Dann habe ich also den Chef angerufen.

Unter den fünf Handys, die er während des Wahlkampfs bei sich trug, war eines für mich reserviert, so dass ich ihn gleich erreichen konnte. Er war im Wahlkampf-Hauptquartier »Dorgelles zum Präsidenten«, in der obersten Etage des Bunkers, das man extra aus diesem Anlass eingerichtet hatte. Und seinem Online-Kalender zufolge, den jeder im Team mit einem Mausklick öffnen konnte, führte er gerade ein Gespräch mit Agnès und diesem Frömmler Samain zum Thema der Lage der Frau und inwieweit die Einführung eines Müttergeldes Sinn machen würde und ähnlichem Schwachsinn, der ihn vermutlich zu Tode langweilte.

Ihm Übrigen langweilte ihn zu der Zeit alles zu Tode. Den Wahlkampf zur Präsidentschaftswahl nahm er im Zeitlupentempo in Angriff. Er war alt geworden und hatte immer wieder Ischias-Beschwerden, die ihm höllische Schmerzen bereiteten. Vielleicht war er leicht depressiv. Dabei hatte er eigentlich keinen Grund dazu. Die Umfragen waren wirklich hervorragend. Aber gut, er fühlte sich oftmals nicht richtig eingebunden und auf eine Rolle festgelegt, die er vielleicht nicht mehr spielen wollte. Er tat mir ein bisschen leid.

Nichtsdestotrotz, als ich ihm von dem Anruf des Verfassungsschutz-Typen erzählte, und von der Selbsteinschätzung der Blockisten in Lancrezanne, brüllte er ins Telefon: »Verflucht noch mal, die sollen mir nicht auf den Sack gehen. Nicht schon wieder! Und bitte nicht in Lancrezanne! Alle sofort in mein Büro, Stanko, noch vor Mittag! Und zwar dalli, dalli! Ich sage alle anderen Termine ab.«

Eigentlich gefiel es mir ganz gut, dass er so rumbrüllte. Diese Stimme und diese Wutausbrüche klangen wieder wie früher, bevor er auf einen Schlag alt geworden war, so wie in der Zeit, als ich zum Bloc Patriotique gekommen war.

Alle, das bedeutete, der Wahlkampfleiter, also Frank Marie, der Public-Relations-Beauftragte, also Ströbel, Agnès, Samain, Antoine und Francesca Sallivert, die Witwe von besagtem Sallivert. Der, von dem Antoine meinte, er wäre Opfer eines mutwillig herbeigeführten Unfalls gewesen, ausgeheckt von Samain. Ich war der Sache nachgegangen, um Antoine und Agnès einen Gefallen zu tun, aber es gab keine heiße Spur und ich konnte nichts finden. Und ich werde auch nichts mehr finden, weil ich morgen früh tot sein werde, oder im besten Fall übermorgen.

Einmütig wurde entschieden, die Kundgebung abzuhalten. Sie sollte auf dem Vorplatz des Mont-Lancre stattfinden, der ganz Lancrezanne und seine Reede überragt. Der Vorplatz wird normalerweise von Touristen als Parkplatz genutzt. Dahinter befindet sich eine archäologische Ausgrabungsstätte mit den Überresten einer römischen Siedlung.

»Haben Sie eine Idee, wie man für unseren Schutz sorgen kann?«, fragte Samain, dieser Angsthase, der so gerne über meine Trainingslager in Vernery lästerte und mich anstarrte, als hätte ich Aids.

Und ich sagte: »Ja. Ja, ich habe eine Idee.« Ich sagte: »Angriff ist die beste Verteidigung.« Und dann erklärte ich, was ich damit meinte. Und alle warteten das Urteil des Alten ab, denn was ich da vorschlug, war immerhin an der Grenze des Legalen.

Und der Alte sagte: »Exzellent, Stanko. So einen wie dich hätte ich im Jemen gebraucht, als wir mit Bob Denard und den Royalisten gegen die Roten kämpften. Du hast freie Hand.«

Am Abend der Kundgebung grölte die ASAB wie erwartet nach der Zerstreuung der Demo weiter vor dem Festzelt rum.

Ich verließ für einen Moment das Zelt. Dreihundert Hitzköpfe, über den Daumen gepeilt, denen halb so viele Bereitschaftspolizisten gegenüberstanden, gerade mal eine Hundertschaft.

Ein oder zwei Angriffe der Bullen, die nicht sehr überzeugend waren, es wurde ein wenig Tränengas abgefeuert.

Ein brennender Reifen, der herumrollte und schnell gelöscht war.

Die ASAB hatte im Nu das verlorengegangene Gelände zurückerobert und gewann sogar jedes Mal noch ein wenig mehr hinzu, während die Linien der Bereitschaftspolizisten immer weiter zum Eingang des Parkplatzes und des Festzeltes zurückwichen.

Die Bereitschaftspolizisten machten nicht den Eindruck, als wären sie hoch motiviert. Der Kommissar vom Verfassungsschutz hatte das schon richtig eingeschätzt.

Es muss so zwischen zwanzig und einundzwanzig Uhr gewesen sein, wir hatten das erste Drittel der Kundgebung hinter uns, Dorgelles kam gerade auf die Bühne.

Dorgelles spricht nie hinter einem Pult. Er geht mit einem Mikro in der Hand auf und ab. Er improvisiert. Er ist ein verflucht guter Redner. Und selbst da – ich wusste, dass sein Ischiasnerv ihm seit dem Morgen höllische Schmerzen bereitete und er vollgepumpt war mit Schmerzmitteln – lief er schwungvoll auf die Bühne, und das Publikum war begeistert. Außerdem, ich kann es nicht oft genug sagen, waren die Umfragewerte gut. Der derzeit regierende Kandidat der Rechten war in einen Skandal verstrickt. Und der Sozialist riss wirklich niemanden vom Hocker.

Das Zelt war brechend voll. Der Alte fühlte sich durch diesen Andrang entschädigt für die erniedrigende Art und Weise, in der das Team der Blockisten sich während seiner Zeit im Rathaus lächerlich gemacht und zerstritten hatte.

Ich sprach in mein Headset: »Jungs von der wilden Horde? Sammeln. Bitte unauffällig ... Wie vereinbart. Nicht alle gleichzeitig ...«

Dann sah ich, wie hier und da im Publikum meine Leute ihren Platz verließen, sich zu den Seitenausgängen begaben und hinter der Bühne versammelten. Ich sah sogar, wie

Antoine, der zusammen mit anderen Parteifunktionären auf der Bühne saß, sich unauffällig erhob.

Ich konnte sogar erahnen, dass Agnès sauer war. Ich hatte ihr versprochen, dass Antoine nicht dabei sein würde, und Antoine hatte es mir auch versprochen, aber als er beim Blick ins Publikum sah, wie meine Jungs sich in Bewegung setzten, war der Trieb dann doch stärker.

Er war immer noch so angefixt von Gewalt, mein alter Kamerad.

Als alle da waren, rief ich zum Appell. Wir waren fünfzig, wie geplant, dazu kam Antoine.

Wir hörten Lacher aus dem Zelt. Wir sahen die vertraute Gestalt von Dorgelles, die sich wie ein riesiger Schattenriss an der Decke des Festzeltes abzeichnete. Ich zeigte auf die großen Transportkisten, die genauso aussahen wie die Kisten, in denen die Verstärkeranlage und die Lichttechnik transportiert wurden. Genau das war die Absicht. Als die Jungs sahen, was sich darin verbarg, strahlten sie übers ganze Gesicht wie kleine Kinder beim Anblick ihrer Geschenke unterm Weihnachtsbaum.

»Verdammt noch mal, Chef, das ist ja richtig gutes Zeug … Sehen aus wie echte.«

Und der Rotschopf, der, der mich heute den ganzen Tag verfolgt hat, freute sich genau wie die anderen, als wir die Anzüge hervorholten, die fast identisch mit den Anzügen der Bereitschaftspolizisten waren. Schwarze Kampfanzüge, Beinschutz, Ellbogenschützer, Helme, Schlagstöcke, Schilde aus Plexiglas und Pfefferspray Modell Goliath. Und ein hübsches, kleines Wappen mit unserem Tricolore-Dreizack, um das herum im Kreis geschrieben stand: »Ordnergruppe der Partei – Mobiles Einsatzkommando.«

Meine wilde Horde war im Grunde ein klassisches MEK der GPP, die ich jedoch so ausgestattet hatte, dass man sie nicht von den Bereitschaftspolizisten unterscheiden konnte. Die Jungs waren drei Tage lang in Paris und Umgebung unterwegs gewesen, mit dem Auftrag, sämtliche Restposten der Armee zu plündern. Wir hatten sechzig ausgemusterte

Kampfanzüge und genauso viele Helme und Schutzschilde eingesackt.

Schlagstöcke und große Pfeffersppraydosen waren im Keller des Bunkers in ausreichender Zahl vorhanden, zur Ausrüstung unseres klassischen MEK.

Wir statteten uns aus. Ich hatte niemanden von der GPP-Ortsgruppe aus Lancrezanne in die wilde Horde aufgenommen. Weil das Schwätzer sind und Hurensöhne, schlecht trainiert, des Blocks und seines Chefs nicht würdig.

Ich hatte sie nicht mal ins Vertrauen gezogen.

Ihr Chef tat sich, eingezwängt in seinen blauen Blazer, vor dem Festzelt wichtig und blieb hinter den Reihen der Bereitschaftspolizisten, im Schlepptau andere Hinterwäldler, darunter den unbeschreiblichen Martinez mit seiner Handprothese, die in einem schwarzen Handschuh steckte. Damit gab er ein perfektes Dorgelles-Imitat ab, nur dass der echte Dorgelles seine Hand im Gegensatz zu ihm irgendwo in Katanga verloren hatte, als er unter Beschuss einen verletzten Kameraden bergen wollte, bei den Kämpfen rund um Kolwezi, bei der Abwehrschlacht von Thsombe.

Antoine meckerte ein wenig rum.

Sein Kampfanzug war sehr kurz, reichte kaum bis zu seinen Rangers, und das Oberteil war zu eng. Die Jungs nahmen ihn auf die Schippe. Aber nett. Im Grunde waren sie stolz wie Oskar, dass ein enger Vertrauter des Alten, der Mann von Agnès Dorgelles persönlich, mit ihnen in den Kampf zog.

Wir verließen das Zelt durch den Hintereingang, der an die Absperrung der archäologischen Ausgrabungsstätten grenzte. Wir kletterten hinüber. Alle kannten den Plan. Wir kamen schnell voran zwischen den Ruinen, der Halbmond kam uns zu Hilfe.

Ich dachte mir, wie schön das doch war, fünfzig Kerle, die sich lautlos wie Wölfe zwischen den Säulen der Tempel voranbewegten. Antoine, der immer schon eine Schwäche für Doo Wop hatte und mich damit angesteckt hatte, summte fast lautlos *Under the Moon of Love* von Curtis Lee:

Let's go for a little walk
Under the moon of love
Let's sit down and talk
Under the moon of love
I wanna tell ya
That I love ya

Nachdem wir zehn Minuten gegangen waren, zeichneten sich vor dem Sternenhimmel Zypressen ab, die anzeigten, dass wir uns dem Ausgang der Ausgrabungsstätte näherten.

Wieder kletterten wir über den Zaun. In der Luft lag ein Duft nach Lavendel.

Wir folgten einem Feldweg, der zur Hauptstraße und hinauf zum Vorplatz des Mont-Lancre führte. Nur dass wir uns jetzt vierhundert Meter unterhalb davon befanden und uns dank des abschüssigen Geländes ungesehen von hinten den Demonstranten der ASAB nähern konnten.

»Sind alle bereit?«

Ich hörte, wie die Visiere herunterklappten, und das klickende Geräusch, als die Schlagstöcke vom Gürtel abgenommen wurden.

Wir stellten uns in zwei Reihen auf, und ich sagte: »Los geht's.«

Wir begannen in einem leichten Laufschritt und wurden dann immer schneller, je mehr die Straße anstieg.

Ich hörte nur den regelmäßigen Atem der Jungs und das Knallen der Rangers auf dem Asphalt.

Ich dachte wieder an die Spartiaten, an den Angriff der Leoniden beim Thermopylenpass.

Man konnte das Geschrei der ASAB-Aktivisten schon hören, noch bevor man die Lichter des Festzelts sehen konnte, um das sich in der Dunkelheit ein Lichthof bildete.

Wir näherten uns ihnen von hinten.

Laut brüllend und schnell schossen wir auf sie zu.

Maximaler Überraschungseffekt.

Wir richteten ein echtes Blutbad an.

Noch bevor sie reagieren konnten, war die Hälfte von ihnen außer Gefecht gesetzt. Wir schossen aus nächster Nähe mit den großen CS-Reizgassprühgeräten auf sie, wir zerschmetterten ihnen die Kiefer mit den Schlagstöcken, wir schlugen ihnen die Motorradhelme vom Kopf, und wir durchbrachen ihre Reihen, als wären sie aus Butter, bis wir vor der Linie der Bereitschaftspolizisten standen.

»Was ist das für eine Scheiße?«, brüllte einer von den unteren Chargen wütend. »Wer seid ihr überhaupt? Was sollen diese Scheiß-Uniformen?«

Der Beamte in Zivil, der sie befehligte, hatte dagegen schon verstanden, was Sache war: »Was Sie da tun, ist unzulässig, hören Sie, absolut unzulässig! Sie treten hier mit einer regelrechten Miliz auf! Das werde ich melden, das können Sie glauben, ich ...«

Aber er hatte nicht mehr viel Zeit rumzubrüllen.

Die ASAB-Aktivisten waren fuchsteufelswild, sie glaubten, das wäre ein Angriff der Bereitschaftspolizei, und griffen nun ihrerseits an, um sich zu rächen.

So wie ich es befohlen hatte, überließen wir den Bereitschaftspolizisten diesen Gegenschlag: Sollten sie doch sehen, wie sie klarkamen und den Angriff konterten. Und wir stahlen uns durch den Hintereingang zurück ins Festzelt, heimlich, still und leise, als wäre nichts gewesen, nur so ein Scheiß-Journalist vom *Sud Matin*, den ich nicht erwischen konnte, schoss zwei oder drei Fotos.

Natürlich wirbelte dieser kleine Zwischenfall bei der Kundgebung von Lancrezanne eine Menge Staub auf und war am nächsten Tag der Aufmacher in den Zeitungen und Fernsehnachrichten.

Manche forderten ohne weitere Umschweife die Auflösung der GPP wegen Anstiftung zu Gewalt. Die Gewerkschaften der Polizei, sogar die von rechts, empörten sich über die von einer großen Partei absichtlich verursachte Verwechslung zwischen ihrem eigenen Ordnerdienst und den Ordnungskräften durch die Verwendung ähnlicher Uniformen und einer ähnlichen Ausrüstung.

Dann beruhigten sich die erhitzten Gemüter wieder. Die Medien hatten ein neues Thema gefunden, nachdem der Kandidat der Sozialisten eine schwachsinnige Bemerkung über den scheidenden Kandidaten der Rechten gemacht und ihn als senilen Betrüger bezeichnet hatte, um sich anschließend dafür zu entschuldigen.

Für mich zählte nur, dass ich durch diese Attacke meiner wilden Horde und die Reaktion der Bereitschaftspolizisten die ASAB von Lancrezanne und viele ihrer aktiven Kumpels aus dem ganzen Süden ausradiert hatte.

Und auf einmal könnte ich heulen wie ein Schlosshund, weil ich hier in diesem stickigen Badezimmer stehe und zuhören muss, wie diese Nichtsnutze sich streiten, aus welchen dämlichen Gründen auch immer. Schwer zu glauben, dass der Mann, der sich hier in dieser Bruchbude versteckt, und der, der vor nicht allzu langer Zeit in einer Nacht im Süden diese heroische Attacke anführte, ein und derselbe sind.

Ich gehe in die Dusche. Da liegt ein versifftes Stück Seife rum. Ich seife mich damit ein. Während ich unter dem lauwarmen Wasserstrahl stehe, denke ich an den vergangenen Tag zurück, den ich damit zugebracht habe, mit meinen Deltas Verstecken zu spielen.

Sie waren schon verflucht nervös, als die Metro zuerst an der Gare de l'Est und dann an der Gare du Nord hielt. Tatsächlich bin ich dann in Château-Rouge ausgestiegen.

Nur der Rotschopf verließ den Wagen, der andere, der hübschere, blieb vorsichtshalber drin. So standen wir beide auf einmal inmitten von Schwarzen und Museln auf der Straße, und da es für November immer noch verdammt warm ist, erinnerte das Viertel noch mehr als sonst um diese Jahreszeit an irgendein Kanaken-Städtchen.

Überall standen Autos von Bullen und Bereitschaftspolizisten herum, natürlich wegen des Quasi-Bürgerkrieges in der Banlieue. Sie fürchteten einen allgemeinen Aufstand.

Nicht weit von hier war dieser Krieg gerade bis ins Zentrum von Paris vorgedrungen.

In Belleville gab es seit drei Wochen Nacht für Nacht

Schießereien zwischen Schlitzaugen, Arabern und Negern. Jeder schoss auf jeden. An der Metro-Station Jourdain war Beirut und an der Metro-Station Rue des Rigoles war Bagdad. Die Vertreter der Neger-Gemeinden schrien Pogrom, weil die Gelben besser bewaffnet waren. Sie beschuldigten die Bullen, die Augen vor den Waffenlieferungen zu verschließen, die von den Triaden aus Hongkong kamen.

Alles nur Legende, sagten die Gelben. Nichtsdestotrotz gebärdeten sich nun anscheinend sämtliche Chinesen von Belleville, die jahrelang geduckt und mit gesenktem Blick herumgelaufen waren, ganz offen wie Chow Yun-fat in den frühen John-Woo-Filmen.

Wie oft hatten Antoine und ich nachmittags bei ihm in der Rue la Boétie oder bei mir in der Rue Brézin bei ausge- schalteten Mobiltelefonen auf dem schrottreifen VHS-Rekor- der *The Killer*, *Bullet in the head* oder *A better tomorrow I* und *II* gesehen. Diese Sternstunden, diese seltenen dem Alltag ab- getrotzten Momente, in denen ich mit Antoine herumlun- gerte und wir uns das Bier reinkippten, während wir zu- schauten, wie Tequila ein Baby aus einem Hotel holte, das von der Mafia belagert wurde, den Hosenscheißer in der ei- nen, die Knarre in der anderen Hand, gehörten zu den we- nigen guten Augenblicken meines Lebens und in die Top Ten der besten Momente auf Erden, die Gott, wenn es ihn denn gibt, mir in einer Endlosschleife vorspielen sollte.

»Die Gewalt hier ist so dermaßen stilisiert, so dermaßen durchchoreographiert, das ist unfassbar«, sagte Antoine.

Ich hätte gerne erwidert, dass Gewalt Gewalt ist und wir selber gewalttätig waren, und dass es keine große Rolle spiel- te, ob der Zuschauer daran glaubte oder nicht. Aber ich war mir nicht sicher, ob ich Recht hatte und wie ich ihm über- haupt hätte erklären können, was ich damit meinte, also zog ich es vor, meine Gedanken für mich zu behalten.

Jedenfalls stand ich nun heute Morgen in Château-Rouge und hatte meinen Rotschopf an der Hacke. Normalerweise verfluche ich die Einwanderer, die sich in diesem Viertel tummeln, aber zu meinem Glück war auf der Straße viel Volk unterwegs, denn ich kenne doch meine Deltas. Ich habe sie schließlich trainiert und weiß, dass sie mich ohne mit der Wimper zu zucken auf offener Straße abknallen und das allgemeine Durcheinander nutzen würden, um in der Menge unterzutauchen.

Aber hier war nun wirklich zu viel los, und die Sympathie für die Weißen hielt sich in dieser Ecke schon immer in Grenzen und war seit Beginn der Unruhen nicht direkt größer geworden. Wenn Karottenkopf sein Glück versucht hätte und eine verirrte Kugel unglücklicherweise im Kopf eines kleinen Negerleins gelandet wäre, das gerade mit einer Hand sein Kebab mampfte und mit der anderen die Hand seiner Mama in ihrem Bubu hielt, hätte das in übler Lynchjustiz enden und einen ganzen Schwarm von Bullen auf den Plan rufen können. Oder es hätte im Extremfall mit einem Glasgow Smile im Gesicht geendet, zu dem er seine Hoden als Ohrringe tragen dürfte. Ich schlängelte mich durch die Menge, im Hinterkopf meinen Plan. Ich ging zur Rue Muller, die nur ein paar Schritte von der Butte Montmartre entfernt ist.

Dort hatte ich einen Unterschlupf, ich hatte ja hier und da in Paris Buden angemietet, die uns als Ausgangspunkt für unsere Aktionen dienten oder als Rückzugsorte für GPP-Leute, die zu einer bestimmten Zeit zu einer mehr oder minder verdeckten Aktion an einem bestimmten Ort sein mussten.

Ich warf hin und wieder einen Blick in ein Schaufenster, um zu prüfen, ob Karottenkopf mir noch folgte.

Er folgte mir. Dabei ging er systematisch und effizient vor und ab und an quatschte er in sein iPhone.

Ravenne kannte den Unterschlupf in der Rue Muller. Sicher dachte er, dass ich versuchen würde, mich dorthin zu flüchten.

Er schickte vermutlich nach und nach seine Leute in diese Ecke und tröstete nebenbei den Pickligen, dessen Eier tiefblau sein dürften und der wohl nur noch lispeln konnte, während er seinen ausgeschlagenen Schneidezähnen nachheulte.

Ravenne kannte alle Unterschlupfe, da ich ihm mal eine Liste gegeben hatte. Was er nicht wusste, war, dass unten im Haus eine Bar war, die an der Ecke zur Rue de Clignancourt lag.

Ich konnte es einfach nicht fassen, dass wir November haben.

Der Himmel war blau, fast wolkenlos. Es war mild, geradezu warm. Alte Knacker in Dschellaba diskutierten unermüdlich auf den Café-Terrassen, während sie ihren Rosenkranz befingerten, vor sich ein kleines Glas Tee oder Kaffee. Junge Typen standen vor einem Laden rum, in dem man den SIM-Lock von Handys entsperrte, ein Dealer hielt unauffällig nach Kunden Ausschau und verfluchte vermutlich die bis an die Zähne bewaffneten Beamten der Gendarmerie, die überall patrouillierten. Politik, Krawalle und so was sind einfach schlecht fürs Geschäft. Es gibt nichts Konservativeres als Drogenhändler, Kleindealer und sogar ihre Kunden, diese frühzeitig gealterten, egoistischen Hänflinge, die sehr empfindlich auf soziale Unruhen und jedes andere Ereignis reagieren, das ihre reibungslose Versorgung mit Stoff stören könnte.

Endlich kam ich in die Rue Muller zum Mojito. Keiner weiß, wieso der Laden so heißt, denn der Wirt, einer der letzten weißen Geschäftsinhaber im Viertel, hat keine Mojitos auf der Karte und weiß vermutlich nicht einmal, was das ist.

Es war kein Mensch da. Das Radio lief, Europe 1. Gerade wurde Ströbel von einem Journalisten interviewt. Er leugnete nicht, dass es Kontakte zwischen dem Block und der Regierung gebe, behauptete aber, er persönlich wisse auch nichts Näheres.

Das ist eben Ströbels Problem, er ist nun einmal der ewige Zweite. Er lügt wie ein korrupter Politikerarsch einer beliebigen Partei, dabei ist der Block keine Partei wie die anderen.

Und dann log er auch noch schlecht. Agnès hat es wirklich besser drauf, und das sage ich nicht, weil sie Dorgelles' Tochter ist oder Antoines Frau.

Rotschopf setzte sich an einen der zwei Tische, die das

Mojito auf dem schmalen Trottoir unterbringen konnte. Ich sah ihn im Spiegel hinter dem Tresen zwischen einer Flasche Ricard und einer Flasche weißem Martini.

»Was darf's sein, Monsieur?«

»Espresso mit einem Schuss Milch.«

»Heiß heute, was?«

»In jeder Beziehung«, sagte ich.

Und der Wirt sah mich an, als wäre ich ein Genie, das mit einem Satz auf den Punkt gebracht hatte, was es zur Klimaerwärmung, zu den Unruhen, zur politischen Situation und zu schwarzen, sexhungrigen Teenies zu sagen gab. Und ich malte mir aus, wie der Wirt, dieser sonst eher lustige Hau-drauf-Typ mit dem rotgeäderten Gesicht, den nächsten Stammgast, der zum Aperitif reinkommt und die unvermeidliche Bemerkung zum Wetter macht, mit einer für ihn ungewohnt konzentrierten und ernsten Miene aus glasigen Augen anschaut und nach einer Kunstpause sagt: »In jeder Beziehung.«

Ströbel hatte im Radio derweil aufgehört zu plaudern. Ohne jeden Übergang, und das fand ich schon etwas seltsam, was aber damit zusammenhängen musste, dass man durch die aufgeheizte Nachrichtenlage etwas durcheinander war, begann Sylvie Vartan, *Tous mes copains* zu singen:

> *Alle meine Freunde*
> *Wenn ich sie vorübergehen sehe*
> *Alle meine Freunde gehören mir*
> *Alle meine Freunde habe ich geküsst*
> *Alle meine Freunde haben mich gern*

Als wolle er Sylvie Vartan widerlegen, beschloss der Rotschopf zu handeln. Er stand auf, um zur Bar zu gehen. Ich wusste genau, was er vorhatte, es war dermaßen offensichtlich.

Er wollte sich neben mich stellen und mich aus nächster Nähe abknallen oder unauffällig die Waffe auf mich richten, mich nach draußen dirigieren und warten, bis Ravenne, der sicherlich schon unterwegs war, uns einsammelte.

Vielleicht wollte Ravenne mich, bevor er mich umlegte, noch dazu bringen, zwei, drei Informationen auszuspucken, die ihm noch zur GPP fehlten, wie zum Beispiel den Code vom Waffenschrank im Schloss von Vernery.

Aber ich kam Karottenköpfchen zuvor und ging zur Tür, von der er vermutlich annahm, dass sie zur Toilette führte, was im Übrigen jeder vermutet hätte, auch wenn nichts dergleichen darüberstand.

Eine Besonderheit des Mojito war nun einmal, dass es als eine der wenigen Bars in Paris keine Klos im eigentlichen Sinne hatte. Die besagte Hintertür führte zu einer Treppe, die steil nach unten ging, vollkommen düster war und auf einen Gang traf, der mit Getränkekisten vollgestellt war, an dessen Ende befand sich eine weitere Tür.

Wer im Mojito pinkeln musste, tat es direkt auf der Straße, oder aber, wenn es tatsächlich mal um ein großes Geschäft ging, reichte der Wirt schwer seufzend einen Schlüssel über den Tresen und erklärte den Weg zum Klo, das sich ein paar Hauseingänge weiter in einem Tordurchgang befand, kurz vor einem seltsamen Laden, in dem es neben Krimis, Horrorliteratur und Porno-Fantasy-Heftchen auch ausgestopfte Tiere, Stahlhelme und Totenmasken gab.

»Zu den Klos geht es da lang, Monsieur!«

»Ich weiß, Chef, aber ich bin mit dem Rotschopf auf der Terrasse, der hier gleich aufkreuzt, zu einem kleinen Schäferstündchen unten verabredet. Ich gebe Ihnen auch zweihundert Euro. Einverstanden?«

Möglicherweise war er etwas enttäuscht, dass so eine intellektuelle Leuchte wie ich schwul war, aber als guter Geschäftsmann, der er war, ließ er sich nichts anmerken.

»In jeder Beziehung«, sagte er, während er in Nullkommanichts die beiden grünen Scheine in seiner Kassenlade verschwinden ließ.

Ich stieg die Treppe herunter, es roch feucht und nach saurem Wein.

Der Rotschopf oben dürfte sich wundern, wieso ihn der Wirt so seltsam ansah. Als ich unten war, drückte ich mich hinter einen Mauervorsprung. Ich hörte den zögernden Schritt meines Verfolgers, der jetzt ebenfalls die Treppe herunterstieg.

Als der Rotschopf unten war, wusste er wohl nicht mehr so recht weiter und fragte sich, wo nun eigentlich die Klos waren, da ihm die örtlichen Gegebenheiten zu Recht ein wenig verwinkelt vorkamen.

Ich schlug ihm einmal kräftig mit dem Griff des Revolvers auf den Hinterkopf und fing seinen Sturz ab, indem ich mit meiner anderen Hand seinen muskulösen Oberkörper umklammert hielt.

Ich tat die GP35 zurück in mein Schulterholster und nahm den Velo-Dog zur Hand, dessen Knall man oben nicht hören würde.

Ich drehte den schlaffen Körper um und steckte die kleine Waffe zwischen seine dicken, durchaus sinnlichen Lippen. Er war direkt schön, so halb bewusstlos, als würde er schlafen, und im Halbdunkel wirkten seine Haare auch nicht ganz so rot.

Scheiße noch mal, ich konnte doch so ein Prachtexemplar von Delta nicht abknallen. Er hatte nichts gemein mit Idioten wie Gros Luc und Vinga.

Diesen Jungen konnte ich einfach nicht töten. Es war vollkommen absurd, aber ich brachte es nicht übers Herz.

Ich stieg wieder in die Kneipe hoch.

Der Wirt fragte mich, ohne die Augen vom *Parisien libéré* zu heben, den er auf dem Tresen ausgebreitet hatte: »Schon fertig?«

»Wir sind ganz Schnelle.«

»In jeder Beziehung. Und er?«

»Er braucht noch ein bisschen, er kommt gleich.«

Ich ging zurück Richtung Boulevard Magenta und Gare du Nord und sah Ravenne und zwei Deltas, die auf der anderen Straßenseite in die entgegengesetzte Richtung liefen, ohne mich zu sehen.

Zu spät, Jungs…

Während meiner ausgiebigen Dusche, durch die meine

Muskeln sich ein wenig entspannten, sehe ich wieder Karottenkopfs schönes Gesicht vor mir, der einen ganz schönen Anschiss von Ravenne bekommen haben dürfte.

Ich schlafe auf der Flucht ein, ich verschone hübsche Kerle, die mich abknallen wollen, wirklich, ich bin schon so gut wie tot.

Ich trockne mich mit einem zu kleinen Handtuch mit Waffelmuster ab. In Denain hatten wir die gleichen. Ich mochte sie nie, daran hat sich bis heute nichts geändert, ich habe dabei immer das Gefühl, gar nicht richtig trocken zu werden.

Auf dem Gang wird immer noch geschrien. Wenn sie so weitermachen, werden noch die Bullen auf sie aufmerksam und wenn das passieren sollte, dann könnte es ganz schön kompliziert werden.

Ich ziehe mich seufzend wieder an. Ich rieche nach billiger Seife und meine Klamotten nach Schweiß.

Der Lärm kommt vom Zimmer nebenan. Es stinkt weiterhin nach Fisch-Mafé. Da ist ein Senegalesenpaar mit mindestens sieben Gören.

Der Vater und der Typ von der Rezeption versuchen einander zu überschreien.

»Verdammte Scheiße noch mal«, sage ich, »kann man hier vielleicht mal schlafen?«

Sie verstummen beide schlagartig.

Ich weiß, dass mein Äußeres bei den Leuten immer für Unbehagen sorgt.

Antoine hat mir das oft gesagt, aber er hat mir auch versichert, dass ich damit über einen echten Trumpf verfüge. Ich könne diese Aura unterdrückter Wut, die von mir ausgeht, diese in Wellen aufsteigende, nur mit Mühe im Zaum gehaltene Brutalität, von der man fürchtet, sie könne jeden Moment auf völlig irrationale Weise und aus lächerlichstem Anlass losbrechen, für meine Zwecke einsetzen.

Antoine hatte Recht. Das konnte ich feststellen, als ich auf seinen Rat hin in Coët und bei der Fallschirmspringerschule war, und dann noch fünf Jahre in der 8. Division der Fallschirmspringer. Ich konnte es ebenfalls feststellen, als ich mich bei der GPP durchsetzen musste, da war die Atmosphäre fast genauso testosterongesättigt wie bei den Fallschirmspringern ...

»Ich sage ihnen nur, dass sie nicht im Zimmer kochen dürfen, das steht überall geschrieben, und da sie das ignorieren, setze ich sie jetzt vor die Tür ...«

»Mitten in der Nacht? Und warum legen Sie sich dann nicht mit den Türken an, die draußen die Luft mit ihrem Döner verpesten? Haben Sie was gegen senegalesisches Essen?«

»Sie haben mir nicht zu sagen, was ich zu tun und zu lassen habe, Monsieur. Wenn es Ihnen hier nicht gefällt, können Sie auch gerne gehen. Sie sehen ja so aus, als könnten Sie sich auch was Besseres leisten, aber vielleicht können Sie ja nirgendwo anders hin, vielleicht ist es das?«

Dazu lächelte er boshaft und wissend.

Einige Sekunden empfand ich exakt das Gleiche, was ich empfunden habe, als ich meinen ersten Mann getötet habe, mit fünfzehn, in Denain.

Als ich dieses Arschloch von algerischem Höker getötet habe.

Ein Gefühl, das dem der sexuellen Erregung sehr nahe kommt, in das sich aber eine unglaubliche Wut mischt, die das Blut in Wallung bringt, nicht nur im Schwanz, sondern auch im Kopf, und zwar in so extremer Form, dass es fast nicht auszuhalten ist, wie heftige Zahnschmerzen oder eine Migräne, die mit schlimmen Augenschmerzen verbunden ist. Dagegen gibt es nur ein Mittel und zwar schlagen, schlagen, schlagen, spüren, wie Knochen brechen, spüren, wie Augäpfel unter dem Druck der Finger auslaufen, der Blutgeschmack im Mund, nachdem man ein Ohr mit den Zähnen abgerissen und wieder ausgespuckt hat.

Der Typ von der Rezeption bekam wohl so eine Ahnung und wurde leichenblass. Während ich tief durchatmete, um diesen Wahnsinn zurückzudrängen, änderte er schlagartig den Ton: »Ich meine, was ich sagen will, Monsieur ... Das geht mich ja gar nichts an und in meinem Beruf gehört Diskretion zum Geschäft, nicht wahr?«

»Und wenn ich Ihnen fünfzig Euro rüberschiebe, damit unsere Freunde hier sich ihre Mahlzeit brutzeln können, können wir vielleicht bis morgen früh damit warten?«

Ich hielt ihm den Geldschein entgegen. Er lächelte, immer noch genauso schmierig.

»Selbstverständlich. Gut, ich denke, da nun alles geklärt ist, kann ich ja wieder gehen.«

Er ging zu seinem Tresen runter und sobald sein pummeliger Rücken verschwunden war, überschütteten die Peuls mich mit Dank.

»Schon gut, schon gut. Und jetzt lassen Sie mich bitte einfach nur in Ruhe, ja? Nein, ich möchte kein Fisch-Mafé, sehr freundlich, vielen Dank.«

Ich kehrte in mein Zimmer zurück, streckte mich auf dem Bett aus.

Und weiter kommt alles wieder hoch in dieser Nacht, die kein Ende zu nehmen scheint.

9

Masculin-Féminin zieht an deinen Augen vorbei. Immerhin hast du nicht mehr den Leichenzähler auf dem Bildschirm.

Catherine-Isabelle Duport wird Zeugin des Katz-und-Maus-Spiels zwischen Jean-Pierre Léaud und Chantal Goya. Und dann ist da noch Marlène Jobert, auch sie blutjung. Sie ist nicht besonders sexy in diesem Film. Godard hat sie absichtlich mit den übelsten weiblichen Attributen ausgestattet: ständiges Jammern, Eifersucht, systematischer Argwohn, permanentes Fordern.

Godard gibt uns damit einen Hinweis, welcher Typus in der Welt danach überleben wird. Wie alle großen Künstler oder alle, die über ein wenig Scharfsinn verfügen, spürt er, dass es nur eine Frage der Zeit ist, bis alles ins Kippen gerät. Léaud wird diese Zeit der Mutanten jedenfalls nicht überleben, er kommt im Übrigen am Ende des Films auf eine ziemlich dämliche Art und Weise ums Leben. Chantal Goya auch nicht. Da nützt es ihr auch nichts, dass sie später zum Starlet der Yéyé-Zeit werden sollte. Als sie von Léauds Tod erfährt, erkennt man an ihrem Blick, dass sie traurig ist, trotz ihrer zur Schau gestellten Gleichgültigkeit. Sie hat noch Sinn für die Tragödie. Die Liebe ist für sie noch kein fester Bestandteil des Konsumismus. Des Glücks durch Konsumismus: »Ich möchte ein Auto, einen Mann, eine Waschmaschine. Mein Mann ist tot? Oh, wie schrecklich! Ich nehme auch noch einen Fernseher. Und einen anderen Mann.«

Catherine-Isabelle Duport wird die Welt danach auch nicht überleben, weil man in der Welt danach nicht überleben kann, wenn man zugleich schön, witzig, ruhig und unempfänglich für die Propaganda ist, die euch von der Liebe und der zwangsläufig faschistischen männlichen Herrschaft loslösen will.

Catherine-Isabelle schätzt, weil sie Französin ist, das Spiel von Liebe und Zufall zwischen Goya und Léaud, aber sie ist viel weniger von dieser Gesellschaft überzeugt, die sie um jeden Preis dazu bringen will, Dinge zu kaufen, die blinken und Geräusche machen.

Sie ist eine Adeptin von Correggio. Sie braucht schönes Licht, braucht Luft, braucht Klanglandschaften, um glücklich zu sein. Gibt man ihr das nicht, und zwar nur das und nichts sonst, dann überlebt sie nicht. Sie ist eine *old school*-Französin, die für ein ruhiges, stetiges Glück gemacht ist, das tatsächlich im höchsten Grade sinnlich ist und im Grunde viel erotischer als alles, was man sich ausmalen kann, ein eheliches Glück eben.

Du bist überzeugt davon, dass Catherine-Isabelle Duport nackt Agnès ähnelt, oder vielmehr: ähnelte. Auch wenn Agnès, seit sie die Geschicke des Bloc Patriotique leitet, sehr aktiv ist und eine schier unglaubliche Energie freisetzt, um an sämtlichen Fronten zu kämpfen, gegen die Medien, den äußeren Feind, und, noch viel schlimmer, den inneren Feind wie Samain – sie kann, wenn sie hingegossen wie eine erschöpfte Athena auf einem großen Bett liegt, diesen Frieden ausstrahlen, den Eindruck, dass das Leben so sein könnte, eine Frau, die ein wenig schlummert, während draußen die Sonne scheint, im Einklang mit der Welt, der Zeit.

Und dann dringst du ein in sie, um ihr jedes Mal aufs Neue noch näher zu sein, um durch sie diese Landschaften wiederzufinden, ländliche Idylle, französische Städte am Ufer eines Flusses, den Duft nach Croissants, Schritte auf dem Kies der Promenade in einer kleinen Kreisstadt an den Ufern der Loire.

Nein, überleben wird Marlène Jobert. In *Masculin-Féminin* hat sie alles, was man dafür braucht. Du machst dir einen Spaß daraus, dir ihr Leben nach dem Film vorzustellen. Wie sie mehrmals heiratet, ihre Psychoanalysen, wie sie in den

70ern in einer Kommune lebt. Oder, wenn sie den bürgerlichen Weg nimmt, das Haus in einem Chevreuse-Tal, das Ferienhaus in La Baule, ihre Mitgliedschaft in einem Unterstützer-Komitee für Giscard '74, für Mitterrand '81, und auf jeden Fall Schönheitsoperationen, ihre Kinder, die Probleme machen, Drogen, Magersucht, ihre Kinder, die sich beim Block engagieren oder bei der Revolutionär-Kommunistischen Liga, nur um sie zu ärgern: »Mein Gott, womit habe ich das verdient?«

Womit du das verdient hast, du Vollidiotin? Indem du einfach nur das Spiel mitgespielt hast, das du mitspielen solltest, das darin bestand, das Leben mit einem Supermarkt zu verwechseln. Aber ein Supermarkt, in dem du die einzige Kundin sein solltest. Ein Supermarkt, in dem man dir all den Schund an Elektronik und Textilien anbot, der in dir den letzten echten Orgasmus auslöste oder der dich, im Gegenteil, in eine tiefe Depression stürzte, wenn deine Kaufkraft, und sei es auch nur vorübergehend, dafür nicht ausreichte. Dort hat man dir zu jeder neuen Saison auch gleich eine Vorstellung von Hochzeit, Tod, Kindern, Kunst, Zeit mitverkauft, die du dir mit der gleichen bipolaren Begeisterung zu eigen gemacht hast.

Und heute gehst du auf die sechzig zu, bist geliftet, gebotoxt, beziehst von zwei oder drei Männern Alimente, deine Tochter will dich nicht mehr sehen, dein Sohn tut so, als würde er dich lieben, und du fragst dich, was eigentlich schiefgelaufen ist, warum du so unglücklich bist.

Marlène Jobert, im Film Élisabeth …

Vielleicht sieht Élisabeth sich in dieser Nacht auch die Nachrichten an, leidet unter Schlaflosigkeit, so wie du, nimmt eine zweite Prozac, fragt sich, ob sie nicht im Morgengrauen ihren Therapeuten anrufen soll, damit er sie morgen früh als Notfall drannimmt. Sie weint Jean-Pierre Léaud nach, aber sie weint ihm fünfundvierzig Jahre zu spät nach.

Und als sie die brennenden Autos sieht, als sie sieht, wie ein eingekreister Polizist in Zivil seine Dienstwaffe zieht, in die Luft schießt, von einem Stein im Gesicht getroffen wird, wie er schwankt, blutet, ihn ein weiterer Stein an der Schulter trifft, wie er dieses Mal auf die Beine seiner Angreifer zielt, von denen zwei zu Boden gehen, und wie er sich im Zickzackkurs um die ausgebrannten Autos herum zurück zu den Reihen der Bereitschaftspolizisten bewegt, fällt ihr wieder ein, dass sie morgen die Petition ihrer sozialistischen Freundin gegen Polizeigewalt unterschreiben muss, sie gehört immerhin zur linken Mitte … Immerhin …

Und vielleicht wird sie einen Moment lang, einen kurzen Moment lang, dem Jahr '66 nachtrauern, der Frische am Morgen, wenn die Straßen von Paris von den Wasserstrahlern der Müllabfuhr gesäubert wurden und man im Transistorradio den wunderbar leicht schiefen, unsauberen Gesang von Chantal Goya hören konnte:

> *Sag mir erst deinen Namen*
> *Dann sag ich dir meinen*
> *Lass uns weit weggehen*
> *Dann reden wir weiter*

Das ist dein Lieblingsthema, Antoine, wann das eigentlich gekippt ist und die Welt davor von der Welt danach abgelöst wurde …

Eines weißt du sicher, es muss irgendwann zwischen dem Gymnasium und dem Ende des Militärdienstes passiert sein, zwischen dem Niedergang des Giscardismus und deiner Heirat mit Agnès, zwischen der zweiten Ölkrise und den ersten Wahlerfolgen des Bloc Patriotique.

Die Realität, so scheint dir, hat ab diesem Moment ihr Wesen verändert, wie in einem Roman von Philip K. Dick. »Ich lebe noch, und ihr seid alle tot!«, hat der geniale Paranoiker der Science-Fiction-Literatur einmal gesagt.

Du hast seit Jahren keinen Satz gelesen, der treffender wiedergeben könnte, wie dir zumute ist.

Manche fänden das vielleicht beruhigend, endlich hätten sie eine Erklärung dafür, warum du Faschist bist, warum du Blockist bist: Du glaubst nicht, dass du es heute um dich herum noch mit normal konstituierten Menschen zu tun hast. Das nennt man Solipsismus. Alle Faschisten sind Solipsisten. »Der Solipsist ist ein in ein uneinnehmbares Blockhaus verschanzter Irrer«, sagt Schopenhauer. Also gewissermaßen ein Bunker. Der Bunker. Haha. Verstehen Sie? Der Block, immer nur der Block. Ihre Rechnung geht auf. Auf den Block!

Dir wird bewusst, dass du langsam ganz schön einen sitzen hast. Absolut Vodka. Die leere Flasche auf dem Couchtisch neben dem iPhone, das weiterhin stumm bleibt.

Du murmelst vor dich hin: »Agnès, ruf mich an. Ruf mich an. Oder auch nur eine SMS. Es ist jetzt schon nach drei Uhr.«

Dann siehst du auf einmal wieder diese jungen Gesichter aus *Masculin-Féminin* vor dir und gibst dich erneut deinen alkoholgeschwängerten Grübeleien hin. Sie sind im Kino und sehen sich mit ganz unterschiedlicher Miene einen langweiligen, wenn auch irgendwie erotischen Avantgarde-Film an.

Du hättest einen großen Roman schreiben können, wenn du den genauen Zeitpunkt hättest benennen können, an dem man von einer Welt in die andere gewechselt ist, wenn du das genaue Datum herausgefunden hättest, das Ereignis oder die Ereignisse, die diesen Übergang möglich gemacht, dazu beigetragen oder ihn markiert haben. Vielleicht existiert dieser Moment ja gar nicht, oder vielleicht gibt es zu viele dieser Momente, vielleicht sind sie in einem sich über mehrere Jahre ausbreitenden Nebel eingetreten, während du in Rouen den Romantiker in der Maske des bösen Faschisten gabst, auch wenn das leicht verschroben und für alle Beteiligten anstrengend war.

Du kannst nichts anderes tun, als bestimmte Verhaltensweisen zu beobachten, bestimmten Gesprächen zu lauschen, festzustellen, ob sie noch zur Welt davor gehören, eine Art anrührendes Relikt darstellen, oder ob sie schon auf der anderen Seite sind.

Seit wann gilt es beispielsweise als normal, dass die Leute im Gehen essen? Das mag unwichtig erscheinen, vollkommen unbedeutend, aber ein hübsches Mädchen, das mit seinem Döner und seinem Handy kämpft und sich nicht darum schert, dass ihm gerade die Mayo über das Kinn läuft, das ist eine typische Erscheinung der Welt danach. Das wäre in den 60er oder sogar 70er Jahren auf der Straße undenkbar gewesen. Catherine-Isabelle Duport hätte niemals im Stehen auf der Straße vor den anderen ein Sandwich gegessen. Zunächst, weil es ihr peinlich gewesen wäre, weil sie aus einer Zeit stammte, in der die Anderen eben noch von Bedeutung waren, und auch weil nichts, weder der Chef noch ein Termin, gerechtfertigt hätten, dass man sich derart fremdbestimmen ließ. Und weil man sich jederzeit auf eine Café-Terrasse setzen konnte, wo man dann zufällig eine Freundin traf, mit der man ganz anders über Jungs reden konnte, als man das abends allein in einer kleinen, überteuerten Wohnung auf Facebook tut, während man aufstoßen muss, weil einem der Döner vom Mittag noch schwer im Magen liegt.

Die Welt davor, die Welt danach … Nein, das muss nicht zwingend etwas Spektakuläres sein. Der Mai '68 ist ein Ereignis aus der Welt davor, eine Revolution, die im Großen und Ganzen ziemlich traditionell war. Aber sie kündigte bereits die Welt danach an, das steht außer Frage, weil aus ihren Reihen die Babyboomer von heute auf den Plan traten mit ihrer Diktatur, die bis heute besteht und die ganz objektiv für das Chaos verantwortlich ist, das seit Jahrzehnten regiert, die Unruhen der letzten Monate sind nur eine besonders verschärfte Erscheinungsform dieses Chaos.

Der Block war für dich auch eine Möglichkeit, ihnen zu sagen, wie sehr du diese angeblichen Freigeister zum Kotzen fandst, die letztendlich nur eine einzige Sache befreit haben: ihre eigenen Triebe, und mit demselben Elan, mit dem sie sich in ihre Sexorgien stürzten, lebten sie auch ihren Machthunger in sämtlichen Bereichen aus.

Du weißt, dass einer der Gründe für dein Engagement beim Block dort seine Wurzel hat, in dem zunächst unausgesprochenen und dann bewusst artikulierten Wunsch, dagegenzuhalten und diese Arschlöcher mit ihren Pfründen zu provozieren, die nur so triefen vor gutem Gewissen, vor Demagogie.

An '68 hast du eine sehr konkrete Kindheitserinnerung. Du warst noch klein, aber gabst schon Anlass zur Sorge: Deine Mutter wollte in ihrem Renault 4 von der Seine kommend die Rue Jeanne d'Arc hochfahren und konnte wegen der Demonstranten auf der Rue de la République nicht weiterfahren. Sie stieg aus, um sich den Demonstrationszug anzusehen. Du wolltest auch aussteigen, aber sie befahl dir, im Auto zu bleiben, auf dieser roten Kunstledersitzbank, die an deinen Schenkeln in deiner kurzen Hose klebte.

Es war warm, und ihr hattet auch noch schulfrei. Du langweiltest dich. Also stiegst du trotzdem aus, der Solferino-Park war ganz in der Nähe. Da konnte man ganze Nachmittage unter den Bäumen spielen, du müsstest nur durch diesen Demonstrationszug durch.

Das tatest du dann auch. Du hörtest noch deine Mutter, die dir in Panik hinterherrief: »Antoine, komm zurück! Komm zurück!« Du schlängeltest dich zwischen den Beinen der Demonstranten hindurch, du warst verdammt flink. Du hörtest noch: »Antoine! Antoine!« Aber es wurde übertönt von den Sprechchören. Du erreichtest den Park, warst schon am grünen Gittertor, da packte dich jemand.

Ein großer Typ, der nach Tabak roch. Er trug eine Lederjacke, eine Armbinde vom Ordnerdienst. Er lachte. Er hob dich hoch.

»Na sag mal, du bist ja ganz schön schwer! Aber du bist noch zu jung, um Revolution zu machen!«

Dann stand deine Mutter auf einmal neben dir. Das war sicher das einzige Mal in ihrem Leben, dass sie einen Gewerkschaftler aus nächster Nähe sah. Auch wenn deine Eltern als brave Christdemokraten, die sie waren, de Gaulle nicht mochten, diesen General, den sie verdächtigten, permanent in Versuchung zu sein, eine Diktatur zu errichten, so war er dennoch die letzte Rettung vor den Linken an den Unis und den streikenden Arbeitern, in diesen Wochen, in denen so etwas wie Umsturz in der Luft lag. Man fragte sich im Übrigen, wann er endlich das Wort ergreifen und das Heft wieder in die Hand nehmen würde.

»Sie können ihn gerne wiederhaben, Madame, wir haben genug Leute«, sagte der Typ in der Lederjacke und lächelte dabei immer noch amüsiert.

Deine Mutter setzte dich auf dem Gehsteig ab, du warst zu schwer für sie, es war zu heiß, sie war rot vor Wut, sie mochte den ironischen Blick des Prolos nicht und gab dir eine Ohrfeige.

»Das ist keine Lösung, Madame!«

Sie antwortete nicht, brachte dich zurück zum Auto und verriegelte die Türen.

Masculin-Féminin, Masculin-Féminin, immer noch und immer wieder.

Auf dem Bildschirm sieht man jetzt gerade, wie Chantal Goya ihre Aufnahme macht, während Jean-Pierre Léaud mit einem Freund zusammen »Frieden für Vietnam« auf das Auto eines Militärs schreibt, das vor der Botschaft der Vereinigten Staaten wartet.

> *Ich glaube deinen Versprechungen nicht mehr*
> *Du hast mich zu oft angelogen*
> *Du wusstest meine Adresse*
> *Du hast mir nicht geschrieben*

Sieh an, das könnte auch eine Beschreibung der Linie des Bloc Patriotique bei den Verhandlungen mit der Regierung sein. Du musst lachen. Du bist ganz offenbar wirklich betrunken.

1966 war die Welt davor. Man konnte schon erste Vorboten des Albtraums sehen, aber insgesamt betrachtet war das noch die Welt davor.

Agnès nannte das gerne mit einem Lächeln »deine Theorie« und scheute sich auch nicht, bei einem eurer Dîners in der Rue la Boétie, nachdem du mal wieder eine deiner wahnsinnigen, wenn auch in sich schlüssigen Tiraden zu diesem Thema von dir gegeben hattest, zu sagen: »Ach, Antoine und seine Theorien!«, in diesem nachsichtigen und zärtlichen Tonfall, den man anschlägt, wenn man über Spiele von Kindern oder Manien von Greisen spricht.

Du nimmst ihr das zwar ein wenig übel, aber verleihst du deinen Ausführungen nicht selber etwas Farcehaftes, tust du nicht so, als sei das alles nicht ganz ernst gemeint, weil du nicht möchtest, dass man dich für leicht meschugge hält, für einen verblendeten Verschwörungstheoretiker oder einen Schriftsteller, der ausprobiert, wie sein nächster Roman ankommt, indem er seinen Tischnachbarn vorab erzählt, wovon er handelt?

»Ja«, sagst du dann bei solchen Gelegenheiten gerne, während du dem Aushilfskellner bedeutest, dass er dir von dem Saint-Véran nachschenken soll, »ich bin überzeugt davon, dass man Ende der 70er damit begonnen hat, den Neugeborenen flächendeckend elektronische Chips einzupflanzen. Wie sonst soll man sich das absurde Verhalten der Westeuropäer unter vierzig Jahren erklären? Das ist die erste Generation, die einen niedrigeren Lebensstandard hat als die vorhergehende, aber sie hält an dem bestehenden System fest, indem sie immer die gleiche Clique an die Regierung wählt oder am besten die jetzige einfach machen lässt. Die letzte Hoffnung, unsere letzte Hoffnung, sind die Prolos wie in *1984*. Man dachte wohl damals, es wäre überflüssig, ihnen Chips einzupflanzen oder hat es zumindest nicht systematisch durchgeführt. Weil man davon ausging, dass die Armen durchs Fernsehen genug abstumpfen und man sich weitere Ausgaben sparen könnte, denn es ist teuer, einem Menschen für die Dauer seines Lebens einen Chip einzupflanzen. Gut, aber wenn die Armen ihren Fernseher ausschalten, dann gewinnen sie wieder ein wenig geistige Freiheit zurück, manchmal verfügen sie sogar noch über einen Rest Grips, um die Formulierung aufzugreifen, die dieser Vorstandsvorsitzende eines großen Privatsenders gebraucht hat. Also verstehen die Armen, was los ist, was wirklich los ist, nur dass sie es nicht unbedingt in Worte fassen können. Und dann wählen sie uns, die einzige echte Alternative, die Partei, die alle anderen gegen sich hat. Was glauben Sie? Genau so sind wir zur größten Arbeiterpartei Frankreichs geworden.«

Und da du weißt, dass die Blockisten bei diesen Dîners oder

Empfängen, die du mit Agnès gibst, in der Regel in der Überzahl sind, erlaubst du dir noch eine kleine Provokation am Rande.

»Die Prolos ... und die Moslems. Aber ja! Auch die Moslems. Wir können uns letztendlich glücklich schätzen, dass sie da sind. Das ist nebenbei gesagt der Grund dafür, dass viele Prolos in unseren Cités aus reinem Instinkt zum Islam konvertieren, sie spüren eben, dass das eine Möglichkeit ist, sich zur Wehr zu setzen, das System zu piesacken. Die Musel, wie einige von Ihnen sie nennen, haben zum überwiegenden Teil keine Chips eingepflanzt bekommen von dieser politischen Kaste, der es alleine darum geht, sich noch ein wenig an der Macht zu halten und dabei zu verschleiern, dass sie auf ganzer Linie gescheitert ist. Man hat schlicht nicht an sie gedacht, sie waren zu arm. Weiße gehen vor, und sie sind auch die Ersten, für die es ganz dicke kommt, wenn wir hier bald eine Umweltkatastrophe nach der anderen haben und die Wirtschaft verrückt spielt. Darum halten die Musel ihren Widerstand aufrecht. Glauben Sie vielleicht, sie greifen uns an, weil wir reich sind und sie arm? Da sind Sie auf dem Holzweg. Die kennen zwar meine Theorie nicht, aber sie haben sehr wohl verstanden, dass, wer so lebt wie wir, so enden wird wie wir: Zombies, die am digitalen Tropf hängen wie andere an ihrem Atemgerät. Also leisten sie Widerstand. Indem sie angreifen, denn jeder weiß, dass das die beste Verteidigung ist. Ich sage Ihnen das im vollen Ernst: Wenn es dem Block nicht gelingt, in den kommenden Jahren oder Monaten an die Regierung zu kommen – und da ich mir keinen Chip einpflanzen lassen will, denn am Ende werden sie sich auch die Alten wie uns vornehmen, Sie werden schon sehen, jene, die sich noch an die Welt davor erinnern, die noch Zeugnis ablegen können –, dann konvertiere ich zum Islam und ziehe nach einer Ausbildung in einem Al-Qaida-Trainingscamp in den Kampf, im Sudan oder anderswo. Dann kann mir diese Zivilisation der lebenden Toten gestohlen bleiben!«

Einige lachten. Antoine und seine Theorien. Ach, das war vielleicht ein Typ ...

Manchmal, und das genossest du regelrecht, trafen dich auch verunsicherte Blicke, weil man nicht wusste, ob du es ernst meintest oder ob du sie nur hochnehmen wolltest. Sogar Stanko, wenn er an einem dieser Dîners teilnahm, fühlte sich dann etwas unwohl in seiner Haut, leicht verunsichert, und du hieltest dich im Zaum, weil du ihm nicht wehtun oder ihn demütigen wolltest, indem du ihm erklärtest, dass das nicht ganz ernst gemeint war.

Aber war es wirklich nicht ganz ernst gemeint? Du bist dir im Moment selber nicht mehr ganz im Klaren darüber, und der Wodka hat dir nicht gerade zu einem besseren Durchblick verholfen, es sei denn, er hätte bewirkt, dass du die Dinge überdeutlich wahrnimmst und über diesen gemeingefährlichen alkoholbedingten Hyperscharfblick verfügst, von dem du nicht genau weißt, ob er dir die Wahrheit enthüllt oder ob er nur eine besonders elaborierte Form des Wahnsinns ist.

Du fragst dich in dieser Nacht wirklich, was eher deinen Respekt oder dein Opfer verdient: eine Gesellschaft, in der neun von zehn Paaren, wenn sie aus dem Kino kommen, zuerst ihr Handy wieder einschalten, bevor sie miteinander sprechen, oder eine Gesellschaft, in der eine junge, verschleierte Frau fähig ist, sich an einem Grenzposten selber in die Luft zu jagen, im Namen ihres Volkes und ihres Glaubens?

Und selbst die Randalierer der Banlieues der letzten Nächte, die wissen, dass ihr Widerstand umso härter niedergeschlagen wird, je gewalttätiger und mutiger er ist. Hättest du nicht in deinem tiefsten Inneren mehr Lust, dich mit ihnen in den Kampf zu stürzen, als auf der Seite derer zu stehen, die ihnen die Fresse polieren, um die Lebensweise von alleinstehenden, egozentrischen und neurotischen Mittdreißigern zu verteidigen, die sich im Krieg gegen Mobilfunkmasten und Dieselabgase befinden, die Lebensweise von Bobo-Pärchen, die ihre fünf Portionen Obst und Gemüse am Tag essen? Das sind doch genau die gleichen Mittdreißiger, die gleichen Ökos, die die Heuchelei auf die Spitze treiben und auf die Straße gehen werden, wenn ihr in die Regierung eintretet, und skandieren: »Der Faschismus wird nicht durchkommen!«, so wie immer, aber die insgeheim froh sein werden, auch wenn sie sich das nicht eingestehen können, wenn ihr die Armee anweist, zwei- oder dreitausend Kids zu töten und niederzuschlagen, und zehn Mal so viele ins Gefängnis zu sperren, mit Hilfe eurer Notstandsgesetze.

Du weißt, dass Ströbel den Gesetzestext mit den Juristen des Blocks unter Leitung deines Schwagers Éric Dorgelles und deiner Schwägerin Gwenaëlle schon ausgearbeitet hat, für den Fall, dass alles ganz schnell gehen muss, damit ihr nicht unvorbereitet seid und damit das Verfassungsgericht sie nicht kurzerhand für rechtsunwirksam erklären kann.

Ja, schon im Voraus stößt dieses Szenario dich ab. Für dieses Frankreich die Schäfchen ins Trockene bringen …

Samain, deinem guten alten Freund Samain, auch wenn ihr, Agnès und du, ihn nie zu euren Dîners in die Rue la Boétie einladet, ist dennoch zu Ohren gekommen, was du so von dir gibst. Seit Jahren versucht er innerhalb des Blocks, ohne großen Erfolg, dir den Ruf anzuhängen, du wärst ein Freund von Kameltreibern und, was bei den Blockisten als Schwerverbrechen gilt, Antirassist. Offiziell ist man beim Block zwar nicht rassistisch, aber inoffiziell ist Antirassismus eine Schande.

Er liegt nicht ganz falsch, dieses Stinktier von Samain. Seltsamerweise hast du dich immer als echten Reaktionär empfunden, als Fascho, und zugleich ist dir dieses Rassenthema vollkommen gleichgültig gewesen. Eher eine italienische Spielart des Faschismus … Oft wird dir erst im Nachhinein klar, dass das Mädchen auf der Straße, das du hübsch fandest, zum Beispiel eine Araberin war, und das auch nur dann, wenn man dich extra darauf hinweist.

Nein, bei genauerer Überlegung fandest du schon immer, dass Rassismus nur etwas für Typen ist, die über zu viel Phantasie verfügen, und dass er ausgemachten Arschlöchern Tür und Tor öffnet. Du hast in Pressemitteilungen oder Redebeiträgen im Fernsehen Dutzende Male die Entgleisungen des Alten gerechtfertigt, weil du nicht glaubst, dass der Alte ein Rassist ist, sondern dass er eher einen unheimlichen Hang zur

Provokation hat und ein diebisches Vergnügen darin findet, die Medien, die nur so triefen vor gutem Gewissen, zu einem Pawlow'schen Reflex zu reizen. Zumindest war das zu einer bestimmten Zeit so.

Es gibt echte Rassisten beim Block, die kennst du, es gibt sogar einen ganzen Haufen. Stanko als Allererster, aber für Stanko findest du immer eine Entschuldigung. Vor allem, wenn du die Visagen von diesen Antirassisten siehst. Vor allem, weil du weißt, welchen Albtraum er durchgemacht hat.

Nichtsdestotrotz hast du bei diesen Fragen immer eine leichte Außenseiterposition vertreten. Und in dieser Nacht wird dir klar, dass das schon damals anfing, als du begannst, dich in Rouen in rechtsextremen Kreisen zu bewegen, als der Block noch eine Splittergruppe unter vielen anderen war, einige Jahre bevor er seine ersten echten Wahlerfolge hatte, in Verville. Kommunale Nachwahlen, der erste tiefe Einbruch für die Linke, die an der Regierung war, als ihr zum ersten Mal, und das war Anfang der 80er, mit einer Block-Liste, die im Übrigen von Sallivert angeführt wurde, in der ersten Runde auf über zwanzig Prozent gekommen seid, in einer Stadt mit über fünfundzwanzigtausend Einwohnern.

Alle, die in Rouen mit den Faschos sympathisierten, trafen sich damals in einer großen Café-Bar in der Nähe des Bahnhofs, im Le Métropole, kurz Métro genannt, was sich insofern gut traf, als es nur einen Steinwurf von dem Gebäude entfernt war, in dem auf ein und derselben Etage die väterliche Augenarztpraxis und die Wohnung eurer Familie lagen.

Es hieß, das Métropole wäre seit der großen Zeit der OAS Treffpunkt für sämtliche Royalisten der Action Française der Stadt, für Faschisten, für die letzten, verbliebenen Anhänger von Occident, von Jeune Nation, für die Neopaganisten vom Mouvement normand. Und damit nicht genug, waren die blonden Mädchen hier eindeutig in der Überzahl und drei Viertel der jungen Vollidioten, dich inbegriffen, hätte man ohne Weiteres zu einem Casting für einen Wikingerfilm eingeladen, in dem es zum Beispiel um Rollos Ankunft in Rouen an den Ufern der Seine um 911 gegangen wäre.

Das war unmittelbar nach der Geschichte mit dem Schulaufseher und deiner Entjungferung durch Irina Vibescu. Da bekamst du eine Ahnung davon, was es bedeutete, eine sogenannte anerkannte Persönlichkeit in der rechtsextremen Jugendszene zu sein.

In den Wochen danach, es war kurz vor Allerheiligen, als du nicht ohne eine gewisse Genugtuung feststelltest, wie leicht dir alles fiel, erstaunlich leicht, die Mädchen, der Philosophie-Unterricht, das Schwimmtraining in der Piscine de l'île Lacroix, die Lektüre, und dass du rundum glücklich gewesen wärst, wäre da nicht diese Schlaflosigkeit, das plötzliche Hochfahren aus dem Schlaf gewesen, das Gefühl, deinen vagen Angstträumen, die dich seit deiner Kindheit verfolgten, schutzlos ausgeliefert zu sein, da wurdest du von Brou angesprochen.

Brou war in Rouen eine Legende.

Er war fünfundzwanzig und immer noch am Leben.

Das war bemerkenswert, wenn man bedenkt, wie viele halsbrecherische Aktionen man ihm zuschrieb. Angeblich hatte er, Sohn eines Antiquitätenhändlers aus Dieppe, der sich dem Müßiggang verschrieben hatte, eine schier unglaubliche Zahl an Schlägereien und Autounfällen überlebt. Er soll mehrmals wegen verbotenen Waffenbesitzes verurteilt worden sein, an bewaffneten Überfällen teilgenommen haben, die der Unterstützung rechtsextremer Gruppen in Italien dienten und anderer rechtsextremer Gruppen in Spanien, die das Franco-Regime wieder errichten und diesen Betrüger von Juan Carlos loswerden wollten, der es zuließ, dass dieses Pack von Schmierokraten ans Ruder kam. Er soll auch '67 zu den lokalen Unterstützergruppen des vermummten Kommandos von Occident gehört haben, das die Uni-Mensa von Rouen mit Eisenstangen angegriffen hatte, wobei es immerhin einen Toten gegeben hatte, dieses sagenumwobene Kommando, das aus Paris gekommen war und zwei zukünftige Minister in seinen Rängen hatte.

Aber das konnte dann doch nicht so ganz hinkommen: Da wäre Brou gerade mal vierzehn gewesen, das hätte zwar von einer ganz außergewöhnlichen Frühreife gezeugt, und ein solcher Einsatz für die nationale Sache hätte eine besondere Belobigung verdient, es erschien jedoch sehr unwahrscheinlich. Bei den anderen Geschichten war es schwieriger zu sagen, welche stimmten und welche nicht. Die Autounfälle erschienen beispielsweise aus mehrerlei Gründen glaubhaft: Brou soff ununterbrochen und stank permanent nach Alkohol, Brou fuhr nie dasselbe Auto, und vor allem war Brou entstellt, sein halbes Gesicht hatte starke Verbrennungen erlitten, weshalb seine zahlreichen Feinde ihn auch Niki Lauda nannten, nach dem österreichischen Autorennfahrer, der zwei Jahre zuvor fast bei lebendigem Leib in seinem Auto verbrannt wäre.

Du neigtest dazu, an solche Heldensagen zu glauben, und warum sollte Rouen, eine Stadt, in der es permanent regnete und die dennoch bedeutende Literatur hervorgebracht hatte, eine Stadt, die durch und durch bürgerlich war und dennoch ihre verträumten Seiten hatte, eine Stadt, deren Ladenbesitzer für ihren Geiz und ihre Unfreundlichkeit bekannt waren und die Frankreich dennoch Entdecker von Amerika wie den Cavalier de la Salle und Erforscher der menschlichen Dummheit wie Gustave Flaubert geschenkt hatte, wieso sollte die nicht auch ihren Glücksritter hervorgebracht haben?

Oder vielleicht sprach, aus dem Rückblick betrachtet, als Erklärung für die Tatsache, dass er immer wieder ungeschoren davonkam, doch mehr für die Hypothese, die schon damals die Runde machte, dass er doch irgendetwas mit der Spionageabwehr, dem Verfassungsschutz oder sonst einer Geheimorganisation zu tun hatte, die sich vor allem dem Antikommunismus und dem Kampf gegen die zu der Zeit noch lebendige Linke verschrieben hatte.

Mit Ausnahme der mal kürzer, mal länger andauernden Phasen, in denen er zu irgendwelchen mysteriösen Expeditionen verschwand, lebte Brou, der seinen Familiennamen, so schön kurz und bündig, einer kleinen Stadt im Eure verdankte, aus der seine angeblich adeligen Vorfahren stammten, mehr oder weniger im Métropole. Er hielt dort Hof und gab den jungen Aufrührern aus Rouen eine Runde nach der anderen aus, unter der Bedingung, dass sie ihm ein kleines Ständchen brachten und so unterschiedliche Lieder wie *Le chanteur de l'Occident* von Jean-Pax Méfret, *Était noire la nuit, était rouge le feu* oder *J'avais un camarade* vortragen konnten. *J'avais un camarade* hörte Brou am liebsten in der deutschen Fassung, *Ich hatt' einen Kameraden*, als Chor, der inmitten der anderen Gäste gesungen wurde.

Die Empfänger seiner Wohltaten benötigten also ein gewisses Maß an Mut. Der Wirt des Métropole zeigte sich seiner faschistischen Klientel gegenüber durchaus nachsichtig, da er die Jeunesse dorée als notwendiges Übel betrachtete, und solange sie nur genug Kohle daließ, drückte er gerne mal ein Auge zu. Die Gäste, die es zufällig hierher verschlagen hatte, und das waren nicht wenige, da das Café in Bahnhofsnähe lag, legten hingegen nicht immer die gleiche Toleranz an den Tag wie der Wirt. Mai '68 war noch nicht so sehr lange her, und es kam vor, dass ein kräftiger Langhaariger, der sich seine Illusionen zu einer bevorstehenden Weltrevolution zum jetzigen Zeitpunkt noch nicht nehmen lassen wollte, aufstand und einem der Chorsänger vom Knabenchor mit dem Eisernen Kreuz ein paar Ohrfeigen verpasste. Brou lachte, blickte dem mutigen Linken direkt in die Augen und fingerte in der Tasche seines grünen Regenmantels, den er in einem Army-Shop erstanden hatte, nach seinem schwarzen, kurzen Schlagstock mit Metallspitze, den er immer bei sich trug.

Der Linke, verunsichert durch diese Reaktion, durch diesen feixenden Brutalo, setzte sich entweder wieder hin, um weiter in seiner *Rouge* zu lesen, oder verließ diese Nazi-Spelunke. Brou hätte ihn nur allzu gerne zusammengeschlagen, aber der Wirt, der noch wie früher eine blaue Schürze trug und seine Fliesen mit Sägemehl reinigte, gestattete in seinem Etablissement nicht mehr als eine Schlägerei im Jahr, maximal zwei. Und Brou hing an seinem Hauptquartier im Métropole, wo er jederzeit Rothmans Bleues Kette rauchen und sich die Whiskys in einem genau getakteten, ziemlich zackigen Marsch-Rhythmus reinkippen konnte, während er die rechtslastige Presse las: *Minute, Aspects de la France, Rivarol, Écrits de Paris*. Mit *Écrits de Paris* tat Brou sich ein wenig schwer. Brou war kein Dummkopf, aber wenn es zu abstrakt wurde, war er schnell gelangweilt. Für ihn zählte nur, dass sein Gegenüber ultrarechts war und Linken, Kommunisten, Sozialisten und Gaullisten eins auf die Schnauze geben wollte. Er verstand nicht, dass sich der Ton zwischen den jungen, katholischen Königstreuen im Lodenmantel und einigen Neoheiden gelegentlich verschärfte, weil diese zu Sankt Johannis ein Fest organisieren wollten, an dem nackte Mädchen teilnehmen sollten, oder Mistelschneiden an Silvester, ebenfalls mit nackten Mädchen, in den Feldern des Pays de Caux.

Wenn Brou ausnahmsweise mal nicht im Métropole seine Sprechstunde abhielt, ging er manchmal auch ins Château d'Ô, das eine Art Zweigstelle des Lycée Corneille darstellte. Dort ging er hin, um, wie er sich in einem schon damals verstaubt wirkenden Slang ausdrückte, »duften Bienen nachzustellen«.

Brou war also im Château d'Ô, als du an dem Café vorbeiliefst und gerade an ein Mädchen dachtest, dass du am Tag zuvor getroffen hattest, und an die platonische Liebe, beides erschien dir gleichermaßen reizvoll, und da hörtest du, wie jemand gegen die Scheibe der Bar klopfte. Das war Brou, der wollte, dass du dich mit an seinen Tisch setzt. Du zögertest, es gefiel dir nicht, auf diese Art herangewinkt zu werden. Im Nachhinein betrachtet hatte deine Empfindlichkeit schon krankhafte Züge, aber du hattest so viel über Brou gehört, du wolltest nicht unhöflich sein. In der Juke-Box lief gerade *Oxygène* von Jean-Michel Jarre. Das lief in diesen Jahren eigentlich ständig und überall.

Du kamst an Brous Tisch. Er war in Begleitung von zwei Klonen. Zwei Schüler aus der Oberstufe, die du nur vom Sehen kanntest und die wie Brou einen Bürstenhaarschnitt trugen, was in dieser langhaarigen Zeit eher selten war, und die gleichen khakifarbenen Ami-Regenmäntel mit den unendlich tiefen Taschen, die einem bei einer Prügelei so manche Gemeinheit erlaubten, zum Beispiel, einen Schlagstock hervorzuziehen, wie Brou, oder zu besonderen Anlässen, wenn es bei einer Demo ein bisschen hoch her ging, sei es an der Uni oder anderswo, einen kurzen Knüppel, den die Bullen nicht sehen konnten. Dazu musste man dann noch eine Ray-Ban-Aviator-Brille mit verspiegelten Gläsern tragen, auch wenn die an einem grauen Oktobertag wohl lediglich dazu diente, cool zu wirken.

»Was trinkst du, Maynard?«

»Einen Kaffee.«

»Rauchst du?«

»Ab und zu.«

Was wollte er dich als Nächstes fragen? Ob er dir einen blasen soll? Du spieltest mit dem Gedanken, das laut zu sagen, einfach nur, um ein wenig Unruhe zu stiften und eine gewalttätige Reaktion zu provozieren. Die Vorstellung entlockte dir ein Lächeln.

»Ist irgendwas komisch, Maynard?«

»Nein, nicht wirklich.«

Du stießest den Rauch der Rothmans Bleue aus und sagtest dir, dass bei einer ordentlichen Schlägerei mit etwas Glück wenigstens die Juke-Box kaputtgehen und damit *Oxygène* gestoppt würde. Und dann dachtest du wieder an das Mädchen, an Platon, und fragtest dich, warum du deine Zeit mit diesem hässlichen Idioten und seinen zwei mickrigen Nachahmern vergeudest. Aber Brou gab ein paar Schmeicheleien von sich, und was das betraf, warst du schlimmer als jede Frau, du liebtest es nun einmal, wenn man dir sagte, du seist schön, stark und intelligent, und genau das tat er.

»Wie man hört, hast du einen dieser linken Aufpasser fertiggemacht, um Brasillachs Ehre zu retten? Sehr gut.«

In dem Moment fiel dir der Titel eines Buches ein, auf das der Lateinlehrer neulich angespielt hatte, *Über die Kunst der Geschichtsklitterung bei Julius Cäsar* von Michel Rambaud, das dir gerade wieder hochaktuell zu werden schien.

»Ja, ich habe ihn ein bisschen aus dem Gleichgewicht gebracht.«

»Wie man hört, bist du außerdem noch ein guter Schüler.«

»Ich tue nicht viel dafür, es interessiert mich eben.«

»Da hast du echt Glück, ich habe fünf Anläufe fürs Abi genommen. Ohne Erfolg, ich habe es nicht mal bis in die mündliche Prüfung geschafft.«

»Dann liegen deine Stärken eben woanders.«

»Warum hängst du nicht öfter mal im Métropole rum?«

»Eben weil ich nicht gerne rumhänge.«

»Ich mache heute Abend eine Party, 5, Place du Lieutenant-Aubert. Kommst du vorbei?

»Könnte schon sein.«

Ihr standet beide gleichzeitig auf. Er war etwas kleiner als du. Aus der Nähe betrachtet sahen die Verbrennungen in seinem Gesicht fast schön aus. Du hattest im letzten Jahr zu viel Lautréamont gelesen.

Endlich setzte er seine Brille ab und reichte dir über den Tisch hinweg die Hand.

Und in dem Moment war euch beiden klar, was Sache war.

Ihr spürtet beide tief in eurem Inneren das gleiche Tier, das euch keine Ruhe ließ, den gleichen Drang zur Gewalt, die gleiche Zerstörungswut, die ihr ausleben wolltet, auch wenn ihr dabei draufgehen würdet, und da dachtest du dir, dass selbst wenn nicht alles, was man sich über Brous Abenteuer erzählte, stimmte, so stimmten mit Sicherheit doch viele der Geschichten. *Die Kunst der Geschichtsklitterung in den Kommentaren über Brou.*

Du kamst ziemlich spät zur Place du Lieutenant-Aubert, gegen zehn Uhr abends. Du warst gerade dabei, *Das Symposium* zu lesen, und hattest nicht gemerkt, wie die Zeit vergangen war. Der Augenarzt und Madame forderten schon seit ewigen Zeiten keine Rechenschaft mehr von dir, deine Zeugnisse dienten dir als familiärer Passierschein.

»Ich dachte schon, du kommst nicht mehr.«

Es waren eine Menge Leute bei Brou. Damals nannte man einen Ort wie den, an dem er lebte, noch nicht Loft, aber das sollte nicht mehr lange dauern. Die Welt davor, die Welt danach.

Ein riesiges Zimmer unter dem Giebel, Licht kam nur durch ein paar kleine Dachfenster herein. Es wurde geraucht, was das Zeug hielt. Es waren auch Mädchen da. Einige vom Gymnasium und andere, die du nicht kanntest und die du noch hübscher fandest.

Man sah auch viele Typen mit Bürstenhaarschnitt, die meisten waren zwischen siebzehn und dreißig. Was die Bilder an der Wand betraf, so hattest du von einem einfach gestrickten Typen wie Brou, der davon träumte, sämtliche Cliquen des rechtsextremen Spektrums mögen in einer Art Synkretismus aufgehen, nichts anderes erwartet. Ein Maurras-Porträt, das ein eher minder begabter Künstler angefertigt hatte, hing da neben einem großen Original-Anwerbeplakat von 1941 für die französische Freiwilligenlegion gegen den Bolschewismus.

Du hattest keine Ahnung, mit welcher Art Antiquitäten Brous Vater handelte, aber er musste verdammt gute Kontakte haben. Es hingen auch überall irgendwelche Fahnen herum, die den mittelalterlichen, fast barbarischen Charakter des Ortes noch unterstrichen. Die normannische Flagge, die von Flandern, die der christlichen Phalangisten des Libanon und eine andere, die schon sehr alt war, aber sehr schön, ein weißes Kreuz auf blauem Grund, auf dem lauter goldene Lilien prangten.

»Nicht schlecht, was?«, hörtest du Brou sagen. Er stand hinter dir und hielt ein Glas für dich in der Hand.

Eine Bohnenstange, die für deinen Geschmack ein bisschen zu dünn war, hatte sich bei ihm eingehakt.

»Weißt du, was das ist?«

Kurz überlegtest du, ob er jetzt das Mädchen oder die Fahne meinte, und da wurde dir klar, dass du wohl schon fünf oder sechs Gläser getrunken haben musstest, ohne es zu merken, und schon ziemlich betrunken warst.

»Das ist die Fahne der Gardes Françaises«, fuhr Brou fort. »Sie ist von 1762. Die Gardes Françaises waren direkt der Militärschule von Louis XV. unterstellt. Ich würde gerne eine politische Gruppierung gründen, die sich Gardes françaises nennt.«

Das Mädchen schwankte, ihr Blick ging ins Leere.

Du murmeltest vor dich hin: »Das wäre auch nur eine mehr.«

»Was sagst du?«

»Nichts. Aber weißt du, die meisten Regimenter der Gardes Françaises haben sich bei der Erstürmung der Bastille dem Volk angeschlossen …«

»Äh, bist du sicher, Maynard?«

Brou sah regelrecht erbost aus. Die Vorstellung, dass eine Elitetruppe sich dem Pöbel angeschlossen haben sollte, verstörte ihn ganz offensichtlich.

»Ja.«

»Scheiße, Maynard, das ist ja ein echtes Trauerspiel. Gefällt dir diese Fahne?«

»Na klar!«

»Ich schenke sie dir.«

Du schobst dieses Angebot auf die Tatsache, dass er betrunken war. Das wolltest du ihm gerade sagen, als ein Typ in Anzug und Krawatte, Anfang dreißig, lächelnd auf euch zukam.

»Was ist dir denn für eine Laus über die Leber gelaufen, mein lieber Brou, was ist los?«

»Maynard hier hat mir gerade etwas Übles über die Gardes Françaises erzählt. Ah, aber ihr kennt euch ja gar nicht, ich muss euch einander vorstellen. Antoine Maynard, ich stelle dir Charles Versini vor, er ist Krankengymnast in Yvetot und nebenbei der führende Kopf des Bloc Patriotique im Département. Charles, ich stelle dir Antoine Maynard vor, angehender Abiturient, der einem Schulaufseher eine reingehauen hat, zur Ehrenrettung von Brasillach. Nein, ohne Scheiß, Charles, Maynard ist ein Schlaukopf«, sagte er, während er dir mit dem Finger auf die Stirn tippte. »Du suchst doch immer Leute für deinen Laden!«

Charles Versini drückte dir die Hand. Er war herzlich und sah aus, als wäre er kerngesund, was bei den Faschos nicht häufig vorkam. Diese Party war der beste Beweis dafür. Viele der Gäste waren in irgendeiner Form verunstaltet oder hatten eine Behinderung. Brou mit seiner verbrannten Visage, dann war da noch einer, der schielte, ein anderer hinkte, wieder ein anderer hatte eine verkrüppelte Hand. Es war jetzt nicht direkt wie in *Freaks,* aber im Schnitt waren es doch deutlich mehr als bei einer normalen Party. Und der erste Eindruck sollte sich in der Folge bestätigen, bis hin zum Nationalen Büro des Blocks, wo es reihenweise Typen mit eingeschlagenen Nasen gab, bis hin zum Chef mit seiner fehlenden Hand.

»Ich gebe Ihnen meine Karte«, sagte Charles Versini. »Wenn Sie sich im nationalen Kampf engagieren wollen, sind Sie jedenfalls bei uns besser aufgehoben. Roland Dorgelles – Sie wissen, wer das ist, oder? – gelingt seit einigen Jahren eine Synthese, die unsere Ideen eines Tages auf die Tagesordnung bringen könnte.«

»Aber bis jetzt sind Sie auch nur eine Splittergruppe, wie die anderen, etwas beengt zwischen der Action française auf der einen und dem Parti des forces nouvelles auf der anderen Seite.«

Charles lachte sein tiefes Honoratioren-Lachen.

»Wie ich sehe, kennen Sie sich bestens aus, junger Mann. Ich bin oft am Samstag in Rouen. Ich fahre meine Mutter und meine Schwester hierher, die die Geschäfte in Rouen denen in Yvetot vorziehen, verständlicherweise. Lassen Sie uns bei der Gelegenheit mal zusammen Mittag essen, das wäre mir ein echtes Anliegen, dann kann ich Ihnen erklären, warum die Zeit für uns beim Bloc Patriotique arbeitet. Sag mal, Brou, hast du das nicht in deiner Plattensammlung? *Time is on my side?*«

Brou prahlte: »Die Version der Stones oder die von Chris Farlowe?«

Der Slow füllte noch den letzten Winkel des Zimmers mit seinem vollen Klang aus. Ein Mädchen forderte dich zum Tanzen auf.

Dann wurde alles etwas verworren, wirklich ganz schön verworren. Gäste gingen, andere kamen.

Irgendwann schlugen die Bullen an die Tür, es wäre zu laut, die Nachbarn hätten sich beschwert.

Du hättest ihnen gerne eine reingehauen, aber ihre Gestalten, die sich im Türrahmen abzeichneten, schienen unglaublich weit weg, dann erkannte einer von den Bullen einen der Gäste, der ging auf ihn zu, um ihn zu begrüßen, und der Bulle winkte seinen Kollegen kurz zu, um ihnen zu bedeuten, dass alles okay wäre.

Du schliefst ein und wachtest davon auf, dass das Bett, auf dem du lagst, schwankte und die Bettfedern quietschten: Ein kopulierendes Paar direkt neben dir.

Du wolltest rausgehen, stelltest aber fest, dass das dünne Mädchen, das an Brous Arm gehangen hatte, als du ankamst, gerade dabei war, dir einen zu blasen. Dein Schwanz erschien dir riesengroß in dem kleinen Mund, der sich auf und ab bewegte, genau wie dir deine Eier riesig erschienen, in diesen Händen mit den zu dünnen Fingern, die sie kneteten.

Du richtetest dich auf, um besser sehen zu können. Neben dir trieben sie es so wild, dass du schier seekrank wurdest. Du fragtest dich, ob du erst abspritzen oder erst kotzen würdest. Zum Glück kehrte schlagartig Ruhe ein und du fühltest, wie du in dem Mund des Mädchens kamst.

Ein letzter Rest menschlicher Anstand sagte dir, dass du aufstehen und ihr danken solltest, aber du warst schlicht nicht in der Lage dazu und schliefst fast augenblicklich wieder ein.

Als du wieder aufwachtest, lagst du immer noch auf dem Bett. Das Paar war weg. Dein Schwanz hing dir immer noch aus der Hose, voll getrockneter Wichse. Du packtest dein Teil wieder ein und gingst zurück in den Hauptraum.

Volle Aschenbecher. Flecke auf dem Teppich. Umgekippte Gläser. Leere Flaschen.

Es war sechs Uhr morgens. Das Mädchen, das dir einen geblasen hatte, war nackt und lag zusammengerollt neben Brou, der immer noch vollständig bekleidet war, immer noch rauchte und trank, die Augen hinter seiner verspiegelten Aviator-Brille versteckt.

»Gut geschlafen, Maynard?«

»Bestens.«

Du warst etwas verlegen wegen des Mädchens. Das wäre nicht nötig gewesen.

»Hat sie dir gut einen geblasen, Maynard?«

»Ja.«

»Na, dann ist ja gut. Willst du nach Hause? Du verpasst deinen Unterricht.«

»Nein, wird schon gehen, Donnerstags habe ich erst um zehn.«

»Vergiss deine Fahne nicht.«

»Das soll wohl ein Scherz sein?«

»Sehe ich so aus?«

Und so gingst du um halb sieben Uhr morgens durch das frische Morgengrauen, du gingst von der Place du Lieutenant-Aubert zum oberen Teil der Rue Jeanne d'Arc, vollkommen ausgelutscht, und trugst eine echte Fahne der Gardes Françaises mit dir herum.

Bei dieser Erinnerung musst du unwillkürlich lächeln.

Die Fahne gibt es immer noch, sie hängt im Wohnzimmer, in der Nähe der Mussolini-Büste. Du stehst auf, leicht schwankend, du willst sie dir ansehen, so wie man sich Orte der Kindheit ansieht, um die Stimmung von damals einzufangen, noch einmal zu spüren, wie es sich angefühlt hat. Und als du die Fahne berührst, als du ihren dünnen Zwirn zwischen deinen Fingern spürst, hast du tatsächlich wieder den Geruch der Stadt in der Nase, die noch im Dunkeln lag, siehst die Lieferwagen vor dir, die die Druckerei von *Paris Normandie* verließen, das Château d'Ô, das gerade aufmachte, das Reiterstandbild von Napoleon, die Basilika von Saint-Ouen, das Rathaus, hast das Geräusch der ersten Autobusse im Ohr.

Time is on my side ... Das verstehe, wer mag.

10

Fisch-Mafé … Vielleicht hätte ich doch besser einen Teller voll von diesen Senegalesen annehmen sollen. Seit dieses Komiker-Duo in der Rue Brézin aufgekreuzt ist, habe ich nichts mehr gegessen. Hunger habe ich zwar keinen, aber ich sollte doch irgendetwas zu mir nehmen. Mir tut immer noch der Hals weh wegen dieses Idioten Gros Luc, aber es wäre sicher nicht das Schlechteste, wenn ich vor Erreichen der Zielgeraden mit Ravenne und den Delta-Boys noch ein wenig Energie tanken würde, für das Duell im Morgengrauen …

Ich drehe mich um, stecke die Nase ins Kissen, wie in Denain, in dem Zimmer, das ich mir mit Hélène teilte, wenn ich die Welt um mich herum vergessen wollte. Als müsste ich nur lange genug so ausharren, damit ich, wenn ich die Augen wieder öffnete, an einem anderen Ort wäre, nicht in diesem Zimmer, das mit Mädchensachen vollgestopft war, mit Puppen, Puppengeschirr, und vor allem unendlich vielen kleinen Schächtelchen mit irgendwelchem Krimskrams, Plastikperlen, Ketten, die lange kaputt waren, Kinokarten oder belgischen Münzen.

Nein, bloß nicht wieder an Denain denken.

Lieber denke ich an meine Anfänge beim Block, zum Beispiel an den alten Krieger Molène.

Ich sehe diesen Tag Anfang '91 noch genau vor mir, ich weiß auch nicht genau wieso, das muss damit zusammenhängen, dass die Sonne so strahlte, als ich die Rekruten der GPP überwachte, die im Fitnessstudio des Bunkers ihre Übungen machten. Ich glaube, die Bodenoffensive gegen den Irak hatte schon begonnen. Die Jungs machten einen Liegestütz nach dem anderen, auf zwei Armen, dann auf einem Arm, auf dem anderen. Und alles wieder von vorne. Bis zur Erschöpfung. Ich mochte diesen Geruch nach körperlicher Anstrengung, ich mochte ihre schweißgetränkten T-Shirts. Sie hassten mich, so wie man den, der einen trainiert, der einen zwingt, Schmerzen zu ertragen, immer hasst, und am Ende liebt man ihn doch, wenn man feststellt, dass ein Fausthieb genügt, damit der Typ dir gegenüber nicht wieder aufsteht. Oder wenn man einer Freundin beim Umzug hilft und hinterher keinen Muskelkater hat, obwohl man sicher zwanzig Mal zwischen dem Möbelwagen und der Wohnung im fünften Stock ohne Fahrstuhl hin- und hergelaufen ist, und dabei einmal auch noch einen halben alten normannischen Kleiderschrank geschleppt hat.

Ich sehe noch Loux vor mir, wie er in den Fitnessraum kam. Er sah eine Weile zu, dann kam er zu mir und sagte: »Molène möchte dich sehen.«

»Jetzt gleich?«

»Jetzt gleich.«

Ich ging hoch ins Büro. Molène rauchte eine riesige Zigarre, der Rauch roch fast ein bisschen nach Honig und vernebelte sein Gesicht. Über ihm hing ein Porträt von General Salan und daneben ein kleineres von Monsignore Mayol de Lupé, dem Militärpfarrer der französischen SS an der Ostfront. Das hat Molène mir erzählt. Molène besuchte oft die Messe, vor allem, wenn er im Krieg war. Er vertraute mir mal an, dass er eigentlich nur dann wirklich gläubig war, wenn es extrem gewalttätig zuging. Im Libanon 1975, mit den christlichen Phalangisten, oder, das lag sehr lange zurück, an der Ostfront. Molène bemerkte, dass ich das Bild des SS-Prälaten betrachtete.

»Weißt du, Stanko, wenn dir Mayol de Lupé in einer Kirchenruine in Posen die Sakramente gab, während die Sowjets schon die Vororte erreicht hatten, spürtest du sehr wohl, dass da etwas passierte, dass da oben jemand war. Das war schön wie zu Zeiten der alten Helden, schön wie ein verlorener Kreuzzug.« Molènes Büro, das einige Jahre später meins werden sollte, war noch sonnendurchfluteter als der Fitnessraum. Wir sprachen auch über den Golfkrieg und welche Haltung der Block zu dieser Frage hatte. Es war klar, dass man den Irak bedingungslos unterstützte und gegen ein militärisches Eingreifen Frankreichs dort war. Dorgelles hatte Antoine zufolge im kleinen Kreis gesagt, man werde ja wohl keine amerikanisch-jüdische Aggression gegen einen laizistischen arabischen Staat unterstützen, nur damit die USA und Israel sich nach Belieben mit dem Erdöl der anderen eindecken konnten. Damals war mir nicht so ganz klar, wieso wir irgendwelche Kanaken unterstützten, selbst wenn die weniger muselmäßig aussahen als andere. Außerdem brachte das die GPP in eine echt unmögliche Lage. Der Block rief dazu auf, auf die Straße zu gehen und gegen den Krieg zu demonstrieren, und da standen wir dann mit den Linken, die unserer Führungsspitze gerne eins auf die Schnauze geben und ihnen ihren Demonstrationszug verbieten wollten. Also gab es jedes Mal ein Hauen und Stechen mit denen von der ASAB, die oft noch Unterstützung vom Ordnerdienst der jungen Trotzkisten erhielten.

Molène wedelte den Rauch seiner Zigarre weg, sah mich dabei an und sagte, als hätte er meine Gedanken erraten: »Politik ist keine einfache Sache, was, Stanko? Aber ich habe eine gute Nachricht für dich. Wir haben beim letzten Exekutivbüro beschlossen, dich fest anzustellen. Das heißt, du bekommst ein richtiges Gehalt. Ich mache dich offiziell zu meiner Nummer zwei. Stellvertretender Sicherheitsbeauftragter. Was hältst du davon?«

Ich seufzte erleichtert auf. Ich hatte ziemliche Mühe, über die Runden zu kommen. Das würde mir das Leben deutlich vereinfachen. Zugleich würde es sich sicher erst einmal komisch anfühlen. Ich hatte mir nie vorstellen können, einmal ein Angestellter zu sein.

Molène fuhr fort: »Außerdem schicke ich dich auf Dienstreise in den Süden. Sie wollen dort unten auch Antikriegsdemos gegen den Golfkrieg organisieren, aber sie haben Schiss, von den Linken massakriert zu werden. Es wäre gut, wenn du das alles vor Ort überwachst und dich mit den lokalen GPP-Kräften besprichst. Vierzehn Tage sollten genügen…«

Er schob mir ein rechteckiges Stück blaues Plastik rüber. Das war eine Kreditkarte. Auf meinen Namen. Es mag bescheuert klingen, aber ich bekam einen Kloß im Hals. Ich hatte bis zu dem Zeitpunkt noch nie eine Kreditkarte besessen.

»Das ist für deine zusätzlichen Ausgaben vor Ort. Du stellst damit keinen Blödsinn an, nicht?«

Ich schüttelte den Kopf, wie ein kleiner Junge. Aus einem plötzlichen Impuls heraus fragte ich: »Kann ich Antoine mitnehmen?«

Molène lachte.

»Du lieber Gott, ihr beiden seid wohl unzertrennlich. Irgendwann wird das noch Gerede geben … Aber das ist deine Sache, Stanko … Ich überlasse es meinem stellvertretenden Sicherheitsbeauftragten zu entscheiden, wen er für geeignet hält, ihn zu begleiten. Aber passt trotzdem auf, Antoine hat schon einige Aufmerksamkeit erregt. Er sollte nicht zur sehr im Rampenlicht stehen…«

Von diesen vierzehn Tagen im Süden, die eine Routine-Angelegenheit waren, erinnere ich vor allem, wie Antoine und ich zwei Tage später in einer Wartezone des Flughafens auf den Flug Paris–Nizza warteten.

Um es kurz zu machen: Wir waren sturzbetrunken. Vor allem er. Wir sahen echt schick aus in unseren Anzügen, waren aber sternhagelvoll.

Als er Agnès am Abend nach meinem Gespräch mit Molène ankündigte, dass er für vierzehn Tage in den Süden fahren würde, um den GPP-Leuten vor Ort unter die Arme zu greifen, verdüsterte sich ihr schönes Gesicht. Sie sah zugleich traurig und wütend aus und offenbarte so ihre ganze Verletzlichkeit.

Ihr Gesicht war wie ein offenes Buch. Wenn man sie heute in der Glotze sieht, hat sie ihre Mimik unter Kontrolle. Nur jemand, der sie sehr gut kennt, kann bei einer besonders gemeinen oder besonders lästigen Frage für einen kurzen Moment einen Ausdruck der Hilflosigkeit erkennen, im nächsten

Moment setzt sie schon wieder diese lächelnde, ironische Maske auf, die sie so gut beherrscht. Und dann geht sie zum Gegenangriff über, ihre haselnussbraunen Augen funkeln, und sie spricht mit dieser ruhigen Stimme, mit der sie klingt wie eine Tochter aus gutem Hause, während eine schwarze Strähne, die sich aus ihrem Knoten gelöst hat, ihr ständig ins sonnengebräunte Gesicht fällt und sie sie immer wieder automatisch hinters Ohr steckt.

Da Antoine mich gebeten hatte, zum Essen zu bleiben, saßen wir nun zu dritt in dem großen Esszimmer mit dem vielen Blattgold, den Spiegeln, den gedrechselten Säulen und kleinen Neger-Figuren, die Obstkörbe trugen. Man kam sich immer vor wie ein Statist in der Kulisse einer amerikanischen Serie, diese Art von Serien, die Mama nach Papas Tod Tag und Nacht schaute.

»Wirst du dort wirklich gebraucht, Antoine? Oder möchtest du nur ein bisschen rauskommen, ohne mich?«, fragte Agnès.

Antoine lächelte mechanisch und versteckte sich hinter seinem Weinglas. Ich wusste, was los war. Sie waren seit sechs Jahren verheiratet. Agnès – Antoine sicher auch – wünschte sich ein Kind. Aber es wollte nicht klappen.

»Du entschuldigst uns kurz, Stanko?«, sagte Agnès, während sie Antoine hinter sich herzog.

Da saß ich nun ganz allein, zutiefst verlegen, vor meinem Häagen-Dazs-Vanille-Eis mit Pekannüssen. Das war damals groß in Mode. Wenn mich jemand fragen sollte, wie die frühen 90er schmeckten, würde ich sagen, Vanille und Pekannuss. Süß und kalt. Jahre, die künstlich süß waren und wirklich kalt.

Ich hörte Agnès weinen. Zum ersten Mal. Die Frau, die heute die wichtigste Politikerin ist, der vom Élysée und seinem in Panik geratenen Mieter bald eine Regierungsbeteiligung angeboten werden wird, die in sämtlichen Fernsehstudios präsent ist, die es versteht, andere zu bezirzen, zum Lachen zu bringen und die im Gegensatz zu ihrem Vater nie ins Schleudern gerät, wenn es um das Thema Kanaken geht, dieselbe Frau, die eingewilligt hat, dass man mich jagt wie ein störendes Stück Wild, um damit Marlins Forderungen zu erfüllen, diesem Bullen, der ein halber Psychopath ist, dieselbe Frau habe ich an jenem Tag zu Beginn des Jahres '91 weinen hören.

Richtig schluchzen. So wie Hélène, als sie von den Borowieks kam und wir ihr das mit Papa gesagt haben.

Ab und zu hörte ich vom Flur her, wie ihre sonst ruhige, sanft und tief klingende Musterschülerinnen-Stimme sich auf einmal überschlug und schrill wurde. Ich hörte nur Wortfetzen, demzufolge in den kommenden Wochen mehrere ärztliche Untersuchungen geplant wären, die unbedingt zum jetzigen Zeitpunkt gemacht werden müssten, und dass der Termin bei ich weiß nicht welchem Spezialisten für künstliche Befruchtung damit hinfällig wäre – noch ein Typ mit einem klassischen Itzig-Namen. Ohnehin haben diese Itzigs eine echte Monopolstellung in der Presse und in der Medizin, und das wird sich vermutlich auch nicht so schnell ändern, da der Block neuerdings die politische Linie verfolgt, dass Israel einfach super ist und wir darüber hinwegsehen wollen, dass das alles Juden sind, weil sie den Museln im Gaza-Streifen ordentlich eins auf den Deckel geben. Weil sie die erste Verteidigungslinie der weißen Rasse, des Westens sind.

Schließlich kehrte Antoine alleine zurück. Er sah zugleich sehr verärgert und sehr unglücklich aus.

»Agnès entschuldigt sich, Stanko. Sie fühlt sich nicht gut. Wir treffen uns morgen, um uns was Passendes zu kaufen. Wir müssen gut aussehen, wenn wir nach Nizza fahren.«

Am nächsten Tag gingen wir, unter anderem, zu Kenzo am Boulevard Raspail und fanden tatsächlich cremefarbene Leinenanzüge, obwohl eigentlich die falsche Jahreszeit dafür war. Man konnte sich des Gefühls nicht erwehren, dass Antoine versuchte, die Sache zu vergessen, indem er möglichst viel Kohle ausgab.

»Bei Monsieur müssen wir noch ein paar Änderungen vornehmen«, sagte der Verkäufer, sicherlich stockschwul, und deutete dabei auf mich. »Das ist nicht vor nächster Woche fertig.«

Antoine legte einen Packen 200-Francs-Scheine auf den Tresen und sagte: »Wir haben es eilig. Wir fahren morgen Nachmittag.«

Ich war kurz davor, Antoine zu sagen, dass ich jetzt übrigens eine Festanstellung hätte und verspürte das kindliche Verlangen, ihm meine neue Kreditkarte zu zeigen.

Und so kam es, dass Antoine und ich, eingekleidet wie echte Edelmänner und sturzbetrunken, auf den Flug nach Nizza warteten, der mit zwei Stunden Verspätung starten sollte. Natürlich wurde dafür kein Grund angegeben, aber da der Golfkrieg in vollem Gange war und diese faulen Säcke von Beamten andauernd streikten, wunderte man sich über gar nichts mehr.

Antoine war aufgestanden und mit zwei Halbliter-Seideln Heineken und zwei neuen Mini-Fläschchen Bushmills zurückgekommen. Ich hatte aufgegeben mitzuzählen. Er hatte eine Menge Bücher und Zeitungen im Handgepäck neben sich, aber stierte vor sich hin und hatte offenbar nur eins im Sinn, sich systematisch die Kante zu geben, während er wartete, dass irgendwann auf einem der Monitore, auf denen die Gates und Abflugzeiten angezeigt wurden, die Aufforderung zum Boarding erscheinen würde.

»Alles okay, Antoine?«

»So mittel, Unteroffizier Stanko …«

»Wegen Agnès?«

»Weißt du, was eine IVF ist, Stanko?«

»Äh …«

»Eine In-vitro-Fertilisation, Stanko. Ich erkläre es dir, du wirst sehen, es ist eine hochromantische Angelegenheit. Du holst dir ganz allein in einem Raum einen runter und versuchst, nicht den Behälter zu verfehlen, wenn es dir denn endlich gelungen ist, aus deinem Schwanz was abzuzapfen. Dabei befindest du dich in einem Raum, der in etwa den Charme eines Bestattungsinstituts verströmt, mit ein paar Porno-Magazinen, die wahrscheinlich schon die Fallschirmjäger von Kolwezi im Gepäck hatten. Aber das ist noch nicht alles, Stanko. Du wartest einen Moment, dann vertraut man dir ein Kühlköfferchen an, das du eigenhändig durch die Gänge des Krankenhauses trägst, bis zu dem Ort, an dem deine Herzallerliebste liegt und sich ausruht, weil man ihr gerade Eizellen entnommen hat. Aber diese Ärzte, oder Psychologen, die Spezialisten für diese Sache sind, bestehen darauf, dass du selbst deiner Frau deine eigene Wichse in dem Köfferchen bringst, weißt du. Das soll die sexuelle Vereinigung symbolisieren. Die können mich mal mit ihrem Scheiß-Symbol. Du fühlst dich einfach nur wie der letzte Idiot mit deinem Köfferchen, aus dem Kühldampf entweicht. Und deine Frau ist währenddessen so oder so halb ohnmächtig. Dann darfst du wieder nach Hause gehen, und zwei Tage später rufen sie dich an, um dir zu sagen, ob es im Reagenzglas zu einer Befruchtung gekommen ist. Agnès und ich haben es zwei Mal versucht und zwei Mal ist es nicht zur Befruchtung gekommen. Kein zukünftiger Block-Kronprinz im Reagenzglas ... Ich kann dir sagen, das geht jetzt seit drei Jahren so, Hormonbehandlungen und der ganze Scheiß, und du bist gezwungen, zum genau richtigen Zeitpunkt zu vögeln, damit das Zeitfenster sich nicht schließt.«

Er lachte bitter, verzweifelt. Dann stürzte er sein halbes Seidel Heineken runter und rülpste, wie ich ihn noch nie habe rülpsen hören. Die anderen Reisenden, die mit uns warteten, warfen ihm indignierte oder angewiderte Blicke zu, nur ein kleines Mädchen lachte, ein kleines, hübsches Mädchen, das Antoine die Tränen in die Augen trieb.

»Scheiße, Stanko, Scheiße ... Ich liebe Agnès. Sie muss verstehen, dass ich sie, ob mit Kind oder ohne, liebe und immer lieben werde.«

Er redete immer lauter, zu laut ... Man begann, uns anzustarren. Das störte die geschäftige Ruhe, die Flughäfen haben, mit den mehrsprachigen Durchsagen, gemurmelten Unterhaltungen, dem Geräusch der Kofferkulis auf Linoleum.

Auf einmal wird mir, hier in dieser Bruchbude im XI. Arrondissement, wo mein Tod kurz bevorsteht und er nichts dagegen unternimmt, ein Grund für Maynards Verhalten in Coët mir gegenüber klar. Dass er diesen Beschützerinstinkt hatte, für meine Bildung sorgen und mir raten wollte, was ich tun sollte, das war gar nicht, wie ich dachte, und er vielleicht auch, eine sublimierte Form sexueller Anziehung, ein unterdrücktes Gefühl von Liebe, getarnt als Freundschaft. Nein, es lag einfach nur daran, dass ich fünf oder sechs Jahre jünger bin und er das Bedürfnis hatte, den großen Bruder zu spielen, oder sogar den Vater, weil er dunkel geahnt haben muss, dass er selbst nie Vater werden würde.

Als wir dann endlich starten konnten, fing er sofort an zu schnarchen, und ich fragte mich, was er wohl träumte, in einigen tausend Höhenmetern, unter uns die Loire. Ich muss an Saint-Cyr-Coëtquidan denken, wie er sich um mich kümmerte, mich, den jungen Kerl, den einfachen Soldaten. Um mich, den Kleinen, Tätowierten, der mit ihm Billard spielte bei Roger, dem Bistro, das direkt am Ausgang des Camps lag. Mit dem er ganze Nachmittage lang diskutierte, dem er vom Bloc Patriotique erzählte, wo ich meinen Hass, den ich nirgendwo loswerden konnte, kanalisieren könne.

Nach unserer Partie Billard, bei der er versuchte, so oft wie möglich gegen die Bande zu spielen, bevor er den weißen Ball im Loch versenkte, fing er eines Tages einfach so an, mir zu erzählen, wie er sich damals in Rouen als Kleinganove aufgeführt hatte, in Begleitung eines gewissen Brou, und dass er Dutzende Male kurz davor gewesen war, im Knast zu landen.

Im Gegenzug erzählte ich ihm von Denain. Es war das erste Mal, dass mir jemand zuhörte, das erste Mal, dass ich Vertrauen zu jemandem hatte. Wir hatten uns angewöhnt, zusätzlich zu den Geländeläufen, die Pflicht waren, zusammen laufen zu gehen, danach gemeinsam zu duschen, und dann in Rennes herumzuspazieren, wenn uns jemand ein Auto lieh. Da er viel öfter Ausgang hatte als ich und in den beiden Jahren, die er als Lehrer gearbeitet hatte, etwas Geld gespart hatte, brachte er mir immer etwas zu Futtern mit, um meinen Speiseplan aufzubessern. Und sogar Klamotten. Er irrte sich nie in der Größe, nie. Er muss wohl, wenn er früher aus der Dusche kam als ich, in der Garderobe hinten aufs Etikett geschaut haben. Ich habe das nie als Almosen empfunden, auch nie als eine Art Annäherungsversuch. Nicht von ihm. Nein, er spielte einfach nur den großen Bruder oder, wie ich schon sagte, den Vaterersatz. Er hatte mitbekommen, dass ich ziemlich Hals über Kopf zur Armee gekommen war, nur mit den Klamotten, die ich am Leibe trug, und zweihundert Piepen in der Tasche, dass ich mich freiwillig gemeldet hatte und über meinen Sold hinaus keinerlei Reserven hatte.

Also habe ich ihm nach und nach immer mehr erzählt. Nach dem, was er alles über mich wusste, hätte er mehr als genug in der Hand gehabt, um mich zu Fall zu bringen.

Er hat mich nie verurteilt, mich nie unter Druck gesetzt zu reden. Wenn ich ihm eine heftige Sache anvertraut hatte, die richtig übel war, eine dieser Geschichten, die mir noch heute, dreißig Jahre danach, Albträume bereiten, brachte er mir die Woche darauf ein Buch mit. Er sagte, das solle ich lesen und falls ich etwas nicht verstände, könnte ich ihn fragen.

Er meinte, er würde mir das betreffende Buch deshalb geben, weil es zu dem passte, was ich erlebt hatte, auch wenn es nicht exakt das Gleiche wäre und sich vielleicht zu einer anderen Zeit in einem anderen Land abgespielt hätte. Trotzdem würden in dem Buch Personen auftreten, denen es ähnlich erging wie mir. Wie dem Erzähler in *Der Fremde* von Camus, stimmt ja, das war eines der Ersten, das er mir geschenkt hat.

Ja, und dann erzählte ich ihm alles.

Und während ich hier in diesem Hotelzimmer liege, in dem es nach Schweiß und Fisch-Mafé stinkt, wird Antoine sich, wenn er wach ist, was wahrscheinlich ist, in dieser Nacht noch genau an meine Geständnisse erinnern, da bin ich mir sicher, und er wird sie so hören, wie ich sie ihm erzählt habe, in einem abgehackten Rhythmus, während wir gemeinsam joggten, und wird bis heute den Duft des Waldes von Paimpont in der Nase haben, in dem wir bis zu den Ruinen der früheren Hüttenwerke liefen.

Ich begann mit meiner Flucht nach Papas Tod und Bechraouis Tod, zusammen mit den Skins, denen vom Commando Excalibur, die aus dem Pas-de-Calais gekommen waren, um bei einem Pokalspiel zwischen Valenciennes und Avion Randale zu machen.

Das alte Nungesser-Stadion.

Diese auf Krawall gebürstete Clique, die auf den Sitzreihen, die damals noch aus Holzbohlen waren, im Stadion auflief.

Es war eigentlich ein eher unbedeutendes Spiel, es gab keinerlei besondere Sicherheitsvorkehrungen. Und das Commando Excalibur war kein Anhänger von Avion, seine Mitglieder waren noch nicht mal Fußballfans. Sie hatten die Reise aus dem Pas-de-Calais vor allem angetreten, um den Kanaken-Fans eins auf die Schnauze zu geben, denn bei Valenciennes spielte im Laufe der Zeit eine ganze Generation Kameruner, wie Roger Milla, Michel Kaham, Ekéké oder Bahoken. Die reinste Negertruppe, das zog natürlich überzeugte Skins an.

Das Commando Excalibur bestand nur aus zwölf Leuten, aber sie spielten während der gesamten ersten Halbzeit Verstecken mit den Stadionordnern, die zu dick und zu behäbig für sie waren. Als der Schiedsrichter nach fünfundvierzig Minuten zur Halbzeitpause pfiff, hatten nicht wenige Stadionordner einen gebrochenen Arm oder ein blutüberströmtes Gesicht, Rauchbomben wurden gezündet und die Prügelei war im vollen Gange.

Ich fand sie witzig, es gefiel mir, dass sie eine einheitliche Gruppe bildeten, die zusammengehörte. Einige waren tätowiert, was ich toll fand, ich war ja noch ein halbes Kind. Der, der offenbar den Anführer spielte, hatte einen Ritterhelm auf sein Gesicht tätowiert. Da war auch Régis schon dabei gewesen, Régis Paslovski, der mir dann Jahre später als braver Inhaber einer Autowerkstatt in Herlin begegnen sollte.

Sie haben sich nicht groß angestellt, nachdem ich einen Stadionordner über ein Geländer geworfen hatte, und mich in einer ihrer Schrottkisten mitgenommen, wir fuhren zu einem besetzten Haus in Liévin.

»Bei uns bist du richtig«, sagten sie auf der Rückfahrt, während das Bier in Strömen floss. »Wir verteidigen die weiße Rasse, und du wirst sogar Filme mit uns drehen.«

Das habe ich nicht gleich verstanden. Bis ich dann den Doktor getroffen habe.

Ich habe Antoine vom Doktor erzählt. Die Snuffs am Ufer der Lys oder in den leerstehenden Villen von Touquet im Winter. Wir brachten niemanden um, nur das eine Mal, als Paslovski durchgedreht ist. Der Doktor reichte uns dicke Bündel mit Scheinen für diese ganzen Schweinereien, die er filmte, manchmal waren noch andere Geistesgestörte dabei, die Tiere mitbrachten, kleine Jungs oder Mädchen, die noch viel zu jung waren. Scheinbar war es kein Problem, Freiwillige zu finden, die sich zusammenschlagen und sich alle möglichen Gegenstände in alle nur denkbaren Körperöffnungen stecken ließen. Es herrschte Wirtschaftskrise. Überall war Krise, andauernd.

Er war gut organisiert, der Doktor. Ich glaube, er war sogar in Wirklichkeit Arzt, Gastroenterologe, und hatte eine Praxis in Saint-Pol-sur-Ternoise. Wenn die Dreharbeiten den einen oder anderen freiwilligen Teilnehmer zu sehr mitgenommen hatten, versorgte der Doktor sie gleich vor Ort. Er hatte ein Köfferchen dabei, das genauso aussah wie diese Arztköfferchen, die man kennt. Dann legte er Verbände an, hatte Salben parat, verabreichte Tabletten oder gab Spritzen. Manchmal bat er einen vom Commando Excalibur, mit ihm gemeinsam auf ein Mädchen aufzupassen, das er in der Bergarbeitersiedlung aufgegabelt hatte und von dem er wusste, das es schon ab und zu auf den Strich ging. Denn er zog es vor, die arme Kleine noch zur Beobachtung dazubehalten, wegen der starken rektalen Blutungen, die nicht aufhören wollten, und der Blutungen an der rechten Hand, wo zwei Finger mit einem Cutter abgetrennt worden waren. Wenn er sicher war, dass sie nicht draufgehen würde, gab der Doktor ihr noch einmal ein Bündel Geldscheine, versprach ihr das Doppelte und brachte sie nach Hause. Ich dachte immer, der Doktor muss haufenweise Leute gehabt haben, die ihn protegierten, Bullen, Politiker, Firmeninhaber, Richter, weshalb man ihn nie für all die grauenhaften Taten drankriegte, die er filmte. Er hatte vielleicht auch wirklich seine Leute, aber so viele nun auch wieder nicht.

Ich glaube, er hatte schlicht verstanden, dass man durch das soziale Elend, die Wirtschaftskrise und die Arbeitslosigkeit jeglichen Halt verlieren konnte, vor allem in einer Region, in der man ohne Arbeit nichts galt, und dass das ein regelrechtes Eldorado für Reiche war, die auf einen Kick aus waren. Und dass die Not, in der sich die Bevölkerung dort befand, der beste denkbare Schutz für Unternehmer seiner Art war.

»Da lag er nicht falsch, dein Doktor«, sollte Antoine mir Jahre später sagen. »Sieh dich doch nur um, seit es keine Kommunisten mehr gibt, ist Budapest zur Porno-Hochburg geworden, und ich wette mit dir, wenn du bereit bist, ordentlich was hinzublättern, wirst du in einigen Dörfern in Bulgarien oder Moldawien problemlos eine Kleine finden, die du ohne weitere Umschweife vergewaltigen, totschlagen und den Schweinen zum Fraß vorwerfen kannst, während all das von einem Doktor vor Ort gefilmt wird.«

Antoine hatte Recht. Ich erzählte ihm, dass es manchmal sogar Freiwillige gab, mit denen der Doktor in einem Vertrag detailliert festhielt, was sie alles erleiden würden, und die trotzdem unterzeichneten, weil die Summe, die sie dafür bekamen, ausreichte, zu viert ein Jahr davon zu leben. Das war schmerzhafter, aber auch rentabler als jeder Job, der ihnen am anderen Ende des Départements von irgendeiner Zeitarbeitsfirma angeboten wurde, wo sie sich doch noch nicht mal mehr ein Auto leisten konnten.

Der Doktor gab uns auch Drogen, am liebsten Speed, und zwischen zwei Aufnahmen, während wir eimerweise Wasser auskippten, um das Blut wegzuspülen, erläuterte er uns seine Theorien über das Bild, das Kino, das menschliche Opfer. Er zitierte Bataille, er redete über das Theater der Grausamkeit von Artaud, er vermittelte vor allem den Eindruck, diesen Geruch nach Gemetzel rechtfertigen zu wollen, der auf einmal im Keller einer dieser eleganten Villen am Rande des Kiefernwaldes herrschte, ein Keller, in dem Organteile oder Fleischfetzen auf dem Rohrrahmen eines abgetakelten Strandseglers herumlagen, den man ausrangiert hatte.

»Aber wie bist du dahingekommen, Stanko? Warum bist du ihnen gefolgt? Und warum vor allem bist du bei ihnen geblieben? Wovor bist du geflohen? Nicht allein vor dem Selbstmord deines Vaters.«

Nein, auch da lag Antoine richtig.

Ich war mit dem Commando Excalibur mitgefahren, weil ich Mamas Blick nicht mehr ertragen konnte.

Weil ich wusste, dass Mama es wusste. Die Sache mit Selim Bechraoui. »Der Mini-Supermarkt vom Araber«, wie alle sagten, gegenüber dem Soldatenbistro, auf der anderen Seite der Kreuzung, wo Papa soff und sich ganze Nachmittage lang mit ein paar anderen zusammen im Spiegel hinter der Bar ansah, mit seinem von fünfzehn Jahren Arbeit in der Gießerei ziegelrot gefärbten Gesicht, und noch nicht einmal Lust hatte, Karten zu dreschen. Wusste Papa etwa davon? Hat ihn das noch trauriger gemacht, als er sowieso schon war, oder war er über diesen Punkt längst hinaus?

Ich schwänzte jedenfalls die Schule und trieb mich rund um den Supermarkt herum, so wie ich mich rund um das Bistro herumtrieb. Ich wusste, dass Papa sich an dem einen Ort selbst zerstörte und Mama an dem anderen. Wenn ich ins Soldatenbistro ging, das so hieß, weil es sich gegenüber dem Kriegerdenkmal aus dem Ersten Weltkrieg befand, hatte ich das Gefühl, dass der Frontsoldat mich persönlich musterte, mich, Stéphane Stankowiak, trotz seiner leeren Augenhöhlen, und dass er mir die Richtung wies, mit seinem aufgepflanzten Bajonett.

Aber ich hatte nicht die geringste Ahnung, in welche verdammte Richtung es gehen sollte.

Ich ging ins Bistro rein, ich war noch zu jung dafür, aber ich wollte schließlich zu Papa … Er berappelte sich kurz, aber das hielt nicht lange an. Er fragte mich, vor seinen Kumpels, die sich dort gemächlich ins Koma tranken, wie es so in der

Schule lief. Es lief nicht, das wusste er, ich war in Schlägereien verwickelt, schwänzte, wurde vom Unterricht ausgeschlossen. Ich hätte ihm gerne gesagt, er solle mal seinen Arsch bewegen, noch nicht mal, um sich einen neuen Job zu suchen, sondern einfach nur, um Mama vom Mini-Supermarkt von Selim Bechraoui abzuholen, auf der anderen Seite der Kreuzung. Sie hatte dort als Verkäuferin angefangen, nachdem Papa arbeitslos geworden war.

Und er vögelte sie.

Ja, Selim Bechraoui vögelte sie.

Ja, ich habe gesehen, wie meine Mutter sich in einem Hinterzimmer vögeln ließ, inmitten von Nudelpackungen und aufgestapelten Keksschachteln.

Pepito-Kekse. *Ay Pepito!* Ich bin wirklich froh, dass diese Lebensmittelläden, diese altmodischen Mini-Supermärkte, heute alle so nach und nach schließen. Ich weiß, dass der Block sich für die kleinen Einzelhändler einsetzt, gegen die großen Ketten, aber bei diesem leicht faden Geruch, der diesen Geschäften eigen ist, dieser Mischung aus überreifen Tomaten und Reinigungsmitteln mit Zitronennote, habe ich immer dieses verfluchte Bild vor Augen.

Wie Mama sich ficken lässt. Bimsen. Bumsen. Nageln.

Wie Mama ihren Spaß dabei hatte. Wie Mama nicht genug bekommen konnte von dem Kanaken.

Es war gegen zehn Uhr abends, der Laden von Bechraoui war mehr oder weniger vierundzwanzig Stunden lang geöffnet. Ich war durch Denain gelaufen, war von der Schule abgehauen, nachdem man mir vier Stunden Nachsitzen aufgebrummt hatte für unverschämtes Betragen im Matheunterricht. Ich kam zurück in unsere Gegend, in die Cité Martin. Erst war ich vor dem Soldatenbistro vorbeigegangen, das hatte geschlossen. Papa war vermutlich nach Hause gegangen und vor dem Fernseher eingeschlafen.

Es war Sommer. Noch ein paar Tage bis zu den Ferien.

Es war der erste Sommer, in dem die Linke an der Regierung war. Papa trank nicht mehr so viel. Mauroy, einer aus dem Norden, war Premierminister, und vier Genossen aus der KP waren Minister geworden. Die würden Usinor retten, stimmt's? Die Maschine wieder zum Laufen bringen ... die Hüttenwerke retten ...

Also beschloss ich, bei Mama vorbeizugehen. Ich hatte in dem Moment wirklich keine Ahnung. Oder vielleicht doch.

Ich hörte nur ein Keuchen von hinten, von hinter dem Kühlregal. Ich schob nur den Vorhang aus bunten Plastikfäden ein wenig auseinander und sah, was los war.

Ich sah, wie Mamas weißer Hintern bei jedem Stoß von Bechraoui die Schachteln mit den Schokoladenkeksen weiter eindrückte. Seine Boxershorts hing ihm um die Knöchel. Ich sah, wie Schokoladenstücke sich in die weiße Haut drückten und schmolzen.

Ich rannte aus dem Mini-Supermarkt raus und hörte noch, wie Bechraoui sagte: »Scheiße, da war jemand!«

Und Mama in plötzlicher Panik: »Bist du sicher, Selim, bist du sicher, aber warum haben wir die Türklingel nicht gehört?«

Ich habe Antoine auch von Papas Tod erzählt. Und wie sich in den Tagen danach meine Wut gegen Bechraoui richtete. Mama ging schon am Tag nach Papas Beerdigung auf dem Friedhof von Denain – man hatte ihn in der Nähe des Gevierts begraben, das für kanadische und polnische Soldaten reserviert war – wieder arbeiten.

Gleich am nächsten Tag.

Ich wartete zwei Wochen. Dabei passte ich auf, dass niemand auf mich aufmerksam wurde. Zwei Wochen lang tat ich so, als würde ich mit dem Fahrrad herumfahren, um mit den alten Kumpels von Papa zu reden, die genauso am Ende waren wie er und die alle die gleichen, aber ehrlich gemeinten Beileidsfloskeln von sich gaben, da sie nun einmal keine anderen kannten.

Zwei Wochen, in denen ich Bechraouis Gewohnheiten auskundschaftete.

Allein war er nur am Dienstagabend, sehr spät.

Also ging ich einen Dienstagabend in den Mini-Supermarkt, sehr spät. Ich schloss die Tür hinter mir. Ich drehte das kleine Schild, auf dem stand »Bin gleich wieder zurück« in Richtung des Frontsoldaten, in Richtung Straße.

»Was willst du denn hier?«

Ich stürzte mich auf ihn und hieb ihm die Registrierkasse auf den Schädel, die ich im Vorbeigehen geschnappt hatte.

Er war ein dicker, großer Kerl, aber er war ausgeknockt. Münzen und Scheine regneten auf die Fliesen herab. Es war ein Wunder, dass mich niemand gesehen hatte. Obwohl Bechraoui ein ganz schönes Gewicht hatte, zog ich ihn zwischen den Regalen hindurch bis ins Hinterzimmer, wo er Mama gevögelt hatte, Mama immer noch vögelte, und wo er sie von jetzt an nicht mehr vögeln würde.

Ich setzte mich rittlings auf ihn und schlug seine Araber-Visage mit den Fäusten zu Brei, man hörte seine Knochen krachen, und ich spürte, wie meine Hände dabei grün und blau wurden und aufrissen.

Mamas weißer Po.

Die Pepito-Kekse.

In meiner rasenden Wut drückte ich meine Daumen in seine Augen hinein, was erstaunlich leicht ging. Ich drückte sie so tief hinein, bis ich spürte, wie seine Augäpfel unter dem Druck nachgaben und ich in einer lauwarmen, breiigen, schleimigen und blutigen weichen Masse versank.

Dann fiel mir der Reifenheber ins Auge. Ich zog ihm die Hose runter und zerschmetterte ihm die Eier und den Schwanz, bis sie nur noch ein dreckiger Brei waren.

Und dann ging ich nach Hause.

»Mordtat eines Sadisten«, schrieben *La Voix du Nord* und *Nord Éclair*. »Geld wurde nicht gestohlen. Von einer unglaublichen Bestialität. Entsetzliches Gemetzel.«

Ich hätte die Journalisten gerne gesehen, gerne gewusst, was sie getan hätten, wenn sie gesehen hätten, wie ihre Mutter sich von einem Araber ficken lässt und dabei mit ihrem Po Schokoladenkekse zerdrückt.

Mama muss es gewusst haben, das ist mal sicher.

Noch am selben Abend hat sie es gewusst.

Meine Klamotten. Meine blutverschmierten Hände. Wie

ich die ganze Nacht in der Badewanne, unter der Dusche, heulte und verzweifelt versuchte, die Überreste von Bechraouis Augen unter meinen Nägeln wegzubekommen. Seither schneide ich sie immer extrem kurz, so kurz, dass es fast wehtut.

Noch heute, gerade jetzt, in diesem heruntergekommenen Zimmer, wenn ich zu lange auf meine großen, fleischigen Hände schaue, sehe ich, wie sich die Hände des quasi psychotischen Jugendlichen aus Denain darüberlegen, mit den durch mehr oder minder geronnene und getrocknete organische Überreste verschmutzten Nägeln.

Die Bullen kamen, um den Fall zu untersuchen, mit ihren üblichen Fragen. Ob Mama als Angestellte von irgendwelchen Feinden Bechraouis gewusst habe.

Sie sagte den Bullen nichts. Antwortete nur vage. Wie man antwortet, wenn man unschuldig ist.

Auch zu mir sagte sie nichts.

Sie sah mich nur an. Hélène fragte: »Was habt ihr beiden eigentlich?«

Und Natacha wiederholte unbeholfen mit Babystimme: »Was habt ihr beiden eigentlich?«

Als ich ihm das erzählte, verstand Antoine, warum ich mich nach dem Spiel Valenciennes gegen Avion dem Commando Excalibur angeschlossen hatte.

Ich stehe auf.

Ich habe immer noch den Geruch nach Fisch-Mafé in der Nase, auch wenn ich sicher bin, dass die Peuls vom Zimmer am Ende des Ganges zu dieser späten Stunde ihre Mahlzeit längst beendet haben.

Ich öffne das Fenster.

Die Nacht hat etwas Dunkles, Weiches, Lauwarmes an sich, wie von einem Leichnam.

11

Ja, dass du so ein gutes Abitur gemacht hast, grenzt an ein Wunder, denkst du rückblickend. So wie es an ein Wunder grenzt, dass die Bullen dich nicht erwischt haben. Eine Eins in Philosophie und ein makelloses Vorstrafenregister, und das trotz deines Umgangs mit Brou, da ist dir als junger Mann schon ein echtes Kunststück gelungen, das musst du selbst dreißig Jahre später anerkennen.

Obwohl du dir geschworen hattest, es dem Zufall zu überlassen, wann du Brou wiedersehen würdest – in einer Stadt wie Rouen, wo jeder jeden kannte, war es nur eine Frage der Zeit, bis man sich erneut über den Weg lief –, gingst du, von teuflischer Neugier getrieben, dennoch wenige Tage später ins Métropole. Denn Brou versetzte dich in Erstaunen, dich, der sich ansonsten nur von den Geistesblitzen der Philosophen, den Intuitionen der Dichter und von Romanfiguren in Erstaunen versetzen ließ, aber niemals von Menschen und schon gar nicht von eurem Familienoberhaupt, das du extrem vorhersehbar fandst.

Du warst siebzehn, und mit siebzehn meint man es sehr ernst.

Die Dramen, die sich auf intellektueller Ebene abspielten, waren für dich von sehr viel größerer Bedeutung als die Dramen, die du auf dem Fernsehbildschirm verfolgtest. Da waren die Boat People, da war die Entdeckung des Genozids, den Pol Pot in Kambodscha am eigenen Volk begangen hatte. Das hätte dich dazu bewegen können, einen gewissen Antikommunismus zu pflegen, der in den Kreisen, in denen du verkehrtest, zum guten Ton gehörte. Aber was dort passierte, war meilenweit von dir entfernt und vor allem war es abstrakt, wurde durch keine konkrete Person verkörpert.

Irgendwie wurdest du das Gefühl nicht los, dass da etwas inszeniert wurde, so grauenhaft es auch war, aber doch eine Inszenierung: Diese Massengräber in den Reisfeldern, diese vermoderten, überladenen Frachter voller abgemagerter Asiaten, diese Nachrichtensprecher mit ihrer perfekten Föhnwelle, all das war die reine *Inszenierung*. Das Fernsehen war für dich die Höhle von Platon, es spiegelte vielleicht etwas Wahres wider, aber es war nicht die Wahrheit. Du fandst im Übrigen Geschmack an einer ganzen Literaturrichtung, an einem ganzen Filmgenre, bei dem die Figuren sich in durch Trickverfahren vorgetäuschten Kulissen bewegten, und lange bevor virtuelle Welten in Mode kamen, lasest du schon Philip K. Dick. Einige Episoden aus *Twilight Zone*, noch die in schwarz-weiß, in denen Leute gezeigt wurden, die in einem Bahnhof warteten, ohne zu wissen worauf, bevor man merkte, dass es sich nur um Spielzeugfiguren handelte, hatten entscheidenden Einfluss auf dein Verständnis der Welt und deiner selbst.

On nous cache tout. On nous dit rien. Man verheimlicht uns alles. Man sagt uns gar nichts, singt Jacques Dutronc.

Genau dieses primitive Ressentiment treibt, unausgesprochen, den Durchschnittsfaschisten an, ob er nun in die Partei eintritt oder dem Block bei jeder Wahl mit schöner Regelmäßigkeit seine Stimme gibt. Du denkst, wenn du im tiefen Inneren gut gewesen, wenn du ein kommunistischer Humanist gewesen wärst wie dein Großvater François Maynard, dann hätte es dir gelingen müssen, gegen diese dumpfen Ressentiments anzukämpfen, bei dir selbst und bei den anderen. Das hast du nicht getan, ganz im Gegenteil. Was das betrifft, hatte Cicriac mit seinem marxistischen Optimismus sich getäuscht, an diesem sagenumwobenen Tag, als SOS Racisme gekommen war, um sich zum Affen zu machen. Ja, du warst sicherlich aus dem gleichen Holz geschnitzt wie dein Großvater, du hattest einen tiefen Hass in dir auf eine Welt, in der Konventionen und Heuchelei regierten. Aber im

Gegensatz zu ihm beschlossest du aus einem gewissen Zynismus heraus, aus Überdruss, falsch verstandenem Dandytum, mit den Marionetten um dich herum zu spielen, während er, der alte Geschichtslehrer, Christ und Kommunist, sie, wie sollte man das sagen ... wie nannte man das noch, ja, sie *befreien* wollte.

Scheiß auf die Befreiung. Je älter du wirst, desto mehr kommst du zu dem Schluss, dass die Vorstellungen deines Großvaters François Maynard, die evangelische Sanftmut, die klassenlose Gesellschaft, dass all das vielleicht in einer Welt hätte funktionieren können, die aus lauter François Maynards bestand. Aber die François Maynards dieser Welt enden zu allen Zeiten als Ausgestoßene, die keinem politischen Lager angehören. Sie werden gefoltert, und wenn sie alt sind, fühlen sie sich genötigt, alleine in der Dämmerung baden zu gehen, damit niemand die Folterspuren sehen kann, genau wie die äußerlich nicht so sichtbaren, aber mindestens ebenso tiefgehenden Spuren, die der Undank ihrer Zeitgenossen bei ihnen hinterlassen hat.

Nein, du fühltest dich nicht zum Erlöser berufen, und da dir sehr früh klar war, dass das, was du angesichts der Bilder im Fernsehen empfandest, das Unbehagen an einer fragwürdigen, womöglich manipulierten Realität, andere auch empfanden, selbst wenn sie dieses Unbehagen nicht unbedingt hätten benennen können, beschlossest du, dir das zunutze zu machen.

Zumal das Thema immer mehr in Mode kam. Du erinnerst dich noch genau an den Coup, der dir für den Bloc Patriotique gelungen war, als die Serie *Akte X*, die damals auf M6 lief, sich so großer Popularität erfreute. Es gab überall irgendwelche Fan-Clubs, Rollenspiele und Foren im Internet, das damals noch in den Kinderschuhen steckte. Die Kids waren verrückt danach, das merktest du nicht zuletzt daran, dass dein späterer Neffe Jason Lefranc dir mit bebender Stimme davon berichtete.

Du fragtest dich, warum alle um dich herum sich ausgerechnet für die Erlebnisse von zwei FBI-Agenten begeisterten, die auf übersinnliche Erscheinungen spezialisiert waren, wo es doch so viele andere Fantasy-Serien gab.

Und dann hattest du die zündende Idee und bereitetest einen Bericht zu dem Thema vor. Du hattest im Block keine klar definierte Position. Du warst Ghostwriter für Dorgelles oder Ströbel, wobei Dorgelles das eigentlich gar nicht nötig hatte bei seiner Formulierungskunst und seinem sicheren Umgang noch mit ungebräuchlichsten Verbformen. Dann war es noch deine Aufgabe herauszufinden, was in der Presse oder unter Intellektuellen über euch gesagt wurde, um »Tendenzen« auszumachen, »Ausrichtungen«. Das war nicht besonders schwer. Du verbrachtest deine Vormittage damit, Zeitungen, Illustrierte und Nachrichtenmagazine zu lesen, dich bei irgendwelchen Verlagsempfängen herumzudrücken, bei denen dir die meisten Leute ostentativ den Rücken zukehrten, abgesehen von den Aushilfskellnern hinter dem Büffet. Die Aushilfskellner waren arm, die wählten den Bloc Patriotique, sie hatten nicht die Mittel, um die Sozialisten oder Zentristen zu wählen. Der Block war die größte Arbeiterpartei Frankreichs, das sprach sich langsam herum.

Diesen Bericht stelltest du bei einem informellen Exekutivbüro in Saint-Germain-en-Laye im roten Salon vor. Ströbel, Louise Burgos und Lefranc, die damals noch nicht an Verrat dachten, waren da, die Sallivert-Witwe und der alte Molène. Man hatte ausnahmsweise auch den Vorsitzenden von Bloc-Jeunesse dazugebeten, der sich einige Jahre später ebenfalls als Anhänger von Louise Burgos erweisen sollte. Du hattest Agnès damit so lange in den Ohren gelegen, bis dieses Treffen schließlich einberufen wurde. Sie bekleidete zwar noch kein offizielles Amt und verdiente sich ihren Lebensunterhalt zu allem Überfluss als junge Architektin in einem Büro, das auf sozialen Wohnungsbau spezialisiert war, die Einrichtung von Stellplätzen für Nichtsesshafte und auf die Errichtung von Wohnheimen für Gastarbeiter, trotzdem hatte ihr Vater immer ein offenes Ohr für sie.

Du erzähltest Agnès das erste Mal von deiner Idee direkt nachdem ihr miteinander geschlafen hattet, in eurem Schlafzimmer in der Rue de la Boétie. Eure Körper spiegelten sich in dem Spiegel an der Decke, dein Kopf ruhte auf ihrer Muschi, die deinem Wunsch entsprechend unrasiert war, und sie hatte ein Bein quer über deinen Oberkörper und deinen Bauch gelegt, dich regelrecht eingewickelt, so dass ihre Zehen mit deinem Schwanz spielen konnten, was in der Regel das Vorspiel zu einer neuen Runde bedeutete. Dieses Mal jedoch erklärtest du ihr deine Idee.

Die Sache war ganz einfach. Man musste *Akte X* unbedingt als Propaganda-Instrument einsetzen, insbesondere bei der Jugend, denn die Serie wurde vor allem von jungen Leuten gesehen. Der Slogan der Serie, »Die Wahrheit ist irgendwo da draußen«, passte gut zur psychischen Grunddisposition des Blockisten, vom Parteimitglied bis zum einfachen Wähler. Außerdem waren die Helden zwei positiv gezeichnete Gesetzeshüter, Bullen. Anständige Bullen, die mit einer Hierarchie konfrontiert waren, die alles andere als anständig war, und, *last but not least*, gab diese Hierarchie sich für ein Komplott der Regierung her, das darauf abzielte, eine Invasion Außerirdischer zu decken und ihr ab und an menschliche Versuchspersonen für ihre Experimente zu vermitteln. Das ließ sich gut übertragen. Die Regierung, die trotz Wahlen immer im Amt bleibt, ist die Europäische Union, das sind die Technokraten in Brüssel, die man nie zu Gesicht bekommt. Die Außerirdischen, die »kleinen Grauen«, das sind natürlich die Einwanderer: die Araber, aber momentan auch die ganzen Zuwanderer aus dem Osten und aus Jugoslawien, das gerade implodiert.

Dorgelles reagierte mürrisch. Er fand, du machtest ein bisschen viel Tamtam um ein eher unbedeutendes Thema.

»Ich hoffe, du hast ein paar Pfeile im Köcher, mein lieber Schwiegersohn ...«, sagte er, während er dir mit seiner gesunden Hand mit grimmiger Miene selber den Kaffee einschenkte.

Er fand auch, dass der Block auf der Stelle trat, seit der Präsident der Rechten im Amt war, dass man in den Städten, die man im Juni erobert hatte, nichts zuwege brachte, und dass

Frankreich euch auf der Nase herumtanzte, vor allem in Lancrezanne.

Er glaubte außerdem, dass der Block Mitte der 90er Jahre die Gelegenheit verpasst hatte, die großen Streiks zu unterstützen. Da war das französische Volk gegen die durch Brüssel verursachte Absenkung des Lebensstandards auf die Straße gegangen, und diese Streiks wurden zur Überraschung aller von der Mehrheit der kleinen Leute, von denen viele den Block wählten, mitgetragen.

Und vom Block war überhaupt nichts zu hören gewesen. So kurzsichtige Idioten wie Louise Burgos und Lefranc wollten die angebliche Diktatur der Gewerkschaften anprangern, die das Land lahmlegen und seine Modernisierung verhindern würden, während Ströbel, die Sallivert-Witwe und der alte Molène gerne an eine national-revolutionäre Linie angeknüpft hätten. Dorgelles war hin- und hergerissen und hatte sich weder für die eine noch für die andere Variante entscheiden können. Es fuchste ihn bis heute, dass die Geschichte am Ende ohne ihn gelaufen war, er nicht im Zentrum des Geschehens gestanden und diese Dynamik für sich genutzt hatte. »Wir verlieren die Oberhand ...«

In dem Moment sprangst du auf. Zumindest die Jugend könne man doch zurückgewinnen. Und dein Vorschlag könne einen Beitrag dazu leisten. Du stelltest dein *Akte-X*-Projekt vor. Zunächst lächelten alle nur, außer Dorgelles, und dann hörte man dir schließlich aufmerksam zu, vor allem der Vorsitzende von Bloc-Jeunesse. Lefranc, immer tadellos in seinen Anzügen von der Savile Row, bestätigte, dass sein Sohn Jason förmlich vor der Glotze klebte, wenn die Serie lief. Dorgelles schenkte sich eine neue Tasse Kaffee ein und sah durch die große Fenstertür in den Park hinaus.

Es muss im Frühling gewesen sein, in den Beeten waren die ersten Knospen zu sehen, und es herrschte dieses besondere, fast maritime Licht, das für dich immer den speziellen Charme des Pariser Westens ausgemacht hat.

»Was haben wir schon zu verlieren«, stellte der Alte schließlich fest. »Und ich bin sicher, dass unsere Fähnlein

Fieselschweif von Bloc-Jeunesse und Bloc-Étudiant uns für 'nen Appel und 'n Ei Infomaterial zusammenbasteln, das wir verteilen können. Du beaufsichtigst die Sache, Schwiegersohn.«

Das tatest du, und eure Erwartungen wurden weit übertroffen. Flugblätter, auf denen der Dreizack mit dem Logo der Serie zu einem Logo verschmolzen war, Dreh eines kleinen Propagandafilms im Videosaal des Bunkers, Stifte, Anstecker etc. Agnès bat Gwenaëlle, die damals noch mit Lefranc verheiratet war, sich um mögliche juristische Scherereien zu kümmern und darauf zu achten, dass euch am Ende niemand des Plagiats bezichtigen oder wegen irgendwelcher Urheberrechte zur Kasse bitten konnte.

Zwischen dem Beginn der Kampagne und dem Putsch von Louise Burgos, also in nicht einmal achtzehn Monaten, steigerte Bloc-Jeunesse seine Mitgliederzahl von zwölftausend – so die offizielle Zählung, in Wirklichkeit waren es nur achttausend – auf dreißigtausend.

Danke, Sully, danke, Mulder.

Und ab dem Moment sah Dorgelles in dir nicht mehr nur einen leicht verrückten Schwiegersohn, einen »Reimschmied«, wie er es nannte, dessen Hauptverdienst es war, seine Tochter Agnès glücklich zu machen.

Du konntest also auch politisch von Nutzen sein, und er ernannte dich, ohne dass irgendjemand wagte, etwas dagegen einzuwenden, zumindest nicht offiziell, zum Mitglied des Nationalen Büros, so im September '98, nachdem ihr den Sommer in Sainte-Croix-Jugan verbracht hattet, wo ihr beide jeden Morgen früh baden gingt, obwohl das Wasser am Omaha Beach eiskalt war. Ihr schwammt relativ weit hinaus und drehtet euch dann um, um zu sehen, wie das Morgenlicht über die Felsen tanzte, den goldfarbenen Sand, die Dünenrücken, die Bunkerruinen. Er erzählte dir zum hundertsten Mal, wie er den Amerikanern seine Dienste angeboten hatte, mit dem alten Jagdgewehr seines Vaters. Du wagtest nicht, nach Einzelheiten zu fragen, da er jedes Mal eine andere Version erzählte. Vielleicht ließ ihn sein Gedächtnis inzwischen doch ein wenig im Stich. Egal, so oder so wolltest du diese Geschichte gerne glauben. Wie sein Vater erschossen wurde und er als Jugendlicher eine Riesenwut im Bauch hatte.

»Für die alten Griechen war ein Mann erst dann ein richtiger Mann, wenn er lesen und schwimmen konnte«, sagte er eines Morgens zu dir, als ihr kurz vor Erreichen der Küste wieder festen Boden unter den Füßen hattet. »Wir sind die letzten verbliebenen Griechen, Antoine, die letzten!«

Und dann trankt ihr ein Gläschen Weißwein oder einen Kaffee mit Schuss im einzigen Bistro von Sainte-Croix-Jugan, das noch übrig geblieben war und in das auch die Fischer gingen, die durch die Richtlinien der Europäischen Union mehr oder weniger in den Ruin getrieben worden waren.

Sie empfingen Dorgelles wie einen der Ihren, und selbst dort warst du dir nicht sicher, ob er die Leute wirklich mochte oder ob er ihnen nur etwas vorgaukelte. Vielleicht hatte er irgendwann angefangen, ihnen etwas vorzugaukeln und glaubte inzwischen selber dran. Oder genau anders herum. Aber das glaubst du nicht, nein, das glaubst du nicht. Selbst heute Nacht, wo er allein ist mit Suzanne in ihrem überdimensionierten Art-Déco-Haus in Saint-Germain-en-Laye, während das Land in Aufruhr ist und seiner Tochter zweifelsohne das gelingen wird, wovon er sein ganzes Leben geträumt hat, wird er vermutlich ehrlich das Gefühl haben, ein Volk zu retten, das er liebt.

Und du denkst wieder an seine Gegner, an die, die seit vierzig Jahren seine Feinde sind, die Antifaschisten, die einen fundamentalen Fehler gemacht haben. Was haben sie ihm nicht alles vorgeworfen: Doppelzüngigkeit, seine Vergangenheit als Söldner, seinen echten oder auch nur vermeintlichen Rassismus, Suzannes Vermögen. Aber sie haben nicht eine Sekunde in Erwägung gezogen, dass er möglicherweise ehrlich war, wirklich daran *glaubte*. Und eben das hätte ihnen, aus ihrer Perspektive gesehen, wirklich Angst machen sollen.

Dann kauftet ihr im Anschluss noch Zeitungen und einen Korb Austern vom Utah Beach bei einem Direktverkäufer.

Du nimmst dir vor, deine erste gemeinsame Mahlzeit mit Agnès, wenn ihr morgen oder übermorgen endlich mal wieder ein oder zwei Stunden für euch habt, soll aus zwei Dutzend Austern aus Saint-Vaast bestehen. Und dann noch zwei Dutzend aus Prat-ar-Coum, um das Maß vollzumachen. Und Muscadet. Liberté, Égalité, Muscadet: Der Block hat gewonnen!

Jetzt verfolgst du *Masculin-Féminin* nur noch mit einem Auge und merkst, dass du noch nie so müde warst wie jetzt gerade, eine Müdigkeit, die nicht auf Wodka und die politisch so betriebsamen letzten Tage zurückzuführen ist, auch nicht oder jedenfalls nicht nur auf deine fast panische Ungeduld, endlich wieder Agnès in die Arme zu schließen

Nein, diese Schmerzen in der Schulter, dieser drohende Muskelkrampf in der Wade, diese ersten Vorboten eines Hexenschusses, erinnern dich daran, dass du nicht mehr der Jüngste bist, und dir wird klar, dass du nunmehr nichts mehr gemein hast mit Jean-Pierre Léaud, Catherine-Isabelle Duport, Marlène Jobert und Chantal Goya im Jahr 1966, auch nicht mehr mit der Zeit, der ganz realen, und schon gar nichts mehr mit ihrer ewigen Jugend im Film: Du wirst in wenigen Monaten fünfzig Jahre alt.

Und da dich niemand anruft und du nicht an Stanko denken willst und daran, was man Stanko antun wird, kannst du genauso gut wieder an Rouen zurückdenken, an die Zeit, als du siebzehn warst, an diesen Irren Brou.

Du machtest Eindruck auf ihn, weil du pausenlos lasest, sogar sämtliche Zeitungen, die es am Bahnhof zu kaufen gab; du mochtest Hegels Satz, das Zeitungslesen sei eine Art von realistischem Morgensegen. Aber von Zeitungen bekam man dreckige Finger, sie waren schlecht geschrieben und dir fiel jene Bemerkung von Prousts Swann wieder ein, der beklagte, dass man sein Leben damit zubrachte, Zeitungen zu lesen, deren Informationen schon am Tag darauf ohne Interesse wären, während man in seinem Leben nur zwei oder drei Mal die *Pensées* von Pascal lesen würde.

Eine Woche oder vielleicht zehn Tage nach eurem ersten

Treffen im Château d'Ô und der Orgiennacht bei ihm kamst du ins Métropole. Die Ferien zu Allerheiligen hatten gerade begonnen. Deine Eltern waren zu einem Kurzurlaub in ein Club-Hotel in Hammamet aufgebrochen, und deine Groß-mutter hatte deine Brüder abgeholt und war mit ihnen ins Sommerhaus der Familie in Pontaillac gefahren, wo sie sich vermutlich gerade den Arsch abfroren. Die alte Kinderfrau, der du nach wie vor unheimlich warst, seit ihr klar war, dass du zweifellos ein psychopathischer Riese warst, vermied es, dir in der großen, leeren Wohnung über den Weg zu laufen. Sie stellte dir zu jeder Mahlzeit alles hin, was du brauchtest, und brachte dein Zimmer in Ordnung, wenn sie sicher war, dass du ins Schwimmbad gegangen warst. Schade, dass sie so alt war. Wärt ihr Figuren aus einem frivolen Roman gewesen, hättest du sie vögeln können. Aber ihr wart nicht in einem frivolen Roman und dein Vater hatte keinerlei Phantasie. Dabei kamen nach dir noch zwei Brüder, die auf ihre Ent-jungferung warteten.

Brou saß an seinem gewohnten Platz. Die Schulferien, zu-mindest die kürzeren wie die an Allerheiligen, waren für ihn ein Geschenk des Himmels, ebenso für den Wirt. Ein Hofstaat junger angehender Faschos, die großen Wert darauf legten, die Prüfungen an ihrer jeweiligen Oberschule nur nicht zu bestehen, belagerte den Ort den ganzen Tag. Die meisten be-suchten eine Privatschule, wie das Join-Lambert, dort fand man ganze Nester fauler Söhne aus guter Familie. Einige von ihnen fanden durch ein Engagement bei den Rechtsextremen eine Möglichkeit, etwas darzustellen und so ihre Klassenzu-gehörigkeit kenntlich zu machen.

Warst du denn so viel anders als sie? Ja, schon, du hat-test keinerlei Entschuldigung: Du wusstest genau, was du tatest.

Brou empfing dich. Komischer Typ, dieser Brou, dachtest du. Du erinnertest dich an seine Wohnung im Morgengrauen, und dass du dich – woran das Plakat mit dem Rekrutierungs-aufruf sicher keinen unmaßgeblichen Anteil hatte – durch die dort herrschende Atmosphäre entfernt an diese Szene aus den *Verdammten* von Visconti erinnert gefühlt hattest, in der die SA nach einer Nacht der Orgien im Morgengrauen von der SS dahingemetzelt wird. Lagst du da so falsch? Was unterschied, abgesehen von ihrer Herkunft, denn Brou von Stanko, Stanko, den man diese Nacht hinrichten würde, Stanko, der vielleicht in diesem Moment schon hingerichtet worden war…

Die Soldaten, die bereit sind, sich die Hände schmutzig zu machen, die Soldat durch und durch sind, die keine faulen Kompromisse eingehen, können nicht überleben, dürfen nicht überleben, wenn ihre Partei aufhört, revolutionär zu sein, und eine Regierungspartei wird. Wollt ihr nun eure Ministerposten? Dann legt eure Stankos um … Die sind nicht vorzeigbar, die können sich nicht benehmen … Wenn Brou nicht so gestorben wäre, wie er gestorben ist, würde er vermutlich ebenfalls Opfer dieser letzten Säuberungsaktionen werden.

Aber vorerst war er noch dort, im Métropole. Es war gerade mal zehn Uhr morgens, und er trank schon Whisky. Fünf oder sechs Klone versuchten, ihn zu imitieren, aber hatten auf den Whisky verzichtet und tranken stattdessen ein eher harmloses Bier. Zwei Mädchen, gar nicht mal so hässlich, tranken Erdbeermilch. Du bestelltest einen Espresso, nicht, weil du wirklich Lust auf Kaffee hattest, sondern weil du das pfeifende Geräusch der Kaffeemaschine mochtest.

Wenn du so daran zurückdenkst, in dieser Nacht, dann wird dir klar, dass das Métropole eine Bar aus der Welt davor war. Du, der du Bistros so liebst, diese vom Aussterben bedrohte Art, die heute immer mehr von Themenbars für Bobos und Franchise-Brasserien für mittlere Angestellte ersetzt wird, du weißt, dass man selbst in denen, die überlebt haben, nicht mehr die gleichen Geräusche und auch nicht mehr die gleichen Gerüche hat. Man hört keine Flipper mehr, man riecht keine Zigaretten mehr, es gibt keine hart gekochten Eier mehr auf dem Tresen. Du findest manchmal sogar, dass die Stimmen, alle Stimmen, nicht mehr den gleichen

Klang haben, die gleiche Körnung, und du fragst dich, ob du nicht einen Film von Sautet in den DVD-Player einlegen solltest, um diesen Eindruck zu überprüfen. Die besten Bistro-Szenen des französischen Kinos …

Masculin-Féminin geht zu Ende, Jean-Pierre Léaud ist auf dämliche Art und Weise ums Leben gekommen, die Mädchen leben weiter und der Kabelsender kündigt an, dass er im Anschluss eine Komödie für Mittdreißiger bringen wird, gespielt von Mittdreißigern, für Mittdreißiger, die ausschließlich in zwei Wohnungen von Mittdreißigern spielt in einem Arrondissement für Mittdreißiger. Einer dieser Filme, von denen fünfzig oder sechzig im Jahr gemacht werden, einer dieser Filme, die sich niemand im Kino ansieht. Du sagst dir: Da so oder so die Kulturszene aufheulen wird, wenn ihr in die Regierung eintretet, kannst du ihnen auch gleich den Gefallen tun und für eine Säuberungsaktion in der Kommission sorgen, die für die Filmförderung zuständig ist, damit Schluss ist mit diesem Scheiß.

Du machst den Fernseher aus, du wirfst erneut einen Blick auf dein iPhone. Die Wirkung des Wodkas lässt langsam nach.

Du denkst wieder an Brou, wie er an dem Morgen dort thronte.

»Das ist ja eine gute Überraschung, Maynard. Wie ist es dir denn seither ergangen? Wie ich sehe, hast du eine Sporttasche dabei.«

»Schwimmen. Im Île Lacroix.«

»Sportlich? Sehr gut. Und Kampfsport machst du nicht? Du wirst mir sagen, so, wie du gebaut bist für dein Alter, hast du das momentan nicht unbedingt nötig …«

Du fragtest dich, warum du vorbeigegangen warst. Du fandest das alles erbärmlich, belanglos. Da wärst du besser noch ein paar Bahnen im großen Becken geschwommen und hättest, so wie sonst auch, erst dann aufgehört, wenn du am Rande der Erschöpfung gewesen wärst und kleine schwarze Punkte vor deinen Augen auf und ab getanzt wären.

Aber zugleich wusstest du ganz genau, warum du dort

warst, die Rothmans Bleue ablehntest, die er dir anbot, während du dich fragtest, ob eines der Mädchen – eine leicht rundliche Blonde mit einem nachlässig gebundenen Knoten, die Art Haarknoten, die dir gefiel, der so aussah, wie nachdem man miteinander ins Bett gegangen war, wie nach dem Sex, wenn eine Haarsträhne immer wieder ins Gesicht fiel, maximal sechzehn Jahre alt – sich überzeugen lassen würde, mit dir ins Schwimmbad zu gehen, und bei gegenseitigem Gefallen noch mehr. Du warst allein in einer zweihundert Quadratmeter großen Haussmann-Wohnung, es wäre schade gewesen, das nicht auszunutzen und dir keine Schändung nach Art eines Gelegenheits-Bataille zu gönnen, wie zum Beispiel dieses junge Mädchen aus gutem Hause im Bett deiner Eltern zu vögeln.

Du warst dort, weil Brou dir zweifellos ein Angebot machen würde, mit dem du etwas Schwung in dein Leben bringen könntest, und Schwung hat es nur dann, wenn Gewalt im Spiel ist, Gefahr und Adrenalin. Außerdem hattest du schon damals vor, Romane zu schreiben, und Brou hatte etwas von einer Romanfigur. Nicht unbedingt wegen seiner mutmaßlichen Abenteuer von Fascho-Tim (ohne Struppi), sondern wegen der Brüche in seiner Persönlichkeit.

Du sahst ihn wieder vor dir auf seiner Couch im Morgengrauen, mit diesem Mädchen, das dir nur wenige Stunden zuvor einen geblasen hatte und das sich nun an ihn schmiegte. Du vermutetest, dass er in mehrfacher Hinsicht pervers war oder impotent oder beides. Auch das trug dazu bei, Brou eine gewisse Größe zu verleihen, eine Tiefe, die man auf den ersten Blick nicht bei ihm vermutet hätte. So wie er an diesem Morgen da saß, hätte er gut in eine Erzählung von Fitzgerald gepasst, sicher besser als in einen Roman von Gérard de Villiers. Dir war aufgefallen, dass er alle *Malko*-Comics auf dem Klo hatte und auf den ersten, bevor auf den Titeln nackte Mädchen mit hyperbolischen Waffen zu sehen waren, Malko Linge schon eine Ray-Ban-Aviator trug und dass Brou, trotz seiner verbrannten Visage, versuchte, dieser Figur irgendwie ähnlich zu sehen.

Schon bald nahm er dich in eine kleine Clique auf, zu der außer ihm und dir ein junger Bereitschaftspolizist namens Simon von der 31. Einheit gehörte, der im Darnétal stationiert war, und noch so ein verhärmter Sohn aus guter Familie, ungefähr im gleichen Alter wie Brou. Dieser Jean Émile hatte eine Hautkrankheit, von der nicht nur seine Hände betroffen waren, sondern auch seine Gesichtshaut schuppte sich derart ab, dass er zum Fürchten aussah. Aber er war immer perfekt gekleidet, und während Brou und der Polizist dir beibrachten, wie man schoss und sich prügelte, lehrte Jean Émile dich, wie man sich gut anzog, und brachte dich dazu, deinen auf die Dauer doch etwas öden Cordsamt-Look aufzugeben und stattdessen taillierte Anzüge zu tragen, die deine breiten Schultern noch besser zur Geltung brachten, Anzüge, die du jetzt nicht mehr tragen könntest, mit deiner Wampe eines amerikanischen Bullen.

Ihr vier wart gefährlich, gewalttätig, mit einem Hang zu irrationalen Wutausbrüchen.

Ihr wart in der ganzen Gegend berüchtigt, galtet als gemeingefährlich, als verrückte Mörder.

Du kamst dort jedenfalls auf deine Kosten, und zwar derart, dass du sogar die eine oder andere Nacht besser schlafen konntest. Du weißt nicht, wie dir das gelang, aber du schafftest es, diese Aktivitäten streng zu trennen vom Lernen für die Schule, das dich ohne Frage begeisterte. Du wurdest von deinen Lehrern wie auch von deinen Mitstreitern ein wenig kritisch beäugt, wenn auch aus unterschiedlichen Gründen, genau wie von deiner Familie: Du warst ein Scheusal, das tadellose Noten mit nach Hause brachte. Aber wenn der Geschichtslehrer oder der Philosophielehrer dir mal wieder eine Eins auf deine Arbeit schrieben, schienen sie sich zu fragen, wann die Bullen in der Klasse auftauchen würden, um dich einzukassieren.

Natürlich hatten ein paar Lehrer, die kurz vor der Pension standen, noch deinen Großvater gekannt. Einer von ihnen sprach dich einmal im Flur an, nicht weit von der Stelle, wo eine Gedenkplakette hing, mit der an die Lehrkräfte erinnert wurde, die als Soldaten in einem der beiden Weltkriege gefallen waren. Ein Mathematikprofessor, ein Stadtrat von den Zentristen, was die Sache in deinen Augen noch viel schlimmer machte. Er machte eine Bemerkung zu deiner Kleidung. Du trugst einen Regenmantel, der noch nicht mal grün war, mit einem Gürtel.

»Na, Maynard, haben Sie gerade jemanden verhaftet und an die Gestapo ausgeliefert? Ihrem Großvater würde das nicht gefallen.«

Du schautest ihn an. Du warst gut gelaunt. Zum Glück, sonst wären dein Verbleib auf der Schule und dein Abschluss vermutlich stark gefährdet gewesen. Der kalte Hass, der in dir aufstieg, wurde allein durch eine ausgezeichnete Note in Geschichte über die internationalen Beziehungen in der Zwischenkriegszeit im Zaum gehalten. Und auch durch einen Flirt am Vortag, der ziemlich weit gediehen war, mit einem Mädchen aus der Parallelklasse. Du hattest den Eindruck, dass deine Finger immer noch nach ihr rochen.

Also beschränktest du dich darauf, ihm zu antworten: »Angesichts Ihres Alters müssten Sie ja eigentlich damals dabei gewesen sein, als so etwas an diesem Gymnasium hier passierte, oder? Ich hoffe doch, Sie würden heute mehr Mut beweisen als damals. Soweit ich informiert bin, haben Sie den Hintern nicht hochgekriegt, als mein Großvater suspendiert wurde, weil er gegen den Ausschluss Ihrer jüdischen Kollegen protestiert hatte ...«

»Du dreckiger, kleiner Idiot, ich werde dich ...«

»Was werden Sie?«

Das war die Stimme des stellvertretenden Direktors, der gerade durch den Flur kam. Der Mathematiklehrer wollte zweifelsohne keinen weiteren Ärger und war sich offensichtlich nicht so sicher, ob er nicht am Ende den Kürzeren ziehen würde, wenn man erst einmal anfing, in der Vergangenheit herumzustochern, und er hob kurz die Hand, um zu signalisieren, dass es keinerlei Problem gab und die Sache nicht so wichtig war.

Ärger hatte er dennoch.

In einem Anfall von Großzügigkeit hatte Brou dir ein Bajonett geschenkt, das angeblich einem Legionär im Gefecht von Camerone gehört hatte. Du hattest da zwar deine Zweifel, aber es war ein hübsches Ding von bestechend klarem Design, bei dem die Funktion die Form bestimmte. Das gefiel dir sehr.

Und mit diesem Bajonett schlitztest du im Laufe des Jahres gut zehn Mal die vier Reifen des Citroën CX des alten Mathepaukers auf. Die ersten Male machtest du es auf dem Parkplatz der Schule oder in der Rue Joyeuse, wenn er dort geparkt hatte. Die letzten Male in seiner eigenen Garage. Simon, der Bereitschaftsbulle, hatte dir ein paar Tipps gegeben, wie man mit dem Bajonett Schlösser aufbrechen kann. Es war jedes Mal ein wunderbares Gefühl, wie die dicke Klinge sich in das Gummi bohrte und die Luft entwich. Natürlich verdächtigte man dich.

Aber das Gymnasium legte sich nicht sonderlich ins Zeug, und dir wurde klar, dass du offenbar ins Schwarze getroffen hattest, was das Verhalten des guten Mannes während der Besatzungszeit anging. Er begnügte sich damit, den Fall bei der Polizei zu Protokoll zu geben. Erst im Mai stelltest du deine kleinen Ausflüge ein. Das Abitur rückte näher, und du warst nur knapp einer Bullenstreife entkommen. Einer von ihnen hatte im Villenviertel von Bihorel sogar deine Verfolgung aufgenommen, aber glücklicherweise sein Käppi verloren, denn damals trugen die Bullen noch Käppis und schossen noch nicht in den Vorstädten in die Menge.

Jedenfalls gingen sie sehr viel weniger massiv und systematisch vor als in dieser Novembernacht.

Das waren die Jahre, in denen noch große Teile der Welt davor erhalten waren.

Durch diese Verbissenheit stiegst du deutlich im Ansehen bei Brou, der eines Tages zu dir sagte, als ihr gerade in einem weißen 204er Cabriolet mit glatten Reifen Richtung Dieppe fuhrt, wo ihr in der Auberge de la Côte übernachten würdet, dem einzigen Ort in Seine Maritime, wo man bis zum Morgengrauen trinken und zu Boney M tanzen konnte:

»Verdammt, Maynard, du bist fast genauso ein gemeiner Hund wie ich!«

»Ein gemeiner Hund sein« war, wie »einer duften Biene nachstellen«, einer dieser veralteten Ausdrücke, die keiner mehr benutzte außer Brou.

Deine erste echte Expedition bestand darin, Ende November mit Brou und Jean Émile Flugblätter vor dem Saint-Saëns-Gymnasium zu verteilen. Simon, der dann doch gezwungen war, sich ein wenig zurückzuhalten, blieb zwischen zwei Ständen auf dem Blumenmarkt in der Deckung. Es waren Flugblätter vom Ordre Nouveau. Sie waren in einem unglaublich phrasenhaften und pathetischen Stil verfasst und mehr oder weniger unverständlich. Außerdem stand eine Menge Blödsinn drin, und abgesehen davon fandst du diese keltische Krieger-Figur, die eher wie eine Dragqueen aussah und in einer Sprechblase sagte: »Kämpfe auch du für den Umsturz, schließe auch du dich Ordre Nouveau an!«, unglaublich lächerlich.

In Rouen waren die Typen vom Ordre Nouveau Theoretiker, die nichts auf dem Kasten hatten und Jura studierten. Sie meinten, es gezieme sich in ihrer Position nicht, Flugblätter an irgendwelche Rotznasen zu verteilen. In Wirklichkeit hatten sie einen Heidenbammel, und Brou, der nette Kerl, tat ihnen einen Gefallen und arbeitete ihnen bei ihrer Kaderarbeit zu, so wie er es für jede andere faschistoide Clique auch getan hätte.

Klar, nach dem zehnten abgelehnten Flugblatt wart ihr umringt von Oberstufenschülern, die zunehmend aggressiv reagierten. Aktivisten der JCR, der kommunistischen Jugendorganisation, und Leuten aus der Schülergewerkschaft.

Es dauerte nicht lange, und sie hatten euch eingekesselt, die Flugblätter flogen durch die Luft und die Schlägerei war in vollem Gange.

Brou, immer mit seiner Aviator-Brille, prügelte mit der gleichen Ungerührtheit drauflos, mit der er die Flipper im Métropole bearbeitete, mit geradem Rücken und konzentrierter Miene.

Jean Émile hatte seine Handschuhe ausgezogen, und seine verkrusteten Hände mit den nässenden Stellen hatten immer den Effekt, dass seine Gegner im ersten Moment aus lauter Abscheu zurückschreckten. Das nutzte er aus, um als Erster zuzuschlagen.

Und du konntest dank deiner Größe saftige Ohrfeigen verteilen, deren Wucht dich selber verblüffte, den vielen Stunden im Schwimmbad von Île Lacroix sei Dank. Simon stieß als Verstärkung dazu und sorgte für die Entscheidung. Dazu muss man aber sagen, dass das ja auch in gewisser Weise der Job war, den er gelernt hatte.

Er gab dann auch das Signal zum Rückzug. Dabei machte er geltend, dass der Schulleiter sicher schon die Bullen gerufen hätte. Und damit lag er ganz richtig. Kaum wart ihr wieder in euer Auto gestiegen, das ihr in der Nähe des Gerichts geparkt hattet, hörte man schon die Sirenen.

Kurz vor Weihnachten brachten sie dir auf einem Hof im Eure in der Nähe von Bourgtheroulde das Schießen bei. Er gehörte Jean Émiles Familie und war eines von mehreren Ferienhäusern, die nie benutzt wurden. Jean Émile hatte dort in einer Scheune Waffen deponiert. Sie waren nicht gerade nagelneu und in einem Versteck unter dem Heu verstaut.

»Das sind Waffen von der Résistance«, behauptete Jean Émile.

Wenn man die Klappe aus vermodertem Holz anhob, wurde der süßliche Duft des Heus vom Geruch nach feuchtem Kalk und Salpeter verdrängt. Ordentlich aufgereiht in Kisten und eingewickelt in geölte Säcke aus Jute, fandet ihr Luger P08, auseinandermontierte Sten und »Babygun«-Karabiner M1.

Ihr fuhrt morgens in Rouen los, traft euch vorm Bahnhof. Du hattest die ganze Nacht nicht geschlafen, aber das warst du gewohnt. Du lasest gerade einen Roman von Hemingway, *Über den Fluss und in die Wälder*, wirklich klasse, einen Roman in dieser Art wolltest du eines Tages auch schreiben.

Brou saß am Steuer. Er hatte einen grünen Fiat Polski, eine

echte Seifenkiste, der überhaupt nicht die Spur hielt. Im Auto stank es nach Tabak und Alkohol. Du stiegst mit Simon zusammen hinten ein. Der Bulle war der Einzige aus eurer Gruppe, der noch breitschultriger war als du.

Er war ein melancholischer Junge, der durchgehend in der Kaserne von Darnétal lebte, im Gegensatz zu vielen seiner Kollegen. Er erfreute sich großer Beliebtheit, weil er immer bereit war, Dienste am Wochenende oder an Feiertagen zu übernehmen.

Simon war überzeugt, ganz ehrlich zutiefst überzeugt davon, dass die Sowjets jederzeit über den Rhein kommen würden und Giscard ein KGB-Agent wäre, genau wie Mitterrand. Die Linke hatte die letzten Parlamentswahlen verloren, die von '78, aber das trug nicht zu seiner Beruhigung bei. Er litt tatsächlich unter einer leichten Form von Verfolgungswahn. In seiner Freizeit blätterte er in seinem Zimmer Pornohefte durch, genau wie seine Kollegen. Er wollte nicht, dass man ihn für eine Schwuchtel hielt. Aber sobald er allein war, zog er sich Spionageromane rein. Eine besondere Vorliebe hatte er für die *Malko*-Heftchen, die Brou ihm auslieh. Und als wäre das nicht genug, lieh Brou ihm auch noch Romane von Saint-Loup und Jean Mabire.

Du versetztest ihm schließlich den Todesstoß, durch Lyrik.

Eines Tages warst du als Erster ins Métropole gekommen und lasest *Clair de terre* von André Breton. Er setzte sich dir gegenüber, um dir zu sagen, dass Jean Émile und Brou sich verspäten würden.

Er fragte dich mit seiner sanften Stimme, was du da lasest. Was auch immer dich da geritten haben mag, du lasest ihm ein paar Zeilen aus »Freie Liebe« vor:

Meine Frau mit den Raketenbeinen
Mit den Bewegungen der Verzweiflung und vieler Uhrwerke
Meine Frau mit Waden von Holundermark
Meine Frau ihre Füße Initialen
Ihre Füße wie Schlüsselringe an den Füßen der Kalfaterer
die trinken

Meine Frau mit dem Hals aus ungeschälter Gerste
Meine Frau mit der Kehle des Val d'Or
Gleich dem Rendezvous tief im Bett des Wildbades
Mit Brüsten von Nacht

Seine Reaktion war dir fast peinlich.

Da, inmitten all der anderen Gäste, dem Lärm von der Straße, der immer, wenn jemand das Café betrat oder verließ, für einen Moment die Unterhaltungen übertönte, füllten sich die Augen des Bereitschaftspolizisten mit Tränen, und er sagte mehrmals hintereinander mechanisch: »Ist das schön, ist das schön, ist das schön.«

Seither liehst oder schenktest du ihm regelmäßig Lyrik-Bände. Nach Breton kam *Alkohol* von Apollinaire, das gefiel ihm weniger, René Char, der ihm überhaupt nicht gefiel, Verlaine, Rimbaud, Musset. Unerklärlicherweise hatte Simon eine echte Schwäche für Michaux, von dem er nicht genug kriegen konnte. Auch wenn er dich bat, diese geheime Schwärmerei für dich zu behalten (»sie werden sich das Maul zerreißen«), und obwohl du niemandem davon erzähltest, wurde es am Ende doch bekannt.

Jean Émile war am Boden zerstört. Er fand es sehr bedenklich, dass ein Mann der Tat sich durch das Lesen von Versen verweichlichen ließ.

Brou war da toleranter und wies darauf hin, dass es sich dabei um eine alte westliche Tradition handelte, Krieger, die zugleich Poeten waren. Er führte Charles d'Orléans und Drieu an.

Simon war beruhigt, nun musste er sich nicht mehr verstecken, aber es war dennoch sehr seltsam, ihn Ausschnitte aus *Unseliges Wunder* wie ein Gebet vor sich hinmurmeln zu hören, während ihr gerade mit einem Molotow-Cocktail die Geschäftsstelle eines kommunistischen Abgeordneten in der Nähe von Petit-Quevilly in Brand stecktet.

Auf dem Hof in Bourgtheroulde war im Übrigen Simon derjenige, der sich geduldig ansah, wie du die Sten zusammen- und auseinanderbautest, was bei den paar Teilen kinderleicht war, dann die M1-Karabiner, was schon etwas schwieriger war, und zuletzt die Luger P08, die, warum auch immer, offenbar was gegen dich hatte, weil du dir am Ende immer den Daumen im Schlagbolzen einklemmtest, was ziemlich schmerzhaft war.

Aber trotzdem war's schön, vor allem wenn du in dieser einsamen Nacht daran zurückdenkst, und wenn du euch vier so vor dir siehst an jenem rosig-blauen Morgen. Unter euren Schritten knirschte der Raureif, als ihr in einen uralten Geländewagen stiegt, der euch durch den Wald des Anwesens bis auf eine Lichtung brachte. Dort stand an der Seite eine aufgegebene Forsthütte, die ganz offensichtlich schon mehrfach als Zielscheibe bei Schießübungen gedient hatte.

Simon ließ eine Thermoskanne mit Kaffee herumgehen und Brou bot allen, die wollten, einen Schuss Calvados aus einem sehr schönen silbernen Flachmann an. Der Apfelduft aus der Flasche übertönte fast den Geruch nach Wald und geölten Waffen.

Ihr wart den ganzen Morgen lang mit Schießen beschäftigt, verschosst Hunderte Patronen.

Jean Émile schien keine Angst vor den Gesetzeshütern zu haben, hier in der Einsamkeit des viele Hektar großen Waldes. Dennoch konnte man die Schüsse in dieser eisigen Dezemberluft noch weithin hören.

Man befand, du wärst ein anständiger Schütze, was dich ein wenig nervös machte. Du hattest Mühe, die Sten unter Kontrolle zu bringen, die einfach von allein losging und in Nullkommanichts zwölf 9mm-Kugeln verballerte. Aber mit der Luger kamst du besser klar und vor allem mit dem M1-Karabiner. Du liebtest es, wie der Riegel auf der Unterseite der Waffe mit einem metallischen Geräusch zurücksprang, wenn du ein Magazin verschossen hattest.

Ihr hattet in solchen Monaten euren Spaß, bis der Mai kam.

Im Mai starb Brou.

Offensichtlich war an diesen Geschichten von politisch-mafiösen Überfällen was dran. Brou wurde beim Verlassen einer Bank nach einem Überfall in Condé-sur-l'Escaut von Gendarmen unter Feuer genommen. Es war Thema in der *Paris Normandie* und der nationalen Presse. Es gab sogar ein Porträt von Brou mit einem fies aussehenden Foto im *Nouvel Observateur*: »Wie ein Sohn aus gutem Hause abdriftet.« Das Geld von Condé-sur-l'Escaut war der Wochenzeitschrift zufolge für eine deutsche Neonazi-Gruppe bestimmt.

Du wurdest von der Polizei befragt, in Anwesenheit deines Vaters, weil du noch minderjährig warst.

Du hieltest dich bedeckt. Du räumtest ein, dass du ihn des Öfteren gesehen hattest. Jean Émile reiste passenderweise genau zu dem Zeitpunkt in die Schweiz, um seine diversen juckenden Hautausschläge in einer Spezialklinik behandeln zu lassen.

Auch Simon sahst du nicht wieder. Er wurde nach Neukaledonien versetzt. Hoffentlich hatte er nicht vergessen, seine Michaux-Bände einzupacken.

Als ihr aus dem Kommissariat kamt, sagte dein Vater den ersten Kraftausdruck zu dir, den du je von ihm gehört hast: »Ich hoffe, du lässt diesen Scheiß jetzt verdammt noch mal bleiben, Antoine.«

Im Juni bestandst du dein Abitur mit Auszeichnung.

Du gingst wieder ins Métropole. Du stelltest fest, dass Brou dir fehlte. Die anderen Kids, denen ihr örtlicher Caudillo abhanden gekommen war, versteiften sich darauf, dich als seinen Nachfolger zu betrachten, und stellten dir jedes Mal die gleichen Fragen. Es ging das Gerücht um, du wärst bei dem Überfall von Brou in Condé-sur-l'Escaut dabei gewesen, wie durch ein Wunder den Schüssen der Gendarmen entgangen und bei der sich anschließenden Treibjagd entkommen.

Die Kunst der Geschichtsklitterung, da kam man einfach nicht raus.

Ja, Brou fehlte dir so sehr, dass du dich an einem Morgen Anfang Juli, der so schön war, dass man von der Terrasse des Métropole aus in der Ferne, am Ende der Rue Jeanne d'Arc, die Seine in der Sonne glitzern sah, bei den geschwätzigen kleinen Faschos entschuldigtest, ins Café reingingst, die Tür zum Stehklo aufrissest, sie zuzogst, den Riegel vorschobst und anfingst zu heulen, zu heulen, wie du seit deiner Kindheit nicht mehr geheult hattest.

Einer, den du mehr oder weniger häufiger sahst, während du dich mit deiner kleinen Clique amüsiertest, war Charles Versini, der Parteifunktionär des Blocks. Er hatte jenen ersten Abend bei Brou nicht vergessen, und lud dich fast jedes Mal ein, wenn er in Rouen war.

Er schien bei euren Mittagessen, die samstags in einem Restaurant an der Place du Vieux-Marché stattfanden, deine wilden Spritztouren mit Brou witzig zu finden, mutig, aber auch gefährlich, vor allem für dich. Er hatte Recht.

Nach Brous Tod trug Versini dir also regelmäßig die Mitgliedschaft im Bloc Patriotique an, malte dir einen kometenhaften Aufstieg in einer Gruppierung aus, der die Zukunft gehören würde. Nach der Auflösung von Brous Gruppe, deinem Einser-Abitur und deiner Zulassung zur Vorbereitungsklasse der ENA begann er regelrecht zu drängen.

Er änderte die Kategorie der Restaurants, in die er dich einlud. Ihr gingt ins La Couronne, das es angeblich seit den Zeiten der Kreuzfahrer gab, zu Dufour, das nur wenige Schritte von der Wohnung deiner Großmutter in der Rue Saint-Nicolas entfernt lag, oder auch ins Hôtel de Dieppe, gegenüber vom Bahnhof, ganz in der Nähe des Métropole, das bekannt war für seine Spezialität, Blutente. Zum Glück gingst du weiter regelmäßig ins Schwimmbad, seit Brous Tod sehr viel häufiger, der für dich, so wurde dir nach und nach klar, der erste Trauerfall deines Erwachsenenlebens war, sonst wärst du heute noch viel dicker.

Unter Versinis Ägide begannst du schließlich Vorträge vor den Mitgliedern von Bloc-Jeunesse zu halten, die manchmal älter waren als du. Dabei ging es um so unterschiedliche Themen wie Autorität, die griechischen Wurzeln des Westens, den Traditionsbegriff bei René Guénon, den Klassenkampf bei Marx, aber auch leichtere Themen wie »Die Hussard-Romanciers, Nimier, Laurent, Déon, Blondin und die literarische Rechte im Allgemeinen«. Oder, noch besser, du interpretiertest die Filme von Michel Audiard politisch, die du mit Hilfe dieses riesigen, faszinierenden Geräts vorführtest, das gerade auf den Markt gekommen war, dem Videorekorder.

Du stelltest fest, dass du eine echte Gabe dafür hattest, ein Publikum zu fesseln. Du dachtest ursprünglich, du wärst nur für die einsame Lektüre gemacht, fürs Schwimmen, fürs Schreiben eines wirklich guten Aufsatzes in Rekordzeit, fürs Anbaggern, Zusammenschlagen von Linken, und nun verstandst du es also auch noch, Jungs und ein paar Mädchen in deinen Bann zu ziehen, auch wenn diese es eigentlich überflüssig fanden, sich zu bilden.

»Sie sind nett, treu ergeben«, sagte Versini, »aber manchmal sind sie ein wenig schwer von Begriff. Aber du fesselst sie wirklich. Sie reden nur noch über dich, wenn sie rauskommen. Doch, doch, das stimmt … Und wie läuft es so in deiner Vorbereitungsklasse?«

Es lief gut. Du fandest in dem Berg an Arbeit, den man euch auflud, eine echte Möglichkeit der Ablenkung, die ebenso zuverlässig wirkte wie die Stunden, die du mit Schwimmen zubrachtest oder die Ausflüge mit den Faschos, die sich gegen alles richteten, was sich in der Stadt auch nur irgendwie links gab.

Aber du gingst nicht mehr so oft zu den Prügeleien.

Jemandem eins auf die Schnauze zu geben oder Geschäftsräume von Linken zu verwüsten und Plakate anzuzünden, auf denen gegen Pinochet oder Videla protestiert wurde, war auch irgendwie immer das Gleiche. Und erst rückblickend wurde dir klar, welchen Mut der Verzweiflung Brou, Jean Émile oder Simon hatten. Nie wart ihr zurückgewichen, selbst wenn es schlechter lief als gedacht. Dass ihr in Unterzahl wart, erschien euch sogar ein unverzichtbarer Bestandteil eurer Aktionen zu sein, halb aus Imponiergehabe, halb, weil ihr es darauf anlegtet, dass die Sache schiefging, was der guten alten Todessehnsucht ziemlich nahe kam.

Aber mit den Trotteln vom Métropole dauerte es tagelang, auch nur die simpelste Flugblatt-Verteilaktion zu planen, und am Ende, wenn man mit zwanzig freiwilligen Helfern gerechnet hatte, stand man mit zwei oder drei Halbirren dort und noch mal so vielen Nervenbündeln, die immer bleicher wurden, je näher der Termin rückte.

Versini begann, dich wie selbstverständlich zu duzen, nachdem er erfahren hatte, dass du gelegentlich mit seiner Schwester Paola schliefst. Ein Mädchen mit vielerlei Rundungen, diese Art von Rundungen, die in Form bleiben, wenn man neunzehn ist, aber die bei einer Dreißigjährigen nur noch unförmig wirken.

Zum Glück für Paola fielen die letzten Jahre ihrer Jugend mit jenen Jahren zusammen, in denen die Werbung noch nicht verrückt war nach magersüchtigen oder androgynen Mädchen. Nur fünf Jahre später hätte sie im selben Alter eine Diät nach der anderen gemacht, eine Aerobic-Stunde nach der anderen, um den gerade angesagten Super-Frauen möglichst ähnlich zu sehen. Nein, sie sah damals wie eine Frau aus, wie eine richtige Frau.

Die Welt davor, die Welt danach, wieder einmal …

Sie hatte die Vorbereitungsklasse nach drei Wochen aufgegeben und sich stattdessen für einen Fachhochschul-Abschluss in Literatur eingeschrieben. Paola gefiel die Idee nicht sonderlich, jeden Tag zehn Stunden zu lernen, um am Ende dann doch eine Fünf für einen Aufsatz über die Metaphern bei Mallarmé zu bekommen. Paola verfügte in deinen Augen über zwei Vorzüge: Sie hatte wirklich gerne Sex und sie hatte ein eigenes Zimmer in Rouen bei einer Privatperson, da sie nicht jeden Tag nach Yvetot zurückfahren konnte.

Das war praktisch. Zwischen der Vorbereitungsklasse, den Vorträgen für Bloc-Jeunesse und deinen oft vergeblichen Versuchen, Mitstreiter für Schlägereien zu finden, fehlte dir die Zeit, neue Eroberungen zu machen, und wenn du dich, möglichst ohne dass ihre Vermieter dich sahen, in Paolas Zimmer schlichst, empfing sie dich immer mit Küssen, die nach Nescafé und Zigaretten aus hellem Tabak schmeckten, und lachte aus vollem Halse, wenn du dir zwischen ihren Brüsten, die mindestens Körbchengröße D hatten, einen runterholtest, bevor du auf ihr Gesicht abspritztest.

Es lag nahe, dass Versini dich deshalb neuerdings duzte. Er sprach dich nie direkt darauf an. Seine Schwester machte ihm vermutlich Kummer. Sie war, wie man gemeinhin sagte, eine heiße Nummer.

Was wohl aus Versini geworden ist? Er ist vermutlich immer noch Krankengymnast in Yvetot, wer weiß. Er entschied sich beim internen Putschversuch für die falsche Seite und wurde zu einem der ersten Scharfmacher von Louise Burgos. Paola hat eine gute Partie gemacht, du warst nicht eingeladen zu ihrer Hochzeit mit einem Börsenmakler. Du schliefst immer mal wieder mit ihr, bis kurz vor deinem Aufbruch zur Armee, während du schon Lehrer an einem Collège auf der anderen Seine-Seite warst. Nach dem, was du zuletzt gehört hast, aber dir wird gerade bewusst, dass diese »letzten Nachrichten« auch schon wieder zehn Jahre zurückliegen, lebt sie mittlerweile in der Nähe von San Diego.

Zu den Vorträgen oder Debatten-Dîners lud Versini auch Parteigrößen des Blocks ein. Schon lustig, denkst du, dass einige dieser Gäste ein paar Jahre später zu deinen engsten Vertrauten werden sollten, zumindest auf politischer Ebene. Dort begegnetest du zum ersten Mal Sallivert, Ströbel und Molène.

Brou, ein Trauerfall, der dich bis heute verfolgt...

Und mit Sicherheit wird es dir nicht anders mit Stanko gehen.

Schlimmer, weil du da zumindest teilweise mitverantwortlich bist.

Stanko.

Du hättest auch damals schon Roland Dorgelles begegnen können, der zu einem dieser Treffen der Bloc-Jeunesse nach Rouen kam und sämtliche Parteianhänger des Blocks und sogar darüber hinaus aufforderte, alle Kräfte zu bündeln, um die fünfhundert Unterschriften für die nahenden Präsidentschaftswahlen zusammenzubekommen und damit dafür zu sorgen, dass ein Vertreter der nationalen Rechten bei einem solch wichtigen Ereignis vertreten sein würde. Nebenbei gesagt, er bekam seine Stimmen nicht zusammen. Dorgelles war damals noch nicht in den Medien präsent. Seine seltenen

Auftritte wirkten geradezu grotesk. Er trug noch keine behandschuhte Prothese und schwenkte stattdessen einen Haken, der natürlich, und genau das war seine Absicht, an Captain Hook aus *Peter Pan* erinnerte.

Rein zufällig verpasstest du dieses Debatten-Dîner. Du absolviertest an dem Tag eine Übung für die höhere Militärlaufbahn, und die unteren Dienstgrade wunderten sich, wie geschickt du dich am Schießstand anstelltest. Während sie ihre Bemerkungen machten, meintest du, plötzlich Brous Geist vor dir zu sehen, mit seinem halbverbrannten Gesicht, wie er dir zwischen den Zielscheiben des Schießstandes zulächelte.

Ein oder zwei Mal fuhrst du auch mit Versini und anderen Mitgliedern des Blocks durch Seine-Maritime, um die Bürgermeister dieser Dörfer, die irgendwo auf dem platten Land oder in den bewaldeten, kühlen Tälern nahe der Küste lagen, davon zu überzeugen, ihre Unterschrift zu geben. Sie versprachen es, vergaßen es dann wieder oder gaben sie im schlimmsten Fall den verfeindeten Brüdern vom Parti des Forces Nouvelles.

Du stattetest übrigens, direkt nachdem du deine Test-Klausuren geschrieben hattest, die ersten deines Vorbereitungsjahrs, einem Lokalpolitiker der PFN einen Besuch ab, um ihm eins auf die Fresse zu geben, einem ungewaschenen Junggesellen namens Maitron. Wie in den guten alten Zeiten von Brou entschiedst du dich für die einfache Methode und tratest gegen acht Uhr abends die Tür seines Einzimmerapartments in der Rue des Bons-Enfants ein.

Maitron war überrascht. Er sah sich gerade einen Porno auf einem dieser legendären Videorekorder an. Der Rekorder war so riesig, dass er die halbe Wohnung einzunehmen schien. Der darin herrschende Geruch war in seiner Art noch abstoßender als der, den du später in der Armee kennenlernen solltest.

Maitron holte sich gerade einen runter, die Hose hing ihm auf Halbmast.

Wirklich ein schöner Anblick, die Forces Nouvelles!

Maitron erhob sich und stolperte natürlich über seine eigenen Beine.

Man schlägt keinen Mann, der schon am Boden liegt, es sei denn, er heißt Maitron. Tu schlugst ihm die Zähne mit einem Schlagring ein und fordertest ihn auf, sich nicht zu beschweren, da du schließlich seine jämmerlichen Eier verschonen würdest. Dann, einer plötzlichen Eingebung folgend, nahmst du dir den Rekorder vor, immer noch mit dem Schlagring, bis das Mädchen, das von zwei Typen gleichzeitig penetriert wurde, die aussahen wie Staubsaugervertreter aus dem Ruhrgebiet, verschwand und der Bildschirm schwarz wurde.

Du bekamst einen ziemlichen Anschiss von Charles Versini.

Er sagte, das wäre keine Art. Dass er seine Beziehungen hätte spielen lassen müssen, damit Maitron nicht Anzeige erstattet, und dass er das nicht für dich getan hätte, sondern nur, weil er nicht wollte, dass die Unterschriftenkampagne für den Bloc Patriotique in Verruf geraten würde.

Ansonsten mochtest du das Pays de Caux schon immer gerne. Noch mehr als Dorgelles' Cotentin. Noch heute denkst du, wie gut es wäre, alles hinzuwerfen, wenn nur Agnès wollte, und euch in einem dieser Herrenhäuser à la Maupassant niederzulassen, fernab von allem, aber in unmittelbarer Nähe zu den weißen Felsen, die vom grün-blauen Ärmelkanal angeknabbert werden.

Als dir das Chanson von Ferrat und Christine Sèvres in den Sinn kommt, spürst du, wie dir die Tränen in den Augen brennen, als wärst du der letzte Idiot.

Das muss die Müdigkeit sein. Du hast überhaupt keine Lust mehr, Staatssekretär, Minister, persönlicher Referent oder sonst irgendetwas zu werden, du hast nur Lust auf eins, das ist, dass Agnès vom Pavillon de la Lanterne zurückkommt, dir sagt, dass die Verhandlungen gescheitert sind, sie zu trösten, den Fahrstuhl zu nehmen, der direkt in der Garage landet, in ihren Cabriolet Z3 zu steigen und auf der Autobahn Richtung Westen zu brausen.

Es nicht wie Nimier machen, nicht am Pont de Saint-Cloud ums Leben kommen, diesen alten Kommunisten und wunderbaren Dichter und seine Amour fou hören, wie sie singen:

Die Sonne taucht uns in helles Licht
Sieh dir dieses Blau an
Warte noch ein wenig
Ich habe der Welt einen neuen Anstrich verpasst
Jetzt steh auf, atme durch
Was haben wir für einen Frühling

und im Morgengrauen anzukommen.

Du schaust auf deine Uhr, ja, noch wäre das möglich, in Veules-les-Roses, Saint-Valery-en-Caux oder Varengeville.

Agnès, du, die Bücher.

Der Blick auf die Wellen am Ende des Parks.

Nachts miteinander schlafen, während draußen der Sturm tobt. Das Ende der Welt abwarten. Den beginnenden Bürgerkrieg vergessen, diesen Wahnsinn sein lassen.

12

Ich glaube, ich habe gerade gehört, wie die Kirchturmuhr von Saint-Ambroise vier Uhr geschlagen hat, vielleicht war es auch fünf, aber ob vier oder fünf ist mir vollkommen egal, ich flüchte mich in die Vergangenheit, als könnte ich so die Gegenwart weiter ausdehnen, sie in einer Blase der Unendlichkeit einschließen, wie damals, als ich noch zur Schule ging, und die Augen immer öffnete, kurz bevor der Wecker klingelte.

Heute tue ich das Gleiche, um den Tag daran zu hindern anzubrechen. Ein verregnetes Morgengrauen, das wäre gut. Es würde mir gut gefallen, wenn es endlich einmal regnen würde in diesem November, der nach Staub und Schweiß schmeckt und in dem es zu Ende gehen wird mit mir, mit Stéphane Stankowiak, Kleingläubiger mit einem zu großen Hang zur Gewalt.

Antoine, eher ein Spätaufsteher, der es genießt, wenn er mal ausschlafen kann, zitierte bei der Gelegenheit gerne einen Schriftsteller, ich weiß nicht mehr welchen, vielleicht Jules Renard, der hat so etwas in der Art gesagt wie: »Die Zukunft gehört denen, die früh aufstehen. Der Beweis ist, dass Hinrichtungen immer im Morgengrauen stattfinden.«

Ich seufze. Das *Journal* von Renard gab Antoine mir zu lesen, als wir bei den Kommunalwahlen siegreich waren.

Wie war noch mal das Wetter in diesem Juni, in dem wir unsere größten Triumphe feierten? Das sollte ich eigentlich noch wissen. Das war eine schöne Zeit, als der Bloc Patriotique bei den Kommunalwahlen siegte, auch wenn sie nur von kurzer Dauer war, um ehrlich zu sein. Damals eroberten wir neun Städte, vor allem im Süden. Die größte Stadt war Lancrezanne. Ein Vertrauter von Dorgelles, den man im Block Wodka-Haldol nannte, wurde Bürgermeister. Ein depressiver Trinker, der mal in der Regierung von Messmer Staatssekretär im Industrieministerium gewesen war. Das war allerdings lange her. Sehr lange. Zu lange. Aber er hatte gute Kontakte vor Ort. Und man wollte nicht wahrhaben, dass er von lauter unfähigen Leuten umgeben war.

Die anderen Städte wurden von Burgos-Anhängern geholt, darunter eine in der Banlieue von Nizza von Louise Burgos selbst. Louise Burgos ist heute von der Bildfläche verschwunden, aber damals war sie in den Medien sehr präsent. Eine schmale Frau, elegant, blond, die immer einen Dutt trug, was ihr Gesicht hart wirken ließ. Single, aber scheinbar nicht lesbisch. Und dabei hatten wir alles durchforstet. Sie hatte einen IQ von 150 und war dementsprechend größenwahnsinnig.

Die Medien sagten, Louise Burgos wäre das neue Gesicht des Blocks. Kälter, technokratischer, aber auch effizienter. Mit ihren Kumpels von den Elitehochschulen hatte sie in den 70ern einen sehr einflussreichen *Club de Réflexion* gegründet, die La-Passerelle-Stiftung. Damals sagte man noch nicht Thinktank.

Sie fanden, die Rechte wäre zu weichgespült. Sie hatten einige Ämter in hohen Staatsorganen besetzt, hatten ihre Leute bei der konservativen Presse. Sie verpassten Alexis Carrels Theorien über die Ungleichheit der Rassen und Individuen, die sie eins zu eins übernommen hatten, einen zu den 70er Jahren passenden neuen Anstrich in den Farben der Tricolore. So erklärte es mir zumindest Antoine. Kein Wunder, dass Louise Burgos und ihre Kumpels mich bei den Sitzungen des Zentralkomitees immer wie den letzten Dreck behandelten. Sie wollten eine streng hierarchische Gesellschaft errichten, die von einigen Wenigen angeführt werden sollte, die sich durch ihre biologische Überlegenheit auszeichneten. Dazu gehörte selbstverständlich eine strikte Rassenhygiene mit Eugenik und Sterilisation. Da hätten sie in der Gegend von

Denain eine Menge Arbeit gehabt, und zwar nicht nur bei den Kanaken.

Und obwohl sie sich immer so untadelig und kompetent gaben, Louise Burgos und ihre kleinen Freunde von La Passerelle, mussten sie feststellen, dass die Konservativen sich mit dieser Art von Ideologie offensichtlich schwertaten. Also strömten sie massenweise in die Führungsinstanzen des Blocks.

Dorgelles wollte nicht wahrhaben, worauf sie eigentlich hinauswollten, er sah nur, dass sie dem Block zu einer größeren Glaubwürdigkeit auf dem Gebiet von Wissenschaft und Technik verhalfen. Die Partei war zu der Zeit schließlich vor allem ein Sammelbecken für nationalistische Abenteurer, katholische Illuminaten, abtrünnige Royalisten und andere mit einem Faible für jede Art von Kampf. Ihr Mut und ihre Kampfbereitschaft adelten sie, dennoch waren sie alles andere als vertrauenswürdig. Gar nicht zu reden von Typen wie mir, Straftätern, die zum Lumpenproletariat gehörten, wie Louise Burgos bei einigen Zusammenkünften zu sagen pflegte, wobei sie unverhohlen in meine Richtung starrte.

Nichtsdestotrotz merkte man die Kluft, die sich da auftat zwischen der von Louise Burgos angeführten Strömung, die von einer gewissen Sachkenntnis getragen war, und den traditionellen Blockisten schon bei diesen Kommunalwahlen.

Klar, die Presse warf sämtliche Bürgermeister vom Block in einen Topf, aber nach sechs Monaten war auch offensichtlich, dass Lancrezanne und Wodka-Haldol total abdrehten, während Louise Burgos durchaus Erfolge vorweisen konnte und im Gegensatz zur Truppe in Lancrezanne auch wusste, wie man in der Presse gut von sich reden machte, ohne zu provozieren.

Dorgelles schickte Agnès und Antoine nach Lancrezanne. Sie sollten versuchen, denen ein wenig auf die Sprünge zu helfen. Ich war natürlich mit von der Partie. Das Ganze wuchs sich dann noch zu einer Familienaffäre aus. Der Finanzbeauftragte, ein Banker aus Lancrezanne, Bruno Valargues, hatte wenige Monate vor der Wahl Emma Dorgelles geheiratet. Wir hatten gehofft, der Typ wäre kompetent, aber auch er war ein übler Alkoholiker. Er hatte schon um acht Uhr morgens seinen Casanis-Rausch, mittags war dann der Bandol dran und abends ging es mit Laphroaig weiter.

Als Antoine in Lancrezanne das Ausmaß des Desasters klar wurde, wäre er fast durchgedreht.

Es war kurz vor Weihnachten, überall in der Stadt hingen Lichterketten. Aber wir hatten keine Zeit zum Shoppen. Es herrschte das absolute Chaos, und die Präfektur machte das Ganze noch schlimmer, indem sie sämtliche Bauvorhaben der Stadt aus allen möglichen Gründen ablehnte. So gab es beispielsweise einen Straßentunnel, der zu einer Verkehrsentlastung zwischen dem Zeughaus und dem Stadtzentrum führen sollte und der eine ewige Baustelle blieb, da die nötigen Genehmigungen zum Weiterbau fehlten. Es kam zu jeder Tages- und Nachtzeit zu irrwitzigen Staus.

Die Ratssitzungen glichen einer einzigen Schlammschlacht. Die Abgeordneten der Opposition lehnten es ab, an weiteren Sitzungen teilzunehmen. Das hinderte die Abgeordneten der Blockisten jedoch nicht daran, sich untereinander mit offenem Hass zu begegnen und manchmal sogar handgreiflich zu werden, zur großen Freude der Lokaljournalisten, die sich das natürlich nicht entgehen ließen.

Wodka-Haldol und seine Frau ließen jeden Freitagabend die Jungen vom Block unter dem Rathausbalkon aufmarschieren, alle in tadellosen Jeans und weißen Hemden. Und weil das noch nicht auffällig genug war, verlangte der Bürgermeister, sie sollten eine Fackel und eine Armbinde mit dem aufgeprägten Dreizack tragen.

In der Presse erschienen Fotos, Reportagen. Lancrezanne, die Faschistenstadt. Das Echo war verheerend. Dort konnte man Wodka-Haldol und seine Frau bewundern, die einen auf Péron und Evita machten und mit einem Glas Champagner in der Hand ihren jungen Truppen salutierten, die drei Etagen tiefer vorbeidefilierten.

Natürlich rückten ihnen jedes zweite Mal die ASAB-Leute

auf die Pelle und es endete für die Kids in einem Gemetzel. Die Polizei war es leid, sie immer wieder trennen zu müssen und griff zunehmend später ein. Ich war bereits zwei oder drei Mal mit ein paar kräftigen Kerlen runtergefahren, aber ich konnte nicht ständig vor Ort sein.

Als Dorgelles Agnès und uns dorthin schickte, etwa achtzehn Monate nachdem die Blockisten die Kommunalwahlen gewonnen hatten, überschlugen sich die Ereignisse. Das mit dem Idioten Martinez, der sich selbst verstümmelt hatte, indem er in seinem Büro eine Handgranate gezündet hatte, hatten wir da bereits hinter uns. Nur das, was dann passierte, war leider alles andere als komisch.

Am Anfang wohnten Agnès und Antoine bei Emma und ihrem Mann, während ich ein Hotelzimmer genommen hatte. Sie hatten ein phantastisches Haus beim Mont-Lancre mit Blick auf die Bucht. Aber Valargues war permanent betrunken, und da er sich unter Beobachtung fühlte, wurde er immer aggressiver.

Am Silvesterabend, zu dem man mich eingeladen hatte, ohrfeigte er Emma, die gerade ihr Kind bekommen hatte, und bedrohte sie mit einem Schürhaken vor sechzig geladenen Gästen, darunter Wodka-Haldol und Madame, die lokale Politprominenz der Partei und ein paar Persönlichkeiten aus der Wirtschaft, die Antoine nicht ohne Mühe überzeugt hatte, sich dort zu zeigen, um den abgerissenen Gesprächsfaden mit dem Rat wieder aufzunehmen.

Ich sah Antoine, sah seine finstere Miene. Die kannte ich, genau so schaute er immer kurz vor einer Schlägerei mit den ASAB-Leuten oder wem auch immer. Er verpasste seinem Schwager mit voller Wucht einen Kopfstoß, der den mit gebrochener Nase zu Boden gehen ließ. Es versteht sich von selbst, dass sich das wie ein Lauffeuer in der Stadt verbreitete. Alle redeten nur noch über die Silvesternacht bei den Valargues', und die Geschichte wurde derart aufgebauscht, dass am Ende wahlweise von einer Massenschlägerei die Rede war oder einer Orgie, die aus dem Ruder gelaufen war.

Dieser Idiot von Valargues schaffte es, alles noch viel

schlimmer zu machen, als es sowieso schon war, indem er die Geschichte aus der Welt schaffen wollte. Zwei Tage danach schickte er früh am Morgen GPPler aus Lancrezanne los, unterstützt von Gaunern aus den übelsten Ecken der gesamten Côte d'Azur. Sie sollten versuchen, die Lokalausgabe von *Sud Matin* zu klauen, als diese im Morgengrauen bei den Zeitungsverkäufern und an den Kiosken eintraf. Natürlich ließen die Auslieferer von der CGT das nicht mit sich machen.

Einer der Gauner holte seine Knarre raus und schoss einen von ihnen nieder, vor dem Kiosk am Zeughaus.

Skandal ohne Ende. Valargues in Untersuchungshaft. Bis zum Prozessbeginn wurde er auf freien Fuß gesetzt. Und Dorgelles, der Todesdrohungen ausstieß und uns, Agnès, Antoine und mich, Abend für Abend am Telefon anschrie. Antoine und Agnès waren natürlich aus der Villa ausgezogen und hatten sich ein Zimmer in dem Drei-Sterne-Hotel am Cours Labourdette genommen, wo auch ich untergekommen war. Agnès war krank vor Sorge um ihre Schwester und um Eudes, Emmas Baby.

Fast direkt gegenüber unserem Hotel, am Cours Labourdette, gab es eines der besten Fischrestaurants der Stadt, das einen Hof als Patio eingerichtet hatte. Antoine beschloss, Alexandre Dellarocca dorthin einzuladen. Er bat mich, mitzukommen.

Offiziell war Dellarocca nur Kulturbeauftragter, tatsächlich aber war er mit Bruno Valargues der Einzige, zumindest theoretisch, der über die Kompetenzen verfügte, die man benötigte, um eine große Stadt zu verwalten, er war als Stadtdirektor eingesprungen, ein Beamter, der der alten Regierung die Treue hielt. Normalerweise nehmen die Stadtdirektoren ihren Hut, wenn sich die Mehrheitsverhältnisse ändern. Doch der Block hatte Dellarocca gebeten, im Amt zu bleiben, weil Interessenten, die das Amt hätten übernehmen können, nicht gerade Schlange standen. Man wusste, dass er die Präfektur auf dem Laufenden hielt, aber man brauchte ihn, damit nicht alles zusammenbrach.

Alexandre Dellarocca war ein ehemaliger Militär, der auf

antiquarische Bücher umgesattelt hatte, ein kultivierter Dandy so um die fünfzig, mit grauen Schläfen und tadellos geschnittenen Anzügen. Im Gemeinderat war er ein eher ausgleichendes Element.

Vielleicht konnte man auf ihn zählen, wenn es darum ging, das Rathaus vor dem Untergang zu bewahren. Er war früher Royalist gewesen und hatte in Lancrezanne und darüber hinaus eine nationalistisch gesinnte Jugendbewegung mitbegründet. Sprechen wir es offen aus, Dellarocca wandte die gleichen Praktiken an wie ich bei meinen Jungs von der Delta-Gruppe in Vernery.

Es war auch bekannt, dass er die Nachtclubs und Saunen in Bahnhofsnähe genauso gerne aufsuchte wie das Musiktheater von Lancrezanne. Antoine wollte ihn zu einem Tête-à-Tête treffen, um das allgemeine Chaos zu erörtern, das Emmas Mann mit seinen Dummheiten noch weiter verschlimmert hatte. Sehen, was er eigentlich darüber dachte. Verstehen, welches Spiel er spielte oder ob er überhaupt ein Spiel spielte. Kurzum, er machte den Versuch, mit diesem Typ, der halbwegs vernünftig war, auf irgendeine Art aus diesem Schlamassel herauszukommen.

Es war ein Dienstag im Januar. Ich erinnere mich noch gut daran, weil ich Dienstage nie gemocht habe. An einem Dienstag fischte man Papa aus dem Kanal, und ich glaube, es war auch ein Dienstag, an dem der Doktor Régis das Commando Excalibur dabei gefilmt hat, wie sie dieses Mädchen zerstückelt haben. Ich bin nun einmal abergläubisch, völlig bescheuert, wie abergläubisch so ein Prolo ist.

Während wir mit Dellarocca zu Mittag aßen, hatte Agnès beschlossen, bei ihrer Schwester nach dem Rechten zu sehen, da oben in der Villa am Mont-Lancre. Sie sorgte sich um Emma und das Baby, nachdem Bruno Valargues gerade aus der Untersuchungshaft entlassen worden war und noch unter richterlicher Aufsicht stand.

Wir konnten uns zum Mittagessen in den Patio setzen. Dort saß man windgeschützt, und die Temperatur würde bis mindestens fünfzehn Uhr angenehm bleiben an diesem schönen provenzalischen Januartag. Dellarocca war sympathisch, witzig, machte sich keinerlei Illusionen und war sich vollkommen im Klaren über die Situation. Während wir unsere gebratenen Felsen-Rotbarben mit Tapenade und weißem Bandol vor uns hatten, erklärte er uns mit dem ihm eigenen Sinn für Ironie, dass die Situation noch schlimmer war als gedacht, und er nicht überrascht wäre, wenn die Präfektur die Stadt unter Zwangsverwaltung stellen würde, was ein verheerendes Medienecho zur Folge hätte. Antoine brachte die Idee auf, sich im Rat eine Mehrheit zu suchen, um einen Handstreich anzuzetteln: Wodka-Haldol zum Rücktritt zu drängen und ihn durch einen Blockisten zu ersetzen, auf den mehr Verlass wäre, wie zum Beispiel auf ihn, Alexandre Dellarocca.

»Kommt diese Idee aus dem Bunker?«, fragte er. »Ist das eine Idee von Dorgelles?«

Antoine antwortete, dem wäre nicht so, es wäre seine persönliche Lageeinschätzung, dass er, Dellarocca, den Karren aus dem Dreck ziehen könnte, indem er das Amt des Bürgermeisters übernähme. Dellarocca lächelte höflich und verteilte den Rest Bandol auf unsere drei Gläser.

»Selbst wenn ich wollte, selbst wenn ich zufällig genug Stimmen zusammenbekäme, damit mir ein solcher Coup in diesem Rat, in dem es zugeht wie auf dem Balkan, gelingen könnte, und auch wenn ich der Einzige bin oder fast der Einzige, der in der Lage ist, einen Haushaltsplan korrekt zu lesen, gibt es dennoch ein Hindernis, wissen Sie. Wer es höflich ausdrücken will, bezeichnet mich in Lancrezanne als gebildeten Kunstkenner, aber in den Bistros rund ums Stadion Jean-Giono oder ums Zeughaus nennt man mich schlicht eine fette Schwuchtel. Wissen Sie, gerade im Süden, gerade in der äußersten Rechten, gilt dieser kleine Makel als unverzeihlich.«

Am Ende des Essens kam es zu einem Zwischenfall. Ein Kerl, den wir am Silvesterabend bei Bruno Valargues und Emma gesehen hatten, der Chef einer städtischen Baufirma, kam an unseren Tisch und sprach Dellarocca an. Er hatte eine starke Cognac-Fahne.

»Dellarocca, na, so ein Zufall ... Da redest du also hinter unserem Rücken mit dem Pariser, dem Abgesandten des Bunkers, und seinem Wachhund mit der Killervisage. Als wäre es nicht schlimm genug, dass du unsere Söhne in den Arsch ficken willst, du Schwein, jetzt musst du also auch noch deine Kameraden vor Ort mit Dreck beschmeißen, ja?«

Er beugte sich vor, stieß dabei mit seinem dicken Bauch eine leere Flasche San Pellegrino um und sah so aus, als wollte er Dellarocca eine verpassen. Ich wollte gerade eingreifen, da hatte der frühere Soldat ihn schon am Handgelenk gepackt.

»Wollen Sie hier wirklich für einen Skandal sorgen? Ist es das, was Sie wollen?«

Ich sah, dass er seine Umklammerung verstärkte. Der andere wurde bleich, und als Dellarocca seinen Griff löste, verschwand er schnell, im Schlepptau seine Kameraden, die uns verlegene Blicke zuwarfen, vor allem mir, weil ich meine Psychopathen-Visage aufgesetzt hatte, dabei presste ich die Kiefer aufeinander und sah wohl so aus, als wollte ich jeden Moment eine Keilerei anfangen.

»Verstehen Sie jetzt, was ich meine, Monsieur Maynard, Monsieur Stankowiak?«, murmelte Dellarocca an uns gewandt.

In dem Moment klingelte Antoines Handy.

Das waren die ersten Geräte, die auf dem Markt waren, und Antoine entschuldigte sich, als er das Gerät herausholte, das die Tasche seines Sakkos ausbeulte. Der Empfang in dem Patio war schlecht, und er ging auf den Cours Labourdette heraus, um etwas verstehen zu können.

Als er nach ein paar Minuten zurückkam, sah er völlig aufgelöst aus. Er hatte gerade mit Agnès gesprochen.

Der Besuch bei Emma war ein einziges Desaster gewesen. Das gemeinsame Essen hatte in einem Albtraum geendet. Bruno war immer gewalttätiger geworden, hatte Agnès geohrfeigt und sturzbetrunken Emma gezwungen, in sein Mercedes-Cabrio zu steigen.

Ich ärgerte mich, dass ich das nicht hatte kommen sehen.

Ich hatte es echt total verbockt: Agnès war da oben mit dem Saufbold in sehr viel größerer Gefahr als Antoine mit dem charmanten Dellarocca. Und nun war Agnès allein und wusste nicht, was sie tun sollte. Sie hatte das Baby am Hals und das heulte in einer Tour.

Antoine sagte: »Müssen wir die Bullen rufen?«

Ich sagte: »Keine Panik, Antoine.«

Ich sagte: »Wir fahren jetzt gleich hin.«

Ich sagte: »Das wird schon wieder.«

Natürlich wurde überhaupt nichts wieder, und ein Drama jagte das nächste.

Dellarocca bot uns seine Hilfe an, aber wir lehnten dankend ab und sagten, wir wollten ihn da nicht mit hineinziehen. Antoine fügte hinzu, es wäre ihm lieber, er könnte im Notfall auf ihn zurückkommen, wenn es um die Geschicke der Stadt ging, besser man brachte ihn nicht mit dieser Angelegenheit in Verbindung, die versprach schmutzig zu werden. Dellarocca verzog sich unauffällig. Ich wäre gerne wie dieser Typ gewesen. Obwohl er nicht mehr der Jüngste war, fiel es ihm vermutlich leichter als mir, seine jungen Rekruten in die Kiste zu bekommen. Und die Rechnung hat er auch noch bezahlt.

Wir holten Agnès und das Baby ab und kehrten ins Hotel zurück. Antoine und ich waren den ganzen Nachmittag damit beschäftigt, GPPler vor Ort und ihre Kontaktpersonen bei den Bullen auf den Verbleib von Bruno und Emma anzusetzen, ohne dabei allzu großes Aufsehen zu erregen.

Gegen sechzehn Uhr informierte uns ein Bulle, der mit dem Block sympathisierte, über Antoines Handy, dass man gerade ein komplett ausgebranntes Mercedes-Cabriolet inmitten eines Olivenhains im Norden des Départements gefunden hatte. Emma war auf der Stelle tot gewesen.

Wir rasten mit dem Mietwagen dahin. Ich fuhr wie ein Irrer, wetzte die Reifen in jeder Kurve noch ein Stück mehr ab. Trotzdem rief Antoine alle zwei Minuten, ich sollte schneller fahren. Es war vielleicht Quatsch, so schnell zu fahren, wenn man bedenkt, was uns erwartete. Als wir dort eintrafen, waren die Feuerwehrleute gerade mit ihrer Arbeit fertig. Wir sahen noch kurz Emmas Leichnam. Ich betete, dass niemand in Lancrezanne aufkreuzen würde, bevor wir sie nicht ein wenig hergerichtet hätten. Es war kein schöner Anblick. Bei lebendigem Leib verbrannt. Antoine heulte auf der Stelle los. Ich fragte einen Bullen, einen jungen Typen, der weiß wie ein Bettlaken war und auf das noch qualmende zerschellte Wrack starrte, was mit Bruno Valargues passiert wäre.

Dieses Arschloch hatte mal wieder Glück gehabt: Er war aus dem Wagen geschleudert worden. Man hatte ihn gerade zur Beobachtung ins Uni-Klinikum von Lancrezanne gebracht. Dem kleinen Bullen zufolge hatte er nur ein paar Abschürfungen, Wunden und Beulen.

Es wurde langsam dunkel, und die Olivenbäume sahen vor dem immer schwärzer werdenden Himmel in dem Moment für mich so aus, als wären sie ebenfalls verbrannt.

Agnès war wie versteinert, als wir ihr im Hotelzimmer erzählten, was passiert war. Sie sagte kein Wort, legte sich auf den Rücken und schloss die Augen.

Antoine war es, der den Alten verständigte. Ich wollte rausgehen, aber ich weiß nicht warum, Antoine bat mich zu bleiben und stellte das Gespräch auf Mithören.

Nachdem Antoine erklärt hatte, was passiert war, schwieg Dorgelles. Lange. Sehr lange.

Seine Stimme klang fast normal, als er schließlich sagte: »Moment, Antoine, bleib dran.«

Wir warteten, Antoine sah Agnès an, die sich auf dem Bett zusammengerollt hatte. Er blickte sie an, als würde er sie nicht wiedererkennen. Sie lag dort in Embryo-Haltung. Man hatte den Eindruck, sie wäre am liebsten vom Erdboden verschwunden, wollte so wenig Raum wie möglich einnehmen in diesem Universum, das nur noch ein einziger Albtraum war. Man hörte Emmas Baby in seinem Kissen vor sich hin brabbeln.

Dann erklang erneut Dorgelles' Stimme am Apparat.

»Ich komme mit dem Flug um 7.58 Uhr. Nur Loux begleitet mich. Ich möchte kein Empfangskomitee, außer dir und Stanko. Ist das klar?«

Antoine sagte ja.

Am nächsten Morgen holten wir Dorgelles und Loux am Flughafen ab. Das Flugzeug hatte etwas Verspätung. Dorgelles umarmte Antoine, ohne etwas zu sagen, gab mir die Hand und fragte mich, wo mein Auto stände. Wir stiegen ein, ich war am Steuer, Loux auf dem Beifahrersitz, Dorgelles und Antoine saßen hinten.

Was soll man zu einem Vater sagen, der gerade seine Tochter verloren hat und offensichtlich nicht darüber reden will?

»Stanko, bring uns bitte direkt in die Uni-Klinik.«

Wir fuhren schweigend vor uns hin.

»Sehr schönes Licht hier, oder? Ihr werdet ja sehen, wie es in Paris ist. Es ist grau, regnerisch.«

Das ist das Einzige, was Dorgelles sagte, bis ich auf dem Parkplatz der Uni-Klinik einparkte.

Dann redete er kurz mit den Ärzten und zu unserer großen Überraschung verlangte er, seinen Schwiegersohn zu sehen, Bruno, der, als der Unfall passierte, mehr als zwei Promille Alkohol im Blut hatte.

Wir betraten das Zimmer zu viert. Bruno schlief. Er war an einen Tropf und einen Monitor angeschlossen. Dorgelles zog sich einen Stuhl neben das Bett und schüttelte seinen Schwiegersohn leicht an der Schulter, dabei sprach er mit einer ganz sanften Stimme, die zum Fürchten war, weil man sie überhaupt nicht von ihm kannte: »Bruno, Bruno, mein Junge, komm schon, mach die Augen auf.«

Schließlich wachte Valargues auf, sah Dorgelles an, verstand, was los war, und wollte die Krankenschwester rufen. Dorgelles hinderte ihn daran, indem er seinen Unterarm mit seiner Hand-Prothese festhielt.

»Keine Sorge, mein kleiner Bruno. Ich tue dir nichts. Jedenfalls nicht gleich. Im Gegenteil. Ich möchte, dass du wieder vollkommen gesund bist, wenn du hier rauskommst. Damit Stanko, den du hier siehst – komm schon, sag Hallo zu Stanko –, oder ein anderer, sich deiner annehmen kann. Du hast Emma getötet, verstehst du, vielleicht kommst du ins Gefängnis, vielleicht noch nicht mal das, aber so oder so, weißt du, genügt mir das nicht. Ich will, dass du stirbst. Und ich will, dass du einen qualvollen Tod erleidest, so wie ich jetzt Qualen erleide.«

Brunos Augen füllten sich mit Tränen. Dorgelles stand auf und spuckte ihm ins Gesicht.

Dann verließen wir das Krankenhaus, so schweigend, wie wir gekommen waren. Ich war erleichtert, dass keine Journalisten am Eingang warteten.

»Mein Flug zurück nach Paris geht um 12.30 Uhr«, sagte Dorgelles. »Loux begleitet mich. Stanko, Antoine, ihr bleibt hier, um die Formalitäten zu erledigen, dann kehrt auch ihr nach Paris zurück. Einverstanden?«

Und als wäre auch das nicht genug, erfuhren wir am selben Tag vom Tod Dellaroccas, der unter sehr dubiosen Umständen ums Leben gekommen war. Der ehemalige Offizier, der elegante Kulturbeauftragte, war von einem Verkehrsrowdy überfahren worden, direkt vor seiner Wohnung am Cours Labourdette, nur wenige Häuser neben dem Restaurant, in dem wir am Tag zuvor gegessen hatten.

Ich ließ Antoine bei Agnès und dem Baby.

Ich ging zurück, Informationen einholen.

Ich nahm Fahrt auf.

Mir wurde bewusst, dass ich zwei Tage nicht geschlafen hatte.

Die Bullen konnten mir nicht viel sagen, sie konnten sich keinen Reim drauf machen. Man hatte Dellarocca in der größten Sauna der Stadt, im Anesthéia, auftauchen sehen. Anschließend hatte er was getrunken, aber nicht mehr als sonst, in einem schwulen Nachtclub, den er regelmäßig besuchte. Er hatte den Club in Begleitung eines jungen Typen verlassen, den niemand in der Schwulenszene von Lancrezanne kannte.

Dann verlor sich seine Spur, bis der Concierge um drei Uhr morgens vor seiner Loge hörte, wie ein Motor aufheulte, und anschließend einen Schrei, und die Polizeinotrufzentrale anrief.

Dellarocca war auf der Stelle tot. Und das Auto hatte danach zurückgesetzt, um ihn noch einmal zu überrollen. Vielleicht hatte der Verkehrsrowdy Schiss, identifiziert zu werden, wenn Dellarocca überlebt hätte.

Vielleicht war es aber auch überhaupt kein Verkehrsrowdy gewesen.

Als ich das Antoine und Agnès erzählte, musste Antoine genau wie ich an den Zwischenfall im Restaurant am Tag zuvor denken. Aber Antoine, Agnès und ich waren uns darin einig, dass alles schon schlimm genug war und wir nicht noch einen draufsetzen wollten.

Saint-Ambroise schlägt die halbe Stunde, ich strecke mich und gähne. Selbst fünfzehn Jahre danach kann ich das klebrige Gefühl der Verzweiflung nicht loswerden, das wir alle damals empfanden, und die Atmosphäre dieses Zimmers macht die Sache nicht gerade besser.

Bruno Valargues war am nächsten Tag aus der Uni-Klinik getürmt und verschwunden. Spurlos. Er ließ seine Villa zurück, seinen Sohn, seine Bankkonten, hob nur ab, was er mit der Karte, die er im Krankenhaus dabeihatte, noch abheben konnte. Das waren damals weniger als 15 000 Francs.

Als Dorgelles das hörte, sagte er zu mir: »Nimm dir die Zeit, die du brauchst, das Geld, das du brauchst, aber ich will, dass du ihn findest, und ich will, dass er stirbt.«

Währenddessen gingen wir bei Nieselregen im Garten seines Hauses in Saint-Germain-en-Laye spazieren. Der Kragen von Dorgelles' Regenmantel war verdreht. Ich rückte ihn vorsichtig zurecht und sagte: »Ich gebe Ihnen mein Versprechen, Herr Präsident.«

Ich grübelte hin und her und hatte dann eine verdammt gute Eingebung. So ein Banker kann nichts und hat keine Freunde. Wenn Valargues richtig abtauchen wollte, musste er komplett am Rand der Gesellschaft leben und durfte nirgendwo offiziell in Erscheinung treten, wo man seinen Ausweis verlangt hätte, um keine Spur zu hinterlassen. Das

Gleiche galt für den Fall, dass er Frankreich verlassen wollte. Die Bullen suchten ihn ja auch noch. Da er für die Fremdenlegion zu dick war, blieben ihm nur schäbige Hotels, und wenn sein Geld alle wäre, nur noch Obdachlosenunterkünfte.

In den folgenden Wochen brachte ich sein Foto bei den GPPlern in ganz Frankreich und vertrauenswürdigen Parteimitgliedern in Umlauf und bat sie, sich an den einschlägigen Orten umzuschauen, und wenn sie auf jemanden stießen, auf den die Beschreibung passte, mich persönlich zu informieren. Mich, Stankowiak, von Dorgelles eigens beauftragt, mich persönlich um diese Angelegenheit zu kümmern.

Tatsächlich sind die Einzigen, die in unserer Gesellschaft wirklich unsichtbar sind, die Obdachlosen. Und wenn man so an seinem Leben hängt, dass man bereit ist, dafür sogar solche Lebensumstände in Kauf zu nehmen, könnte Valargues' Rechnung vielleicht aufgehen, denn er wusste, dass Dorgelles kein Erbarmen mit ihm haben würde. Mehrmals gab es einen Fehlalarm, doch ein Jahr später wurde Valargues in der Nähe des Bahnhofs von Metz beim Betteln gesichtet.

Ich nahm von der Gare de l'Est aus einen unfassbar langsam fahrenden Bummelzug, am Fenster zogen Landschaften vorbei, die so trostlos waren, dass sie geradezu dazu einluden, dort einzumarschieren und Massaker anzurichten. Am Bahnhof in Metz wurde ich von einem niedlichen Mitglied von Bloc-Jeunesse empfangen, sehr darauf bedacht, alles richtig zu machen, der mir zeigte, wo sich die Obdachlosen trafen. Ich erkannte Valargues zwischen den Punkern mit ihren Hunden und den Pennern wieder, aber war mir nicht sicher, ob er mich auch erkannt hatte, man wird schnell zum Wrack, wenn man auf der Straße lebt. Ich schickte den Parteiaktivisten weg, der offenbar enttäuscht war, dass er nicht mehr für mich tun konnte, und warf seinem kleinen Po, der sich unter der beigen Stoffhose abzeichnete, einen bedauernden Blick nach.

Ich würde bei den Skins vor Ort ein wenig abhängen, ich

weiß immer, wie man die findet, und ich weiß, wie man mit denen redet. Ich war einer von ihnen. Und in gewisser Weise bleibe ich das bis ans Ende meiner Tage. Ich verteilte großzügig Bier und Amphetamine in einem Keller in Woippy. Da hingen an den schmutzigen Wänden die üblichen Poster von Rechtsrock-Gruppen und anderer SS-Blödsinn herum.

Und wie der Zufall so will, fand man am nächsten Tag bei den Lagerschuppen die Leiche eines Obdachlosen, der bei lebendigem Leib verbrannt worden war. Genau wie Emma in dem Cabriolet in Brignoles. Ich überwachte die Aktion selber. Denn ich war mir nicht sicher, ob diese kleinen Idioten auch daran gedacht hätten, hinterher den Kiefer zu zermahlen, falls die Polizei zufälligerweise etwas ernsthafter versuchen sollte, Valargues anhand seines Zahnprofils zu identifizieren.

Auch wenn es nicht gerade auf der Hand lag, zwischen einem vor über einem Jahr als vermisst gemeldeten Banker aus Lancrezanne und einem verkokelten Obdachlosen aus Metz eine Verbindung herzustellen …

Der Typ stank noch schlimmer als das Fisch-Mafé in diesem Loch, in dem ich mehr und mehr das Gefühl habe, zu ersticken angesichts der Tatsache, dass alle möglichen Geister der Vergangenheit sich in dieser Nacht hier ein Stelldichein zu geben scheinen, um mir zu sagen: Bis bald, Stanko, bis bald.

Wir warten nur noch auf dich …

13

Es klingelt, es klingelt an der Tür, während die Nacht gerade den Tiefpunkt überwunden hat und den langsamen Aufstieg gen Morgengrauen beginnt. Ungerührt von den Aufständen überall, ungerührt von Stanko, der allein ist, der durch die Stadt gejagt wird, ungerührt von den sich endlos hinziehenden Verhandlungen im Pavillon de la Lanterne zwischen der in Bedrängnis geratenen Regierung und dem lauernden Block, ungerührt von Agnès und Ströbel, ihre Berater und Loux im Hintergrund, und ihnen gegenüber der Generalsekretär des Élysée, der Innenminister, dieses Schwein von Marlin, jetzt Präfekt, und noch mehr Berater, ungerührt von einem alten Mann in Saint-Germain-en-Laye, der auf seinen Triumph hofft, und der, davon bist du überzeugt, jetzt ebenfalls nicht schläft und ins Feuer in dem marmornen Kamin blickt und dabei einen Armagnac XO trinkt, ungerührt von den französischen Journalisten oder ausländischen Korrespondenten, die in den Redaktionsräumen vor den Computern und Wänden voller Bildschirme sitzen, mit einem Auge die nicht enden wollenden Zusammenstöße in den Banlieues beobachten und mit dem anderen darauf warten, dass eine Pressemitteilung reinkommt, der zufolge der Bloc Patriotique zahlreiche Ministerien bekommt, das Gerücht wird schließlich immer lauter und die Umfragen auf der Straße lassen es immer wahrscheinlicher erscheinen, ungerührt von deinen Erinnerungen, die kein Ende nehmen wollen, voller Lärm und Wut, Liebe und Wahnsinn, ungerührt von all dem vergeht diese Nacht auch nicht schneller als sonst. Soll sie sich doch Zeit lassen. Soll sie sich die Zeit nehmen, *deine* Zeit…

Es klingelt an der Tür, und du denkst, es ist Agnès.

Aber nein, sie hatte dir versprochen, dich anzurufen, sobald sie den Pavillon de la Lanterne verlassen würde, und sollte sie aus irgendeinem Grund verhindert sein, würde Loux das übernehmen. Er würde den C6 fahren und seine Freisprechanlage benutzen, während Agnès auf dem Rücksitz vor sich hindöste und die ganze Spannung mit einem Mal von ihr abfiele, oder sie müsste noch ein paar Telefonate führen, einem Berater oder einem Mitglied des Exekutivbüros letzte Details erklären, letzte Erläuterungen geben.

Es klingelt an der Tür, und du denkst, es ist Stanko.

Aber nein, er ist ja nicht wahnsinnig. Hier ist der letzte Ort, an dem er sich zeigen würde. So oder so kann er dir nicht mehr vertrauen. Er muss wissen, dass du kein Veto eingelegt hast, dass du nicht den Mut dazu hattest und ganz darauf gesetzt hast, dass es ihm gelingen würde, sich aus der Klemme zu ziehen. Dass er sich immer aus der Klemme gezogen hat. In Denain, bei den Skins, in Coët, bei den Fallschirmspringern, bei der GPP … Du wünschst dir, er möge es sein, der klingelt. Du wärst jetzt bereit, dich für ihn von allem loszusagen, um ihn zu retten, deinen Kleinen.

Es klingelt und du denkst, dass es weder Agnès noch Stanko sein können. Sie haben den Code für die Tiefgarage und auch den für den inneren Fahrstuhl, der direkt in die Diele der Wohnung führt. Es ist jemand, der den Code für die erste Tür hat, aber nicht für die zweite.

Du gehst in die Diele. Du hast das Gefühl, dass die Büste des Duce dir mit dem Blick folgt. Du nimmst den Hörer ab, in dem Moment leuchtet der Bildschirm auf, der mit der Außenkamera verbunden ist. Ein Bild in hoher Auflösung, und du erkennst das Gesicht, das durch die über der Eingangstür angebrachte Lampe erleuchtet wird, die automatisch angeht, fünf Etagen tiefer.

Ravenne.

Allein.

Der neue Chef der Delta-Gruppe.

Und das, was eben noch eine vage Intuition war, wird nun

zur Gewissheit, ihn hat man also mit der Jagd auf Stanko beauftragt, um Marlin gefällig zu sein. Wer hatte diese Entscheidung getroffen? Der Alte, Agnès, Loux? Was spielte das schon noch für eine Rolle, letztlich trug jeder seinen Teil der Verantwortung, weil jeder sich dachte, dass das die beste Lösung wäre: Effizient, da sie Stanko quasi keine Chance ließ, und in gewisser Weise human, weil es sehr schnell ging, eben weil er so effizient war.

Ravenne.

Flucht vor Ravenne. Ha ha. Du denkst, ohne zu wissen, warum eigentlich, an Molène. Du hast große Zweifel, ob ihm dieser Typ Mann gefallen hätte. Die Männer aus der Welt danach, dem Block danach, dem es gelingt, an die Macht zu kommen, der salonfähig ist.

Da hat man sich also verausgabt, um die Burgosisten nach der Abspaltung zu besiegen und in den Jahren danach zu jagen, nur um jetzt selbst auch genau an diesem Punkt angekommen zu sein. Killer-Roboter, rationale Technokraten. Diese exzentrische, romantische Seite des Blocks ist vorbei, denn jetzt steht ihr kurz davor, an die Macht zu kommen, und die Macht ist eine ernste Angelegenheit.

Agnès weiß das.

Du weißt das.

Typen wie Ravenne wissen das. Nur Stanko wusste es nicht, und alte Krieger wie Molène hätten es nicht wissen wollen.

Ravenne blickt in die Kamera. Er weiß, dass du ihn ansiehst. Er wird sich nicht erniedrigen, indem er ein zweites Mal klingelt. Du bist dir sicher, dass dieses Arschloch gekommen ist, um dir Stankos Tod zu melden. Vielleicht haust du ihm eine rein, wenn das der Fall sein sollte.

Er ist allerdings in deutlich besserer physischer Verfassung als du, aber du hättest das Überraschungsmoment auf deiner Seite, die Wut und dein Übergewicht.

»Ja?«

»Monsieur Maynard?«

»Ja …«

»Ravenne ist hier, kann ich hochkommen?«

»Aber bitte doch.«

Du wartest. Seit du hier lebst, und letztendlich bist du hier doch glücklich geworden, weißt du instinktiv, wann der Fahrstuhl kommen wird, und du öffnest die Tür, kurz bevor Ravenne die Hand hebt um zu klopfen, einfach, um ihn ein wenig zu verunsichern.

Da muss man bei ihm schon stärkere Geschütze auffahren.

Im Übrigen hast du keine Zeit zu reagieren, als er dir direkt einen Haken in die Leber versetzt und dir die Füße wegtritt und du mit einem Mal auf der Seite am Boden liegst und dir die Intarsien des Parketts aus nächster Nähe anschauen darfst, während er die Tür hinter sich schließt.

Du trauerst der glorreichen Zeit hinterher, in der du eine Bauchmuskulatur hattest, die diesen Namen noch verdient hatte, dank der du in Rouen knallhart zuschlagen konntest, dich an den Kommandomärschen in Saint-Cyr oder einem Angriff der GPP wie dem am Mont-Lancre beteiligen konntest.

Jetzt hingegen schnappst du verzweifelt nach Luft und versuchst zu verhindern, dass der schwarze Schleier vor deinen Augen dichter wird.

Dieses Arschloch von Ravenne muss sich seiner Sache entweder sehr sicher sein, oder er ist nicht ganz dicht, dass er sich erlaubt, sich mit dem Prinzgemahl, dem Mann von Agnès Dorgelles, der Vorsitzenden des Blocks, derart anzulegen.

Du kommst recht schnell zu dem Schluss, dass offenbar Letzteres der Fall sein muss, als Ravenne neben dir niederkniet und dir den Lauf einer Glock an die Schläfe drückt und zugleich mahnend einen Finger an seine Lippen legt: »Ich möchte keinen Laut hören, Monsieur Maynard. Es reicht, wenn Sie nicken oder den Kopf schütteln. Ist Stanko hier?«

»Sie können mich mal kreuzweise, Ravenne.«

Er schlägt dir mit dem Lauf der Glock auf die Augenbraue. Du spürst deine Haut platzen, das herablaufende Blut verschleiert deinen Blick

»Ist Stanko hier?«

»Das wird Sie teuer zu stehen kommen, Ravenne. Sehr teuer. Nein, er ist nicht hier. Ich schließe daraus, dass Sie es nicht geschafft haben, ihn zu schnappen, und er Sie schön an der Nase herumgeführt hat. Verdammt, Alter, Sie können sich morgen einen neuen Job suchen. Einmal, weil Sie unfähig sind, einen Auftrag für den Block zu erledigen, obwohl Marlin Ihnen vermutlich zur Hand geht, und zweitens, weil Sie gerade einem zukünftigen Staatssekretär eine verpasst haben.«

Da du selber nicht an das glaubst, was du gerade gesagt hast, derart absurd erscheint es dir, fängst du an zu lachen, obwohl dir dann dein Bauch wehtut.

Das Blut, das von deiner Augenbraue herabläuft, hinterlässt Flecken auf deinem eierschalenfarbenen Hemd von den Brooks Brothers, und das macht dich derart wütend, dass dir schlagartig die Lust am Lachen vergeht.

Im Übrigen lacht auch Ravenne nicht.

»Ich tue das im übergeordneten Interesse des Blocks, Monsieur Maynard. Nehmen Sie es nicht persönlich. Es kommt vor, dass die Prätorianer gezwungen sind, die Imperatorin vor sich selbst und ihren Nächsten zu schützen.«

»Was habt ihr eigentlich alle bei der GPP mit der Antike, verdammte Scheiße? Stanko mit den Spartanern und Sie mit den Römern ... Ihr seid doch eigentlich die Männer fürs Grobe, verflixt noch mal, Faschisten mit niedriger Stirn und keine Altphilologen ...«

»Und selbst wenn es Ihnen gelingen sollte, das Exekutivbüro von meiner Inkompetenz zu überzeugen, so möchte ich Sie daran erinnern, dass ich auf irgendeinem USB-Stick die Namen sämtlicher Mitglieder der Führungsebene des Blocks habe, die meine Dienste in Anspruch genommen haben, um sich zuzudröhnen. Ihr Name ist auch dabei, wenn ich nicht irre. Das würde jetzt gar nicht gut ankommen, wo der Block an die Macht kommt und sich ein Saubermann-Image geben will. Einige von euch haben statt einer weißen Weste eher weiße Nasenlöcher.«

»So gefallen Sie mir besser, wenn Sie nicht auf tugendhafter Mann der Antike machen, da höre ich den gewieften Geschäftsmann raus, den ich kenne, und den Dreckskerl, dem alles egal ist. Gibst du mir, so geb ich dir, die Moral der Arschlöcher.«

»Oder des ehemaligen Militärs, der nur versucht, die Nachhut durch elementare taktische Vorsichtsmaßnahmen zu sichern. Soll ich Ihnen aufhelfen?«

Was er dann tat, ohne sich von deinem Gewicht überrascht zu zeigen.

»Sie haben mir wehgetan, Ravenne. Und mir ein Brooks-Brothers-Hemd versaut ...«

»Mein aufrichtiges Bedauern. Sie sollten Ihre Augenbraue verarzten. Das blutet immer beeindruckend stark, ist aber letztendlich nur eine oberflächliche Verletzung, wissen Sie ... Ganz ungefährlich. Trotzdem sollten Sie es desinfizieren und ein Pflaster draufmachen.«

»Ich weiß, Ravenne, da erzählen Sie mir nichts Neues. Trotzdem tut es irre weh. Während ich ins Badezimmer gehe, durchsuchen Sie solange die Wohnung, vermute ich ...«

Er lächelt dich an.

Du würdest ihm gerne die Fresse polieren.

Im Badezimmer tupfst du deine Augenbraue mit einem Stück Watte ab, das mit neunzigprozentigem Alkohol getränkt ist, weil du keine Lust hast, vor Ravenne mit Jod-Tinktur aufzukreuzen, und außerdem bist du keine Memme, stimmt's? Aber als du den Alkohol auf die Stelle drückst, jaulst du vor Schmerzen auf, versetzt dem Mülleimer einen Fußtritt und hast noch größere Lust, Ravenne eine reinzuhauen ...

Du ziehst dein Hemd aus und betrachtest deinen unbehaarten und fetten Oberkörper, der fast kindlich wirkt und einen Kontrast zu deiner Visage bildet, der Visage eines fast Fünfzigjährigen, und du fragst dich, in einem kurzen Moment der Verzweiflung, wie du Agnès eigentlich noch gefallen kannst.

Du tastest deinen Bauch mit beiden Händen ab. Das ist schmerzhaft, aber es geht. Man sieht keinen Abdruck. Diese Arschlöcher, die früher bei den Elite-Einheiten waren, verstehen ihr Handwerk. Mit den Taliban-Gefangenen war es sicher auch nicht jeden Tag lustig.

Soll der Idiot doch alles durchsuchen, du beschließt zu duschen, und erneut zeigt der Spiegel dir einen dickbäuchigen Typen, von der Seite siehst du wie ein pummeliger Würdenträger aus. Und wenn schon, während das warme Wasser deine Muskeln löst, den Schmerz stillt und deine Haut für kurze Zeit rosig färbt, denkst du an die erste gemeinsame Dusche mit Agnès zurück.

April, Mitte der 80er Jahre, es waren gerade Osterferien, ihr hattet eure erste gemeinsame Nacht verbracht, in dem großen, eiskalten Reethaus von Sainte-Croix-Jugan. Damals ahntest du noch nicht, wie viele Sommer du dort verbringen würdest. Den Morgenappell in Coët hattest du bereits verpasst. Du brauchst den ganzen Vormittag, um dort hinzufahren, sogar mit dem 205 von Agnès.

Agnès. Agnès. Agnès.

Alles begann damit, dass der angehende Studienrat, der mit dabei war, als ihr euch *Masculin-Féminin* angesehen habt, dir an einem Freitag am frühen Nachmittag vorschlug, ein Wochenende in der Wohnung seiner Großmutter im historischen Stadtkern von Saint-Malo zu verbringen. Die alte Dame war an einen Ort gefahren, wo die Temperaturen zu dieser Zeit angenehmer waren, um sich ihre alten Knochen zu wärmen, und hatte ihrem Enkel den Schlüssel gegeben. Ihr hättet gerne Stanko mitgenommen, aber der saß im Karzer, immer der gleiche Ärger mit seinem sadistischen Oberfeldwebel.

Ihr erreichtet Saint-Malo im strömenden Regen, in einem Renault 4 mit undichtem Verdeck. Das hielt euch nicht davon ab, über Filme und Literatur zu reden, über das Lehramt, ein Beruf, den ihr nur ungern ausüben wolltet, weil ihr beide vor eurer Einberufung ein Jahr lang in das Lehrerdasein hattet reinschnuppern können, er an einem Gymnasium im Pariser Umland und du an einem Collège in einem sozialen Brennpunkt, im Westen Rouens, in Grand-Quevilly.

Es war schon nicht einfach damals, keiner redete mit dir, weil alle wussten, dass du beim Block warst. Ein Gewerkschaftler mied dich wie die Pest und wartete nur auf den nächsten rassistischen Aussetzer deinerseits, und das in Klassen, in denen die Kinder zu achtzig Prozent ausländische Wurzeln hatten, die meisten arabische oder afrikanische. Er war deshalb so in Rage, weil er sie nicht gerade gut im Griff hatte. Noch mehr brachte es ihn in Rage, dass du mitbekamst, dass von einer Schülerin einer fünften Klasse, in der er Klassenlehrer war, Schutzgeld erpresst wurde.

Du meldetest den Fall der Behörde, und der große Gewerkschaftler und Antifaschist musste sich eine bissige Bemerkung vom Rektor der Schule anhören: »Statt bei Ihren Kollegen Gesinnungsschnüffelei zu betreiben, sollten Sie vielleicht mehr ein Auge auf Ihre Schüler haben. Es ist schon seltsam, dass ein Berufsanfänger als Erster auf diese Sache aufmerksam wird.«

Du warst erstaunt. Dieser Direktor war ein waschechter Sozialist, und die ideologischen Fronten waren in Frankreich damals ziemlich verhärtet. Sallivert hatte bei einer kommunalen Nachwahl in Verville, irgendwo zwischen Chartres und Rouen, einen ersten Wahlerfolg errungen, und man begann den Block als eine Gefahr für die Demokratie zu betrachten, zumal die Konservativen offenbar bereit waren, sich mit ihm zusammenzutun. Und dann war da auch noch die Linke, die dafür auf die Straße ging, dass die Schule laizistisch blieb … Dieser Schuldirektor war offenbar ein echter *old-school*-Vertreter, ein überzeugter Anhänger der Republik. Der dürfte seinen ersten Schlaganfall bekommen haben, als einige Jahre später verschleierte Mädchen vor seinem Schultor standen. Angenommen, er lebt noch, wählt er heute vermutlich euch, oder ist in einer dieser kryptoblockistischen Gruppierungen zur Verteidigung des Laizismus aktiv, in denen man die Ursprungsidee geschickt verdrehte, um sie als Waffe im Krieg gegen die Musel einzusetzen. Die Leute glauben, sie würden Jules Ferry verteidigen, und nahmen an republikanischen Apéros teil, mit Wein und Wurst, in angeblich islamisierten Vierteln, unter dem Schutz der Bullen. Diese Provokationen, auch wenn sie natürlich nicht die

Ursache der Aufstände von heute waren, trugen dennoch mit dazu bei, das Klima so zu vergiften, dass es seit August zu Gewaltausbrüchen im ganzen Land kommen konnte.

Trotzdem hast du dieses Jahr nicht in schlechter Erinnerung. Du fandest durch das Unterrichten zu einer Art innerem Frieden, als wäre eine Last von dir abgefallen und die Dämonen in dir damit vorläufig besänftigt. Du nahmst kaum noch an Partei-Aktionen teil, miedst Schlägereien, und ab und an hieltest du mal ein Seminar ab. Versini sagte: »Du gehst uns noch verlustig, Maynard. Das ist schade, gerade jetzt, wo der Block aufsteigt.«

Vielleicht hatte er ja Recht, aber du fandest dein Glück anderweitig. Es gab nichts Schöneres für dich, als in deine kleine Wohnung in der Rue Maillots-Sarrazin zu kommen – kaum hattest du dein erstes Gehalt bezogen, warst du ausgezogen, ohne deinen Eltern und deinen Brüdern auch nur eine Träne nachzuweinen –, Schülerarbeiten zu korrigieren, dir mitten am Nachmittag amerikanische Serien anzusehen, dir etwas zu essen zu kochen, zu lesen und erste Schreibversuche zu machen. Gedichte, Romanentwürfe. Im Übrigen lag der Clos Saint-Marc direkt um die Ecke, wo du deine Vorliebe für Originalausgaben faschistoider Autoren und Kriminalliteratur entdeckt hattest. Die Salle Lionel-Terry war abgerissen und der Platz in diesem Neo-Baltard-Stil umgestaltet worden, der so vielen französischen Städten in diesen Jahren verpasst wurde, so dass sie am Ende alle gleich aussahen, aber am Samstag waren immerhin noch die inzwischen etwas angegrauten Antiquare da, bei denen du schon mit fünfzehn gekauft hattest.

Du hattest den Eindruck, dass das Tier in dir endlich keine Nahrung mehr brauchte, und dir wurde bewusst, dass du für einen jungen Mann von knapp fünfundzwanzig Jahren schon ziemlich viele Gewaltexzesse hinter dir hattest.

Es kam dir in den Sinn, dass das Leben vielleicht auch eine relativ einfache, fast bescheidene Angelegenheit sein könnte. Nicht mal der Sex fehlte dir. Paola Versini empfing dich mit offenen Armen, wenn du wirklich einmal ein drängendes Bedürfnis in dieser Richtung verspürtest.

Wenn du an diese Zeit zurückdenkst, dann denkst du oft halb ironisch, halb ernst, dass dir damals wirklich nicht viel zum Heiligen gefehlt hätte.

Es wäre vielleicht gar keine so schlechte Sache gewesen, ein Heiliger zu sein ...

Der angehende Studienrat, der das Auto heldenhaft durch den Regen lenkte, während ihr *Eye in the Sky* von Alan Parsons Project hörtet, wunderte sich, dass du rechtsextrem eingestellt warst, aber es schien ihn auch nicht übermäßig aufzuregen. Er lachte sogar, als du ihm sagtest, dass du im Mai '81 zwei persönliche Katastrophen erlebt hättest: den Wahlsieg Mitterrands und die nicht bestandene Aufnahmeprüfung an der École Normale Supérieure. Er selbst bezeichnete sich als Sozialist, wie so ungefähr alle Lehrer. Du warst dir sicher, wenn ihr nicht zusammen beim Militär gewesen wärt, hätte er kein Wort mit dir gewechselt, aber der auf den ersten Blick paradox scheinende Vorteil einer Uniform ist, dass sie denen, die sie zur gleichen Zeit tragen und die ein Jahr lang das gleiche Leben führen, eine gewisse Toleranz verleiht. Es war eine Art Intermezzo, eine Zeit, in der man vorübergehend darauf verzichtete, andere zu verurteilen, eine Zeit, in der man lernte, im Gleichschritt zu marschieren, eine Famas zusammen- und auseinanderzubauen, ein paar Stunden zu geben und sich zu besaufen, und das alles gemeinsam.

Als ihr in Saint-Malo in der Wohnung der Großmutter ankamt, stelltet ihr fest, dass nicht nur die Heizung nicht funktionierte, sondern es auch keinen Strom und kein warmes Wasser gab, die Großmutter nicht zu erreichen war und es keine Nachbarn gab, die euch hätten weiterhelfen können.

Ihr tatet also, was zwei junge, gesunde Typen in so einem Fall tun: Ihr machtet eine Kneipentour mit der unverblümten Absicht, euch derart die Kante zu geben, dass es euch egal wäre, in eine eiskalte Wohnung zurückzukommen, deren einziger Reiz darin bestand, dass man einen Blick auf die vorgelagerte Insel Le Grand Bé hatte. Am nächsten Tag würde man dann weitersehen. Egal, es war ein Freitagabend. Die Leute kamen fürs Wochenende oder den Urlaub aus Rennes und Paris angereist, und alle Kneipen hatten geöffnet.

Vielleicht hattest du ja so eine Vorahnung, dass dir in dieser Stadt, in der man immer den Meeresgeruch in der Nase hatte, noch etwas Wunderbares widerfahren würde, jedenfalls hattest du keine große Lust, dich zu betrinken.

Als der angehende Studienrat eine dritte Flasche Muscadet bestellte, für die letzten Reste auf eurer Meeresfrüchteplatte à la Duchesse Anne, trankst du nur ein paar Gläser, und während er drei Cognacs bestellte, zur Verdauung des Kouign-Amann, trankst du nicht einmal den einen aus, den du bestellt hattest. Du verlorst deinen Staatsexamen-Kumpel dann endgültig in einem Pub in der Rue du Chat-Qui-Danse, als er nach seinem siebten Pint Guinness auf dem Tisch einschlief, inmitten einer Frauengruppe aus Québec, die ihr ohne großen Elan angebaggert hattet.

Du ließest ihn allein, du würdest ihn schon wiederfinden, und wenn nicht, würdest du dir ein Hotelzimmer leisten.

Es hatte aufgehört zu regnen, aber es war dunkel.

Diese Unbekümmertheit, diese Leichtigkeit, dieses Gefühl, eine Last losgeworden zu sein, die dir die ganze Zeit schwer im Magen gelegen hatte, ohne dass du hättest sagen können, woher dieses Gefühl kam, all das hatte schon mit Agnès zu tun. Bald sollte sie da sein, du wusstest das in dem Moment noch nicht, aber nur wenige Stunden später sollte sie ihren Auftritt haben. Wie du so alleine durch Saint-Malo liefst, dachtest du an den Anfang von *Aurélien* von Aragon, nicht den Satz über Bérénice, nein, sondern an den Moment, als der Held sich ganz seinem traurigen Glück eines aus dem Kriegsdienst Entlassenen hingibt und mit diesem leicht beunruhigenden Gefühl seiner neu gewonnenen Freiheit immer wieder einen Satz von Racine vor sich hinsagt: *Ich schweifte lange Zeit durch Cäsareas Straßen.*

Saint-Malo war dein Cäsarea, an jenem Abend, und du drehtest mehrere Runden über die Festungsmauern, die auf einer Seite die lachende Menge in den angestrahlten Gassen überragte, während du auf der anderen von tiefer Dunkelheit umhüllt warst, die allein durch die Lichter Dinards in der Ferne begrenzt wurde und von zwei oder drei vereinzelten anderen Lichtern, die fast etwas Rührendes hatten, auf der Île de Cézembre, deren längliche Form man nur schemenhaft erkennen konnte.

»Antoine, was machen Sie denn hier?«

Es war Versini, Charles Versini, er trug den Look, den alle gut betuchten Bourgeois pflegten, wenn sie am Meer waren. Das heißt, er war von Kopf bis Fuß in Saint-James gekleidet, genau wie seine Frau, der du bisher nur selten begegnet warst.

»Ich habe Ausgang, Charles. Bis Montag früh. Meinen Trinkkumpan habe ich irgendwo auf halbem Weg verloren.«

»Wir verbringen das Wochenende hier. Begleiten Sie uns doch, wir fahren in einen Club in der Nähe von Cancale, der von einem früheren Idol der Yéyé-Zeit der 60er Jahre geführt wird, ›Teddy et ses lanciers‹. Sie sind doch Spezialist auf diesem Gebiet, vielleicht kennen Sie ihn ja?«

»Den Namen habe ich schon mal gehört…«

»Außerdem unterstützt er uns. Er hat seinen Club mit lauter Menhiren dekoriert, das ist ein wenig lächerlich, aber man amüsiert sich da gut. Und dann wäre das vielleicht die Gelegenheit für Sie, sich mit dem Block auszusöhnen, denn ich glaube, zwei von den Dorgelles-Kindern sind auch da. Éric ist in Paris geblieben. Aber Emma und Agnès sind sicher da. Sie üben gerade für ihre Prüfungen in dem Haus der Dorgelles' in Sainte-Croix-Jugan.«

»Das ist ja ein ganz schöner Weg, von Sainte-Croix-Jugan nach Cancale, nur zum Feiern!«

»Keine Ahnung, das kann die Dorgelles-Mädchen nicht davon abhalten, wenn sie Lust haben, sich zu amüsieren, wissen Sie. Außerdem hatten sie vor, hier zu schlafen, in unserer kleinen Wohnung in Paramé. Also, kommen Sie mit?«

Er war glücklich, dass er dir zeigen konnte, wie eng sein Verhältnis zu den höchsten Führungsinstanzen des Blocks war, als wollte er dir damit sagen, wenn du ihn begleitest, würdest du damit auf das richtige Pferd setzen.

»Ich habe mich nicht mit dem Block überworfen, Charles ...«

»Sagen wir, auf Distanz gegangen. Das trifft es, Sie sind auf Distanz gegangen. Sie waren früher sehr viel ... sehr viel ... draufgängerischer, oder?«

Brous Geist erschien für einen kurzen Moment in dieser Aprilnacht.

»Das kommt wieder, Charles, das kommt wieder. Fahren wir dann also in Ihren Club? Vor allem, wenn da Yéyé und Doo Wop gespielt wird ...«

»Ja, Sie werden sehen, Terry singt sogar ab und zu selber ein Stück. Es heißt Le Moustoir. Sie wirken auf mich noch einigermaßen nüchtern. Wollen Sie nicht fahren? Das wäre doch vernünftig, nicht, Liebling?«, sagte er zu seiner Frau.

Und schon saßest du am Steuer eines Autobianchi Abarth, der angesichts seiner Karosserie, die an eine magersüchtige Fliege erinnerte, viel zu viel PS hatte. Schon verrückt, was es in den 80ern für kleine italienische Autos gab, die geradezu halsbrecherisch waren.

Im Moustoir, auf einer Tanzfläche, die entfernt an Stonehenge erinnerte, tanzten ein paar junge, adrette Leute mit um die Schulter gebundenen Troyern einen Madison, interpretiert von Teddy und seinen Lanzenreitern. Die Band thronte darüber auf einer Bühne, die einem Grabhügel nachempfunden war.

Es war alles unglaublich kitschig, eigentlich spießig, aber die Stimmung war dennoch vergnügt. Oder du warst vergnügt, von einer grundlosen, unerklärlichen Heiterkeit.

Du setztest dich mit dem Ehepaar Versini auf einem Dolmen aus Pappe auf unbequeme Hocker, die in einem pseudomittelalterlichen Stil gehalten waren. Teddy hatte seine Lanzenreiter von der Bühne geschickt und kündigte eine Hommage an seinen großen Freund Alain Barrière an, der auch mal einen Club hatte, das Stirwen, am anderen Ende der schönen Bretagne, im Morbihan, und dass er hoffe, die Musik möge eine Brücke schlagen und diese beiden Orte über die Grenzen von Raum und Zeit hinweg miteinander verbinden. Teddy sah aus wie ein typischer Algerien-Franzose und sprach auch mit dem entsprechenden Akzent, aber warum sollte er sich nicht als echter Bretone fühlen. Bretone konnte schließlich jeder sein, sogar ein rechtsextremer ehemaliger Constantiner Yéyé-Sänger.

Versini ließ sich nicht lumpen und bestellte einen Champagner, der schlecht und total überteuert war, wie immer in solchen Nachtclubs.

»Zur Feier unseres Wiedersehens und ich hoffe, auch Ihrer Wiederannäherung mit dem Bloc Patriotique.«

Ihr stießet an, du blicktest dich automatisch um, als Teddy mit seinem Akzent aus Constantine *C'est ma vie* anstimmte, und du musst selbst heute noch, unter der Dusche, während der neue Chef der GPP bei dir zu Hause unter die Betten guckt, unwillkürlich lächeln, dass die Liebeshymne von Agnès und dir immer noch dieser Chanson ist, der wirklich *too much* ist und es auch damals schon war.

> *Mein Leben*
> *Oft hieß es für immer die deine*
> *Mein Leben*
> *Was habe ich für gute Zeiten erlebt*
> *Ich weiß*
> *Und ich werde immer daran denken*
> *Mein Leben*
> *Ich glaube einfach an die Liebe*

Ja, du blicktest dich um und da sahst du sie, endlich. Agnès.

Sie war groß, dunkelhaarig, lächelte, sah aus wie ein hoch aufgeschossener Teenager. Sie trug einen marineblauen Kaschmirpullover, direkt auf der nackten Haut, ein Detail, das dich lächerlicherweise aus der Fassung brachte. Sie hatte Schatten unter den Augen. Eine müde Agnès, die dennoch unglaublich jung wirkte, sehr präsent war.

Präsenter ging nicht.

»Hey, Agnès, setz dich zu uns! Seid ihr gut hergekommen

von Sainte-Croix-Jugan? Ich möchte dir Antoine Maynard vorstellen. Bist du ganz allein? Wo ist denn Emma?«

»Hallo allerseits! Emma ist nicht da, sie ist lieber in Paris bei Éric geblieben. Sie findet es in Sainte-Croix-Jugan zu kalt zum Lernen.«

Sie hatte ihre Haare brav nach hinten gekämmt, mit einem Haargummi zusammengebunden. Aber hier und da hatte sich eine Strähne gelöst, was dem Gesicht mit dem dunklen Teint eine noch weichere Note verlieh. Sie blickte dir mit ihren haselnussbraunen Augen tief in die Augen. Sie war noch keine zwanzig, und es gelang ihr genauso wenig wie dir, die heftige Nervosität zu kaschieren, die sich ihrer plötzlich bemächtigte, und zwar in einem solchen Maße, dass man in ihrem Blick sogar einen Anflug von Angst ausmachen konnte.

»Haben wir uns nicht schon mal irgendwo gesehen?«, fragte sie.

Noch heute, Jahre später, lacht ihr über diesen Klischee-Satz.

»Aber versteh mich doch«, sagte Agnès, »ich dachte, so etwas wie Liebe auf den ersten Blick gibt es nur in Büchern. Ich hatte regelrecht Angst. Es war so, als wäre mir etwas Endgültiges, Unumkehrbares passiert. Es war ja vorgekommen, wenn auch nicht besonders häufig, dass mir Jungs gefielen, dass ich mit ihnen all die Schritte durchspielte, die nötig waren, bevor man miteinander ins Bett gehen konnte, mit einer gewissen Anstandsfrist, damit man nicht für ein Flittchen gehalten wurde. Aber ich war auch immer auf der Hut. Als Tochter von Dorgelles hat man es nicht leicht. Man wird beleidigt, manchmal tätlich angegriffen, aber ich wollte dieses Risiko eingehen können, jemanden einfach so zu treffen. Es war ein ziemlicher Kampf durchzusetzen, dass Loux oder Molène mich nicht mehr vom Gymnasium abholten. Ich bin mir außerdem ziemlich sicher, auch wenn er mir in der Menge nicht aufgefallen war, dass an diesem Abend im Moustier außer Versini und seiner Frau einer unserer ehrenwerten örtlichen Betreuer von der GPP war und ein Auge auf mich hatte. Zumindest hat er uns in Ruhe gelassen. Er dürfte ziemlich entnervt gewesen sein, dass er die hundertsechzig Kilometer von Sainte-Croix-Jugan hinter meinem 205er herjuckeln durfte. Ich fand es ja selber absurd, so eine verdammt lange Strecke zurückzulegen, um mit Versini und seinen Freunden tanzen zu gehen. Ich war unentschlossen … Und dann habe ich es schließlich doch gemacht…«

Versini, der nicht gerade der große Romantiker war, erzählte dir später, dass auch er gespürt hatte, dass die Zeit auf einmal stillzustehen schien, ihr nichts mehr um euch herum saht oder hörtet.

»Und dabei«, fuhr er fort, »unterhieltet ihr euch noch nicht mal. Ihr saht euch einfach nur mit halboffenem Mund und leicht debilem Gesichtsausdruck an, und stecktet euch automatisch eine Zigarette nach der anderen an. Das war schon fast … fast peinlich.«

Und du, so denkst du, erinnerst dich noch genau an den gesamten Abend, an diese Nacht, an diesen ersten Morgen, an jedes einzelne Detail, aber es kommt dir so vor, als wären da am Anfang gar nicht Agnès und du am Werk gewesen.

Wer von euch beiden hatte, nachdem Teddy endlich seinen DJ machen ließ, die Initiative ergriffen und den anderen zu einem Stück von Otis Redding zum Tanzen aufgefordert?

Wer hatte die Initiative zum ersten Kuss ergriffen, von dem ihr noch fünfundzwanzig Jahre später sagt, dass es euer erster *wirklicher Kuss* war, während das Schicksal, das keine Angst vor zu viel Kitsch kennt, es so wollte, dass Otis Redding gerade sang, dass man etwas Zärtlichkeit wagen solle?

Wer ergriff die Initiative dazu, den Club zu verlassen, sich nur flüchtig von den Versinis zu verabschieden, Agnès' 205er zu nehmen, die dir in dieser Aprilnacht das Steuer überließ, während man hörte, wie die Wellen, da mittlerweile Flut war, unterhalb der Steilküste gegen die Felsen schlugen?

Agnès weiß es nicht mehr, und du weißt es auch nicht mehr.

Und dann wart ihr um sechs Uhr morgens in Sainte-Croix-Jugan in ihrem Zimmer, damals noch ihr Jungmädchenzimmer, das später, als ihr ein Paar wart, zu eurem Zimmer werden sollte, wenn ihr mit der Dorgelles-Sippe dort die Sommer verbrachtet. An der Wand war eine Toile-de-Jouy-Tapete, es standen Gedichtbände und Bücher über Architektur im Bücherregal und eine Hifi-Anlage und lauter Billigheimer-Schlagerplatten am Fuße des Kahn-Betts im Empire-Stil, unter dessen Daunendecke ihr innerhalb weniger Minuten verschwinden würdet, denn schon hattest du ihren Schweiß in der Nase, während du ihr halfst, ihren Pulli auszuziehen, Jungmädchen-Schweiß und Nina Riccis *Air du temps*.

Ohne es beeinflussen zu können und immer mit diesem Gefühl, unter einer Persönlichkeitsspaltung zu leiden, nahmst du mit fotografischer Präzision einige Details wahr, die dich entzückten. Das Poster über dem Bett war nicht der unvermeidliche Magritte, sondern zeigte José Antonio Primo de Rivera in der Uniform der Falangisten. Und in dem Multi-Bilderrahmen, der über ihrem Schreibtisch hing, war auf einem Bild ihr Vater zu sehen, wie er sie in den Armen hält. Auf einem anderen ihr Pate, der Schriftsteller TNT, wie er sie zum Taufbecken trägt. Giorgio Almirante, den Chef der MSI, der italienischen Bruderpartei des Bloc Patriotique, wie er mit ihr an einem Strand Jokari spielt, vermutlich in der Gegend von Menton.

Was dann passierte, war schlicht unausweichlich, eine Unausweichlichkeit, die nie infrage stand, bis heute, trotz der Zeit, die inzwischen vergangen ist, trotz des Alters, eine Unausweichlichkeit, an der sich nichts geändert hat, inmitten all des Lärms und all der Wut, die sich gerade entlädt.

Du tratest zu Beginn des neuen Schuljahrs '85 wieder deine Stelle als Lehrer in Rouen an und wurdest erneut zu einem aktiven Block-Mitglied, als könntest du ihr auf die Art immer nahe sein, selbst wenn sie an der Architekturhochschule in La Villette herumhing, zu der sie von ein paar kräftigen Kerlen von Bloc-Étudiant eskortiert wurde, die sich vermutlich fragten, wieso diese Nervensäge von Agnès Dorgelles nicht Jura studieren konnte wie alle, an einer dem Block freundlich gesonnenen Fakultät, an der sie ihre Leute hatten.

Eure Liaison war im Block ein offenes Geheimnis. Agnès verbrachte ganze Nachmittage in Rouen, in der Rue Maillots-Sarrazin, und du fuhrst oft nach Paris, um sie dort zu treffen, wenn du frei hattest.

Als '86 dein erster Roman erschien, war das die Gelegenheit zu einer ersten Begegnung mit Dorgelles, im Bunker. Du sahst das große Bürogebäude mit seinen fünf Etagen aus den 60er Jahren zum ersten Mal. Das Labyrinth der Gänge, die Konferenzräume, das Gewusel der festen Mitarbeiter.

Manche grüßten dich im Vorbeigehen. Sie kamen aus der Normandie, Rouen, kannten dich aus der Zeit mit Brou. Manche zwinkerten dir zu, möglicherweise, so dachtest du, sahen sie in dir immer noch einen neuen Brou, eine quasi mythische Figur, selbst nachdem du abgetaucht warst.

Roland Dorgelles, Vorsitzender des Bloc Patriotique, beeindruckte dich nicht wirklich, du empfandest eher instinktive Sympathie für ihn. Ein Psychoanalytiker hätte sicherlich von einer Suche nach einem Ersatzvater gesprochen. Da Dorgelles gewöhnt war, anderen eher Angst einzuflößen als Sympathie in ihnen zu wecken, fand er dich auch sympathisch, du gabst ihm das Gefühl, eigentlich ein ganz harmloser Kerl zu sein. Er sah sich schon damals eher in der Rolle des Vaters der Nation denn als Unruhestifter der extremen Rechten, der überall in der Welt als Glücksritter für den Westen gekämpft hatte. Er sprach dich auf deine Parteiaktivität in Rouen an, auf deinen Militärdienst, auf deinen Roman. Agnès erwähnte er mit keinem Wort, auch wenn du dir sicher warst, dass sie der eigentliche Grund der Unterredung war.

Bei den Parlamentswahlen nach eurer Begegnung errang der Block dank des Verhältniswahlrechts mehrere Mandate und konnte mit Hilfe einiger fraktionsloser Abgeordneter knapp eine parlamentarische Gruppe gründen. Du heiratetest Agnès im Juni und reichtest im September deine Kündigung bei der Schulbehörde ein. Der Block hatte Geld genug aus Abgeordnetendiäten und den heimlichen Spenden der Arbeitgeberverbände, die sich für den Fall der Fälle wappneten.

Du wurdest also als Redenschreiber angestellt und eine Zeit lang ganz offiziell »Publikationsbeauftragter« für die Aufzeichnungen, die der wissenschaftliche Rat der Bewegung dir lieferte. Der wissenschaftliche Rat sollte als Kreativ-Box für den Block fungieren, zu Themen wie Aids, Erziehung, Einwanderung. Du hattest nicht besonders viel zu tun. Es gab so gut wie keine Schriftsteller, Journalisten, Universitäts-Professoren oder Ärzte, die das Risiko eingingen, sich durch den Umgang mit Dorgelles und dem Block zu kompromittieren.

Du kehrtest Rouen und der Rue Maillots-Sarrazin endgültig den Rücken, ohne die geringste Wehmut, was dich ein wenig überraschte. In dieser Wohnung hattest du immerhin diese seltsame Periode deines Rückzugs erlebt, und dann, nach der Armee, diese Wochenenden mit Agnès. Nach dem Sex lag sie dort, noch mit dem Geruch der Lust am Körper, auf dem Rücken im Bett und las in ihren Architektur-Unterlagen, vollkommen nackt bis auf eine kleine Brille. Im Nebenraum, der zugleich Arbeitsraum und Wohnzimmer war, schriebst du, schriebst du immer noch auf einer Canon-Schreibmaschine mit Typenrad, die eine Stange Geld gekostet hatte. Ab und zu kam Agnès und schmiegte sich nackt an deinen Rücken, so dass du zwangsläufig einen Ständer bekamst und ihr zwangsläufig wieder von vorne anfingt.

Es klopft an der Badezimmertür.

Ravenne.

Vermutlich findet er, es dauert reichlich lange. Du gehst ihm auf die Nerven.

»Ich komme.«

Du stellst fest, dass die simple Erinnerung an Agnès einen Wahnsinnsständer bei dir auslöst. Du ziehst mit Mühe deine Boxershorts und eine Hose über. Dein steifer Schwanz ist dir bei dieser Aktion hinderlich. Du öffnest die Tür mit nacktem Oberkörper, du gehst an Ravenne vorbei, ohne ihn eines Blickes zu würdigen, du suchst dir ein neues Brooks-Brothers-Hemd im Ankleideraum eures 70er-Jahre-Schlafzimmers.

Jetzt steht Ravenne neben dir im Wohnzimmer, er wendet dem Flachbildschirm den Rücken zu.

Du schaust, wie spät es ist.

Fast 4.30 Uhr. Du wirfst einen Blick auf dein iPhone auf dem Couchtisch.

Nichts.

Ravenne fängt deinen Blick auf.

Du fragst: »Gibt es was Neues aus dem Pavillon de la Lanterne?«

»Ein Anruf von diesem Heuchler Loux, vor einer Stunde. Er wollte wissen, ob ich Stanko erwischt habe. Dabei erzählte er mir, dass Agnès ziemlichen Druck macht und immer wieder sagt, dass sie den Raum erst verlassen würde, wenn man sich über eine Regierungsbeteiligung einig wäre und diese den Morgenzeitungen verkünden könne. Sie droht wohl damit, mitsamt ihrer Delegation die Runde zu verlassen, sollte in dieser Nacht nicht irgendetwas unterzeichnet werden, das man an die Presse geben kann, und dass die Regierung dann zusehen könne …«

Du lächelst: »… wie sie aus dem Dreck wieder rauskommt.«

»Mit diesen Worten?«

»Denkbar. Aber sagen Sie mal, Ravenne, wie reden Sie eigentlich über Loux? Sie bezeichnen einen Waffenbruder des Alten als Heuchler, Sie meinen offenbar, Sie können sich diese Nacht alles erlauben …«

»Weil er heute früh Stanko gewarnt hat. Damit hat er unsere Aufgabe nicht gerade leichter gemacht, mal abgesehen davon, dass Stanko zwei Hilfskräfte der GPP liquidiert hat, die direkt vor uns vor Ort waren. Ein einziges Chaos.«

»Wie können Sie sicher sein, dass es Loux war, der Stanko gewarnt hat?«

»Weil ich sein Handy verwanzt habe. Loux hatte immer eine Schwäche für den kleinen Stanko. Schon Wahnsinn, wie viele Schwule oder Schwulenfreunde es bei uns, bei den Faschos gibt. Ich hätte es auch gerne mit Ihnen gemacht, aber ich hatte keine Zeit, ich meine, eine Wanze in Ihr Handy zu tun, nicht, dass wir uns falsch verstehen. Schade, das hätte mir erspart, handgreiflich zu werden und in Ihre Privaträume einzudringen.«

»Ich weiß noch nicht wie, Ravenne, aber eines Tages werden Sie dafür büßen. *Time is on my side.* Kann ich Ihnen ansonsten etwas zu Trinken anbieten? Einen Kaffee?«

»Damit ich Zeit verliere und Sie Stanko helfen?«

»Was sonst.«

Ravenne lachte kurz auf.

»Jetzt kommt es auf ein paar Stunden mehr oder weniger auch nicht an«, sagte er. »Stanko hat Paris nicht verlassen, das hat er nicht geschafft. Marlin hat uns seine zahlreichen Kontakte zur Verfügung gestellt. Das wüssten wir.«

Du gehst mit Ravenne in den Anrichteraum. Ravenne wundert sich ein wenig darüber, wie groß der Raum ist. Er setzt sich an den großen, rustikalen Holztisch. Dort hättet ihr, Agnès und du, gerne mit euren Kindern gefrühstückt, wenn denn …

Du ziehst deine gute, alte Espressokanne jeder modernen, elektrischen Espressomaschine vor, die sowieso nur eine Menge Platz wegnimmt. Stanko ist das auch lieber, Hauptsache es ist keine dünne Plörre, wie er immer sagt, kein Grubenarbeiter-Kaffee, der zu hell ist …

»Wissen Sie, Maynard, ich habe persönlich nichts gegen Stanko. Das ist ein echter Krieger!«, sagt Ravenne, während du die Tassen auf den Tisch stellst und dich ebenfalls hinsetzt.

»Sagen wir mal, Sie hätten nicht direkt was dagegen, seinen Platz einzunehmen. Seien Sie doch wenigstens ehrlich …«

»Natürlich, alles andere wäre gelogen. Aber wenn dieser Präfekt Marlin nicht darauf bestanden hätte, und ich vom Block nicht den Befehl erhalten hätte, hätte ich nichts gegen ihn unternommen, weder direkt, noch indirekt.«

»Ich würde gerne eine rauchen, haben Sie Zigaretten?«

Ravenne schüttelt den Kopf. Du durchsuchst die zahllosen Schubladen des Anrichteraums und stößt schließlich auf eine

Packung billiger Zigarillos, die vermutlich einer der Aushilfskellner dort vergessen hat. Du zündest dir einen direkt an einem der Gasbrenner des Herds an, nimmst einen Zug, den du lange in den Lungen behältst, und schon spürst du wieder die Schmerzen im Unterleib.

Er hat dich voll erwischt. Dieser Idiot.

Du schenkst den Kaffee ein. Ravenne bedankt sich mit einem Nicken. »Irgendwo muss ich hier noch einen Pflaumenbrand aus Souillac haben. Hätten Sie gerne einen zum Kaffee?«

Er sagt ja, das beruhigt dich, denn du kannst jetzt wirklich einen Schnaps vertragen, und du möchtest ihn nicht alleine trinken, weil das dein Gefühl der Unterlegenheit noch vergrößern würde. Du findest die Flasche im Vorratsschrank des Anrichteraums und gießt direkt in die Tassen. Du zündest dir einen neuen Zigarillo an, obwohl sie ekelhaft schmecken. Du brauchst deine Gifte.

Die Nacht ist zu lang.

Aber du wirst dir nicht das Koks aus der Duce-Büste holen. Das Vergnügen wirst du ihm nicht machen.

Ravenne fragt: »Aber warum will Marlin Stanko eigentlich unbedingt ans Leder?«

»Soll das ein Scherz sein?«

»Nein …«

»Wollen Sie mir damit etwa sagen, dass Sie wirklich nicht wissen, warum Marlin Stankos Kopf will?«

»Nein. Ich weiß nur, dass das etwas mit dem alten Zwist mit Louise Burgos zu tun hat, aber ich habe nicht versucht, das weiter zu ergründen. Wenn man in den Eliteeinheiten gedient hat wie ich, vermeidet man es, zu oft nach dem Wieso und Weshalb zu fragen. Dadurch gerät man erst gar nicht in einen Gemütszustand, der einen daran hindert, gezielt zuzuschlagen.«

»Verdammt … Ravenne! Und warum interessiert es Sie nun auf einmal doch?« Er wedelt mit der Hand den Rauch deines Zigarillos weg.

»Weil wir hier zusammen Kaffee trinken. Weil Sie mir sympathisch sind, auch wenn ich Ihnen eine reinhauen musste. Weil es mich schon interessiert, wieso ein alter Parteisoldat des Bloc Patriotique wie Loux das Risiko eingeht, den Gehorsam zu verweigern, indem er Stanko warnt ... Also, dieser Marlin, warum hat er einen solchen Hass auf ihn?«

»Stanko hat seine Frau umgebracht. Ich meine, Marlins Frau.«

Nun ist es an Ravenne, überrascht zu sein, und du stellst mit einer gewissen Genugtuung fest, wie sich über das arrogante Gesicht von Superman eine leicht blöd wirkende Maske des Unverständnisses legt.

Und du erzählst, erzählst und erzählst.

Du hast das Gefühl, du bist Scheherazade und Ravenne ist der Sultan. Wenn du alles erzählst, wird das so lange dauern, dass er vielleicht zwischenzeitlich vergisst, dass er Stanko einen Kopf kürzer machen will.

Du zündest einen neuen Zigarillo an, auf den du eigentlich gar keine Lust hast.

Du erzählst, dass das alles direkt mit den Skandalen in Lancrezanne zusammenhängt, in deren Folge nicht wenige Dorgelles-Anhänger diskreditiert waren, während die Burgos-Anhänger sich plötzlich im Aufwind fühlten. Die Affäre Valargues, die Affäre Dellarocca, Bullen, die nichts rauskriegen, während der Block einem übelriechenden Sumpf gleicht.

Du erklärst, dass Marlin damals Kommissar beim Verfassungsschutz war, und ein Kumpel von Louise Burgos. Und dass bei einer Sommer-Uni des Blocks im Juli, während einer großen Hitzewelle, Louise Burgos in der Hauptstadt des tiefen Südens im Palais Socrate ihren Putsch anzettelte. Fast der gesamte Saal jubelte ihr zu, und als Dorgelles mit seinem engsten Führungszirkel, zu dem auch du gehörtest, auf der Rednertribüne erschien, wurdet ihr ausgepfiffen. Dorgelles war gerade per Gerichtsbeschluss für zwei Jahre die Wählbarkeit entzogen worden, nach einem seiner berühmten Ausraster in den Medien, und die Medien schafften es immer, ihn dranzukriegen. Will man seinen Hund töten, sagt man, er hat die Tollwut. Man musste Dorgelles als jemanden hinstellen, der toll vor Wut war, und er tappte in jede Falle, die man ihm stellte. Er verlor die Oberhand. Sein Gespür ließ ihn im Stich, er merkte nicht, wie die öffentliche Meinung und die Journalisten ihn in diese Richtung drängten.

Die Europawahlen standen vor der Tür. Er schlug vor, an seiner Stelle einen Strohmann zum Spitzenkandidaten zu machen, einen alten Sänger, der seine größte Zeit in den 60ern gehabt hatte. Einen der wenigen Stars, die sich offen zum Block bekannten. Nun ja, Star war vielleicht etwas übertrieben für diesen Charles-Aznavour-Verschnitt, der offenbar mal einen einzigen Hit zur Zeit der Fernsehshow *Salut les copains* hatte. Er war noch nicht mal offiziell Parteimitglied. Selbst ihr, selbst Agnès, selbst Ströbel, fandet das grenzwertig.

Das Publikum brüllte vor Wut und skandierte erneut: »Louise Burgos, Louise Burgos!«

Stanko forderte die im Palais Socrate anwesenden GPPler über sein Headset auf, rauszukriegen, wer die Revolte anzettelte. Das war das einzige Mal, dass du Stanko in Panik gesehen hast. Ein gutes Drittel der sechzig GPPler erteilte ihm eine Abfuhr, sie wären nicht Dorgelles' persönliche Polizei, sondern die Polizei des Blocks.

In den Gängen kam es zu Handgreiflichkeiten. Du gingst natürlich hin. Man wusste nicht mehr, wer für und wer gegen einen war.

Du gingst auf einen GPPler zu, der den Dreizack trug und einen anderen an die Wand drückte. Du sagtest: »Verflucht noch mal, hört auf, ihr seid ja verrückt.«

Der, der den anderen an die Wand drückte, drehte sich zu dir um und sagte: »Halt du bloß das Maul, Prinzgemahl!«

Das fandest du gar nicht komisch. Du packtest ihn an den Schultern, so dass der andere sich befreien konnte, und zu zweit tratet ihr auf ihn ein. Wie die Wilden.

Du gingst in den Saal zurück, die Stimmung war immer noch aufgeheizt, aber man hatte sich ein wenig beruhigt. Dorgelles spielte den Volkstribun, worauf er sich immer gut verstand. Er schaffte es, das Publikum durch seine improvisierte Rede nach und nach wieder auf seine Seite zu ziehen.

Du hattest eine richtige Gänsehaut. Am Ende rief er alle zum Zusammenhalt auf und streckte Louise Burgos die Hand entgegen. Im wahrsten Sinne des Wortes. Die Frau mit dem Dutt war gezwungen, aufzustehen und zum Alten hinters Rednerpult zu kommen.

Und dieses Mal bejubelte das Publikum Dorgelles. Er erklärte seine Bereitschaft, die Kandidatur des alten Chansonniers noch einmal zu prüfen, und berief einen außerordentlichen Parteitag für November ein, bei dem man in Ruhe darüber diskutieren könne.

Er flog noch am selben Abend in einem Privatjet zurück. Beim Bankett zuvor hatte er eine sehr gute Figur gemacht, sogar Louise Burgos zu ein paar Tanzschritten aufgefordert, zur Eröffnung des Abschlussballs, unter dem Blitzlichtgewitter der Journalisten, die fast auf diesen Coup hereingefallen wären, auch wenn Louise Burgos stocksteif dastand und ihr Lächeln wie eingefroren wirkte, was in deutlichem Kontrast zu Dorgelles' demonstrativer Jovialität stand.

Auf dem Rückflug begleiteten ihn nur Ströbel, Stanko, Agnès und du.

»Diese alte Nutte wird mir das büßen«, sagte Dorgelles. »Das ist ein Kampf auf Leben und Tod. Uns bleiben zwei Monate bis zum Parteitag. Stanko, ich möchte wissen, auf wen ich mich unter den GPPlern verlassen kann. Ich möchte, dass die, die vertrauenswürdig sind, alle Mittel einsetzen, selbst legale, wenn du verstehst, was ich meine, damit wir uns der Loyalität der Ortsverbände sicher sein können. Holt die Akten raus, kramt die alten Geschichten hervor, die es auf beiden Seiten gegeben hat. Und verflucht noch mal, wenn Louise Burgos vor dem nächsten Parteitag etwas zustoßen könnte ...«

Immer diese Zweideutigkeit bei dem Alten. Wie sollte man seinen letzten Satz bitte interpretieren? Ein Wunsch, der ihm in der Wut so rausgerutscht war, ein verdeckter Auftrag, oder beides zugleich?

Was ihr noch nicht wusstet damals: dass Louise Burgos zur ausgleichenden Gerechtigkeit ihren eigenen Stanko hatte, auf den sie zählen konnte, besagten Kommissar Marlin. Er hatte seit einigen Monaten die GPP unterwandert, zugunsten der Burgosisten, Parteifunktionäre umgedreht und sogar seine eigene Eingreiftruppe gegründet, mit halboffiziell angestellten Hilfspolizisten, die er, wenn es drauf ankam, auch schon mal für den Verfassungsschutz einsetzte.

Und die Regierung, obschon es eine linke Regierung war, hatte bei den Bullenbossen diskrete Signale entsandt, die diese an Marlin weitergegeben hatten. Darin ließ man durchblicken, dass die Regierung, wenn sie es schon mit einer Partei der extremen Rechten zu tun bekommen musste, jene von Louise Burgos vorzog, die ihrer Meinung nach weniger bei ihrer Stammwählerschaft im Arbeitermilieu wildern würde und ihnen also weniger Wählerstimmen wegnehmen würde, dafür den Konservativen mehr.

Ihr hattet es also in den zwei Monaten, die euch noch bis zum außerordentlichen Parteitag blieben, mit einem kompetenten, zu allem entschlossenen bösen Bullen zu tun, dem es heimlich, still und leise gelungen war, freie Hand zu bekommen, unter der Bedingung, dass es nicht zu sehr auffiele.

Es fiel nicht zu sehr auf. Die Zeitungen interessierten sich vor allem für den »Krieg der beiden Blocks« unter einem politischen Blickwinkel. Denn natürlich wartete keiner bis zum Parteitag im November, um über die Medien in die Offensive zu gehen.

Es folgte eine Presseerklärung auf die andere, Ankündigungen von Ortsverbänden, die euch die Treue hielten, während andere zu Louise Burgos abwanderten. Letztere waren zunächst in der Überzahl, deutlich in der Überzahl. Sehr, sehr deutlich.

Du denkst an dieses Mittagessen in Saint-Germain-en-Laye zurück, bei dem Alten.

Ströbel, seine Frau.

Du, Agnès.

Stanko.

Der Alte tobte. Er tobte und war traurig. Gerade hatte er erfahren, dass Lefranc, der steinreiche Winzer, der Mann der Anwältin des Blocks, einem Journalisten auf Europe 1 verkündet hatte, nicht mehr die Konten des Blocks fluten zu wollen, solange es der Führung nicht gelungen wäre, sich von Grund auf zu erneuern. Lefranc hatte zwar nicht den Namen Louise Burgos ausgesprochen, aber das kam einem klaren Anschluss gleich, zumal man ihn daraufhin nicht mehr erreichen konnte. Während dieses Mittagessens klingelte das Telefon in einer Tour. Ein Hausangestellter brachte es auf einem Tablett. Am anderen Ende war Frank Marie, der für die PR zuständig war, und der Dorgelles verkündete, welche Ortsverbände die Seite gewechselt hatten, oder welche Abgeordneten aus den Regionalparlamenten Louise Burgos im Hinblick auf den Parteitag im November die Treue geschworen hatten.

»Ruf mich nur noch an, wenn du gute Nachrichten hast, Frank, ist das klar?«

Und aus lauter Wut zerbrach er ein Kristallglas, das er mit seiner Handprothese mit dem schwarzen Handschuh zu stark umklammert hatte. Der Wein spritzte bis auf sein Hemd. Es sah aus wie Blutflecken. Euch allen, da bist du dir heute sicher, erschien das wie ein schlechtes Omen, und während der Angestellte versuchte, den Schaden zu beheben, sagte er: »Louise Burgos glaubt, sie hat gewonnen. Louise Burgos glaubt, der alte Wolf ist tot. Tatsächlich werde ich mich totstellen, und wenn sie an mich herantritt, um zu prüfen, ob ich mich auch wirklich nicht mehr rühre, greife ich sie an. Gehe ihr direkt an die Gurgel. Der Mensch ist dem Menschen ein Wolf. Die Frau besonders.«

Alle, die mit am Tisch saßen, lächelten höflich zu diesem Versuch eines Bonmots. Das Dumme war nur, dass Dorgelles dachte, was bei euch gut ankam, würde auch bei den Journalisten und vor Publikum gut ankommen. Er wiederholte diesen Spruch am Tag darauf am Ende der 20-Uhr-Nachrichten und der Effekt war verheerend. Louise Burgos stand als verantwortungsbewusste Politikerin da, die es mit einem Rohling zu tun hatte.

Die Parteimitglieder verließen weiterhin in Massen die Partei, und sie wanderten noch nicht einmal unbedingt zu Louise Burgos ab. Der gesamte Block war dem Untergang nahe.

Du liefst mit Ströbel von einem Ortsverband zum nächsten, ludst Abgeordnete zum Essen ein und verbrachtest dein Leben quasi nur noch im TGV. Agnès genauso, in Begleitung von Loux.

Eine Charme-Offensive.

Streicheleinheiten.

Nicht immer mit Erfolg.

Ravenne erinnerte sich vielleicht daran, sagst du, wie Agnès, als sie die Parteizentrale in Amiens verließ, von Burgos-Anhängern in die Zange genommen wurde. »Schlampe«, »verwöhnte Göre«, und wie Loux ihr, so gut er konnte, Geleitschutz bis zum Auto gab und sie dann unter Buh-Rufen davonfuhren.

Das ertrugst du nicht. Das weckte das Tier in dir. Es gab eine Videoaufnahme von diesem Zwischenfall. Du verlangtest die Herausgabe bei der Pressestelle des Bunkers. Es hieß, man fände sie nicht, vielleicht hatte niemand daran gedacht, die Nachrichten aufzunehmen.

Du bedrohtest die Frauen, die im Archiv arbeiteten. Sie sollten es nur sagen, wenn sie für Louise Burgos wären. Frank Marie kam aus seinem Büro und sagte, du solltest dich beruhigen, er hätte die Kassette.

Du schriest: »Ich möchte wissen, wer die Kerle waren, die Agnès angespuckt haben, die meine Frau angerempelt haben.«

Er seufzte, ihr saht euch zusammen die Kassette auf dem kleinen Fernseher in seinem Büro an.

»Erkennen Sie jemanden wieder?«

»Nein, Antoine.«

»Verarschen Sie mich nicht.«

»Was soll das bringen? Wollen Sie ihnen Stanko auf den Hals schicken?«

»Für diese Sache brauche ich Stanko nicht.«

»Wollen Sie nach Amiens fahren und dort selbst den Cowboy spielen?«

»Ja, so in der Art.«

»Das bringt doch nichts. Wenn das bekannt wird, wird das nur den allgemeinen Eindruck verstärken, dass Dorgelles' Anhänger Irre sind, die sich nicht unter Kontrolle haben.«

»So denken Sie, Frank?«

»Nein, aber …«

»Nein, aber *was*, verflucht noch mal! Wollen Sie etwa Däumchen drehen? Oder sind Sie womöglich schon in den Flur drunter gewechselt?«

Mit dem Flur drunter waren die Büroräume von Louise Burgos gemeint, die immer noch offizielle Generalsekretärin des Bloc Patriotique war, die Nummer zwei der Partei nach dem Vorsitzenden Dorgelles. Sie erschien dort jeden Morgen, und hatte stets Marlin und ein paar Typen, die man nicht kannte, um sich geschart. Kroatische Söldner, hieß es. Sie hatten archaisch anmutende Walkie-Talkies, die lautstark knisterten. Sie versperrten unten die Fahrstühle, bis ihre Kollegen von oben bestätigt hatten, dass Louise Burgos gut angekommen war.

Louise Burgos hatte auf ihrer Etage in allen Büros des Generalsekretariats das Verwaltungspersonal, die GPPler und die festen Mitarbeiter versammelt, auf die sie zählen konnte. Im Übrigen bat sie jeden Abend zwei dieser Kroaten und andere Blockisten, die sich freiwillig zur Verfügung stellten, die Nacht über dort zu bleiben, um die Computer zu bewachen und aufzupassen, dass niemand kam, um in ihren Sachen herumzuschnüffeln oder die Schlösser auszutauschen.

Die dritte Etage, die Etage von Louise Burgos, war zum Bunker im Bunker geworden.

Schließlich seufzte Frank Marie auf, rief eine Mitarbeiterin aus Amiens an, die am Empfang arbeitete, und ließ sie hochkommen. Sie zitterte wie Espenlaub. Es herrschte beim gesamten Personal gerade eine allgemeine Paranoiastimmung, keiner traute sich mehr, irgendetwas zu tun, aus Angst, daraufhin einem Lager zugeordnet zu werden. Sie erkannte zwei Typen auf der Aufnahme wieder. Sie nannte die Namen. Dann ging sie wieder, immer noch am ganzen Körper zitternd.

»Schon gut, Mademoiselle ... danke«, sagte Frank Marie.

Du fandest ihre Adressen heraus, indem du auf dem Computer in deinem Büro die Mitgliederkartei durchgingst. Dann fuhrst du mit dem Auto nach Amiens.

Damals hattest du noch nicht so einen Hang zum Luxus. Du fuhrst einen 306 XSI. Genug PS hatte er trotzdem. Du kamst am späten Nachmittag an, nachdem du auf der Autobahn zwei oder drei Mal fast einen Unfall mit tödlichem Ausgang gebaut hättest.

Das Tier in dir musste besänftigt werden. Der erste Burgos-Anhänger, den du identifiziert hattest, war ein örtlicher Parteifunktionär.

Du suchtest die Geschäftsstelle des Blocks auf, einen früheren Fahrradladen in der Nähe des Tour Perret. Du gingst rein. Der Typ um die zwanzig, der aussah wie ein zukünftiger Immobilienmakler, erkannte dich wieder. Er hatte sofort begriffen, was los war, versuchte nach dem Telefon zu greifen. Du packtest ihn am Schlafittchen, zerrtest ihn über seinen Schreibtisch hinweg und schleudertest ihn gegen die Wand. Er brach sich die Nase an einem hübschen Louise-Burgos-Plakat. Das Blut spritzte auf ihre Visage einer Cruella mit Haarknoten, und auf den Tricolore-Dreizack, über den der Slogan geklebt war: »Louise Burgos, immer einen Block voraus!«

Dann zogst du die Rollos in der Geschäftsstelle runter und den Typen vom Boden hoch. Er weinte. Du hattest ihn ursprünglich auffordern wollen, den anderen Typen kommen zu lassen, den die Sekretärin identifiziert hatte, aber mit einem Mal überkam dich eine unglaubliche Müdigkeit.

Du verpasstest ihm eine Ohrfeige, ziemlich heftig, aber ohne rechte Überzeugung.

Das Tier in deinem Bauch rumorte nicht mehr.

Du fuhrst zurück, gegen 22 Uhr warst du wieder in der Rue la Boétie.

Agnès blätterte im Wohnzimmer in Zeitschriften. Sie blickte auf, lächelte dich an. Ihr hattet euch seit zwei Tagen nicht mehr gesehen. Der Angriff von Amiens schien sie nicht über die Maßen traumatisiert zu haben.

Wortlos zogt ihr euch aus und schlieft miteinander. Ihr nanntet das auch eure ›Liebes-Kur‹. Ganz ruhig, ganz sanft umschlungen, um den Duft des anderen in euch aufzusaugen und die Ängste des anderen zu vertreiben. Das wirkte stärker als jedes Beruhigungsmittel. Ihr musstet dabei nicht einmal unbedingt zum Höhepunkt kommen, auch wenn du dich zu erinnern meinst, dass Agnès an jenem Abend eine besonders große und fast stille Lust aus dem zog, was du mit deinem Mund anstelltest, dass sie deinen Kopf gegen ihre Möse presste, als wollte sie, dass du so in sie eindringst, komplett, und in ihrem Bauch existiertest, damit sie dich immer in sich trüge.

»Ich weiß nicht, warum ich Ihnen das alles erzähle, Ravenne, das geht Sie eigentlich einen Scheißdreck an. Aber gerade jetzt in diesem Moment, auch wenn ich weiß, dass sie bald kommt, fehlt sie mir so sehr, als sollte ich sie niemals wiedersehen.«

Ravenne geht nicht darauf ein. Er räuspert sich und fragt: »Und was haben Marlin und Stanko damit zu tun?«

Du fährst dir mit den Händen übers Gesicht. Sie riechen nach Zigarillo. Du stehst auf, gehst zur Spüle, wäschst sie mit dem Spülmittel mit Veilchenduft und erzählst weiter.

»Natürlich wuchs sich das bald zu einem persönlichen Duell zwischen Marlin, dem Kämpen von Louise Burgos, und Stanko, dem Kämpen von Dorgelles, aus. *Die Ilias*, Achilles, Hektor.«

»Aber Achilles war doch nicht schwul, oder? Wie Stanko …«

Du gehst nicht darauf ein. Du fährst fort.

Du erzählst, dass Marlin es als Erster darauf angelegt hatte, Blut zu vergießen.

Stanko fuhr Anfang Oktober nach Valenciennes, um seine Mutter zu besuchen. Auf dem Weg hielt er in der Nähe des Autobahnkreuzes von Péronne, um zu tanken. Vorher wollte er pinkeln gehen.

Er hatte seinen Hosenschlitz noch nicht geöffnet, da sah er, wie drei Typen reinkamen und die Tür hinter sich schlossen.

Einer nahm ein »Außer Betrieb«-Schild, das herumlag, öffnete schnell die Tür und hängte es außen an die Klinke.

Stanko wurde klar, dass er in der Falle saß. Er blickte hoch. Keine Videoüberwachung. Er blickte hinter sich. Ein Veluxfenster, aber das war zu weit oben.

Stanko erzählte dir, dass er, der sich nicht so leicht aus der Ruhe bringen ließ, als er die drei da sah, die in einer fremden Sprache miteinander redeten und lachten, doch ein wenig Angst bekam. Er war zwar genauso breit gebaut wie sie, aber sie waren fünf Köpfe größer.

»Marlins Kroaten?«, fragt Ravenne der Form halber.

Du nickst. Du fährst fort. Der Kampf dauerte nicht lange. Einer der Kroaten holte einen Draht zum Butterschneiden raus, Stanko das Kommandomesser, das er immer in einem Etui an der Wade trägt. Die Kroaten stutzten kurz. Marlin hatte ihnen womöglich nicht verklickert, dass sie es nicht mit einem Anfänger zu tun haben würden.

Oder Marlins Kroatischkenntnisse hatten dafür nicht ausgereicht.

Aber dieses kurze Zögern sollte sie teuer zu stehen kommen. Denn Stanko nutzte die Gelegenheit, um dem Ersten die Kehle durchzuschneiden, wich sogleich zurück, um nicht vollgespritzt zu werden. Er erzählte dir, dass er dabei erneut an die Thermopylenschlacht von Sparta denken musste. Einer gegen drei, und nun einer gegen zwei, ein deutlich günstigeres Verhältnis als bei Leonidas' Kampf gegen die Perser.

Molon labe! Sollten sie doch kommen.

Stanko erzählte dir das alles, aber da du schon des Öfteren gemeinsam mit ihm gekämpft hattest, wusstest du, dass keine Erzählung die animalische Geschmeidigkeit wiedergeben konnte, mit der er kämpfte, den Kontrast zwischen seinem offenkundig schweren Körper und seiner Beweglichkeit, man möchte fast sagen, Elastizität. Es war eine Art synkretische Choreographie sämtlicher Kampftechniken, die er mit großer Beharrlichkeit trainierte, wobei er eine besondere Vorliebe für Krav Maga hegte.

Während der erste Kroate, den er erwischt hatte, sinnloserweise versuchte, über einem Waschbecken die klaffende Wunde an seinem Hals, aus der ein undefinierbares Gegurgel drang und etwas Rötliches hervorsprudelte, mit der Hand zu verschließen, und zugleich im Spiegel einen Mann sah, der schon so gut wie tot war, hatte der Zweite nun ebenfalls ein Messer gezückt und versuchte Stanko abzulenken, damit der, der den Butterdraht hatte, von hinten kommen konnte.

Aber Stanko hatte das Manöver durchschaut, drehte sich um und schlitzte Monsieur Butterdraht den Bauch auf, dann rollte er sich auf die Seite, sah ein Graffiti »Ich lutsche hier täglich um fünf Uhr die dicken Schwänze« und spürte zugleich den Lufthauch der Messerklinge des letzten Kroaten, der er auswich, indem er eine Rolle vorwärts machte, auf den Knien landete und ihm am unteren Ende der Wirbelsäule das Messer in den Rücken rammte.

»Und wissen Sie, was das Beste ist, Ravenne? Er ist trotzdem zu seiner Mutter nach Valenciennes gefahren.«

»Und als die Leichen entdeckt wurden … Man muss ihn doch gesehen haben …«

»Tja, Fehlanzeige. Es stand keine Zeile darüber in der Zeitung. Sicherlich sorgte Marlin dafür, dass es keine lästige Untersuchung zum Tod der drei kroatischen Söldner gab, die den kleinen Krieg, den er im Auftrag von Louise Burgos führte, ans Tageslicht gebracht hätte. Aber nachdem Stanko aus Valenciennes zurück war, beschloss er, sich Marlin vorzunehmen, Vergeltung zu üben. Und das ging dann gründlich schief.«

Du erzählst Ravenne, wie wütend Stanko war. Wie du versuchtest, ihn davon abzuhalten. Selbst wenn Marlins Aktion eine illegale Aktion war, er war und blieb ein Bulle. Er genoss Protektion, wusste schon, was zu tun war.

Du dachtest, du hättest ihn am Ende überzeugt.

Tatsächlich war dem nicht so.

»Zwei Tage später flog Marlins Renault Safrane vor seinem Haus in Le Chesnay in die Luft. Die Explosion war sehr ordentlich gemacht, die Bombe wurde beim Starten des Motors in der Tiefgarage gezündet, so dass herumfliegende Trümmerteile keine Kollateralschäden verursachen konnten. Das Problem war nur: Am Steuer saß Marlins Frau. Das war echt Pechsache. Normalerweise fuhr nur Marlin den Safrane. Seine Frau parkte ihr Auto immer draußen. Eine Verwechslung war ausgeschlossen. Aber am Tag der Explosion sprang ihr Wagen nicht an und Marlin hatte beschlossen, seine Akten zu Hause durchzuackern. Seine Frau nahm den Safrane.«

Du hustest, räusperst dich, fährst fort: »Und das ist der Grund dafür, dass Marlin, inzwischen Präfekt Marlin, fünfzehn Jahre später gefordert hat, dem Vertrag zwischen der Regierungsfraktion und dem Bloc Patriotique eine Klausel hinzuzufügen, dass Stankos Kopf rollen muss. Den Rest kennen Sie. Stanko war weiterhin für Dorgelles' Sicherheit verantwortlich. Der außerordentliche Parteitag im November fand tatsächlich statt, aber ohne die Burgos-Anhänger, die man vierzehn Tage vorher aus der Partei ausgeschlossen hatte. Ich war dabei, als Stanko bei Nacht und Nebel die Etage von Louise Burgos zurückeroberte. Wir überrumpelten die beiden Kroaten und beförderten sie mit Fußtritten vor die Tür.

Am nächsten Tag verweigerten die GPPler, die Dorgelles die Treue hielten, Louise Burgos den Zutritt zum Bunker. Die Angestellten, die auf ihrer Seite standen, waren entlassen worden. Es kam zu Prozessen, die Louise Burgos verlor, sie führt bis heute nur noch eine identitäre Splitterpartei an und befehligt nur ein paar Grüppchen von Hitzköpfen, wie die vom

Combat Blanc. Marlin aber kochte vor Wut, konnte nichts beweisen und war sogar genötigt, die Explosion seines Autos als einen Unfall darzustellen, ausgelöst durch den Flüssiggastank, dabei fuhr er mit Normalbenzin. Denn ein Attentat hätte eine Untersuchung bedeutet, und bei einer Untersuchung musste man damit rechnen, dass sämtliche Geheimdienstaktionen ans Licht kämen. Er bekam also von ganz oben die Order, sich bedeckt zu halten, zugleich sicherte man ihm zu, eines Tages eine Möglichkeit zu finden, ihm Gerechtigkeit widerfahren zu lassen, wenn man das so nennen will. Und dieser Tag ist nun gekommen … Eine Ironie der Geschichte, Ravenne? Stanko wird sterben, während die, für die er sich immer eingesetzt hat, dabei sind zu gewinnen und er sich normalerweise jetzt endlich in Sicherheit fühlen sollte.«

Durch die Fensterläden des Anrichteraums sieht man, wie es allmählich heller wird.

November. Ein lauer, saft- und kraftloser November.

Die Hängelampe über dem Holztisch, an dem ihr mit aufgestützten Ellenbogen sitzt, scheint den Raum nun weniger gut auszuleuchten und nicht gegen das trübe Licht des Morgengrauens anzukommen, das gerade anbricht. Du hörst den Verkehrslärm von der Rue La Boétie.

Ravenne sagt: »Jetzt gehe ich aber wirklich. Ich gehe in den Bunker. Ich werde versuchen, ein wenig zu schlafen. Im Schlafsaal der GPP. Meine Wohnung in der Rue des Trois-Frères in Boboland ist zwar nicht so schick wie Ihre, aber auch nicht schlecht. Aber ich kann mich nicht daran gewöhnen. Nachdem ich mit den Eliteeinheiten durch die Gegend gezogen bin, dann mit Stanko und der Delta-Gruppe, fühle ich mich beim Schlafen nur in Sicherheit, wenn ich mich in einem kasernenähnlichen Umfeld befinde.«

»Passen Sie bloß auf, dass Sie nicht doch noch schwul werden«, sagst du, gähnst und öffnest ihm die Tür.

Ravenne lächelt etwas müde: »Ich töte Stanko auf anständige Weise, das verspreche ich Ihnen. Ich erledige das ordentlich und schnell. Ohne jeden Hass.«

»Es sei denn, es gelingt ihm vorher, das mit Ihnen zu tun, auf anständige Weise. Ich will ehrlich sein, nur weil wir ein paar Kaffee und einen Pflaumenschnaps zusammen getrunken haben, sind wir noch lange keine Freunde. Und wenn Stanko davonkommt, wäre das für mich eine ebenso gute Nachricht wie die Übereinkunft mit der Regierung. Und sollte er Sie töten, wäre das die Krönung.«

»Zumindest sind Sie ehrlich, Maynard.«

Ihr gebt euch die Hand.

Aus dem Wohnzimmerfenster siehst du, wie er die Rue La Boétie hinuntergeht. Das Licht changiert zwischen grau, einem Rest von Dunkelheit unten auf der Straße, und einer vagen, wirklich sehr vagen Aussicht auf ein Morgengrauen, das über den Dächern anbricht.

Du verharrst dort eine ganze Weile, beobachtest das Kommen und Gehen der Leute und der Lieferwagen, die sich geschäftig durch dieses Halbdunkel bewegen, und den Lärm eines neuen Tages zu dir hochtragen, eines Tages, der vielleicht als der Tag in die Geschichte eingehen wird, an dem der Aufstieg des Bloc Patriotique an die Macht seinen Anfang nahm.

Ab und zu berührst du das Pflaster an deiner Augenbraue.

Du zögerst, den Fernseher oder das Radio einzuschalten. Jetzt, so denkst du, ziehst du es vor, die Neuigkeit aus Agnès' Mund zu hören.

Und endlich vibriert das iPhone auf dem Couchtisch.

Sie ist es.

Ihre Stimme.

Fast heiser, so wie du sie magst.

Ein müder Teenager.

Ihr Atem.

»Mein Liebling, es ist geschafft. Sie haben alles akzeptiert. Wir haben zehn Ministerien, so viele, wie wir verlangt haben, kannst du dir das vorstellen? Ich komme. Loux setzt mich ab und fährt zum Bunker. Ich komme gleich. Ich liebe dich.«

»Ich ...«

»Bist du zufrieden? Sie haben alles akzeptiert, hörst du, mein Liebling. Sogar die vorläufige Zusammenlegung von

Militär und Polizei. Zumindest bis zu den Präsidentschaftswahlen. Ich habe Lust auf dich, weißt du.«

Du sagst, auch du hast Lust auf sie, dass das noch nie so
wahr war wie am Ende dieser Nacht.

Aber du kannst es nicht lassen zu fragen: »Und Stanko?«

Kurze Stille.

»Stanko, ich weiß nicht, Antoine. Ich habe nichts gehört.
Aber wir sollten nicht mehr über Stanko reden, bitte. Wir
müssen an Stanko denken wie an ein Kind ... ich meine, wie
an die Kinder, die wir nicht gehabt haben. Wir müssen genauso damit abschließen. Wir haben Stanko geliebt, aber wir
haben ihn nie gehabt, verstehst du? Niemals.«

14

Warum komme ich jetzt erst darauf? Warum versauere ich in dieser heruntergekommenen Bude, ich, der ich mich doch nur wohlfühle, wenn ich Platz um mich habe, frische Luft, fern der Industriebrachen und fern von meinen Toten? Ja, ich liebe es, nachts in den großen Hochhaussiedlungen Leute von der ASAB oder überneugierige Journalisten oder interne Gegner des Blocks zu jagen wie Valargues. Die großen Städte werden in der Nacht zu einem Jagdgebiet wie jedes andere, die Autobahnen werden zu Fluchtlinien, der Kaffee an den Tankstellen, der immer gleich schmeckt, die Ankunft im Morgengrauen an unbekannten Stadträndern, das Heraustreten aus einem Flughafengebäude, nachdem man während eines Inland-Flugs eingesperrt war, in die blaue Frische, die in dem Moment beginnt, in dem sich vor mir die Glastüren öffnen. Einmal tief durchatmen, spüren, wie meine Muskeln sich lösen und es mir fast gelingt, meine Geister auf Abstand zu halten. Weil sich vor mir eine Avenue auftut, breit, gerade, wie das Leben, das ich nie gehabt habe.

Es ist fast sieben Uhr morgens, es ist schon hell, es wird heute sicher warm werden, so wie es schon seit Wochen unnormal warm ist.

Ich trinke einen Kaffee am Tresen vom Cent Kilos, direkt vor der Kirche Saint-Ambroise.

Ich bin aus dem Hotel der Rue Saint-Sébastien raus. Einmal, weil man nicht zu lange in demselben Unterschlupf bleiben sollte, und dann, weil ich so oder so nicht mehr die Absicht habe, mich zu verstecken. Zu dieser frühen Stunde sieht man auf der Straße praktisch nur Schlitzaugen, alte

Schlitzaugen, junge Schlitzaugen, sehr junge Schlitzaugen, die Klamotten-Ballen auf dem Rücken tragen oder Kleiderstangen auf Rollen vor sich herschieben.

Die Bobos stehen erst später auf. Sie haben einen Kater, nachdem sie die halbe Nacht in den Bars der Rue Oberkampf große staatsbürgerliche Diskussionen geführt haben. Vielleicht haben sie an diesem Abend mal etwas weniger über sich geredet und endlich über die Unruhen. Auf der Straße hat man sie jedenfalls kaum gesehen, scheint es, diese aufrechten Antirassisten. Jetzt geht ihnen der Arsch doch auf Grundeis. Das XI. Arrondissement grenzt schließlich an Belleville, und in Belleville herrscht Krieg. Schade, dass ich nicht ihre Reaktionen in den nächsten Tagen erleben werde, wie sie sich ereifern, ich bedaure wirklich, das zu verpassen, es wird sicher urkomisch. Das wird ein Geplärre und einen Sturm der Entrüstung geben auf Facebook. Sie waren schon immer sehr gut darin, sich Daily-Motion oder YouTube-Aufnahmen zu schicken, auf denen die Polizeigewalt gezeigt wird, die Ausraster der Blockisten, die es hier und da gab. Aber wenn sie damit fertig sind, plagen sie letztendlich doch die Sorgen, die man als Besitzer einer Eigentumswohnung so hat. Oder ihre Psychoanalysen.

Es würde mich schon sehr wundern, sollten sie mal im echten Leben an vorderster Front auftauchen. Denn ich denke, wenn der Innenminister vom Block gestellt wird, riskieren sie, dass man ihnen ihre dreckige Fresse einschlägt und sie ähnliche Andenken davontragen wie die chilenischen Studenten, die von Pinochets Militärs zusammengeknüppelt wurden. Jetzt kommen wir zum praktischen Teil, ihr Süßen, es wird höchste Zeit. Aber warum denke ich überhaupt über diese Idioten nach?

Das verdirbt mir am Ende noch meine Abschiedszeremonie.

Tja, ich hatte sogar die Ehre, auf mehreren Videos zu erscheinen, die für einen regelrechten Hype sorgten, wie sie das nennen. Man sieht, wie ich einem Journalisten vorm Bunker eins hinter die Löffel gebe oder wie ich den

Mussolini-Gruß mache (sie sagten Hitler-Gruß, aber ich meinte es als Mussolini-Gruß) bei einer Demo gegen die Auslieferung von ich weiß nicht mehr welchem italienischen Krimi-Schreiberling, ein ehemaliger Terrorist, den man dank Berlusconi dreißig Jahre später geschnappt hatte und mit dem dieser noch eine Rechnung aus den Bleiernen Jahren offenhatte.

Das war bei mir um die Ecke, eine Versammlung in Denfert. Da konnte Antoine noch so oft behaupten, dieser rote Itaker wäre ein guter Schriftsteller, und gute Schriftsteller sollte man grundsätzlich in Ruhe lassen, mein Mitgefühl hielt sich in Grenzen.

Wenn du einmal eine Knarre in der Hand gehalten hast mit der Absicht, sie zu benutzen, und zwar ohne eine Uniform zu tragen, die dich dazu berechtigte, musst du dich nicht wundern, eines Tages die Quittung dafür zu bekommen. Ich weiß, wovon ich spreche. Ich denke sogar, dass ich aus genau diesem Grund heute Morgen sterben werde. Denn wer zum Schwert greift und so weiter und so fort ... Darum hatte ich im Grunde auch eine gewisse Achtung vor dem Itaker. Er ist abgehauen. Daran hat er gutgetan. Wenn man schon flüchtet, dann muss das bitte draußen stattfinden.

Und ich will draußen sterben. Darauf bestehe ich.

Ich habe so meine eigene Vorstellung, wie ich mich verabschieden will.

Ein Ehrengefecht, nicht der Schlachthof. Mishima, das gefiel mir, was Antoine mir über das Ende von Yukio Mishima erzählt hat.

Die Sieben-Uhr-Kurznachrichten im Radio der Spelunke.

Sie beginnen mit der Übereinkunft zwischen der Regierungsfraktion und dem Bloc Patriotique. Die Hälfte der Leute in der Bar applaudiert, die andere Hälfte buht, man ist kurz davor, handgreiflich zu werden. Der Wirt brüllt rum. Ich muss mich zusammenreißen und mich über den Tresen beugen, um zu hören, wie es weitergeht.

Zehn Blockisten-Minister treten in die Regierung ein. Die Regierungsumbildung soll heute Abend gegen achtzehn Uhr vom Generalsekretär des Élysée-Palastes offiziell verkündet werden. Unsicher ist nur noch, ob Agnès Dorgelles in die Regierung eintreten wird oder ob sie in der Partei bleibt, um die Präsidentschaftswahlen vorzubereiten, als natürliche Kandidatin des Bloc Patriotique.

In diesem Fall würde ihrem Mann, Antoine Maynard, zum Ausgleich ein Ministeramt angeboten werden.

Antoine, Minister...

Da habe ich sofort wieder Bilder vor Augen, sehe ihn vor mir, damals in Coët oder bei unseren heldenhaften Schlägereien, wie der vom Mont-Lancre, während der Kampagne für die Präsidentschaftswahl, bei der uns einfach alles gelang, mit der wilden Horde. Oder wie er die Tränen nicht zurückhalten konnte angesichts des qualmenden Mercedes-Cabrio und der verkohlten, zusammengeschrumpften Leiche von Emma, die die Feuerwehrleute gerade aus dem Autowrack herausgeschnitten hatten.

Ich liebe dich, Antoine. Ich habe dich immer geliebt. Sogar jetzt noch. Ich könnte dich anrufen, um dir Adieu zu sagen. Aber sicher ist Agnès schon wieder bei dir.

Und ihr müsst mich vergessen. Beide. Mir fällt auf, dass es mir, so sehr ich mich auch anstrenge, nicht gelingen will, euch das übelzunehmen. Hätte es euch nicht gegeben, säße ich jetzt im Knast mit anderen Losern meiner Art, oder ich triebe mich als menschliches Wrack und Alkoholiker in den Städten des Kohlebeckens herum, ein alter Skin mit kaputter Leber, oder ich wäre längst tot.

Der Journalist kommt auf die Aufstände zu sprechen.

Er sagt, die Schwelle von über achthundert Todesopfern seit Beginn der ersten Zusammenstöße könne in der kommenden Nacht erreicht werden. Man könne nur hoffen, dass die Ankündigung einer Regierungsumbildung die Menschen aufrütteln würde. Diese Journalisten brauchen nie lange, bis sie kollaborieren.

Aber ich muss sagen, dieses Mal sind sie wirklich besonders schnell dran, Hut ab.

Ich blicke mich um. Um mich herum im Cent Kilos brüllen sie sich immer noch an, wegen des Bloc Patriotique und Agnès Dorgelles, sogar auf der Terrasse.

Einsatzfahrzeuge der Polizei rasen den Boulevard Voltaire herunter Richtung Norden.

Im Radio bringen sie jetzt ein Interview mit dem Innenminister. Er bestätigt die in der letzten Nacht erzielte Übereinkunft und kündigt ein Demonstrationsverbot für Paris und sämtliche großen Städte für die nächsten drei Tage an, damit die neue Regierung in Ruhe die Amtsgeschäfte übernehmen kann.

Das werde ich nicht mehr erleben, kann ich mir nur nochmal sagen, aber ich weiß jetzt schon, dass es trotzdem Demos geben wird, nicht von den Bobos, sondern von den letzten Typen aus dem gegnerischen Lager, die noch Eier haben, den Trotzkisten, Kommunisten, Anarchisten, Autonomen. Aber ebenso weiß ich, dass man die GPP und erst recht die Deltas auffordern wird, stillzuhalten, damit sie nicht wieder schreien, die bösen Faschisten wären da.

Ravenne wird seine Raubtiere zurückhalten müssen.

Das wird nicht einfach werden. Ich kenne sie doch. Das war's mit der schönen Zeit der Saalschlachten. Das war's mit den Spartanern.

Das war's mit Stéphane Stankowiak, alias Stanko.

Ich verlasse das Cent Kilos.

Ich weiß, wo ich hingehe.

Ich weiß, wo ich Schluss machen werde.

In die Métro in Saint-Ambroise.

Dann den RER, Haltestelle La Défense.

Ich höre nicht mehr, was um mich herum geredet wird. Zeitschriftenverkäufer sind in die Bahn gestiegen und preisen eine Gratis-Sonderausgabe ihres jeweiligen Blattes an. Ihre Finger sind voller Druckerschwärze. Die haben sich echt beeilt in den Redaktionen. Unter ihnen fällt mir ein hübscher Junge auf. Mit dem Aussehen hätte er an einem Ausbildungslager in Vernery teilnehmen können, da unten im Schloss.

Unsere Blicke treffen sich und er lächelt mich an. Die Götter meinen es wirklich gut mit mir.

Ich steige aus. Ich gehe in Richtung Bunker. Ich komme auf dem Vorplatz an, vor dem Eingang. Ich betrachte die Fahne mit dem Tricolore-Dreizack.

Bloc Patriotique.

Ein Dutzend GPPler tummelt sich vorm Eingang, gut ausgerüstet für den Fall, dass Linke den Parteisitz angreifen wollen als Reaktion auf die Regierungsbeteiligung des Blocks.

Gut vorausgedacht. Ich kenne sie vom Sehen. Es ist kein Delta dabei. Einen Moment lang habe ich Lust, zu ihnen rüberzugehen und ihnen die Hand zu drücken. Sie wissen nicht, dass ich kaltgemacht werden soll, haben höchstens irgendwelche Gerüchte gehört. Aber nein. Das kann ich nicht. Das will ich nicht.

Ich bleibe mitten auf dem Vorplatz stehen.

Die ersten Angestellten erscheinen zur Arbeit. Sie grüßen mich, einige zeigen mir das Victory-Zeichen. Andere scheinen etwas verwundert, dass ich mich nicht von der Stelle bewege.

Ich betrachte den großen roten Ball der Sonne. Ich bedauere, dass ich vergessen habe, eine Sonnenbrille mitzunehmen, als ich gestern Morgen aus der Rue Brézin geflohen bin.

Gestern Morgen.

Ich habe das Gefühl, seit gestern Morgen ein komplettes Leben gelebt zu haben. Es heißt ja, Menschen, die kurz davor sind zu sterben, sehen ihr gesamtes Leben noch einmal an sich vorbeiziehen. Das habe ich für meinen Teil bereits hinter mir und ich kann nur hoffen, dass ich mir das Ganze nicht noch mal ansehen muss.

Weil ich meine GP35 aus meinem Schulterholster hole.

Weil ich eine Kugel in den Lauf stecke.

Weil ich mir den Lauf in den Mund stecke.

Ich betrachte die Fahne des Blocks.

Ich betrachte die rote Sonne.

Ich nehme aus dem Augenwinkel die GPPler vorm Eingang

wahr, in fünfzehn, zwanzig Metern Entfernung, die merken, dass irgendwas im Gange ist.

Ein paar kommen auf mich zu.

Ich werde auf den Abzug drücken.

»Verflucht, Stanko, ganz schön dreist von dir, hier aufzukreuzen. Oder selbstmörderisch.«

Ravennes Stimme hinter meinem Rücken.

Er weiß gar nicht, wie recht er hat. Es mag seltsam klingen, aber ich sage mir, dass heute wirklich mein Glückstag ist. Ich werde nicht allein aus dem Leben scheiden.

Ich nehme die GP35 aus meinem Mund, drehe mich um und schieße aufs Geratewohl.

Eine erste Kugel in die Schulter.

Ravenne, der schon seine Glock gezogen hatte, taumelt unter dem Stoß zurück, aber er fällt nicht.

Der Schuss hallt in der klaren Morgenluft an der verglasten Front des Bunkers wider, in dem sich der Himmel spiegelt. Um uns herum wird geschrien. Es wird gerannt. Die von der GPP dagegen sind stehen geblieben, wie versteinert. Sie kapieren nicht, was los ist.

Eine zweite Kugel in den Hals. Er fällt nach hinten, aber hat vorher Zeit zu schießen. Es fühlt sich an, als bekäme ich einen heftigen Schlag gegen das Brustbein, ich versuche, stehen zu bleiben, aber ich falle auf die Knie.

Blutgeschmack im Mund, unmöglich, mich zu bewegen, nicht mal, um den Arm mit der Knarre zu heben. Aber Ravenne bewegt sich jedenfalls auch nicht mehr.

Bald sehe ich seinen Körper nicht mehr. Nur die Beine der Leute, die einen Kreis um mich gebildet haben. Inmitten der Pumps, Turnschuhe und mehr oder minder gut gewachster Lederstiefel erkenne ich die Rangers der GPP.

Ich habe Schmerzen. Ich habe wirklich große Schmerzen.

Ich spüre plötzlich jemanden neben mir, näher dran.

»Oh Stanko, um Gottes willen, Stanko.«

Die Stimme von Loux. Er kniet neben mir, legt mich hin, wiegt mich. Er sieht kaputt aus. Wenn man die Nacht durchmacht, in seinem Alter…

Er wiederholt: »Oh Stanko, Stanko, Stanko …«

Die rote Sonne. Die Fahne des Blocks.

Ist Ravenne auch tot? Ich würde gerne sichergehen. Ich möchte Loux fragen.

Ich kann nicht mehr sprechen, nur noch husten.

Aber Loux scheint mich trotzdem verstanden zu haben, er beugt sich vor und murmelt mir ins Ohr: »Du hast ihn erwischt, Stanko, du hast ihn erwischt.«

Und auf einmal ist es nicht mehr Loux' sanfte Stimme, die da spricht, sondern Papas Stimme, in Denain. Er nimmt meine Hand und sagt lächelnd: »Komm, Stéphane. Komm, mein Großer, wir müssen jetzt los.«

15

Agnès schläft neben dir, im Schlafzimmer.

Ihr habt sofort miteinander geschlafen. Ihr habt im Salon miteinander geschlafen. Ihr habt im Badezimmer miteinander geschlafen, vor und nach dem Duschen.

Sie hat dich gefragt, wieso du ein Pflaster auf der Augenbraue hast.

Du hast gesagt: »Das war vorhin.«

Du hast gesagt: »Das ist halb so schlimm.«

Du hast gesagt: »Ich liebe dich.«

Nun siehst du, wie sich ihr langer Körper unter dem Laken abzeichnet. Im Halbdunkel wirkt er erneut so schmal wie in ihrer Jugend. Du betrachtest ihr Gesicht im Profil, halb verborgen von den Haaren. Du betrachtest die Frau, die zu der meistgefürchteten Frau Frankreichs werden wird, nachdem sie die meistgehasste Frau Frankreichs war.

Du fragst dich, ob Dorgelles glücklich über diesen Erfolg ist, oder ob er tief im Innern nicht doch frustriert ist, dass nicht er die Früchte des Erfolgs hat ernten können. Wenn man Dorgelles heißt, ist man entweder Saturn oder König Lear.

Du weißt nicht, wovon sie träumt. Oder ob sie überhaupt träumt. Vielleicht von dir, vielleicht von ihrem zukünftigen Ministerium, vielleicht von Stanko. Sie hat dich gebeten, sie um elf Uhr zu wecken, damit sie in den Bunker gehen kann und sich auf ihre Studioauftritte in den Spezialausgaben der Nachrichtensendungen vorbereiten kann. Du wirst sie natürlich begleiten. Du wirst sie natürlich beraten. Du wirst natürlich ein paar Notizen auf einen Zettel schreiben, den man ihr während der Fernsehdebatten reicht.

Aber du empfindest bereits, bevor das überhaupt angefangen hat, eine gewisse Gleichgültigkeit, Desinteresse, Müdigkeit. Und das hat nichts mit deiner durchwachten Nacht zu tun.

Überhaupt nichts.

Du hast gedacht, wenn ihr erst mal an der Macht wärt, würde das ein großes Fest werden und du könntest dich ganz unauffällig rächen, ein paar Verletzungen pflegen, die deinen Narzissmus getroffen hatten, indem du ein paar Medienstars Angst machen und sie zur Unterwürfigkeit erniedrigen würdest, aber nun interessiert dich das überhaupt nicht mehr.

Agnès dreht sich zur anderen Seite.

Sie lächelt im Schlaf, dann seufzt sie und zieht einen Schmollmund wie ein junges Mädchen. Eure erste Nacht in Sainte-Croix-Jugan.

Und da wird dir sehr deutlich, dass Agnès bald nicht mehr wirklich dir gehören wird.

Die einsame Nacht, die du hinter dir hast, war nur der Vorbote eines Lebens, in dem du auf sie wirst warten müssen, immerzu, zwischen Hoffen und Bangen. Vorbei die amourösen Eskapaden an den bretonischen Stränden. Vorbei die spontanen Reisen zu den Trödelmärkten in Brabant, den Straßen von Alfama, den weiß-blauen Dörfern der Kykladen. Und du erbleichst in Gedanken an Santorin und an alles, was du verlieren wirst.

Du ziehst langsam das Laken von ihrem Körper zurück. Du siehst zuerst ihre Brüste, du küsst sie vorsichtig.

Du willst sie natürlich nicht wecken. Dir fällt das Gedicht von Baudelaire ein, »Die Riesen«:

Mit Muße hätte ich erforscht die prächtgen Glieder
Gestiegen wäre ich die stolzen Knie nieder,
Und oft im Sommer, wann der Sonnen kranker Strahl
Sie müde hingestreckt quer durch die weiten Wiesen,
Hätt ich geschlummert in der Brüste Schattental,
Gleich wie ein friedlich Dorf am Fuß von Bergesriesen.

Du ziehst das Laken noch ein Stück weiter zurück. Es wird keine Muße mit ihr mehr geben, kein friedlich Dorf.

Du siehst ihr schwarzes, üppiges Haarbüschel, so wie die Natur sie geschaffen hat.

Du näherst deinen Mund.

Letztlich bist du also Faschist geworden wegen der Möse einer Frau.

Ein Roman über die extreme Rechte oder die Risiken des Metiers

Nachwort von Jérôme Leroy

Da der Aufstieg des Front National, angefangen von seinen ersten Wahlerfolgen bei den Kommunalwahlen von 1983 bis hin zu seinem Platz als einer Partei, die an erster oder zweiter Stelle in der Wählergunst der Franzosen steht, eine Tragödie ist, habe ich für *Der Block* auf die gute alte Form der klassischen Tragödie zurückgegriffen, mit der Einheit von Zeit, Ort und Handlung.

Auch wenn in meinem Roman mittels zweier Personen, die sich zurückerinnern, fast vierzig Jahre französischer Geschichte erzählt werden, spielt er dennoch nur in einer einzigen Nacht, jener Nacht, in welcher der »Patriotische Block«, dank nicht mehr zu kontrollierender Aufstände in den Vorstädten mit vielen Todesopfern, der Regierung zehn Ministerien abhandelt, einer Regierung, die zu viele Ängste geschürt hat und der es nicht mehr gelingt, den Brand zu löschen, den sie selbst entfacht hat.

Soweit zur Einheit der Zeit.

Die beiden Hauptfiguren bewegen sich nicht von dem Ort weg, an dem sie sich befinden. Bei Antoine Maynard, dem Ehemann der neuen Vorsitzenden des Blocks, ist es eine luxuriöse Wohnung, in der er auf das Ergebnis der Verhandlungen wartet. Bei Stéphane Stankowiak, genannt Stanko, dem Sohn eines Proletariers, der sich das Leben nahm, als die Hütten- und Stahlwerke in Denain vor dem Aus standen, und der eine gewisse Zeit bei den Skins verbracht hat, bevor er während seines Militärdienstes Antoine begegnet ist und zum Chef des Ordnerdienstes des Blocks wurde, handelt es sich um ein schäbiges Zimmer im Hotel eines Mietwucherers.

Soweit zur Einheit des Ortes.

Stanko, der zu viele Geheimnisse über die bewegte Vergangenheit der Partei kennt, muss beseitigt werden, um die neue Ehrenhaftigkeit des Blocks nicht zu gefährden. Darüber hinaus soll er von Männern getötet werden, die er selbst ausgebildet hat, das ist die Ironie des Schicksals. Wird Antoine das zulassen? Wird Stanko am Ende dieser Nacht sterben? Wird die Freundschaft sich als stärker erweisen als der Ehrgeiz oder umgekehrt? Denn zu jeder guten Tragödie gehört nun einmal ein unüberwindbares Dilemma.

Soweit zur Einheit der Handlung.

Aber an dieser Stelle sollte noch ein anderer literarischer Bezug nicht unerwähnt bleiben, der bei der Entstehung von *Der Block* eine Rolle gespielt hat, eine ganz eigene Strömung, die man, weil sie typisch französisch ist, *Neo-Polar* genannt hat, und die sich wiederum auf die von Dashiell Hammett begründete, amerikanische Erzähltradition bezieht. Der Neo-Polar ist auch das Objekt einer eingehenden Studie von Elfriede Müller und Alexander Ruoff.[*] Den Autoren zufolge ist der Neo-Polar eine zeitgemäße Form der Geschichtsschreibung und steht für eine politisch linke Orientierung. Was *Der Block* betrifft, so fühle ich mich zwar als Erbe dieser von Jean-Patrick Manchette initiierten Bewegung, es wäre aber anmaßend, hätte ich den Versuch gemacht, ihn zu imitieren.

Die Zeiten haben sich geändert, und was die extreme Rechte angeht, so meine ich, dass die klassischen, antifaschistischen Denkmuster allein nicht mehr genügen, um ein Phänomen zu verstehen, das auf dem gesamten europäischen Kontinent ein solches Ausmaß angenommen hat.

---

[*] Elfriede Müller / Alexander Ruoff, *Le polar français*; deutsch: *Histoire noire. Geschichtsschreibung im französischen Kriminalroman nach 1968*, Bielefeld 2007.

Also habe ich beschlossen, weiterhin, wie der Neo-Polar, die Realität auf ihre tragischen Elemente hin abzutasten, aber darüber hinaus einen narrativen Kunstgriff anzuwenden, indem ich zwei Protagonisten entwarf, ein »Ich« und ein »Du«, das »Ich« für Stanko und das »Du« für Maynard.

Das war keine leichte Entscheidung, denn sie birgt das Risiko, den Leser zur Empathie mit den Protagonisten zu verleiten. Aber ich wusste auch, dass ich Gefahr lief, in eine Moralpredigt zu verfallen, würde ich diese Geschichte in der dritten Person erzählen – was meiner Intention, die Mechanismen der extremen Rechten zu ergründen, zuwiderliefe.

Eine andere wichtige Frage: Wenn der Roman Noir die Wirklichkeit beschreibt, gibt das, was ich in *Der Block* schreibe, dann also die französische Wirklichkeit wieder?

Ja, insofern als ich gründlich recherchiert habe, als ich antifaschistische Kämpfe miterlebt habe und als jeder französische Leser im Lauf der Lektüre ohne große Mühe die Geschichte einer weithin bekannten Partei der extremen Rechten wiederfinden kann, die es bis heute gibt. Ja auch insofern, als meine beiden Helden, auch wenn sie frei erfunden sind, meiner Meinung nach zwei typische Vertreter des Front National repräsentieren, zumindest vor der von Marine Le Pen begonnenen Politik der »Entteufelung«: der auf Abwege gekommene Intellektuelle und der bei einer gewissen liberalen Linken in Vergessenheit geratene Prolet.

Und zugleich, nein: Die »reale Realität«, wenn ich das so nennen darf, ist nicht der einzige Stoff des Romans. Ein Autor, der heutzutage über die Realität sprechen will, muss sehr vorsichtig sein. In unserer Gesellschaft gibt es eine immer stärkere Tendenz, schon aus dem geringsten Anlass vor Gericht zu ziehen, und diese Tatsache wird einem Autor vom Verlag immer mal wieder in Erinnerung gerufen. Ich musste die Realität also »verpixeln«. Ich musste einige Biografien abändern, einige Details, das Aussehen betreffend, einige Charakterzüge und Ortsnamen, und die Chronologie weniger präzise machen, manches im Vagen belassen. Man kann das als eine subtile Form der Zensur betrachten, aber ich hatte keine andere Wahl. Andererseits ist durch diese List, zu der ich wegen möglicher juristischer Konsequenzen gezwungen war, meine Geschichte vielleicht sogar zeitloser und archetypischer geworden und beschreibt nun ein mögliches Szenario, hier und jetzt, aber auch anderswo zu einem anderen Zeitpunkt, in Deutschland zum Beispiel.

Abschließend möchte ich sagen, dass ich mit diesem Roman auch den Leser in eine unbehagliche Position bringen möchte, weil ich meine, dass es Aufgabe des Schriftstellers ist, schlechte Nachrichten zu überbringen. Nein, unser gutes Gewissen ist kein ausreichender Schutzwall. Ja, die Wähler der extremen Rechten sind inzwischen unsere Nachbarn oder unsere Verwandten. Eben das macht es so beunruhigend, es ist einerseits viel komplizierter und andererseits auch viel alltäglicher geworden.

Beim Verfassen dieses Romans habe ich sehr viel an den Film *Die 120 Tage von Sodom* von Pasolini gedacht, der die Vorlage von de Sade in die letzten Tage des Mussolini-Faschismus transferierte und damit einen Skandal auslöste. Nicht wegen der Gräuel, die er in Szene setzte, wie man ihm offiziell vorwarf, sondern weil er diese Gräuel zum Thema eines anspruchsvollen Kinofilms gemacht hatte.

Ich habe versucht, diesen schwierigen, widersprüchlichen, aber unverzichtbaren Weg zu gehen. Er wird meiner Ansicht nach perfekt zusammengefasst durch den letzten Satz aus *Der Namenlose* von Samuel Beckett: »Man muss weitermachen, ich kann nicht weitermachen, man muss weitermachen, ich werde also weitermachen.«

Glossar

Im Folgenden werden einige Namen und Organisationen kurz erläutert. Angesichts der Fülle der Anspielungen musste eine Auswahl erfolgen. Fiktive Figuren, Organisationen und Publikationen wurden nicht aufgelistet.

Action française – rechtsextreme, nationalistische und monarchistische Gruppierung, 1898 nach der Dreyfus-Affäre entstanden, unterhielt eine Zeitung gleichen Namens. Während des Zweiten Weltkriegs stand sie aufseiten des Vichy-Regimes. 1947 konstituierte sie sich neu und agiert heute unter dem Namen Centre royaliste d'Action française.

C'est nous les africains … – 1941 komponiertes Militärlied zum Ruhm der nordafrikanischen Truppen der französischen Armee und oft bei Gedenkveranstaltungen zum Zweiten Weltkrieg gespielt. Während des Algerienkriegs allerdings wurde das Lied von weißen Algerienfranzosen und Gegnern der Unabhängigkeit Algeriens aufgegriffen und als Bekenntnis zum französischen Mutterland verstanden, es galt als Lied der OAS. Nach 1962 war es daher einige Jahre lang verboten.

Denard, Bob – 1929–2007, französisch-komorischer Söldnerführer. Er war selbstständig und führte seine eigene Truppe an; beteiligte sich an Putschversuchen und Bürgerkriegen. Seine Aktionen in Afrika wurden oft vom französischen Geheimdienst gedeckt, zu dem er noch lange gute Kontakte unterhielt, auch nachdem ihm unter François

Mitterrand die offizielle Unterstützung Frankreichs entzogen wurde.

Gladio-Netzwerk – Deckname einer geheimen paramilitärischen Einheit in Italien, die bei einer Invasion von Warschauer-Pakt-Truppen Guerilla- und Sabotage-Aktionen durchführen sollte. Sie rekrutierte sich vor allem aus dem rechtsextremen Milieu und war im Rahmen der Strategie der Spannung verantwortlich für mehrere Bombenanschläge in Italien, die der Linken angelastet wurden und eine Regierungsbeteiligung der Kommunistischen Partei verhindern sollten.

Hernu, Charles – 1923–1990, Politiker und Mitglied der Sozialistischen Partei Frankreichs, in den 70er Jahren verantwortlich für die Verteidigungs- und Nuklearpolitik seiner Partei. Von 1981 bis 1986 Verteidigungsminister.

Hussards – eine Gruppierung von französischen rechtsgerichteten Autoren, Kollaborateuren während der deutschen Besatzung Frankreichs im Zweiten Weltkrieg; dazu gehörten Jacques Chardonne, Paul Morand, Roger Nimier, Jacques Laurent, Antoine Blondin und Michel Déon. Roger Nimier kam 1962 jung bei einem Autounfall in La-Celle-Saint-Cloud ums Leben.

LVF (Légion des volontaires français) – französische Freiwilligenlegion gegen den Bolschewismus, im Juli 1941 im von der Wehrmacht besetzten Frankreich gegründet, nach dem deutschen Überfall auf die Sowjetunion vor allem in Weißrussland als Teil des deutschen Besatzungsapparats eingesetzt. Am 23. Juli 1944 offiziell aufgelöst und in die Waffen-SS-Brigade »Charlemagne« übergegangen.

OAS (Organisation Armée Secrète, geheime bewaffnete Organisation) – französische Untergrundbewegung, gegründet 1961 zur Verteidigung der Präsenz Frankreichs in Algerien um jeden Preis; ihre Terroraktionen kosteten mehrere tausend Menschen das Leben. Gestützt auf Truppeneinheiten der Militärverwaltung, der Fallschirmspringer und der Fremdenlegion, rief sie am 22. April 1961 in Algier einen

Staatsstreich aus, der jedoch nach fünf Tagen zusammenbrach.

Occident – 1964 gegründete rechtsextreme militante Schüler- und Studentenbewegung in Paris. 1967 führte Occident einen Angriff auf linke Studenten an der Universität Rouen, bei dem es viele Verletzte gab. 1968 wurde die Bewegung aufgelöst und ging im Ordre Nouveau auf.

Ordre Nouveau – nationalistische, rechtsextreme neofaschistische Bewegung, vor allem 1969 bis 1973 aktiv. Mitgründer des Front National 1972; sein Emblem ist das Keltenkreuz.

Parti des forces nouvelles (PFN) – rechtsextreme neofaschistische Partei, 1974 entstanden aus der Abspaltung des Ordre Nouveau vom Front National. Unterhält eine Zeitung gleichen Namens.

Phalangisten – Mitglieder und Anhänger der auch Kataib genannten libanesischen nationalkonservativen Partei, hervorgegangen aus der maronitisch-christlichen nationalen Jugendbewegung, 1936 gegründet und von der spanischen Falange inspiriert. Im libanesischen Bürgerkrieg waren die Phalangisten mit Israel verbündet und kämpften gegen die PLO und die Amal-Miliz. Als Bachir Gemayel, Führer der Phalange und libanesischer Staatspräsident, 1982 bei einem Bombenattentat getötet wurde, verübten Mitglieder der Phalange das Massaker in den palästinensischen Flüchtlingslagern Sabra und Schatila in Beirut.

Sagnier, Marc – 1873–1950, Philosoph, Politiker und Jurist, gründete 1894 die liberal-katholische Bewegung »Le Sillon« (Die Furche), die den Katholizismus und die Französische Revolution vereinen und eine Alternative zur antiklerikalen sozialistischen Arbeiterbewegung bieten sollte.

Zids – Kürzel für die Mitglieder und Anhänger des Bloc identitaire (dt. Identitärer Block), ein Zusammenschluss von regionalen Gruppen der Neuen Rechten in Frankreich sowie der frankophonen Schweiz und der Wallonie. Das Kürzel wird auch von ihnen selbst verwendet und ist wohl abgeleitet aus der phonetischen Zusammenziehung von »les identitaires« (dt. die Identitären).